KB163103

눅

환라

은하담 장편소설

◆ ◆ ◆

③

동아

 3권

초판 1쇄 인쇄일 | 2021년 1월 19일
초판 1쇄 발행일 | 2021년 1월 27일

지은이 | 은하담
펴낸이 | 박성면
펴낸곳 | (주)동아

출판등록 | 제406 - 3960100251002007000071호
주소 | 경기도 파주시 문발로 115, 세종대학교출판부 206호
전화 | (031)8071 - 5201
팩스 | (031)8071 - 5204
E - mail | bear6370@hanmail.net

정가 | 11,800원

ISBN 979-11-6302-451-4 (04810)
ISBN 979-11-6302-440-8 (set)

ⓒ 은하담, 2021

※이 책은 (주)동아와 저작자의 계약에 의해 출판된 것이므로, 무단 전재 및 유포, 공유를 금합니다.

환라

은하담 장편소설

3

동아

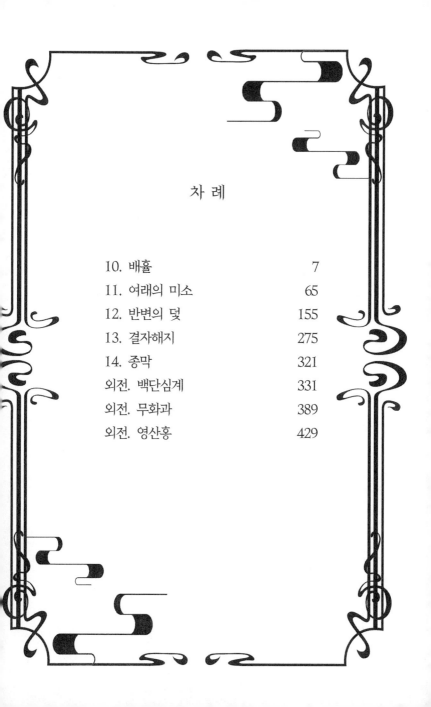

차 례

10. 배홀

"아, 글쎄 내놓으래도!"

"안 됩니다."

궐겸이 환라의 앞을 가로막으며 말했다. 그러자 산적 두목이 답답하다는 듯 가슴을 쾅쾅 내리치고 발을 굴렀다.

"당신이 누군지는 모르겠지만, 뭐, 이 사달이 난 마당에 그건 딱히 궁금하지도 않고! 그냥 역병에 아가씨나 넘기고 조용히 사라지죠."

"그럴 수 없습니다."

"내놓으래도? 하늘에서 신령스러운 분이 내려오셔서 역병에 걸린 이들을 한곳에 모아 두고 절대 죽지 않게 하라고 말씀하셨단 말이오! 헤치려는 게 아니라니까?"

"그래도 보낼 수 없습니다. 이분은 역병에 걸린 게 아닙니다. 괜히 병자들과 두었다가 전염되시게 할 순 없습니다."

"역병이 아니긴 뭐가 아니야! 손목이 시꺼멓구만!"

두목이 소리를 버럭 지르며 궐겸에게 달려들었다. 궐겸은 아무렇지 않게 앞으로 나서 거구의 남성을 던지듯 밀어 냈다. 그 힘을 이기지 못하고 뒷걸음질 치던 두목은 원래 서 있던 자리에 쿵 하고 엉덩방아를 찧으며 넘어졌다. 그러더니 시뻘겋게 변한 얼굴로 씩씩거리며 벌떡 일어났다.

"그래. 해 보자 이거지?"

산적 두목이 성큼성큼 궐겸에게 다가가 냅다 주먹을 휘둘렀다. 궐겸이 주먹을 피하고 두목을 다시 밀쳐 내려 할 때였다. 창가에서 울먹이는 듯한 목소리가 들렸다.

"사정아!"

궐겸은 고개를 돌렸다. 사람의 모습을 한 묘은이 양야를 부축한 채 창가에 서 있었다. 궐겸은 한 박자 늦게 양야 옆에 있는 여인이 묘은이라는 것을 알아보았다. 어떻게 사람이 되었느냐고 물어보기도 전에 양야의 상태가 눈에 들어왔다.

그는 피에 절은 옷을 입고 시체처럼 늘어져 있었다. 궐겸은 산적 두목을 밀쳐 내고 묘은에게 다가갔다.

"장 객주!"

양야를 넘겨받자 그의 등이 보였다. 거대한 것에 찢기듯 할퀴어진 상처가 왼쪽 어깨를 사선으로 질러 오른쪽 허벅지까지 이어져 있었다. 즉사하지 않은 게 기적일 정도로 끔찍한 상처였다.

저토록 심각한 상처는 처음이었기에 궐겸은 저도 모르게 굳어 버렸다.

묘은은 어정쩡하게 서 있는 궐겸을 내버려 둔 채 양야의 품에서 검붉은 돌을 꺼냈다. 그리고 그것을 산적 두목에게 내밀었다.

"이걸 개어서 물에 탄 뒤 병에 걸린 사람들에게 먹여. 어서! 늦기 전에!"

"예, 예, 알겠습니다."

산적이 허둥지둥 방을 나갔다. 부산스러운 소리에 양야가 정신을 차렸다. 그는 비틀거리며 궐겸을 밀어 냈다. 궐겸은 부축하려 했으나 양야의 상처가 너무 심각해 몸에 손을 댈 수조차 없었다.

그가 어쩔 줄 몰라 하며 방황하자 묘은이 코를 훌쩍이며 양야를 부축했다. 그리고 양야가 환라에게 다가갈 수 있게 도우며 궐겸에게 말했다.

"사정이 너는 가서 그 홍여란이에게 약을 먹여 줘. 그 인간이 죽으면 은인이 슬퍼할 거야."

"장 객주는……."

묘은에게 기대 움직이던 양야가 작은 목소리로 대답했다.

"이런 상처로는 죽지 않습니다."

궐겸이 양야의 발밑을 보았다. 웅덩이에 고인 빗물처럼 피가 흥건했다. 양야는 서 있을 힘조차도 없어 보였고 피부는 죽은 자보다도 더 창백했다. 옷은 원래 어떤 색이었는지도 모를 정도로 새빨갛게 젖어 있었다.

그러나 양야는 멈추지 않고 환라에게로 다가갔다. 보는 사람이 다 고통스러워질 몰골이었다. 궐겸은 괴로운 마음을 숨기지 못하며 겨우 대답했다.

"……알겠습니다."

양야와 환라를 번갈아 보던 궐겸이 눈을 질끈 감고 방을 나갔다.

양야는 환라의 머리맡에 꿇어앉았다. 뒤에서 묘은이 발을 동동 구르고 있는 게 느껴졌으나 아무 말도 하지 않은 채 주머니에서 만인혈석 조각을 꺼냈다. 검붉은 돌을 반으로 쪼갠 그가 하나는 손에, 나머지는 다시 주머니에 넣었다. 그리고 정기를 사용해 옷을 깨끗하게 만들었다.

그의 밑에는 여전히 피가 고여 있었으나 환라에게 닿는 옷과 손만큼은 깨끗했다.

"물을 가져오거라."

"예, 양야 님."

묘은이 훌쩍거리며 사라졌다. 양야는 핏기라고는 남지 않은 손으로 환라의 얼굴을 조심스럽게 쓰다듬었다. 다행스럽게도 열기는 느껴지지 않았다. 병이 재발하기 전에 돌아온 것이다.

그는 안도의 미소를 지으며 주먹 안으로 정기를 흘려보냈다. 손아귀에 있던 돌이 서서히 가루가 되었다. 방으로 들어온 묘은이 다가와 물을 건넸다. 양야는 물에 가루를 타고 녹을 때까지 기다린 후 환라의 몸을 흔들었다.

환라가 천천히 눈을 뜨자 양야가 창백한 낯으로 곱게 미소 지었다.

"환. 약을 가져왔습니다. 마시면 씻은 듯이 나을 겁니다."

"여란과, 다른 사람은⋯⋯?"

환라가 끊어지는 목소리로 힘겹게 물었다. 아픈 목소리를 듣자 양야는 억장이 무너져 내리는 듯했다. 찢어진 등보다 환라의 힘없는 목소리가 양야를 더 아프게 했다. 그는 애써 미소지으며 환라의 얼굴을 조심스럽게 쓰다듬었다.

"치료하라 일러두었습니다. 그러니 환도 이 약을 드십시오."

환라가 몸을 일으키려 하자 묘은이 냉큼 달려와 그녀의 등을 받쳐 주었다. 환라는 양야가 기울여 주는 물을 받아 마셨다. 반 정도 마시고 나자 환라의 손목에 있던 검은 손자국이 사라졌다. 몸이 가벼워지는 것을 느끼며 환라가 느리게 눈을 깜빡였다. 그리고 쓰러지듯 잠이 들었다.

양야는 환라를 조심스럽게 눕히고 그녀가 남긴 약을 제 입에 털어 넣었다. 그러자 피가 멎고 살들이 서서히 붙기 시작했다. 잊고 있던 통증이 해일처럼 몰려왔다. 끔찍한 고통에 양야가 침대에 엎드렸다. 옆에서 야옹, 야옹, 하며 서글프게 우는 소리가 들렸다.

"묘은아."

"예. 예. 양야 님."

묘은이 서럽게 울며 대답했다.

"시끄럽구나."

"흡, 흠! 송구하옵니다."

"울지 말고 이리와 정기를 주렴."

"예."

묘은이 양야에게 뛰어와 그의 등에 손을 대었다. 몸을 관통하는 듯한 통증에 양야가 숨 멎는 소리를 내었다. 묘은이 화들짝 놀라며 발을 동동 굴렀다.

양야는 밭은 숨을 헐떡이며 환라를 보았다. 평온하게 잠든 얼굴을 보자 고통쯤은 이겨 낼 수 있을 것만 같은 기분이 들었다.

"전하께서 깨시기 전에 말끔히 치료해야 한다."

묘은이 울먹이는 얼굴로 고개를 끄덕이고 다시 정기를 불어넣었다.

양야는 눈을 감고 치료에 집중했다. 상처는 빠르게 아물어 흔적조차 남지 않게 되었다. 그러나 그즈음에 양야와 묘은의 정기가 동이 났다. 양야는 마지막 남은 정기로 환라가 걱정할 만한 흔적들을 모두 지운 뒤 기절해 버렸다. 그 옆으로 묘은이 쓰러졌다.

얼마 지나지 않아 약을 마시고 회복한 여란이 궐겸과 함께 들이닥쳤다. 궐겸에게서 양야가 곧 죽을 것 같다는 말을 들은 여란이 쓰러져 있는 양야를 보고 비명을 질렀다.

"오라버니!"

그녀는 벌벌 떨며 양야의 숨부터 확인했다. 코 밑에 손가락을 가져다 대자 숨결이 느껴졌다. 그녀는 안도의 한숨을 내쉬었다. 그리고 고개를 돌리다가 양야의 옆에 쓰러져 있는, 생전 처음 보는 여인을 발견했다.

"오라버니는 멀쩡해 보이는데, 나를 놀린 것이오? 그리고 이 여인은 누구요?"

멀쩡해진 양야의 옷과 방을 살피던 궐겸이 잠에서 덜 깬 듯한 목소리로 대답했다.

"아까는 분명 등에 큰 상처가 있었습니다."

여란은 다시 양야를 보았다. 의식이 없긴 했으나 피나 상처는 보이지 않았기에 궐겸의 말이 쉽게 믿어지진 않았다. 하지만 거짓말을 할 만한 일도 아니었기에 여란은 양야의 몸을 뒤집어 피가 묻은 곳이 있는지 확인했다. 그러다 고개를 기울이고 환라에게 다가갔다.

여란과 달리 염매와 직접 접촉한 환라는 회복이 더딘 편이었다. 그래도 겉으로 보기엔 멀쩡했다. 여란은 환라의 상태까지 살피고 난 뒤에야 손으로 쓰러져 있는 묘은을 가리켰다.

"저분이 누구인지도 답해 주시오."

"묘은이라는 삵입니다."

"저 여인이 고양이라고?"

고양이라는 말에 묘은의 손가락이 움찔거렸다. 구슬 덕분에 묘은은 양야보다 정기를 훨씬 더 빨리 회복했다. 그녀는 얼마 지나지 않아 눈을 떴다. 그리고 코앞에 있는 여란의 눈동자를 보고는 화들짝 놀라며 삵의 모습으로 돌아왔다. 여란은 이제 그 기이한 광경이 놀랍지도 않았다. 그녀는 그렇구나, 하는 심정으로 고개를 끄덕이고는 궐겸에게 손짓했다.

"이리 와 오라버니 좀 제대로 눕힙시다."

환라의 곁에 제 손으로 남자를 눕혀야 하다니, 궐겸은 내키지 않았다. 하지만 양야가 환자인 것을 알기에 여란의 말을 따랐다. 여란과 궐겸은 조심스럽게 양야를 침대에 눕혔다. 궐겸은 뒤로 물러났지만 여란은 환라와 양야에게 이불을 꼼꼼히 덮었다. 그리고 방 한가운데에 있는 탁자 앞에 앉았다.

"이 공자도 좀 앉으시오."

"예."

궐겸과 여란은 의자를 나란히 놓고 앉아 양야와 환라가 깨어나길 기다렸다. 묘은은 삶의 모습으로 침대에 앉아 간간이 양야에게 정기를 불어 넣어 주었다.

해가 머리 꼭대기에 뜰 즈음, 양야가 눈을 떴다. 환라도 비슷한 시간에 깨어났다.

그녀는 여란과 궐겸, 묘은을 눈으로 훑다가 옆에서 느껴지는 인기척에 몸을 돌렸다. 양야의 창백한 얼굴이 눈에 들어왔다. 환라가 불편한 소리를 내자 기력 없이 눈을 감고 있던 양야가 눈을 떴다.

환라는 걱정스러운 얼굴로 양야의 볼을 쓰다듬었다.

"얼굴이 창백하다."

"약을 구하느라 고생을 좀 했습니다."

대수롭지 않게 대답하는 양야를 보며 궐겸은 숨을 들이켰다. 궐겸은 양야의 부상을 가까이에서 보았다. 등을 가로질러 허벅지에 이를 정도로 길고 뼈가 보일 정도로 깊은, 전쟁터에서도 쉬이 볼 수 없을 정도로 끔찍한 상처였다.

'그것을 단지 고생으로 치부해 버리다니.'

궐겸은 경악스럽고, 두렵고, 조금은…… 끔찍했다.

목숨을 걸고 약을 구해 온 것은 이해할 수 있었다. 하지만 양야의 미소는 이해할 수 없었다. 환라를 구하기 위해 몸이 난도질을 당했다. 그것이 불과 반 시진(1시간) 전의 일이었다. 그런데 어떻게 한 치의 거짓 없이 웃을 수 있을까? 궐겸의 상식으로는 이해하기 힘든 일이었다.

환라가 쓰러졌을 때 양야가 내뿜던 흉포한 기운이 떠올랐다. 그 기억이 끔찍한 상처의 잔상과 겹쳐지자 궐겸은 양야가 괴물처럼 보였다.

'지금은 전하를 연모하지만 만일 그 마음이 변질된다면? 혹은 전하께서 다른 이를 품는다면?'

어떤 재앙이 일어날지 상상조차 하기 싫었다. 궐겸은 손마디가 불거질 정도로 주먹을 세게 쥐었다. 여란이 새하얗게 질린 궐겸의 얼굴을 발견하고는 걱정스럽게 물었다.

"어디 안 좋으시오? 이 공자도 그 불그죽죽한 물을 한 잔 드셔야겠소."

"저는 괜찮습니다."

웃음기 없는 궐겸의 얼굴을 빤히 보던 여란은 이내 고개를 끄덕였다. 그저 일이 많아 놀랐으려니 하고 대수롭지 않게 넘기며 환라에게 다가갔다.

"형님 괜찮으시오?"

"괜찮다. 란이 너는 괜찮은가?"

"나는 팔팔해졌소!"

여란이 시원하게 웃고는 묘은을 달랑 들어 올렸다. 깜짝 놀란 묘은이 털을 바짝 세웠다가 여란이 편한 자세로 안아 주자 몸을 늘어트렸다.

"산적 두목이 대접하겠다며 두 사람이 깨어나면 내려와 달라고 했소. 우리는 먼저 가 있을 터이니 천천히 내려오시오."

"그리하겠다."

환라가 대답하자마자 여란은 궐겸의 옷자락을 잡고 무작정 방을 나갔다.

환라는 천천히 몸을 일으켰다. 양야가 그녀의 등을 받쳐 일어나는 것을 도운 뒤 옷깃을 정리해 주었다. 시야에서 아른거리는 손이 평소보다 배는 더 새하얬다. 환라는 가슴이 미어지는 듯해 작게 한숨을 내쉬었다.

"도대체 무슨 일이 있었기에……."

"괴조의 둥지에 만인혈석이 있다 하여 가져왔습니다. 피를 많이 흘리긴 하였으나 전하께 드린 약을 저도 먹어 이제는 괜찮습니다."

환라가 안타까운 손길로 양야의 손등을 어루만졌다. 양야는 고개를 숙여 그녀의 손에 입을 맞췄다.

"가슴이 아프십니까?"

"미어지는 것 같다."

"저는 세상이 무너지는 줄 알았습니다."

양야가 손을 뻗어 환라를 끌어안았다. 따뜻한 체온이 느껴지자 안도감이 밀려왔다.

환라는 고생한 양야의 등을 다독여 주었다. 그녀의 손길에 온갖 감정이 파도처럼 밀려들어와 눈과 코가 시큰거렸다. 양야는 환라의 옷이 구겨질 정도로 힘주어 안고 그녀의 향기로 숨을 쉬었다.

"다시는 다치지 마십시오. 다시는……."

환라가 양야의 머리와 등을 쓸어주었다.

"미안하다. 다시는 다치지 않겠다."

불가능하다는 것을 알고 있었다. 말뿐인 약속이었으나 양야는 웃으며 고개를 끄덕였다. 환라의 얼굴에 다정한 입맞춤이 가랑비처럼 내렸다.

환라는 저도 모르게 웃음을 터트리다가 양야의 손을 잡으며 일어났다.

"그런데 그 만인혈석이라는 것은 어떤 병이든 고칠 수 있는 것인가?"

"천벌과 노화가 아니라면 모두 고칠 수 있습니다."

"그럼 황제 폐하의 병도 고칠 수 있는가?"

양야가 의미심장한 미소 지으며 허리에 찬 주머니를 풀러 환라에게 건네주었다. 의아한 표정으로 양야를 보던 환라가 주머니를 열었다. 안에는 새끼손톱의 반 정도 되는 검붉은 돌이 들어 있었다.

"안 그래도 찾으실 것 같아 챙겨 두었습니다. 그 정도 양이면 충분……."

환라는 넘치는 기쁨과 애정을 숨기지 못하고 양야의 볼을 끌어당겨 입을 맞췄다. 갑작스러운 입맞춤에 양야의 심장이 덜컥 주저앉았다가 빠르게 뛰었다. 허리를 숙인 채 굳어 버린 양야의 품으로 환라가 가득 안겨 들었다.

"양야야. 내 여우. 내가 이 은혜를 어찌 다 갚을까."

"갚지 않으셔도 되니 다치지만 마십시오."

양야는 환라를 안으며 그녀의 머리 위에 입을 맞췄다.

그들은 나가려던 것도 잊고 서로를 품에 안은 채 한참을 서 있었다. 두 사람이 나오지 않자 걱정되어 들어온 여란이 그 모습을 발견했다. 다정한 모습에 흐뭇해하기도 잠시, 두 사람의 분위기가 묘하게 변하자 여란이 얼굴을 붉히며 들으라는 듯이 헛기침을 했다.

"커흠! 크흐흠!"

환라가 웃으며 양야의 품을 벗어났다. 먼저 나가는 여란을 보며 그녀는 양야의 손을 꼭 잡았다. 함께 밖으로 나오자 산적과 궐겸이 보였다. 궐겸은 양야를 보더니 핏기가 가신 얼굴로 고개를 돌려 버렸다. 양야가 의아한 표정으로 응시해도 눈을 마주치는 법이 없었다. 한참을 보아도 이유를 말해 줄 것 같지 않자 양야는 신경을 껐다.

산적의 뒤를 따라 마을 중앙에 도착하자 커다란 잔칫상이 보였다.

"그럼 저는 제 일행에게 갈 테니 맛있게 드십시오."

산적이 꾸벅 인사하고 자리를 떴다. 양야가 안으로 들어서자 산적 두목이 자리에서 벌떡 일어났다. 묘은에게 이미 양야의 상처에 대해서는 언급하지 말라는 말을 들은 뒤였기에 두목은 양야의 안부는 묻지 않았다. 다만 버선발로 뛰어가 양야에게 연신 허리를 숙여 인사했다. 그러다 옆에 서 있는 환라의 얼굴을 보고 마차에서 있었던 일을 떠올렸다.

"이제 보니 마차에 계셨던 분이시군요."

"그렇습니다."

"아이고, 신령님. 말씀 낮추십시오. 귀하신 산신령께서 어찌 이 천것에게 말씀을 높이십니까."

"저는 산신이 아닙니다."

"예, 예. 그렇죠. 그렇고 말구요."

양야가 정체를 숨기고 있다고 생각한 두목은 다 안다는 듯 음흉하게 웃었다. 그리고 환라와 양야, 여란, 궐겸을 상석으로 안내했다. 그들이 자리에 앉자마자 두목이 몸을 틀어 앉아 무릎을 짚고 고개를 꾸벅 숙였다.

"신령스러우신 분의 정인인 줄도 몰라뵙고, 실례가 많았습니다."

제일 앞에 앉은 환라가 대답했다.

"괜찮다."

"저희가 보답하기 위해 준비하였으니 마음 놓고 드십시오."

묘은이 먼저 폴짝 뛰어 올라와 제일 먼저 앞에 있는 고기를 야금야금 먹기 시작했다. 음식을 보자 여란과 궐겸도 허기가 몰려왔는지 젓가락을 들었다. 하지만 환라는 보고만 있었다. 그녀를 빤히 보던 양야가 음식을 먼저 맛보고 독이 없는 것을 확인했다.

"환. 이것 좀 드셔 보십시오."

양야와 눈을 맞춘 환라가 봄눈 녹듯이 웃으며 입을 벌렸다. 그러자 양야가 그녀의 입에 고기를 넣어 주었다. 잘 받아먹는 환라를 흐뭇한 눈으로 보는데 두목이 말을 걸었다.

"하마터면 역병으로 모두 죽을 뻔하였습니다. 덕분에 모두 살았으니, 이 은혜를 어떻게 갚아야 할지……. 원하는 게 있거든 뭐든 말해 주십쇼."

양야가 환라의 입에 다른 음식을 넣어 주며 답했다.

"제 연인이 원하는 것이 곧 제가 원하는 것입니다."

두목이 환라를 보며 제 가슴을 쿵쿵 두드렸다.

"그럼 아가씨가 말해 보쇼! 내가 할 수 있는 거면 뭐든 할 테니!"

환라는 고민하는 듯하다가 입을 열었다.

"도적질을 그만두어라."

"아니, 그럼 우리는 뭘 먹고 살라고?"

은인의 연인에게 차마 소리를 지르진 못하겠는지 두목이 작은 목소리로 투덜거렸다. 환라는 양야가 내미는 것을 받아먹고 대답했다.

"지금 가지고 있는 것을 모두 황제 폐하께 상납하고 갈취한 내역을 작성해 올려라. 그러면 선처를 베풀어 최소한의 형벌만 받고, 그 뒤에는 마을을 만들어 정착할 수 있도록 폐하께 말씀을 올리겠다."

파격적인 제안이었다. 두목 또한 그렇게 생각했다. 그는 얼떨떨한 목소리로 물었다.

"왜 그런 제안을 해 주시는 거요? 아니, 그것보다 폐하께 그런 말씀을 올릴 수 있소?"

환라는 고개를 끄덕여 두 번째 질문에 먼저 답을 하고 입을 열었다.

"원래는 산적을 소탕하기 위해 일부러 잡혀 온 것이다. 허나 그대들의 성품과 딱한 사정을 알았으니 강경하게 대처하지 않기로 하였다."

탐관오리의 폭정으로 쫓겨나다시피 산적이 되었다는 말이 환라의 마음을 계속 어지럽혔다. 물론 그 이유뿐만은 아니었다. 산적들이 도적질을 그만두면 영로가 거둬들이는 돈이 줄게 된다. 서당을 통해 들어오던 돈은 모두 끊겼고, 조정의 대신들도 상당수 환라의 사람으로 채워진 탓에 뇌물도 줄어들었을 것이다. 거기에 돈을 바치던 산적들마저 사라진다면 군사를 유지하긴 힘들 것이다.

2년간 노략질을 한 것에 비하면 관대한 처사였기에 환라는 두목이 오래 고민하지 않을 거라 생각했다. 그러나 그는 인상을 찌푸린 채 한참을 침음하다가 대답했다.

"그건 힘든데."

"연유가 무엇인가?"

"그거야 두말할 것 없이 황후 폐하 때문입죠."

두목은 숨기는 기색 없이 이야기했다. 그다지 놀라진 않았다. 두목이 조심하고 숨겼다면 팔뚝에 보라색 연꽃이 수놓인 손수건을 차고 다니지 않았을 것이다. 그리고 산적이 황후에게 뒷돈을 준다는 소문 또한 퍼지지 않았을 것이다. 환라는 두목의 표정 변화를 바라보며 여상히 물었다.

"내가 군사를 이끌고 와 산적을 소탕한다고 하여도?"

"그럼 아가씨들이 떠나자마자 저희도 짐을 싸서 도망쳐야지."

두목이 제 머리를 벅벅 긁으며 미간을 찌푸렸다. 죽이거나 감금하지 않고 도망간다니. 보면 볼수록 도적질을 할 성품으로는 보이지 않았다. 그렇기에 환라는 더더욱 의문스러웠다.

"어째서 황후 폐하를 돕는 것인가?"

"이걸 말해도 될런지 모르겠네. 뭐, 나쁜 것도 아니고 숨기라는 말도 없었으니 괜찮겠지."

두목이 혼자 중얼거리더니 곧 입을 열었다.

"그게 실은, 여기 있는 자들 모두 황후 폐하께 도움을 받은 자들이오. 군사가 된 놈들도 그렇고……."

이미 여란에게 들었던 말이었다.

"단지 그 이유 때문인가?"

"그렇소. 황후 폐하가 갈 곳 없는 놈들을 모아다가 살 곳과 할 일을 주었으니 갚을 수밖에. 뭐, 항간에는 협박이다 거래다 그런 소문이 있지만 우리는 그저 도움이 되고 싶어 이런 일을 할 뿐이라오."

"만일 황후 폐하께서 군사를 일으키면 그대들은 역적이 된다."

"그래도 뭐, 나성에 있을 때보다 끔찍할까."

두목은 대수롭지 않게 말하며 음식을 우걱우걱 먹어 치웠다. 환라는 마음이 뒤숭숭했다. 그녀의 표정이 어두워지자 양야가 손을 잡아 주었다.

환라가 양야에게 미소를 되돌려 주고 있을 때, 음식을 꿀꺽 삼킨 두목이 다시 입을 열었다.

"그것 말고는 뭐, 원하는 것 없으시오?"

"……말을 들어 보니 군사에 대해 알고 있던데."

환라를 바라보며 생각 없이 닭고기를 우적우적 씹던 두목의 움직임이 뚝 멈췄다. 환라가 너무 대수롭지 않게 받아쳐 제 말실수를 뒤늦게 깨달은 탓이었다.

"나, 나는……!"

"모른다는 말은 통하지 않는다. 군사의 위치를 말하라."

"컥! 쿨럭! 콜록, 콜록!"

두목이 격렬하게 기침하며 도망치려 했다. 하지만 환라는 그가 몸을 완전히 일으키기도 전에 옷자락을 강하게 잡아당겨 자리에 앉혔다. 두목은 계속 도망치려 했으나 번번이 실패하였다.

"내 정인이 생명의 은인 아닌가. 이것도 아니 된다, 저것도 아니 된다 하면 도대체 보답은 어떻게 받아야 하는가?"

환라가 두목의 소맷자락을 붙잡은 채 위엄 있는 목소리로 타일렀다. 그러자 제 앞발을 싹싹 핥고 있던 묘은이 고개를 격렬하게 끄덕였다.

"맞아, 두목아! 나도 은인에게 은혜를 갚기 위해 구슬까지 주었는걸? 그런데 너는 그, 군, 그것도 못 알려 주니? 내가 은인이었다면 정말 실망스러웠을 거야. 게다가 양야 님은……."

양야의 서늘한 눈빛이 묘은에게 닿았다. 양야가 죽을 뻔한 것을 말하려던 묘은은 마른침을 꿀꺽 삼키며 눈동자를 도로록 굴렸다. 동시에 양야의 상태를 직접 목도 하였던 궐겸과 두목이 몸을 움찔거렸다.

"다, 다치셨었잖아! 물론 금세 나으실 정도로 벼, 별것 아니었지만! 다쳤으니까……."

묘은이 슬쩍 양야의 눈치를 보다가 총총총 걸어 궐겸의 무릎 위로 올라갔다. 하지만 두목의 양심은 이미 묘은의 말에 들쑤셔신 뒤였다. 그는 머리를 긁적이다가 깊이 한숨을 내쉬었다.

"어디 있는지는 정말 모르는데. 대신 달포에 한 번 위치를 옮긴다는 건 아오. 주변에서 수상한 낌새가 느껴지면 바로 자리를 바꾸기도 하고. 아마 위치를 옮길 날이 일주일도 남지 않았을 거요."

그다지 도움이 되지 않는 정보였다. 환라는 그를 빤히 바라보다가 다른 제안을 했다.

"그러면 우리에게서 빼앗은 물건을 모두 돌려주고 우리를 풀어주어라. 또한 내 정인에 대한 일은 함구해야 할 것이다."

"정말 그걸로 되겠소?"

두목이 믿을 수 없다는 눈으로 환라를 보았다. 환라는 고개를 끄덕였다. 그리고 다른 이들의 식사가 끝났는지를 확인하고는 자리에서 일어났다.

"나는 국정에 몸담고 있는바, 기회를 주겠다는 제안을 거절하였으니 그대들을 소탕할 수밖에 없다. 허나 일주일의 말미를 줄 터이니 마음이 바뀐다면 언제든 한월각으로 기별을 넣으라."

"뭐, 안 잡히면 그만이지. 우리도 은인의 뒤를 공격하는 추잡한 짓은 하지 않을 테니 걱정 마쇼. 그리고 앞으로 한월로 가는 마차는 공격하지 말라 일러둘 터이니 상단 깃발 잘 꽂고 다니시고."

환라가 희미하게 미소 지으며 자리를 빠져나왔다. 양야는 환라의 곁으로 가 그녀의 어깨를 감싸듯 안으며 나란히 걸었다. 그 뒤로 궐겸과 여란, 묘은이 따라 나왔다.

두목은 부하들에게 마차와 말, 약탈한 물건을 고스란히 준비해 두라고 일렀다. 세 사람과 두 동물은 절벽에서 내려와 마차에 올랐다. 마부는 호위와 함께 한월각으로 돌아간 지 오래였기에 묘은이 사람으로 변해 마부석에 앉았다.

산적의 거처를 알아내고 안전하게 빠져나왔으나 환라의 얼굴은 그다지 밝지 않았다. 환라는 양야에게 기대 창밖을 바라보다가 궐겸에게 말했다.

"겸아."

"예, 전하."

"중경으로 돌아가거든 대장군에게 산적들을 소탕하라 이르라. 단, 보라색 연꽃 손수건을 지닌 무리를 먼저 소탕하고, 소탕할 시 최대한 무력을 사용하지 말도록 하라."

"예, 전하."

창문에 기대 환라가 하는 명령을 듣고 있던 여란이 늘어지게 하품을 하며 물었다.

"그런데 군사는 어쩌오? 주변에 있는 산을 다 뒤져야 하나?"

궐겸이 양야에게로 고개를 돌렸다. 그러나 정작 눈이 마주치자 황급히 시선을 회피해 버렸다. 양야는 묘한 눈으로 궐겸을 보다가 환라에게 말했다.

"실은 산적 두목의 집에서 군사를 발견하고 미행했습니다. 경비가 삼엄해 곰방대를 새로 둔갑시켜 놓고 감시하게 했는데…….."

양야가 말을 멈추고 자신의 정기가 아직 곰방대에 깃들어 있는지 살폈다. 하지만 아무것도 느껴지지 않았다.

"만인혈석을 찾는 도중에 정기를 모두 사용해서인지 둔갑술이 풀린 듯합니다. 송구합니다, 전하."

"그대의 잘못이 아니다."

환라가 양야의 손을 깍지 껴 잡고 그의 손등을 다정하게 다독였다. 여란은 양야의 말을 듣고 고개를 갸웃거렸다. 그러나 이내 둔갑이나 정기라는 말을 듣고 도술을 부리는 삵이 도와주었겠거니 생각했다.

그녀가 혼자 이해하고 고개를 끄덕이는 사이 궐겸의 얼굴은 창백해졌다. 만인혈석이라는 단어에 반사적으로 양야가 입었던 상처가 떠올랐다. 멀쩡하게 웃고 있는 양야를 보자 속이 매스껍고, 무언가가 꺼림칙했다. 그가 손등으로 입을 가리며 고개를 돌리자 여란이 걱정스럽게 물었다.

"이 공자. 멀미하시오?"

"……예. 그런 듯합니다."

양야가 가라앉은 눈으로 궐겸을 보았다. 이내 그의 미간이 살짝 찌푸려졌다. 궐겸의 얼굴에 떠오른 미약한 혐오를 읽은 탓이었다. 다행이라고 해야 할지, 궐겸은 제 감정을 크게 티 내지 않았다. 선량한 사람인지라 자신도 의식하지 못하는 사이에 양야가 상처받지 않도록 신경 쓰고 있었다.

그러나 두려움은 재채기보다 숨기기 힘든 법이었다.

양야의 시선을 따라 고개를 돌린 환라 역시 궐겸의 분위기가 올 때와는 사뭇 다르다는 것을 눈치챘다.

'무슨 일이 있었던 것인가?'

환라가 고민하는 사이 궐겸이 틀었던 몸을 바로 하고 표정을 갈무리했다. 그리고 원래의 화제로 되돌아갔다.

"전하. 실은 군사의 위치를 확인하면서 본 것이 있사옵니다."

"말하라."

"황후 폐하의 군대에 갈파국의 군사들이 섞여 있었습니다."

환라가 긴 숨을 내쉬며 눈을 지그시 감았다. 양야가 그녀의 어깨를 감싸 안고 팔뚝을 부드럽게 문질러 주었다. 하지만 복잡한 심경은 가라앉지 않았다. 이대로 어머니의 폐위를 진행해도 되는지, 혹시 피치못할 이유로 악역을 도맡고 계신 건 아닌지, 머리가 다 아팠다. 그녀는 양야에게 머리를 기대며 한숨 쉬듯 말했다.

"악한 분이라 생각하면 선행이 드러나고, 선한 분이라 생각하면 악행이 드러나니. 어머니가 어떤 분인지 도무지 알 수가 없구나."

"너무 복잡하게 생각하지 마십시오. 선악과 상관없이 그저 목적을 따르는 분일 수도 있지 않습니까."

환라가 고개를 들어 양야를 보았다. 눈이 마주치자 그가 환라의 이마에 위로하듯 입을 맞췄다. 동시에 앞에서 헛기침이 터져 나왔다. 환라는 소리가 들린 쪽으로 고개를 돌렸다. 여란이 게슴츠레한 눈을 하고서 환라와 양야를 밉지 않게 노려봤다.

"우리는 보이지도 않소?"

말은 우리라고 했으나 여란은 저도 모르게 궐겸을 힐끗거리고 있었다.

환라는 그제야 궐겸의 고백을 떠올렸다. 그녀는 자신의 무심함을 탓하며 미안한 얼굴로 몸을 바로 세웠다. 눈이 마주치자 궐겸이 환라에게 말했다.

"저는 괜찮사옵니다, 전하."

"내가 안 괜찮소. 눈꼴 시려서, 원. 정인이 없는 사람은 어디 서러워서 살겠소?"

여란이 작게 투덜거렸다. 양야와 환라가 한 쌍의 원앙처럼 붙어 있으면 여란은 항상 흐뭇한 얼굴을 하곤 했다. 그러니 저 말은 궐겸과 환라가 민망하지 않도록 배려한 것일 터였다.

환라가 고마움을 담아 눈짓하자 여란이 씩 웃고는 화제를 전환했다.

"그럼 이제 어쩔 것이오?"

"군사는 내 눈으로 직접 봐야 한다."

그래야 이백에게 할 말이 생긴다. 환라의 말을 듣던 궐겸이 고개를 돌렸다. 마차 뒤에 난 창으로 보이는 수레에 짐이 가득 실려 있었다.

"마차는 두고 움직이셔야 할 것 같습니다."

"안 되오. 여기는 사람이 제법 다니는 길이라 마차를 두고 가면 분명 누가 물건을 훔쳐 갈 것이오. 무사히 돌려받은 물건들이 사라진 걸 알면 정위가 난리 칠 게 뻔하오. 게다가 이건 당진으로 보내야 하지 않소."

여란이 양야에게 동의를 구했다. 사실 이 정도 물건은 사라져도 별 타격이 없기에 양야는 말없이 미소만 지어 보였다. 하지만 환라는 제 연인이 손해 보는 건 싫었다. 게다가 상인에게 신뢰는 금보다 더 귀하지 않은가? 그러니 더더욱 마차를 두고 갈 순 없었다.

"여기서 당진까지는 얼마나 걸리는가?"

양야가 대답했다.

"반나절만 더 가면 됩니다."

"란아. 마차를 몰 줄 아는가?"

여란이 고개를 끄덕였다. 환라는 여러 가지 상황을 생각했다.

'양야가 새로 둔갑시켜 두었던 곰방대가 원래대로 돌아갔다고

하였지.'

순찰하던 병사가 그 곰방대를 발견하기라도 하면 누군가 은신처에 왔었다고 생각할 것이다. 그러면 위치가 발각되었다고 생각해 위치를 옮길지도 모른다. 조금이라도 빨리 이동해야 한다. 그러려면 양야와 묘은이 동물로 변해야 하는데 여란은 양야가 여우인 것을 모르고 있었다. 설명하려면 시간이 좀 걸릴 터였다.

마침 누군가는 짐을 지키거나 당진으로 옮겨야 하니 적임자는 한 명뿐이었다.

"란이 네가 짐을 당진에 전해 주어라."

"알겠소."

환라는 고개를 끄덕이다가 문득 산적들의 얼굴이 떠올랐다.

"혼자서는 짐을 지키기 힘들 터. 좌사정도 여란을 따라가라."

평소와 달리 궐겸은 대답이 없었다. 그는 고요히 양야를 응시하고 있었다. 기실 환라의 말은 틀린 것이 없다. 정당한 명령이니 응당 따라야 한다. 하지만 양야의 위험성을 알아 버린 이상 마음 놓고 여란을 따라갈 수 없었다. 그는 제 옷자락을 움켜쥐고 고개를 돌렸다.

"저는 전하와 함께 가고 싶습니다."

그 말에 여란이 냉큼 동의했다.

"그러는 게 낫겠소. 반나절이 뭐 대수라고 이 공자까지 끌고 가오?"

환라가 걱정스러운 눈으로 여란을 보자 궐겸의 마음이 흔들렸다. 그것을 눈치챈 여란이 궐겸의 어깨를 제 어깨로 툭 치고는 씨익 웃었다.

"나는 그럼 당진에 물건을 전해 주고 한월각으로 가 있겠소."

"부탁하겠다."

"걱정 마시오, 형님! 내가 누구요? 홍여란 아니오."

여란은 호탕하게 웃고는 마차 앞을 쾅쾅 두드렸다. 안에서 오가는 소리를 다 듣고 있던 묘은이 말에게 부탁해 마차를 세웠다.

그들은 마차에서 내렸다. 묘은도 마부석에서 폴짝 뛰어 내려와 환라의 품에 안겼다. 그녀가 도술을 부리자 뒤에 실려 있던 짐들이 모두 마차 안으로 들어갔다. 여란은 신기하다는 눈으로 그 광경을 보다가 마부석에 올랐다.

"그럼 다들 조심해서 다녀오시오!"

여란이 마차를 출발시키곤 큰 소리로 인사하며 멀어졌다. 환라는 여란에게 손을 흔들어 주고 궐겸과 양야에게로 몸을 돌렸다.

"군사는 어디 있는가?"

묘은이 환라의 품에서 뛰어내렸다.

"내가 알아! 뛰어가면 금방이야. 한 시진도 안 걸릴걸?"

그러고는 세 사람이 타고도 남을 정도로 커다랗게 변했다. 양야는 몸에 들어찬 사기가 정화되기 전까지는 모습을 바꾸는 것 같은, 정기를 많이 소모하는 도술은 사용하지 않는 게 나았다. 그 사실을 모르는 환라는 여전히 사람의 모습으로 있는 양야를 바라보았다. 혹시 아파서 여우로 변하지 않는 건가 싶었다. 그러나 양야의 얼굴에는 말간 혈색이 돌고 있었다.

환라는 금세 그 생각을 거뒀다. 그리고 묘은의 등에 올라 손을 뻗는 양야에게로 다가갔다. 환라가 올라타자 양야의 뒤로 궐겸도 올라탔다.

"출발할게!"

묘은은 대답이 나오기도 전에 발을 굴렀다.

그들은 반 시진(1시간) 만에 군사가 모여 있는 곳에 도착했다. 정확히 말하면 양야가 두고 간 곰방대가 있는 곳이었다.

양야는 곰방대를 주워 품에 넣고 환라의 옆에 섰다. 묘은이 눈치껏 도술로 그들의 모습을 가리고 소리가 새어 나가지 않도록 해 주었다. 그것을 알아차린 양야가 굳은 표정으로 서 있는 환라의 손에 깍지 꼈다. 마침 뭐라도 붙잡고 싶었던 환라는 양야의 손을 움켜쥐며 탄식하듯 말했다.

"저 보라색 연꽃은 어머니의 문양이다. 다른 갑옷을 입은 군사들 또한 갈파왕의 군사가 맞다."

자신이 뱉은 말이지만 그녀는 여전히 믿을 수가 없었다. 영로가 갈파왕을 두려워한 것은 진심이라고 생각했다.

'그런데 그마저도 거짓이었다니…….'

말로 전해 들었을 때는 느끼지 못했던 충격이 그녀의 몸을 뒤흔들었다.

"전하. 괜찮으시옵니까?"

궐겸이 옆으로 와 걱정스럽게 물었다. 환라는 고개를 끄덕이고 눈을 떴다. 충격받았다고 일을 미룰 순 없었다.

"환궁한다."

환라가 몸을 돌렸다. 그녀가 막 걸음을 떼려고 한 순간, 땅이 일정하게 울리기 시작했다. 뒤돌아보자 짐을 든 군사들이 한 몸처럼 움직여 이동하는 게 보였다. 궐겸이 조급하게 중얼거렸다.

"하필 이때……."

군사를 따라가 다시 위치를 알아낸 뒤 황궁으로 가든지, 아니면 곧장 황궁으로 가든지, 환라는 결단을 내려야 했다.

군사의 위치를 모르면 이백을 설득한다 해도 군대를 해산시킬 수 없다. 하지만 시간을 지체하자니 이백의 병환이 마음에 걸렸다. 그녀는 한시라도 빨리 이백에게 만인혈석을 전해 주고 싶었다. 환라는 가장 효율적인 방법을 찾기 위해 고민했다.

'네 사람이나 있으니 서로 갈라져서 한쪽은 군사를 쫓고 한쪽은 궁으로 돌아가면 된다.'

이백은 환라의 말만을 믿을 것이기에 환라는 반드시 궁으로 가야 했다. 중요한 건 누가 그녀와 함께 가느냐는 것이었다.

양야는 건강 상태가 좋지 않으니 빨리 이동하긴 어려울 것이다. 속도를 생각하면 묘은과 함께 가야 하나 그러자니 양야가 걱정스러웠다. 정기가 없으면 양야는 몸을 가누기 힘들 정도로 고통스러울 것이다. 약초라도 피우면 좋으련만 연기가 나면 위치가 발각될 테니 그마저도 불가능했다. 환라나 묘은, 둘 중 하나는 양야와 함께 있어야 한다.

'그럼 궐겸만 두고 가야 하는가?'

그러다 발각되기라도 하면 손쓸 방도가 없다.

환라는 점점 멀어지는 군사를 보며 입술을 깨물었다. 양야는 수심의 잠긴 환라의 얼굴을 바라보았다. 그리고 잠시 고민하다가 제 머리카락을 들어 올렸다. 머리카락 위로 손가락을 쭉 미끄러트리자 실처럼 가늘게 땋아졌다. 양야는 그것을 잘라 내 환라의 팔에 묶어 주었다.

별안간 손목에서 비단 끈처럼 부드러운 감촉이 느껴지자 환라가 고민을 멈추고 고개를 들었다.

"이게 무엇인가?"

"위급한 상황에 끊으시면 제가 알 수 있게 주술을 걸어 두었습니다."

옆에서 묘은이 작게 한숨을 내쉬었다. 기운을 정화하는 데에 써야 할 정기가 머리카락으로 쑥 빨려 들어가는 게 보인 탓이었다. 그러나 양야는 아랑곳하지 않고 말을 이었다.

"묘은이를 타고 이 공자의 고향집으로 가십시오. 그곳에서 태자 행렬에 합류하시어 궁으로 돌아가 기다리시면 제가 군사의 위치를 알아내 돌아가겠습니다. 이 공자. 전하를 잘 보필해 주십시오."

궐겸은 말없이 고개를 끄덕였다. 묘은 역시 양야의 말이 내심 달가웠다. 그녀의 사명은 어디까지나 양야에게 일어난 변고를 백호선에게 알리는 것이었다. 원래대로라면 양야에게 사기가 깃들었을 때 당장 뇌동산으로 돌아가야 했으나 기절하는 바람에 실패했다. 그 뒤에는 양야를 살리기 위해 미뤄 두었다가 시기를 놓치고 말았다.

그런데 환라와 궐겸을 데려다주면 돌아올 때는 혼자가 된다. 그때 뇌동산에 잠시 들러 양야의 상태를 백호선에게 알리는 건

문제가 되지 않을 것이다. 계산을 끝마친 묘은이 활짝 웃으며 고개를 끄덕였다.

"그래 은인! 그렇게 하자. 내가 데려다줄게."

하지만 환라는 수긍하지 않았다. 그녀는 걱정스러운 눈으로 양야를 보며 그의 손을 붙잡았다.

"그대는 어찌 버티려 그러는가?"

"묘은이의 속도라면 이 공자의 고향집에 갔다가 돌아오는 데까지 한 시진(2시간)도 걸리지 않을 것입니다. 그 정도는 견딜 수 있습니다."

"혹시나 해서 묻겠다. 여우로 변해 나와 함께 궁으로 갈 순 없는가?"

"예. 정기를 많이 사용해 당분간 여우의 모습으로 변할 수 없습니다. 차라리 기척을 감추고 군사를 따라가는 것이 덜 부담스럽습니다."

환라는 양야의 손을 힘주어 잡았다. 머릿속에 아버지와 어머니, 갈파왕, 양야의 얼굴이 어지럽게 섞였다. 그러는 와중에도 땅을 뒤흔드는 소리는 점점 더 멀어지고 있었다. 환라는 숨을 크게 내쉬고 결연한 표정으로 양야를 보았다.

"조심해야 한다."

"환께서도 조심하셔야 합니다."

환라는 고개를 끄덕이고 양야의 손을 놓았다. 양야가 멀어지는 환라의 손을 잡아당겨 그녀를 품에 꼭 안았다. 두 사람이 포옹을 나누는 사이 묘은은 커다랗게 변했다.

양야는 궐겸과 환라가 묘은의 등에 올라타는 것을 바라보다가 묘은의 얼굴 쪽으로 다가갔다. 집채만 하게 변한 묘은이 눈을 동그랗게 뜨고 양야를 보았다. 양야는 다정히 웃으며 묘은에게만 겨우 들릴 정도로 작게 속삭였다.

"뇌동산에 들를 생각은 말거라. 네가 일찍 돌아와 계속 정기를 나눠 준다면 금세 정화될 것이니 알릴 필요 없다."

"하오나……."

"나중에 더 큰 일이 생겼을 때 알리거라. 백호선께서 왔다가 헛걸음하게 했다고 역정이라도 내시면 어찌하려고."

듣고 보니 양야의 말이 옳은 것 같기도 했다. 묘은은 고개를 갸웃거리다가 양야의 상냥한 미소를 보고는 고개를 끄덕였다.

"알겠사옵니다. 그럼 냉큼 다녀오겠사옵니다!"

양야가 고개를 끄덕이고 물러서자 묘은은 사람의 눈에 보이지 않을 정도로 빠르게 달려 나갔다. 양야는 멀어지는 환라의 뒷모습을 보다가 몸을 돌려 군사를 뒤따라갔다.

그렇게 반 시진(1시간)이 지나고, 묘은은 모습을 숨긴 채 궐겸의 집에 도착했다.

환라가 끌어안고 있던 묘은의 목을 놓고 미끄러지듯이 내려왔다. 궐겸까지 바닥으로 내려오자 묘은이 손을 휘저었다. 그러자 환라와 궐겸의 모습이 투명해지고 잠겨 있던 뒷문이 열렸다.

"제가 안내하겠습니다."

궐겸이 앞장서서 귀빈을 모실 만한 곳으로 향했다.

한참을 걷던 궐겸이 한 건물 앞에서 멈춰 섰다. 묘은이 나서서 방 안의 기척을 살폈다. 어렴풋이 환라의 물건들과 칠각의 냄새가 났다. 묘은은 바람을 일으켜 창문을 열었다. 창가 옆을 지키고 있던 병사들이 대수롭지 않게 문을 닫으려 했으나 칠각은 수상함을 느꼈다.

"닫지 말고 잠시 두어라."

"예, 태감."

급하게 병사의 움직임을 막으려던 궐겸이 안도의 숨을 내쉬며 묘은을 보았다. 묘은이 꼬리를 살랑이며 환라의 몸을 허공에 띄웠다.

"내가 도와줄게, 은인! 어서 들어가. 사정이 너도. 나는 빨리 양야 님께 가 보아야겠어."

환라가 안전하게 방으로 들어오자마자 궐겸 역시 낮은 창문을 넘어 안으로 들어갔다. 환라는 창가에 기대 떠나려는 묘은에게 말했다.

"묘은아. 양야를 잘 부탁한다."

"응!"

묘은이 발랄하게 대답하고는 수풀 사이로 사라졌다. 동시에 환라와 궐겸에게 걸려있던 도술도 풀렸다. 칠각의 눈에는 두 사람이 갑자기 나타난 것처럼 보였다. 그러나 돌풍이 불 때부터 환라가 돌아온 것이라 예상했기에 그다지 놀라진 않았다.

그는 병사들이 고개를 돌리기 전에 황급히 문을 닫았다. 그리고 제일 먼저 환라의 안위를 살폈다.

"다치신 곳은 없사옵니까?"

"괜찮다."

칠각이 안심한 얼굴로 준비해 뒀던 태자복을 가져왔다. 환라가 옷고름을 풀자 궐겸이 얼굴을 붉히며 몸을 돌렸다. 그저 겉옷만 갈아입는 것인데도 달아오른 얼굴은 쉽사리 가라앉지 않았다. 그는 한참을 뒤돌아 서 있다가 비단 천 스치는 소리가 멈추자 몸을 바로 했다.

옷매무새를 정리한 환라가 화장대 앞에 앉았다. 칠각이 그녀에게 다가가 능숙한 솜씨로 머리를 반 정도 올려 장식한 뒤 면포를 씌워 주었다. 환라는 거울로 제 모습을 확인하고 자리에서 일어났다.

"환궁하겠다."

"준비하겠사옵니다, 전하."

칠각이 공손히 대답하고 방을 나갔다. 환라는 이상하게도 마음이 불안해 품에서 주머니를 꺼내 만인혈석을 확인했다. 당연하게도 만인혈석은 어디 가지 않고 잘 있었다. 환라는 주머니를 다시 품에 넣으며 궐겸에게 말했다.

"오랜만에 온 고향이니 좀 더 머물다 와도 좋다."

"아니옵니다, 전하. 장 객주가 제게 전하를 잘 보필해 달라 부탁하지 않았사옵니까."

궐겸이 부드럽게 미소 지었다. 환라는 미안함과 고마움이 뒤섞인 미소를 궐겸에게 되돌려 주었다. 그리고 탁자 앞에 앉아 만인혈석이 든 주머니 부근에 손을 올렸다.

'이것만 전해 드리면 된다. 그럼 아버지도 금세 건강을 되찾으시겠지.'

부축을 받지 않고 혼자 걸을 수 있게 될지도 모른다. 함께 산책하는 상상을 하니 웃음꽃이 절로 피었다. 곁으로 다가온 궐겸이 그녀의 미소를 보며 앞에 앉았다.

"기분이 좋아 보이십니다."

"양야 덕이다. 정신이 없는 와중에도 폐하의 치료제를 챙겨 두었더구나. 이 사실을 고하면 공로를 인정받아 태자비가 될 수도 있을 것이다."

"……근심을 더시게 되어 다행이옵니다."

궐겸은 입술을 꾹 다물었다. 미소를 지었으나 속은 무겁고 답답했다. 눈을 감으면 양야의 등이 떠올랐다. 짐승의 아가리처럼 붉게 벌어져 이빨같이 허연 뼈를 드러낸 상처가 아른거렸다. 어두운 금빛으로 희번덕이는 뱀 같은 동공, 허공을 부유하던 머리카락들이 연이어 떠올라 두려웠다. 공포가 전율처럼 흘러 온몸이 욱신거리는 듯했다.

궐겸은 고민했다. 충정으로 보나 연정으로 보나 양야는 환라의 곁에 두기엔 위험한 존재였다. 하지만 막상 알리자니 투기로 보일까 염려스러웠다.

'모든 선택은 전하의 뜻에 달렸으나 장 객주의 위험성을 알고 곁에 두는 것과 모르고 곁에 두는 것은 천지 차이지. 투기라 생각하셔도 말씀드릴 수밖에.'

궐겸은 마음을 가다듬고 환라를 보았다.

"전하."

환라가 손을 내려놓으며 눈을 마주쳤다. 궐겸은 잠시 망설이다가 입을 열었다.

"실은 전하께서 쓰러지셨을 때 장 객주가 이성을 잃었사옵니다."

"만일 양야가 습격을 받아 쓰러지면 나도 이성을 잃을 것이다."

문제없다는 투에 궐겸은 가슴이 답답했다.

"기운이 너무 흉포하여 감당할 수 없을 정도였사옵니다. 게다가 약을 구해 오는 과정에 등에 큰 상처를 입었는데 아무런 티를 내지 않······."

"큰 상처를 입었다 하였는가?"

환라가 걱정스러운 어조로 말하며 자리에서 일어났다. 그녀가 다른 사람의 말을 끊는 것은 매우 드문 일이었기에 궐겸은 내심 놀랐으나 티 내지 않고 대답했다.

"제가 직접 보았사옵니다."

"얼마나 다쳤는가?"

"뼈가 보일 정도로 큰 상처를 입었사옵니다."

환라의 얼굴이 새하얗게 질렸다. 심장이 발밑으로 추락하는 듯했다. 너무 놀라 숨 쉬는 것조차 잠시 잊고 말았다. 그녀는 망부석처럼 서 있다가 당장 양야에게 달려가기라도 할 것처럼 몸을 돌렸다. 궐겸이 다급하게 환라의 손을 붙잡았다.

"전하. 진정하시옵소서."

"내가, 어찌 진정할 수 있겠는가? 양야에게 가야겠다."

"묘은 낭자가 함께 있으니 괜찮으실 겁니다. 게다가 상처도 다 나은 듯했습니다."

분명 환라에게도 다 나았다고 말했다. 양야가 저에게 거짓을 고할 리 없으니 낫기는 하였을 것이다. 환라는 옷자락을 움켜쥐었다가 심호흡을 했다.

궐겸은 환라가 진정할 때까지 기다렸다가 다시 입을 열었다.

"장 객주의 연정이 지나쳐 전하께 독이 되지 않을까 염려가 되옵니다. 전하의 마음이 변하거나 전하께 변고가 생기셨을 때 무고한 사람이 다칠 수도 있사옵니다."

"내 마음은 변하지 않는다."

환라가 단호하게 말했다. 궐겸이 찡그리듯 미소 지었다. 환라의 마음이 변하길 바라며 한 말이 아니었음에도 밀려드는 실망감을 감출 길이 없었다. 그 표정이 환라의 눈에도 여실히 보였으나 그녀는 궐겸의 의도를 왜곡하지 않았다. 궐겸이 양야의 위험성을 알린 것은 신하로서 올바른 선택이었다.

"하지만 무고한 사람이 다칠 수 있다는 그대의 말은 일리가 있다. 양야와 대화하고 대책을 마련할 테니 그대는 염려하지 말라."

"예, 전하."

"……알려 주어 고맙다."

궐겸이 고개를 깊이 숙이자 환라가 몸을 돌려 방을 나갔다. 사람들이 환라를 따라 물러가는 소리가 들렸다. 밖에서 인기척이 들리지 않자 그제야 궐겸도 자리에서 일어나 밖으로 나갔다. 그는 부모님과 짧게 인사를 나누고 환라와 함께 마차에 올랐다. 마차가 움직이자 환라의 마음도 다급해졌다.

'일각이라도 빨리 아버지의 병을 치료하고 양야에게 돌아가야겠다.'

환라는 마차 문을 열고 칠각에게 말했다.

"말이 없는 자들과 악대는 천천히 돌아오게 하라. 나는 호위만 대동하고 이동하겠다. 최대한 빨리 환궁한다."

환라가 마차에서 내려 말에 올라탔다. 당황한 칠각이 말릴 새도 없이 그녀는 궐겸과 호위를 대동한 채 달려 나갔다.

"전하!"

칠각이 불렀으나 환라는 멈추지 않았다. 그는 하는 수 없이 다른 환관에게 명령을 내리고 말에 올라타 환라를 따라잡았다.

환라 일행은 마을에 도착할 때마다 말을 바꾸며 쉬지 않고 달렸다. 그러자 하루 만에 중경에 다다를 수 있었다. 해가 뜨지 않은 이른 새벽인 데다가 악대가 없으니 아무도 태자의 귀환을 알지 못했다. 당연히 환호하거나 절을 올리는 백성도 없었다. 덕분에 환라는 아무런 방해도 받지 않고 단숨에 궁으로 들어갔다.

환라는 들뜨고 초조한 마음으로 말에서 내리며 칠각에게 일렀다.

"곧장 폐하께 갈 것이다. 태감은 손절구와 마실 수 있는 물을 가져와라."

칠각이 인사를 올리고 물러났다.

환라는 궐겸과 호위를 대동하고 높은 담장 사이를 걸었다. 흐릿하고 고요한 달빛이 궁에 스며들었다. 어슴푸레한 빛 때문인지 환라의 마음에도 이유 모를 불안이 깃들었다. 느리고 단정하던 걸음이 점점 빨라졌다. 그녀는 이내 뛰다시피 움직여 항룡궁 안으로 들어섰다.

그러자 대전을 지키고 있는 궁인과 환관들이 눈에 들어왔다.

그들은 모두 장식이 없는 검은 옷을 입고 있었다.

환라는 아무런 생각도 할 수 없어 그 자리에 멈춰 섰다. 뒤에서 궐겸의 목소리가 들렸다.

"전하."

환라는 그 부름에 답할 수도 없었다. 정신이 아득했다. 모든 것이 비현실적이어서 마치 악몽 속에 들어와 있는 듯했다. 그녀는 만인혈석이 든 주머니를 강하게 움켜쥐었다.

환관이 무작정 안으로 들어가려는 환라의 앞을 막아섰다.

"전하. 일단 상복으로 갈아입고 오소서."

"비켜라."

"전하."

"비키라 하였다."

환라의 목소리가 가늘게 떨렸다. 환관은 어쩔 수 없이 몸을 비켜서며 문을 열었다.

그 안으로 수십 개의 문이 늘어섰으나 궁인이 문을 열어 줄 때까지 기다릴 순 없었다. 환라는 제 손으로 문을 열어젖히며 앞으로 나아갔다.

그러다 드디어 마지막 문에 다다랐다. 거침없던 환라의 움직임이 우뚝 멈췄다. 그녀는 문 안쪽을 꿰뚫어 보기라도 할 듯이 노려보았다. 오래도록 그렇게 서 있다가 천천히 문을 열었다.

죽음의 냄새가 기다렸다는 듯 환라의 얼굴을 덮쳤다. 환라의 입술 사이로 희미한 탄식이 흘렀다.

"아아……."

방 안 가장 깊은 곳, 황제의 침상에는 이백이 눈을 감은 채 평온한 얼굴로 누워 있었다.

뒤따라온 궐겸이 환라의 손을 붙잡았다. 그러나 환라의 손은 미끄러지듯 궐겸의 손아귀를 빠져나갔다. 그녀는 휘청거리며 이백에게로 다가갔다. 짙은 향내가 코를 찔렀다. 방 안에 늘어놓은 커다란 얼음 탓에 여름임에도 공기는 한겨울 같았다. 이백의 입술은 핏기없이 바싹 말라 있었고, 황금색 예복을 휘감긴 몸에서는 생명의 박동이 느껴지지 않았다. 숨이 오가는 흔적조차도 느껴지지 않았다.

환라는 제 아버지의 모습을 눈에 담았다. 분명 바라보고 있으나 이 상황을 이해할 수 없었다. 마치 시간이 멈춘 듯했다. 환라가 누워 있는 이백의 곁에 주저앉았다.

"폐하. 다녀왔사옵니다."

아무런 대답도 들리지 않았다. 환라는 조심스럽게 이백의 손을 잡았다. 그의 손은 마르고, 차갑고, 뻣뻣했다. 환라의 입술 사이로 가늘게 떨리는 숨이 흘러나왔다.

"며칠 전만 해도 강녕하시지 않으셨사옵니까? 헌데 왜 또 누워 계시옵니까?"

환라는 이백의 손가락 마디를 연신 쓰다듬었다. 굳은 주름이 환라의 손끝에서 밀려 났다. 그러나 탄력을 잃은 피부는 되돌아오지 않았다. 환라는 이백의 피부를 멍하니 바라보다가 인기척에 고개를 들었다. 칠각이 손절구과 물이 든 잔을 들고 문가에 서 있었다.

"태감은 왜 그러고 섰는가? 어서 물과 손절구를 가져와라."

명령하는 목소리는 놀랍도록 침착했다. 칠각은 잠시 망설이다가 환라에게 다가갔다. 환라는 칠각에게서 손절구를 받아들고 그 안에 만인혈석을 넣었다.

"폐하. 제가 약을 구해 왔사옵니다. 만 가지 병도 낫게 한다는 묘약이옵니다."

"전하."

칠각이 말리듯 환라를 불렀으나 그녀는 시선조차 주지 않았다. 그저 맑은 물을 넣고 붉은 돌을 절굿공이로 으스러트릴 뿐이었다.

절구 안의 물이 금세 검붉게 변했다. 환라는 약을 한 숟가락 퍼서 이백의 입가에 가져다 댔다.

"제발……, 한 모금이면 되옵니다, 폐하."

간절한 애원에도 굳게 닫힌 입은 벌어지지 않았다.

환라가 이백의 입술 아래를 지그시 눌렀다. 턱은 움직이지 않았으나 입술은 살짝 벌어졌다. 그 틈 사이로 환라가 다급하게 약을 흘려 넣었다. 그러나 야속하게도 검붉은 액체는 입꼬리를 타고 주르륵 흘러내렸다.

환라는 아랑곳하지 않고 소매로 이백의 입가를 닦아 준 뒤 다시 약을 퍼 올렸다. 내심 이백이 기적적으로 살아 돌아오지 않을까 기대했던 칠각은 눈을 질끈 감았다. 그리고 사시나무처럼 떨리는 환라의 손을 붙잡았다.

"전하. 폐하께서는 이미……."

"그러실 리 없다."

환라는 칠각의 손을 뿌리치고 이백의 입술 사이로 다시 약을 흘려 넣었다.

"제발, 폐하. 한 모금만⋯⋯. 제발⋯⋯."

환라는 약을 흘려 넣었다. 약은 어김없이 밖으로 새어 나왔다. 그녀는 간절한 손길로 삼키지 못할 약을 제 아버지의 입 안으로 수차례나 흘려 넣었다. 억장이 무너지는 얼굴로 환라의 뒤에 서 있던 귈겸이 더는 두고 볼 수 없다는 듯 환라의 몸을 제 품에 가뒀다.

"전하, 제발 그만하시옵소서."

팔을 움직일 수 없게 되자 환라가 몸을 비틀었다. 칠각이 환라의 무릎 위에 올려놓았던 쟁반을 들고 뒤로 물러섰다. 환라는 마치 벼랑 밑으로 떨어지는 사람처럼 약을 향해 손을 뻗었다. 귈겸은 환라를 더 꽉 끌어안아 그녀를 막았다.

칠각이 그대로 뒷걸음질 쳐 환라에게서 멀어졌다. 마지막 희망이 눈앞에서 멀어지자 환라는 새하얗게 질려 비명처럼 소리쳤다.

"놔라! 명령이다, 이것 놔라!"

그녀는 기어이 귈겸을 뿌리쳤다. 그러나 칠각은 이미 방을 나간 뒤였다. 얼마 지나지 않아 칠각이 방으로 돌아왔으나 그의 손은 텅 비어 있었다. 환라는 망연자실한 눈으로 칠각을 보다가 이백의 시신 앞에 주저앉았다. 슬픔이 목을 조르는 듯했다. 숨넘어가는 소리를 내며, 환라는 넋 나간 사람처럼 중얼거렸다.

"아버지, 눈 좀 떠 보시옵소서. 환라가 왔사옵니다."

환라는 무겁고 딱딱한 이백의 몸을 흔들었다.

"어찌 저를 보지도 않고 가시옵니까? 저를 기다려 주시지도 않고 가시옵니까? 제게 어찌 이러시옵니까?"

주먹으로 이백의 가슴을 쥐어뜯는 듯이 내리쳤다. 그러나 심장 박동은 돌아오지 않았다. 환라가 할 수 있는 것이라고는 생명이 꺼진 몸 위에 쓰러져 통곡하는 것뿐이었다.

면포로 가려져 있으나 환라의 절망이 칠각과 궐겸에게 여실히 전해졌다. 칠각은 발밑이 무너지는 듯해 그 자리에 무릎을 꿇고 몸을 엎드렸다. 궐겸은 비틀거리며 일어나는 환라를 끌어 품에 안았다. 고아하기만 하던 손이 궐겸의 옷깃을 우악스럽게 움켜쥐었다.

"고작 나흘이다. 고작 나흘을 비웠을 뿐인데……. 강녕하시던 분이……! 잘 다녀오라면서 웃어 주시던 분이 어찌 이리 허망하게 가신단 말인가! 이럴 순 없다. 이러실 리 없어."

목 놓아 우는 소리가, 위로조차 건넬 수 없는 슬픔이, 방 안을 가득 메웠다. 궐겸은 환라를 끌어안은 채 함께 눈물을 흘렸다.

그렇게 얼마나 시간이 흘렀을까. 오열하던 환라의 몸이 별안간 툭 늘어졌다.

궐겸이 쓰러지는 환라의 몸을 받치며 주저앉았다.

"전하! 정신 좀 차려 보시옵소서, 전하!"

애타게 부르는 소리에 칠각이 고개를 번쩍 들었다. 그리고 환라의 호흡을 확인한 뒤 그녀를 업으려 했다. 하지만 궐겸의 행동이 더 빨랐다. 그는 환라를 번쩍 안아 들어 비원궁을 향해 달렸다. 칠각이 그 뒤를 빠르게 쫓아갔다.

지나다니던 궁인들이 소스라치게 놀라며 궐겸에게 길을 비켜 주었다. 그들이 비원궁으로 들어오자 향옥이 경악하며 물었다.

"이게 어찌 된 일이오?"

"울다 실신하셨소."

향옥의 얼굴이 딱딱하게 굳었다. 그녀는 방문을 열어 주고는 귈겸이 환라를 침상에 눕히는 걸 지켜보다 말했다.

"태의를 불러올 테니 태감이 문을 지켜 주시오."

칠각이 그러겠노라 답하기도 전에 향옥이 방을 나갔다. 어딘가 조급해 보이는 걸음이었다. 칠각은 의아한 눈으로 잠시 향옥의 뒷모습을 보다가 귈겸에게 환라를 부탁하고 밖으로 나갔다. 귈겸은 환라를 바로 눕히고 숨쉬기 편하도록 환라의 옷깃을 잡아당겨 느슨하게 만들었다. 그는 침상에 걸터앉아 환라의 손을 꼭 잡았다.

그렇게 일각(15분)이 지났을 즈음, 환라의 입에서 옅은 신음이 흘렀다. 깨어나려는 기색이 보이자 귈겸이 안도의 숨은 내쉬었다.

"전하. 정신이 드시옵니까?"

다정한 질문에도 환라는 아무런 반응이 없었다. 넋이 나간 표정으로 눈만 깜빡일 뿐이었다.

그러길 수 분, 문이 열리며 향옥이 환약과 물을 들고 들어왔다. 멍한 표정의 환라를 보며 향옥이 긴 숨을 내쉬었다.

"좌사정. 자리 좀 비켜 주시게."

귈겸은 망설이며 환라를 보았다. 그녀가 걱정되었으나 아무래도 저보다는 향옥과 있는 게 안정에 도움이 될 것 같았다.

"저는 밖에서 기다리겠습니다. 전하가 안정되면 불러 주시겠습니까?"

"알겠네."

귈겸이 고개를 숙이고 밖으로 나갔다.

문이 닫히자 방 안에는 환라와 향옥만이 남았다. 향옥은 가져온 환약과 물을 침상 옆에 내려놓았다.

　"전하. 일어나셔서 약 좀 드시옵소서."

　걱정스러운 목소리가 들렸으나 환라는 도리어 눈을 감았다. 아무것도 삼키고 싶지 않았다. 약이라는 말만 들어도 가슴이 천 갈래, 만 갈래로 찢어지는 듯했다. 조금만 빨리 왔으면 아버지를 살릴 수도 있었을 거란 생각에 창자가 끊어지는 듯하고 숨이 턱 막혔다.

　환라가 아무런 반응도 보이지 않자 향옥이 한숨을 삼켰다. 그리고 환라의 등 밑으로 손을 집어넣어 억지로 일으켜 세웠다.

　"전하. 심신을 안정시키는 약이옵니다. 폐하가 언제 어떻게 승하하셨는지 들으셔야지요."

　승하라는 단어가 비수처럼 날아왔다. 그러나 옳은 말이었기에 환라는 자세를 고쳐 앉았다.

　향옥이 환약을 내밀었다. 환라는 망설임 없이 입 안으로 약을 털어 넣었다. 그 모습을 보던 향옥이 물잔을 환라의 입가에 가져다 대 주었다.

　환라가 고개를 젖혀 물과 함께 약을 삼키는 사이 밖에서 칠각의 목소리가 들렸다.

　"전하. 황후 폐하 드셨사옵니다."

　환라는 대답하지 않았으나 영로는 문을 열고 안으로 들어왔다. 언제나처럼 독단적인 행동이었다. 그녀의 뒤로 칠각이 경악한 기색을 숨기지 못한 채 따라 들어왔다. 힐끗 환라와 영로를 본 향옥이 칠각에게 나가 있으라고 손짓하며 입 모양으로 말했다.

'괜찮소.'

칠각은 잠시 망설였다. 영로는 능현에게 배워 검을 조금 다룰 줄 알았으나 향옥에 비하면 어린아이 장난 수준이었다. 그러니 향옥이 곁에 있다면 제 아무리 영로라 한들 환라를 해하지 못할 것이다.

칠각은 고개를 끄덕이고 밖으로 나가 문을 닫았다. 혼이 나간 얼굴로 앉아 있던 환라가 천천히 고개를 돌렸다. 영로와 눈이 마주치자 환라의 볼 위로 구슬 같은 눈물이 흘렀다.

"어머니."

가까이 다가오려던 영로의 걸음이 우뚝 멈췄다. 영로는 환라의 얼굴을 보지도 않은 채 몸을 틀어 탁자로 향했다. 그녀가 자리에 앉자 환라가 비틀거리며 침상을 벗어났다. 향옥이 그녀를 부축해 영로의 맞은편에 앉혀 주었다. 환라의 얼굴을 빤히 보던 영로가 향옥에게 눈짓했다. 그러자 향옥이 다정한 음성으로 환라에게 고했다.

"소신은 차를 내오겠사옵니다."

환라가 고개를 끄덕이자 향옥이 조용히 밖으로 나갔다.

표정 없는 얼굴 위로 끊임없이 눈물이 흘렀다. 턱 밑으로 뚝뚝 떨어지는 눈물방울들을 보며 영로는 제 옷자락을 움켜쥐었다. 그녀는 눈을 감고 숨을 고른 뒤, 입을 열었다.

"쓰러졌다 들었습니다."

"예, 폐하."

환라가 거칠고 가느다란 목소리로 대답했다. 영로가 가볍게 말아 쥔 손을 탁자 위에 올려놓았다.

"이틀 전, 황제 폐하의 옥체가 급격히 쇠하셨습니다. 그러다 어젯밤을 넘기지 못하고 그만……, 승하하셨어요. 숨을 거두시는 순간까지 태자를 찾으셨습니다."

가슴을 움켜쥐고 눈물을 흘리던 환라가 고개를 들었다. 영로는 평소와 같이 단정하고 우아했다. 새하얀 얼굴에는 단 한 줌의 그림자도 드리우지 않았고, 슬픔 또한 깃들지 않았다. 담담한 얼굴을 마주하자 환라의 눈동자에 횃불 같은 분노가 타올랐다.

"어찌 그토록 아무렇지 않으실 수 있사옵니까?"

"그럼 울고불고 뒹굴기라도 할까요? 슬퍼할 일이 뭐 있습니까. 사무치도록 연모하던 연려황후의 곁으로 간 것인데요. 어차피 명이 길지 않을 것은 알고 있지……."

"어머니!"

환라가 자리를 박차고 일어났다. 의자가 뒤로 넘어가며 요란한 소리를 냈다. 그러나 영로는 표정 하나 변하지 않고 환라를 보았다. 오히려 그녀의 입가에는 미소가 먹물처럼 번졌다.

"이제 어찌하실 생각입니까? 태자를 감싸고돌던 황제도 죽어 버렸는데."

환라는 제 눈과 귀를 의심했다. 그러나 영로의 미소는 사라지지 않았다. 환라의 눈동자가 영로의 얼굴에서 슬픔의 흔적을 찾기 위해 절박하게 움직였다. 그사이 향옥이 들어와 차를 내려놓았다. 환라는 고개를 숙였다. 찻잔 위로 새하얗게 피어올랐다가 스러지는 것이 꼭 한 사람의 삶 같았다.

문득 이백의 말이 떠올랐다. 미워하는 마음이 들거든 가여운 사람이라 여겨 달라던 그 말이, 환라의 분노에 미지근한 물을 끼얹었다. 수증기가 가득 것처럼 뿌옇게 변한 마음을 안고 환라가 입을 열었다.

"황제 폐하께서 낙랑현에 거처를 마련해 두었다고 하셨사옵니다."

영로가 고개를 들어 환라와 눈을 맞췄다. 그녀의 눈에서는 여전히 구슬 같은 물방울이 아롱져 떨어지고 있었다.

"짐을 내려 두고 자신의 삶을 사시라, 그리 말씀하셨사옵니다."

짧은 비웃음이 영로의 입에서 툭 터져 나왔다. 그녀는 우아하게 팔을 들어 차를 마셨다. 넓은 소매에 가려졌다가 다시 드러난 얼굴에는 그 어떤 감정도 담겨 있지 않았다.

영로는 가면처럼 완벽한 무표정을 하고서 환라를 보았다.

"나는 아무 데도 가지 않습니다. 죽어도 궁에서 죽을 겁니다."

욕망이 여실히 드러나는 말이라고, 환라는 생각했다. 이백의 죽음 앞에서도 야망을 저버리지 않는 영로를 마주하자 환라는 척추뼈가 무너져내리는 것만 같았다. 제대로 서 있기 위해서는 탁자를 부여잡아야만 했다. 환라의 입술을 비집고 새어 나오는 목소리는 애원에 가까웠다.

"저는 어머니마저 잃고 싶지 않습니다. 그러니, 제발……."

"날 잃고 싶지 않다면 지금이라도 늦지 않았어요, 태자. 그냥 내 말만 잘 들으면 됩니다. 실권을 나에게 넘기고 뒤로 물러나……."

"그만 좀 하십시오! 도대체 왜 악역을 자처하시옵니까?"

영로가 설핏 웃으며 되물었다.

"악역을 자처하다니, 그게 무슨 말입니까?"

"어머니께 재물을 상납하는 산적들을 만났사옵니다."

영로의 완벽한 무표정에 금이 갔다.

"산적과 군사들 전부 어머니에게 은혜를 입었다 들었사옵니다. 저를 위협하실 때도 누군가를 죽이신 적이 없으셨지요."

환라가 지친 얼굴로 말을 이었다.

"숨기는 것이 있으면 차라리 말씀해 주시옵소서. 제가 돕겠습니다."

"……태자."

다정한 목소리에 환라가 고개를 들었다. 그녀의 눈동자 속에 깃든 한 줄기 희망을 바라보며 영로는 샐그러진 미소를 입에 물었다.

"뭔가 크나큰 착각을 하고 계신 모양입니다."

"어머니……."

"나는 악역을 자처하는 게 아니에요. 몸을 사리면서 움직인 것은 황제가 살아 있기 때문입니다."

환라는 손 마디가 꺾이고 새하얗게 변할 정도로 강하게 탁자를 부여잡았다. 그러나 영로는 잔인한 말로 환라를 할퀴었다.

"유약하고 멍청하긴 하나 황제이니까요. 내가 손에 쥔 것을 마음만 먹으면 언제든지 앗아갈 수 있는 자가 공주를 끔찍하게 아끼는데, 조심할 수밖에요."

믿고 싶지 않았으나 영로의 말이 진심이라는 생각을 지울 수가 없었다.

환라는 눈을 질끈 감았다. 격렬한 분노 때문인지 어지럽고 속이 메스꺼웠다. 휘몰아치는 감정이 그녀를 뒤흔들었다. 환라는 폭풍 같은 분노와 절망에 휩쓸려 비틀거리다가 고개를 깊이 숙였다. 빗방울처럼 떨어진 눈물이 탁자 위에 짙은 자국을 남겼다.

"정말 단 한 줌의 연민도, 상실감도, 슬픔도 느끼지 못하시옵니까?"

영로의 얼굴에서 미소가 사라졌다. 환라는 티끌만큼 남은 신뢰에 매달렸다.

"장례를 끝낼 때까지만이라도, 그냥 제 어머니로 있어 주실 순 없사옵니까? 야망과 적대심은 잠시 내려놓고, 제 어머니로 계셔 주시면 아니 되겠사옵니까?"

영로의 입꼬리가 일그러졌다. 눈에는 누구에게 향하는 것인지 모를 경멸이 깃들었다. 영로가 손에 든 찻잔을 세게 내려놓았다. 곧 가녀린 어깨가 조금씩 들썩이고, 붉은 입술 사이로 날카로운 웃음이 터져 나왔다. 그녀는 고개를 뒤로 젖히고 목구멍이 다 보일 정도로 크게 입을 벌려 폭소를 쏟아 냈다. 머리 장신구들이 요란하게 부딪치며 웃음소리에 섞여들었다.

"하, 하하하! 아하하하! 어머니…… 어머니라!"

영로가 고개를 숙이고 짧게 숨을 내쉰 뒤 얼굴을 들었다. 환라의 눈동자에 깃든 혼란을 보며 영로가 천천히 몸을 일으켰다. 그녀는 환라에게 다가갔다. 그리고 눈물에 젖은 볼을 다정한 손길로 어루만졌다. 갑자기 돌변한 태도에 환라의 몸이 굳었다. 그러나 영로가 안아 주자 모래성처럼 무너지며 눈물이 쏟아져 나왔다.

영로의 어깨가 환라의 눈물로 얼룩졌다. 그녀는 목 놓아 우는 환라의 머리를 다정히 쓰다듬으며 입을 열었다.

"태자. 아까 숨기는 것이 있다면 말해 달라 하였지요? 나를 돕겠다고요."

아이를 달래는 듯한 말투였다. 환라는 마치 어렸을 적 어머니가 돌아온 것만 같아 경계하는 것조차 잊고 고개를 끄덕였다. 영로가 환라의 등을 다독이며 작은 목소리로 말했다.

"나는 태자의 어미가 아닙니다."

잠시 세상이 멈춘 듯하였다. 뒤늦게 정신을 차린 환라가 영로를 밀어 내고 그녀의 눈을 바라봤다. 환라는 위험을 감지한 동물처럼 본능적으로 뒷걸음질 쳤다. 그러다 종아리가 의자에 부딪치고 나서야 멈춰 섰다.

"그게 무슨 말씀이시옵니까?"

영로가 코웃음 치며 빈정거렸다.

"아둔하긴. 아직도 태자를 보호하려고 면포를 씌웠다고 생각하는 겁니까?"

"그게 아니면 왜……, 헉!"

소리치려던 환라가 배를 부여잡았다. 날카로운 것으로 생살을 찌르는 듯한 통증이 느껴졌다. 그녀는 그 자리에 주저앉아 숨을 헐떡였다. 식은땀이 등줄기를 타고 흘렀다.

몸부림치는 환라에게 영로가 느긋한 걸음으로 다가왔다. 그리고 웅크린 환라의 머리채를 휘어 감아 잡아당겼다. 환라의 고개가 뒤로 젖혀졌다. 영로는 환라를 마주 보며 웃는 듯, 우는 듯, 이지러진 미소를 입에 물었다.

"이 얼굴이 보기 싫어서 면포를 씌운 겁니다. 해를 거듭할수록 연려황후를 닮아 가는…… 이 얼굴을 마주하기가 너무 괴로워서요."

환라는 영로가 무슨 말을 하는지 제대로 이해할 수 없었다. 그저 누군가의 도움이 필요하다는 생각뿐이었다. 덜덜 떨리는 손으로 환라는 제 손목을 더듬었다. 손끝에 비단실 같은 것이 걸렸다. 그녀는 팔찌를 끊어 내기 위해 움켜쥐었다.

순간, 궐겸과 양야의 말이 뒤섞이며 떠올랐다.

'뼈가 보일 정도로 큰 상처를 입었사옵니다.'

'정기를 많이 사용해 당분간 여우의 모습으로 변할 수 없습니다.'

'전하께서 위독하게 되셨을 때 무고한 사람이 다치지 않을까…….'

환라는 차마 손목에 감긴 머리카락을 끊어 낼 수 없었다. 자신이 살겠다고 연인을 위험에 빠트리고 무고한 사람을 위험하게 만들 순 없었다.

그러는 와중에도 통증은 더 심해졌다. 날카로운 단검이 창자를 끊어 내는 듯했다. 찢어지는 격통에 땀으로 온몸이 흠뻑 젖었다. 떨리는 손이 몇 번씩 허공을 휘젓다 겨우 영로의 손에 닿았다.

"어머, 니……. 윽! 제발, 이러지…… 마시, 마시옵……."

"아직도 잘도 어머니라고."

영로가 환라의 머리채를 쥐고서 걸음을 옮겼다. 반쯤 정신을 잃은 환라의 몸이 힘없이 딸려갔다. 영로는 거울 앞까지 환라를 끌고 억지로 고개를 들게 했다.

"태자. 눈이 있으면 보세요. 이래도 내가 태자의 어미인 것 같습니까?"

뭐라 말하고 싶었으나 숨넘어가는 소리밖에 나오지 않았다. 시야는 흐릿하고 몸을 제대로 가눌 수 없었다. 이내 구역질이 올라왔다.

영로는 환라의 머리카락을 더 잡아당기고, 반대 손으로 턱을 움켜쥐어 거울을 똑바로 바라보게 했다. 그리고 허리를 숙여 환라와 눈높이를 맞췄다. 깨끗한 거울 안에 전혀 다르게 생긴 두 여인의 얼굴이 고스란히 담겼다.

"태자의 어머니는 승하하신 연려황후, 소능화입니다. 그리고 내가 갈파왕과 작당해 언니…… 연려황후를 죽였습니다."

해일과도 같은 충격이 환라를 덮쳤다. 고아하던 얼굴이 다른 고통으로 일그러졌다. 영로는 환라의 머리를 내팽개치고 자리에서 일어났다.

파도에 휩쓸렸다가 겨우 뭍으로 올라온 사람처럼 환라가 힘겹게 고개를 돌렸다. 어슴푸레하게 향옥이 거울 근처에 서 있는 게 보였다.

"향옥아……."

환라가 끊어지는 듯한 목소리로 향옥을 불렀다. 향옥이 무거운 걸음으로 다가왔다. 그리고 환라의 손이 닿지 않는 곳에서 멈춰 섰다.

"송구하옵니다, 전하. 저는 역시 전하의 사람이 될 수 없사옵니다."

환라의 얼굴에 절망이 깃드는 것을 보며 향옥은 두 눈을 질끈 감았다.

"제가 드린 약은 심신을 안정시키는 것이 아니라 독버섯으로 만든, 독약이옵니다."

진실을 고한 향옥이 그대로 환라를 지나쳐 영로의 뒤에 섰다. 환라는 그 모습을 두 눈에 고스란히 담았다. 배신감이 몸을 잠식했다. 증오가 그녀의 몸을 일으켜 세웠다. 순간, 끔찍한 고통이 몸을 들쑤셨다.

환라는 비명을 지르며 쓰러져 몸을 비틀었다. 그러다 일순간 고통이 뚝 멈추는 듯하더니 정신이 아득해졌다. 멀어지는 의식 너머로 영로의 목소리가 어렴풋이 들렸다.

"그러니 내가 뭐라 했습니까? 궁에 있는 그 누구도 믿으면 안 된다, 그리 말하지 않았습니까."

그 말을 마지막으로, 환라의 몸은 힘없이 늘어졌다.

* * *

영로가 환라의 방으로 들어간 뒤, 얼마 지나지 않아 향옥이 밖으로 나왔다. 응접실에 앉아 있던 궐겸은 고개를 돌려 그녀를 보았다. 눈이 마주치자 향옥이 여상스럽게 물었다.

"폐하와 전하를 위해 차를 가져오려 하는데, 자네도 들겠나?"

"괜찮습니다."

궐겸이 정중히 사양하자 향옥이 고개를 끄덕이고 지나갔다.

그러더니 얼마 지나지 않아 차를 들고 돌아왔다. 그녀가 문 앞에 서자 칠각이 손을 뻗었다.

"내가 들고 들어가겠소."

"아니오. 태감은 밖을 지켜 주시오. 어쩌면 병사가 올지도 모르니."

칠각이 손을 내렸다. 그게 무슨 소리냐는 표정이었다.

"폐하의 분위기가 심상치 않소."

칠각이 뒤로 한발 물러나며 고개를 끄덕였다. 무위로만 따지자면 대장군이었던 칠각이 더 우세했다. 영로를 향옥이 상대하고 칠각은 밖에서 대기하며 혹시 모를 일에 대비하는 게 나았다. 생각에 빠져 향옥이 씁쓸하고 모호한 미소를 짓는 걸 모른 채, 칠각이 문을 열었다. 그러자 무언가 쓰러지는 듯한 소리가 들렸다.

놀란 궐겸이 응접실에서 나와 문 안을 들여다봤다. 문틈으로 평온한 영로와 자리를 박차고 선 환라가 보였다. 그 뒤로 의자 하나가 나뒹굴고 있었다. 궐겸이 불안한 마음을 감추지 못하고 안으로 들어가려 했다. 그러자 향옥이 그를 막았다.

"두 분께서 풀어야 할 감정의 골이 깊네. 격렬한 상황이 생기려 하면 내가 막을 테니 걱정하지 말게."

"예."

궐겸이 물러나자 향옥이 안으로 들어갔다. 문이 닫혔다. 안에서 어렴풋이 언쟁하는 소리가 들렸다. 그러나 검을 맞부딪치거나 몸싸움을 벌이는 것 같지는 않았다. 칠각은 향옥의 말을 상기하며 응접실 맞은편 방으로 들어가 검 두 개를 챙겨 왔다. 그리고 궐겸에게 검을 내밀었다.

궐겸이 검을 받아 손에 쥐었다. 그 순간, 찢어지는 듯한 비명이 들렸다.

환라의 목소리였다.

궐겸과 칠각은 누가 먼저랄 것도 없이 문을 열어젖혔다. 환라는 바닥에 쓰러져 있었다. 칠각은 혼란스러운 와중에도 향옥을 찾으려 고개를 돌렸다. 영로와 대치하고 있을 것이란 칠각의 예상과 달리 그녀는 영로의 뒤에 서 있었다. 심지어 궐겸이 환라에게 뛰어가려 하자 향옥이 검을 들고 나섰다. 날카로운 칼끝이 궐겸을 찌를 듯이 겨눠졌다.

"다가오지 말게."

궐겸이 검을 빼내며 검집을 집어 던졌다. 그리고 제게 겨눠진 검을 쳐 낸 뒤 곧장 향옥의 복부를 향해 검을 내질렀다.

그 모습을 본 칠각이 숨을 들이켜며 향옥과 궐겸 사이로 끼어들었다. 칠각이 궐겸의 공격을 막아 주었으나 향옥은 칠각의 등을 노렸다. 칼날이 바람을 가르는 소리에 칠각이 곧장 몸을 틀어 향옥의 검을 막아 냈다.

그러자 다시 궐겸이 향옥을 공격하며 소리쳤다.

"전하께서는 마마님을 믿었습니다! 그런데 어떻게 변절할 수 있습니까?"

분노에 찬 절규에 향옥이 잠시 움찔하자 영로가 장식용 검을 뽑아 낮게 휘둘렀다. 궐겸이 재빨리 몸을 굴렸다. 그의 몸이 환라의 앞에 멈춰 섰다. 뒤를 힐끗 본 칠각이 향옥과 영로의 공격을 막아 내며 소리쳤다.

"전하의 상태를 봐 주게!"

궐겸이 고개를 끄덕이고 환라의 상태를 살폈다. 고통에 찬 신음을 내뱉으며 땀을 흘리고 있긴 했으나 호흡과 맥박은 정상이었다. 안도의 숨을 쉬는 궐겸의 뒤로 영로의 검이 날아들었다. 기척을 느낀 궐겸이 몸을 돌려 검을 막아 냈다. 그는 영로의 검을 날려 버리고 그녀의 목에 서슬 퍼런 날붙이를 들이댔다. 하지만 제 앞에 있는 사람이 환라의 어머니이자 제국의 황후라고 생각하니 쉽게 베어 낼 수 없었다.

그사이 허공에서 눈과 눈이 마주쳤다. 순간 영로의 입가에 옅은 미소가 피어올랐다.

'무슨 의미지?'

궐겸이 멈칫한 사이 향옥이 영로를 끌어내며 몸을 회전시켜 궐겸의 옆구리를 파고들었다. 궐겸이 간발의 차로 공격을 막아 냈다. 잘 벼려진 날과 날이 마찰하며 소름 끼치는 쇳소리를 냈다. 그대로 힘을 주어 향옥의 검을 밀어 내자 향옥이 뒤로 물러나 다시 자세를 잡았다.

궐겸은 그 틈을 놓치지 않고 뒷걸음질로 환라에게 다가갔다. 향옥이 뒤돌아선 궐겸을 노리자 칠각이 끼어들었다. 챙! 하는 소리와 함께 향옥과 칠각의 검이 맞부딪쳤다.

"꼭 이렇게 해야만 했소?"

"말하지 않았소. 나는 전하의 사람이 될 수 없다고."

물론 그런 말을 하긴 했다. 그러나 그 말이 영로와 손을 잡고 환라를 위험에 빠트리겠다는 뜻인 줄은 몰랐다. 칠각의 얼굴이 배신감으로 일그러졌다. 그러자 향옥이 발을 앞으로 내디디며 맞닿은 검에 무게를 실었다.

"정말 단 한 번도 의심해 본 적 없으시오? 자객이 어떻게 영물이 없는 때를 노려 태자 전하를 습격하셨는지?"

그날 향옥은 유독 자리를 많이 비웠다. 습격할 당시는 물론이고 습격이 끝난 뒤에도 모습을 드러내지 않았다. 그저 함구하라는 환라의 명 때문에 소식을 듣지 못했다고 여겼다.

그런데 배후에 향옥이 있었다니. 칠각의 눈이 경악과 비탄으로 얼룩졌다. 그가 충격으로 인해 멈칫거리자 향옥은 틈을 놓치지 않았다. 그녀는 칠각을 밀어 내고 정확히 그의 심장을 노렸다. 노련한 장수였던 덕에 칠각은 가까스로 몸을 틀어 치명상을 피할 수 있었다. 그러나 가슴을 가로지르는 큰 상처를 입고 말았다.

상처를 보며 칠각이 가만히 있자 향옥이 다시 검을 내지르며 소리쳤다.

"멍청히 있으면 전하는 죽을 것이오!"

환라의 몸을 안고 그녀가 먹은 약을 게워 내도록 돕던 궐겸이 고개를 치켜들며 칠각을 불렀다.

"공공!"

그 목소리에 칠각이 정신을 차렸다.

"병풍 뒤 양탄자를 걷어 내면 비밀 통로가 있네! 그리로 피신하게!"

궐겸이 환라를 안아 들었다. 칠각은 언제 고전했냐는 듯 순식간에 우위를 점해 향옥의 목에 검을 들이댔다. 일그러진 얼굴 근육이 경련했다. 칠각은 눈을 질끈 감았다가 뜨고 그대로 몸을 숙여 향옥의 다리를 향해 검을 휘둘렀다. 미처 막지 못한 향옥이 비명을 지르며 쓰러졌다.

영로가 그녀에게 다가가며 칠각을 보았다. 그는 검 끝으로 영로를 겨누며 천천히 물러나다가 병풍 뒤로 들어갔다. 발로 양탄자를 걷어 내리던 궐겸이 칠각의 상처를 발견하고 놀란 표정을 지었다.

"공공. 상처가……."

"지금은 전하만 생각하게."

칠각이 양탄자를 걷어 내고 통로의 문을 열었다.

간발에 차로 병풍 너머에서 여러 사람이 뛰어 들어오는 소리가 들렸다. 칠각은 밖을 주시하며 궐겸이 환라를 업을 수 있게 도운 뒤, 다시 검을 들었다. 궐겸이 계단을 뛰어 내려가자마자 병풍이 반으로 갈라지며 십수 명의 병사가 모습을 드러냈다. 칠각은 빠르게 멀어지는 궐겸의 발소리를 들으며 검을 치켜들었다.

대장군의 자리에서 물러난 지 몇십 년이 지났으나 건장한 몸에서는 여전히 무장의 기운이 흘렀다. 향옥을 대할 때와는 전혀 다른 분위기에 병사들은 쉽게 달려들지 못하고 머뭇거렸다.

"자네들이 먼저 공격하지 않으면 나도 조용히 물러나겠네."

병사들이 영로의 눈치를 보았다. 그사이 칠각은 재빨리 문을 닫으며 통로로 들어왔다. 그리고 허리띠에 고정해 두었던 검집을 풀러 손잡이에 끼워 넣었다. 반대편에서 잡아당기는지 문이 들썩였다.

그럴 때마다 쿵! 쿵! 문이 울리며 검집이 덜컹거렸다. 칠각은 문이 열리지 않는지 확인하며 계단을 내려갔다. 가슴에서 타는듯한 통증이 느껴졌으나 살펴볼 시간은 없었다.

무시하며 한참을 달리자 궐겸의 뒷모습이 보였다.

"좌사정!"

궐겸이 걸음을 멈추고 고개를 돌렸다. 칠각이 궐겸에게 다가가 환라의 상태를 살폈다.

"독은 다 토해 내셨나?"

궐겸이 숨을 헐떡이며 대답했다.

"그런 것 같습니다."

"흡수된 독도 있을 걸세. 해독해야 하네."

"하지만 어떤 독이 쓰였는지 모릅니다."

"얼마 전 유 여사가 마귀곰보버섯으로 환약을 만드는 걸 보았네. 원래도 독성을 낮추고 잠복기를 줄여 종종 쥐를 잡을 때 썼기에 별 신경을 안 썼는데……."

칠각이 말을 하다말고 휘청였다. 궐겸이 쓰러지려는 칠각의 곁에 몸을 붙였다. 궐겸의 팔뚝을 잡고 몸을 바로 세운 칠각이 신음을 흘리며 힘겹게 말을 이었다.

"향낭에서 장미와 당귀, 철쭉을 빼고 씹어 드시게 하게."

"하지만 이 향낭은 황후 폐하가 주신 것 아닙니까? 어찌 믿고 전하께 드린단 말씀입니까?"

"폐하께서 약재를 말씀하시면 내가 골라서 넣었네. 그러니 안심하시게."

하지만 궐겸은 망설였다. 향옥이 배신한 마당에 황후가 만든 향낭 안에 있는 약재를 먹이라는 칠각을 믿을 수 있을 것인가?

'차라리……'

궐겸이 고개를 숙여 제 가슴께에 늘어진 환라의 손목을 보았다. 양야가 환라의 손목에 매어 주며 했던 말이 떠올랐다.

그의 몸 상태가 좋지 않다는 것쯤은 안다. 게다가 환라의 상태를 본 그가 이성을 잃고 날뛰면 칠각과 궐겸의 목숨 역시 위험해진다. 하지만 그런 것들보다 환라를 지켜 내지 못했다는 자괴감이 궐겸을 괴롭혔다.

하복도 끝에서 쾅! 하고 커다란 소리가 울리자 궐겸은 더 이상 망설일 수 없었다.

'전하만큼은 살려야 한다.'

비틀거리면서도 다시 검을 드는 칠각이 보였다. 수십 개의 발소리가 땅을 울리며 다가오고 있었다. 두려움을 느끼면서도 궐겸은 얇은 실을 움켜쥐었다.

그리고 강하게 힘을 주어 양야의 머리카락으로 만든 팔찌를 끊어 냈다.

11. 여래의 미소

영로의 군사는 잠도 자지 않은 채 꼬박 하루를 걸어 산봉우리를 넘어갔다. 그리고 일주일 뒤 다시 모이기로 하고는 뿔뿔이 흩어졌다.

'이래서 대장군이 황후의 군대를 찾지 못했던 거군.'

양야는 그들이 다시 모이기로 한 장소를 외우며 묘은의 등에 올라탔다.

"수도로 돌아가자."

"예, 양야 님!"

묘은은 땅을 박차고 달렸다. 그러다 별안간 우뚝 멈춰 섰다. 양야가 무슨 일이냐고 묻기도 전에 코를 킁킁거리던 묘은이 입을 열었다.

"양야 님! 홍여란이의 냄새가 나옵니다!"

"쫓아가거라."

"예!"

몸을 틀어 조금 더 달리자 말을 타고 중경을 향해 가는 여란이 보였다. 묘은은 한걸음에 내달려 여란이 탄 말 옆으로 붙었다.

"홍여란아!"

"으악!"

여란이 깜짝 놀라 비명을 질렀다. 그러자 덩달아 놀란 말이 앞발을 치켜들었다. 여란의 몸이 허공에 떠올랐다. 그러나 그녀가 떨어지기 전, 묘은이 펄쩍 뛰어올라 뒷덜미를 낚아채듯 물고 안전하게 착지했다. 묘은의 입가에 대롱대롱 매달린 여란이 제 심장을 움켜쥐었다.

"기척 좀 내시오! 놀라 죽을 뻔했소!"

묘은이 여란을 위로 휙 집어 던진 뒤 도술을 이용해 제 등에 태우고는 투덜거렸다.

"발바닥이 말랑하고 몸이 유연해서 소리가 잘 안 나는 걸 어떡해."

놀릴 의도가 아니었다는 것을 알자 여란이 미안하다는 듯 묘은의 등허리를 손바닥으로 두드렸다. 그러자 묘은이 다시 출발했다. 여란은 제 앞에 탄 양야를 보다가 묘은의 털을 움켜쥐며 두리번거렸다.

"형님하고 이 공자는 어디 있소?"

"태자 일행에 합류해 중경에 가 계시겠지."

"싸웠소?"

"군사가 갑자기 이동하기에 둘로 갈라져 반은 폐하께 아뢰고 반은 군사를 쫓기로 했단다."

여란이 머쓱하게 웃으며 머리를 긁적였다. 그러다 자신이 궐겸에게 연심을 지키라고 부추긴 게 떠올랐다.

"그, 오라버니 내가 말이오……. 이 공자에게 형님과……."

"안다. 속 뒤집히니 그 말은 꺼내지 말아라."

"어떻게 아시오? 형님이 말씀하셨을 리 없는데!"

양야는 대답을 회피했다. 여란은 그의 뒤통수를 뚫어지게 쳐다보다가 갑자기 늘어지게 하품을 했다. 그 소리를 들은 양야가 힐끗 여란을 돌아보았다.

"당정읍에 짐을 전달하고 지금 여기에 있을 정도면 잠도 자지 않고 달려왔겠구나."

"맞소. 걱정스러워 두 발 뻗고 잘 수가 있어야. 그래서 냅다 달려왔소."

"고생하였다. 눈이라도 붙이고 있으렴."

"알겠소. 그럼 깨워 주시오."

여란은 묘은의 등에 납작 엎드려 누웠다. 그리고는 머리가 닿자마자 코를 골았다. 양야가 신기하고 어이없다는 듯 여란을 보다가 묘은의 목덜미를 두드렸다.

그러자 묘은이 몸집을 키워 한걸음에 40자(약 12m)씩 이동하며 내달렸다. 덕분에 그들은 얼마 걸리지 않아 중경에 도착했다.

묘은이 중경을 둘러싼 산성 앞에서 잠시 멈추자 양야가 여란의 어깨를 흔들었다. 엎드린 채로 늘어지게 하품을 한 여란이 주섬주섬 몸을 일으켰다. 그 기척을 느낀 묘은이 발을 굴렀다.

"홍여란아, 꽉 잡아! 뛰어서 넘어갈 거니까!"

"알겠소."

여란이 대답하며 털을 꽉 붙잡자 묘은이 성벽을 단숨에 훌쩍 뛰어넘었다.

"양야 님. 이제 어디로 갈까요?"

"한월각으로……."

가자고 말하려던 양야가 입을 다물었다. 귓가에서 투둑 하고 실밥을 끊어 내는 듯한 소리가 들렸다.

양야의 낯빛이 급속도로 굳었다. 그는 말을 하다 말고 묘은의 등에서 뛰어내리며 여우로 변해 숲을 향해 내달렸다. 그 모습을 본 여란이 경악하며 양야를 손가락질했다.

"뭐, 뭐요?! 이게 무슨 일이오? 여우, 여우라니!"

하지만 그녀의 질문에 대답해 줄 수 있는 유일한 짐승인 묘은은 양야에게 정신이 팔려 있었다.

"양야 님!"

묘은이 애타게 불렀으나 그는 멈추지 않았다. 멀어지는 양야를 보며 발을 동동 구르던 묘은이 여란에게 말했다.

"홍여란! 꽉 잡아!"

그러고는 여란이 뭐라 답하기도 전에 양야를 뒤 따라갔다. 여란이 "으악!" 비명을 지르며 공기의 저항을 덜기 위해 묘은의 등 위에 납작 엎드렸다. 하지만 속도는 점차 빨라졌다. 양야는 순식간에 바위로 위장한 문을 부수고 안으로 뛰어 들어갔다. 얼마 지나지 않아 병사와 대치하고 있는 칠각과 궐겸이 보였다. 그들의 뒤에는 환라가 쓰러져 있었다.

지하 통로에 짐승이 으르렁거리는 소리가 낙뢰처럼 울렸다. 병사들이 깜짝 놀라 주춤거리며 소리가 들린 쪽을 보았다.

어두운 복도 너머에서 샛노란 안광이 도깨비불처럼 떠다니고 있었다. 한발 늦게 들어선 묘은은 여란을 내려놓고 작게 변했다. 그리고 양야의 다리 사이를 빠르게 지나쳐 그의 앞을 가로막았다.

"양야 님! 진기를 쓰시거나 이성을 잃으시면 저는 정말 백호선 님께 갈 수밖에 없사옵니다!"

묘은의 협박이 한 줄기 남은 이성을 일깨웠다. 양야는 이를 악물며 사람으로 변했다. 그리고 곧장 환라에게로 가 그녀의 호흡과 맥박을 확인했다. 통로를 꽉 막고 있던 짐승이 사라지자 여란의 눈에 병사와 대치 중인 궐겸과 칠각이 보였다.

그때, 굳어 있던 병사 중 하나가 정신을 차렸다. 그는 가장 부상이 심한 칠각을 노렸다. 그러자 여란이 미끄러지듯 몸을 날려 병사의 다리를 가격했다.

"으억!"

여란은 비명을 지르며 넘어지는 병사의 손에서 검을 빼앗고 칠각의 앞을 막아섰다. 그러자 다른 병사들도 정신을 차리고 달려들었다. 세 사람이 병사들을 막는 사이, 양야는 환라의 상태를 살폈다. 다행히 목숨이 위태로운 정도는 아니었다. 그러나 이대로 두면 고통이 심할 것이기에 그는 제 주변을 돌아다니며 안절부절못하는 묘은에게 말했다.

"묘은아. 전하를 치료한 뒤 보호해라."

"예, 양야 님!"

양야는 묘은이 환라의 배 위에 앉는 것을 보고 몸을 돌렸다. 그리고 그대로 성큼성큼 걸어 병사들이 있는 곳으로 갔다. 양야를 발견한 이들이 주춤주춤 물러났다. 양야는 여란의 검을 빼앗아 병사들에게 달려들었다.

"오라버니!"

놀란 여란이 양야에게로 뛰어가려다 우뚝 멈춰 섰다. 양야가 눈 깜빡할 사이에 열 명이 넘는 병사들을 칼등으로 내리쳐 기절시켰기 때문이었다. 그러고는 멍하니 서 있는 여란과 궐겸을 지나쳐 다시 여우로 변했다.

"묘은이 너는 부상자를 태우고 한월각으로 오거라."

양야가 환라를 등에 태운 채 눈에 보이지 않을 정도로 빠르게 움직였다.

그는 모습을 숨기고 한월각을 향해 달렸다. 정문이 보이자 양야는 도술로 문을 열며 안으로 들어갔다. 그리고 동시에 모습을 드러냈다.

갑자기 저절로 문이 열리며 커다란 짐승이 들어오자 한월각 안의 사람들은 혼비백산이 되었다. 그중에서도 제일 크게 비명을 지르던 정위가 뒤늦게 환라를 발견하였다.

"환 님?"

양야가 고개를 끄덕이고 제 방으로 올라갔다.

정위는 멍하니 그 모습을 보다가 겨우 정신을 차리고 사람들을 진정시켰다. 그리고 여우를 따라 위층으로 올라갔다. 정위의 모습이 보이지 않을 즈음, 이번엔 묘은이 안으로 들이닥쳤다. 또다시 사람들 사이에서 비명이 튀어나왔다. 여란이 묘은의 등에서 내리며 사람들을 안심시킨 뒤 빈방으로 올라갔다. 궐겸이 칠각을 눕히고 작게 변한 묘은에게 말했다.

"묘은 님. 전하께 소중한 분이십니다. 혹시 치료해 주실 수 있습니까?"

"사정아. 나도 은인을 돕고 싶은데 오늘은 힘을 너무 많이 써서 힘들어. 그래도 피는 멈추게 해 줄 수 있어."

"부탁드리겠습니다."

묘은이 힘없는 걸음으로 칠각의 상처 부근에 손을 댔다. 그러다 꾸벅꾸벅 졸더니 칠각의 가슴 위로 올라가 잠들어 버렸다. 여란이 조심스럽게 묘은을 들어 내려놓는데 뒤에서 인기척이 들렸다. 고개를 돌리자 정위가 보였다. 그는 문 안으로 들어오며 방안에 있는 사람들을 둘러봤다.

"객주님이 방으로 올라오라고 했는데……, 태감님하고 삵님은 안 될 것 같네요."

"이 공자. 우리끼리 올라 가십시다."

궐겸이 고개를 끄덕이고 먼저 방을 나섰다. 정위가 그를 빤히 보다가 여란의 옆에 붙으며 물었다.

"도대체 어떻게 된 일입니까?"

"뭘 말이오?"

"아까 방으로 올라갔는데 커다란 여우가 갑자기 객주님으로 변하더란 말입니다."

"나도 아는 것보다 모르는 게 더 많소."

그들은 혼란스러운 목소리로 속닥거리며 위층으로 올라갔다. 복도를 지나자 방문 앞에 서서 연신 머리를 쓸어넘기는 궐겸이 보였다. 여란이 가볍게 혀를 차고는 궐겸에게 다가갔다.

"왜 안 들어가고 이러고 계시오?"

"제가…… 전하를 지키지 못했습니다."

"최선을 다하지 않았소."

"여란 님은 상황을 모르십니다."

"하지만 이 공자가 어떤 사람인지는 아오. 그러니 자책 그만하고 들어 가십시다."

정위가 여란의 말에 동의하며 문을 열었다. 침상에 걸터앉아 환라의 머리를 쓰다듬던 양야가 고개를 돌렸다. 궐겸이 머뭇거리며 다가가자 양야가 달래듯 말했다.

"환은 괜찮으니 걱정하지 마십시오."

"예."

그렇게 대답했으나 궐겸의 시선은 환라에게서 떨어지지 않았다. 양야는 그를 가만히 보다가 탁자로 가서 앉았다. 여란과 정위는 혈색이 돌기 시작한 환라의 얼굴을 살피고 양야의 곁으로 모여들었다.

궐겸만이 그 자리에 서 있었다.

턱을 괴고 그 모습을 보던 여란이 가볍게 혀를 찼다.

"이 공자. 형님 얼굴 뚫어지겠소."

그제야 궐겸이 힘없이 웃으며 빈자리에 앉았다. 양야는 황궁에서 무슨 일이 있었던 것인지 궁금했다. 물어보려던 찰나 정위에게 선수를 빼앗기고 말았다.

"도대체 어찌 된 일입니까?"

걱정과 호기심, 두려움, 불안이 혼재하는 목소리였다. 여란이 먼저 당정읍으로 가는 길에 생겼던 일을 간략히 설명해 주었다. 그러고는 궐겸을 보았다.

궁에서 일어난 일을 말해 달라는 뜻이었다. 궐겸은 무슨 말부터 해야 할지 몰라 망설이다가 깊게 숨을 내쉬었다.

"황제 폐하께서 승하하셨습니다."

여란과 정위가 숨을 크게 들이마셨다. 양야는 아픈 표정으로 미간을 찌푸리며 환라를 보았다.

궐겸이 눈을 질끈 감았다. 오열하다 쓰러지던 환라의 모습이 떠오르자 가슴이 미어지는 것 같았다. 그는 제 옷자락을 움켜쥐며 굵은 눈물을 흘렸다. 양야는 잠시 그에게 시선을 주었다가 손수건 하나를 꺼내 내밀었다.

궐겸이 고개를 숙여 감사를 표하고 얼굴을 닦았다.

"저는 전하의 측근이 그분께 독을 먹이는 줄도 모르고 밖에 있었습니다."

여란이 안타까운 얼굴로 궐겸의 어깨를 다독였다.

"비명이 들려 문을 열었는데, 전하께서 쓰러져 계시기에 공공과 함께 전하를 모시고 도망쳤습니다. 그러던 중에 팔찌가 보여서 끊어 냈습니다."

궐겸이 양야에게로 고개를 돌렸다. 환라를 보던 양야가 궐겸의 눈빛을 느끼고 고개를 돌렸다.

"장 객주, 미안합니다. 몸 상태가 안 좋은 것을 알면서도 어쩔 수 없었습니다."

"아닙니다."

차라리 다행이다 싶었다. 만약 궐겸이 팔찌를 끊지 않았다면 세 사람은 비밀 통로 안에서 목숨을 잃었을 수도 있다.

양야는 다시 환라를 보았다. 무표정한 얼굴이었으나 그의 머릿속은 유례없을 정도로 복잡했다.

'왜 팔찌를 끊어 내지 않으신 걸까? 내가 못 미더웠나? 아니면 별안간 내가 두려워지시기라도 한 건가?'

그의 얼굴에 그늘이 드리웠다.

궐겸 또한 나름의 죄책감을 안고 손으로 눈을 덮었다.

'전하께 장 객주가 위험한 존재라는 걸 알리는 게 아니었어. 그 말만 하지 않았어도 실신할 정도로 고통스러워지기 전에 장 객주를 부르셨겠지.'

방 안에는 침묵이 깃들었다. 여란은 궐겸의 얼굴을 보다가 위로하기 위해 뻗은 손을 조용히 치웠다.

각자의 생각으로 두 남자의 속이 시끄러워진 와중에도 정위는 현실을 제대로 직시했다. 그는 이내 사색이 되어 자리에서 벌떡 일어났다.

"여기서 이러고 계실 때가 아닙니다."

"왜 그러시오?"

세 사람의 눈이 정위에게로 쏠렸다.

"파황후에게서 도망치셨다면서요! 한월각은 마음만 먹으면 언제든지 들이닥칠 수 있는 곳입니다. 당장 병사가 쳐들어올 수도 있습니다!"

여란이 숨을 헉 들이켰다.

"그럼 한월도 위험해지는 거 아니요? 이러다 망해 버리면 상단 사람들은 어쩌오?"

"그건 걱정하지 마십시오."

"뭐 좋은 수라도 있소?"

"따로 뾰족한 방법이 있는 것은 아닙니다. 그러나 한월은 타국으로 필수품과 귀중품을 수출하고 있습니다."

그게 무슨 상관이냐는 얼굴로 여란이 고개를 갸웃거렸다. 정위는 못 알아들을 줄 알았다는 듯 고개를 끄덕였다.

"자칫 잘못했다가는 외교적 마찰을 빚게 될 테니 황좌가 공석이 된 지금으로써는 상단을 건드리지는 못할 겁니다. 하지만 수색 정도는 할 수 있으니 일단 아래층에 계시는 태감님과 전하부터 안전한 곳으로 옮겨야 합니다."

궐겸이 제 얼굴을 쓸어내리고 고개를 들었다. 양야도 정위를 보았다.

"마땅한 곳이 있느냐?"

정위는 고개를 돌려 여란에게 대답을 떠넘겼다. 고민하던 여란의 머릿속에 환라와 닮은 얼굴이 떠올랐다.

"대장군 집이라면 안전할 것이오. 함부로 들어올 수도 없고 항상 군사들이 상주해 있으니 말이오."

그 말이 끝나자마자 양야는 침상으로 가 환라를 안아 들었다. 궐겸은 착잡한 얼굴로 그 모습을 보다가 양야의 뒤를 따랐다. 정위는 여란과 함께 아래로 내려가 묘은을 깨우고 칠각을 옮겨왔다.

묘은의 도술로 모습을 숨긴 채 그들은 대장군의 집으로 향했다.

* * *

조심스럽게 움직이는 소리가 귀를 간지럽혔다.

환라는 뻑뻑한 눈을 억지로 떴다. 그러자 젖은 수건으로 얼굴을 닦아 주기 위해 손을 뻗은 양야가 보였다. 양야는 환라와 눈이 마주치자마자 안도의 숨을 내쉬었다.

"꼬박 하루 동안 잠들어 계셨습니다."

환라는 대답하지 않고 몸을 일으켜 세웠다. 양야가 그녀의 등을 받쳐 일어나는 것을 도왔다. 그리고 환라의 얼굴을 유심히 살펴보았다.

그녀의 표정은 평소와 크게 다를 바 없어 보였다. 그러나 전보다 생기가 없고 몽롱했다. 기절했다 깨어난 사람이면 응당 여기가 어디인지, 무슨 일이 있었는지를 궁금해하기 마련이건만, 환라는 아무것도 묻지 않았다. 그녀의 눈빛에는 일말의 호기심이나 의문 따위는 없었다. 그저 꿈에서 덜 깬 사람처럼 멍할 뿐이었다. 양야가 조심스럽게 환라의 얼굴을 쓸어 주어도 마찬가지였다.

"편찮으신 곳은 없으십니까?"

"……."

"한월각은 위험할 듯싶어 대장군의 집으로 모셨습니다."

"……."

"사람을 불러오겠습니다."

양야가 자리에서 일어나기 위해 몸을 돌렸다. 그러자 이제껏 아무런 반응도 보이지 않던 환라가 그의 옷자락을 붙잡았다. 양야가 다시 환라에게로 몸을 틀었다.

그녀는 시선을 내리깐 채 가만히 앉아 있었다. 짐짓 평온해 보이는 얼굴과 달리 그녀의 손은 외투도 없이 눈밭에 내동댕이쳐진 사람처럼 떨리고 있었다. 양야가 그 손을 잡아 주었다. 파르라니 움켜쥔 손은 그 색감만큼이나 차가웠다. 양야는 애간장이 녹는 듯해 어찌할 줄 모르며 환라의 몸을 끌어당겼다. 환라가 힘없이 기울어 양야의 품에 들어왔다.

얼음물에 담근 것 같은 손과 달리 환라의 몸은 뜨거웠다. 피부 밑으로 용암이 흐르는 듯했다. 놀란 양야가 환라의 이마를 손으로 짚었다. 그녀의 체온은 여우인 양야보다 더 뜨거웠다.

"묘은이를 불러오겠습니다."

양야가 일어나려 했지만 환라는 그를 놓아주지 않았다. 강한 힘은 아니었다. 하지만 그는 차마 환라의 손을 뿌리칠 수 없었다. 어정쩡하게 앉은 양야가 난감한 얼굴로 문을 보았다. 때마침 밖에서 작은 인기척이 느껴졌다. 양야는 그대로 고개를 돌려 물었다.

"묘은이 밖에 있느냐."

"……이궐겸입니다."

양야가 힐끗 환라를 보았다. 그녀는 여전히 무표정한 얼굴로 미동조차 하지 않고 있었다. 양야는 한숨을 삼키며 문을 향해 말했다.

"들어오십시오."

말이 끝나자마자 궐겸이 소반을 들고 들어왔다.

"식사하실 것을 챙……."

챙겨 왔다는 말을 끝맺지도 못한 채, 궐겸은 우뚝 멈춰 섰다. 탁자 위에 소반을 내려놓은 그가 한걸음에 환라에게로 다가왔다.

"전하. 정신이 드셨사옵니까?"

환라가 고개를 돌렸다. 반응이 없었으나 어찌 보면 당연한 일이었다.

그녀는 아버지를 잃고 어머니에게 버림받았다. 가장 믿고 따랐던 향옥은 환라를 죽이기 위해 독을 먹었다. 자신에게 일어난 일이 지나치게 비현실적이라, 환라는 지독한 악몽을 꾼 것인가 싶었다. 사실 지금 자신이 살아 있는 것인지 죽어 있는 것인지조차 알 수 없었다. 극심한 괴리감을 느끼며 석상처럼 앉아 있던 환라가 드디어 입을 열었다.

"태감도 나를 배신하였는가?"

"아니옵니다, 전하."

"그럼 어찌하여 보이지 않는가?"

궐겸이 쉽게 대답하지 못하고 양야를 보았다. 양야가 곤란함을 미소로 가리며 땀에 젖은 환라의 이마를 살살 쓸어넘겨 주었다.

"환. 일단 해열부터 하셔야 합니다."

"……칠각에게 가겠다."

환라가 양야를 밀어 내며 침상 밖으로 다리를 꺼냈다. 일어서려하자 힘없는 몸이 크게 휘청였다. 놀란 궐겸이 환라를 받아들었다. 양야 역시 걱정스러운 눈으로 환라를 부축하려 했으나 그녀는 두남자를 밀어 냈다. 그리고 뜨거운 숨을 힘겹게 내쉬며 물었다.

"칠각은 어디 있는가?"

"제가 안내하겠사옵니다."

궐겸이 몸을 돌려 방문을 열었다. 양야가 환라를 끌어안다시피부축해 궐겸을 따라갔다.

궐겸은 멀지 않은 곳에서 멈춰 섰다. 그는 문을 열고 환라가 들어갈 수 있도록 비켜섰다. 비틀거리는 몸을 양야에게 기대며 환라가 안으로 들어갔다. 칠각에게 정기를 불어넣고 있던 묘은이 물러가라는 양야의 눈짓에 슬그머니 방을 나갔다.

하지만 환라의 눈에 묘은은 보이지 않았다.

그녀에게 보이는 것이라고는 파리한 낯빛으로 누워있는 칠각뿐이었다.

"칠각아……."

환라의 무릎이 툭 꺾였다. 양야가 환라의 허리를 끌어당겨 넘어지지 않도록 지탱해 주었다. 환라는 그대로 몸을 기대며 양야의 가슴에 얼굴을 묻었다.

숨을 들이마실 때마다 몸 크게 들썩였다. 환라는 한참 그렇게숨을 쉬다가 양야의 품을 빠져나왔다. 그녀는 따라오려는 양야를 저지하고 혼자 칠각에게로 다가갔다. 그러나 차마 곁에 앉지 못하고 멀찍이 떨어진 곳에서 멈춰 섰다. 문을 닫고 들어온 궐겸이 환라의 뒤로 다가갔다.

"전하를 모시고 나오다가 크게 상처를 입었사옵니다. 제때 치료를 받아 생명에 지장은 없다 하였는데 어찌 된 일인지 의식을 차리지 못하고 있사옵니다."

환라는 숨을 제대로 쉴 수 없었다. 누군가 가슴을 억누르고 있는 것만 같았다. 칠각에게 조금 더 다가가자 굳게 닫힌 눈과 주름진 얼굴이 보였다. 그 모습이 마지막으로 본 이백의 모습과 겹쳐졌다.

환라는 가슴을 움켜쥐며 침상 앞에 주저앉았다. 눈물이 넘쳐흘러 이불을 적셨다. 간신히 뻗은 환라의 손이 단단하고 주름진 칠각의 손등을 붙잡았다.

"헉……."

돌을 삼킨 것처럼 목이 메고 숨이 막혔다. 환라는 제 가슴을 천천히 두드렸다. 체한 것을 풀기 위해 두드리는 것처럼 느리고 가볍던 손길이 점점 거세졌다.

"아아!"

그녀는 이내 목덜미와 가슴을 쥐어뜯듯이 때리며 우짖었다. 놀란 궐겸이 움직이기도 전에 양야가 환라의 등 뒤에서 나타났다. 그는 환라의 팔을 옥죄듯이 끌어안았다. 그러나 환라는 몸을 비틀며 미친 사람처럼 울음을 터트렸다.

"아아……. 아아아!"

"환. 진정하십시오. 그러다 또 쓰러지십니다."

양야가 물기 어린 목소리로 환라를 달래며 필사적으로 끌어안았다. 한참 동안 비명을 지르며 울던 환라는 제풀에 지쳐 몸을 늘어트렸다. 그러나 양야의 가슴은 여전히 뜨거운 눈물로 젖어 들고 있었다. 환라가 다시 목놓아 울며 양야의 옷자락을 움켜쥐었다.

"어머니가, 사무치게 원망스럽다! 어찌, 어찌 내게, 어찌……."

양야가 환라의 머리와 등을 연신 쓰다듬었다. 그녀는 온몸을 떨며 울다가 고개를 들었다.

"복수할 것이다. 절대 어머니를 용서하지 않을 것이다. 절대, 그분 뜻대로 되도록 내버려 두진 않을 것이다. 반드시, 무슨 수를 써서라도! 황궁으로 돌아가 모든 것을 되찾아 올 것이다!"

환라의 체온만큼이나 뜨거운 증오가 눈동자에 고였다. 몸에서는 살기가 뿜어져 나왔다. 이내 검고 사특한 기운이 뇌동산의 정기를 담은 구슬을 물들였다. 환라를 감싸고 있던 공기가 순식간에 탁하고 끈적하게 변했다.

숨을 들이마시자 그 기운이 양야의 몸을 파고들었다. 그의 눈이 일순 짙은 노란색으로 변했다. 독을 들이마신 듯 머리가 깨질 듯이 아프고 속이 매스꺼웠다. 그러나 양야는 미소 지었다.

"원하시는 게 복수라면 그렇게 하십시오. 제가 돕겠습니다."

그리고 환라의 얼굴을 끌어당겨 가슴으로 안았다.

환라는 미처 눈치채지 못했으나 그녀의 뒤에 있던 궐겸은 똑똑히 보았다. 단정하던 검은 눈동자가 샛노랗게 변하며 세로로 쭉 찢어지는 것을 말이다. 짐승의 눈과 마주하자 양야에게서 몰아치던 흉포한 기운이 떠올랐다. 궐겸은 저도 모르게 얼굴을 일그러트리며 뒤로 물러섰다. 그리고 전신을 마비시키는 공포에 당황하며 황급히 몸을 돌렸다.

뒤에서는 환라의 울음소리가 이어졌다. 끊이지 않는 곡성이 두려움을 씻어 냈다. 그러자 염려스러운 마음이 들었다.

'우시면 열이 더 오를 텐데.'

잠깐 품에 안았던 환라의 몸이 지나치게 뜨거웠던 것을 떠올렸다. 궐겸은 잠시 뒤를 돌았다가 밖으로 나왔다. 열을 내리는 탕약이라도 가져올 심산이었다.

마루에 도착하자 바쁜 걸음으로 같은 자리를 맴도는 묘은이 보였다. 인기척을 느낀 묘은이 고개를 돌렸다. 그리고 궐겸에게 뛰어오며 답지 않게 불안하고 다급한 목소리로 물었다.

"사정아! 은인은 좀 어때?"

"상심이 크신 것 같습니다."

"응. 그건 나도 봐서 알아. 그것 말고 구슬말이야!"

묘은이 발을 동동 구르며 소리쳤다. 궐겸은 묘은의 말을 이해할 수 없었다. 그가 모르겠다는 눈으로 빤히 바라보자 묘은이 한숨을 내쉬고는 조마조마한 표정으로 수염을 달싹였다. 그녀는 짧은 거리를 왔다 갔다 하며 혼잣말처럼 중얼거렸다.

"은인이 잘못되면 큰일인데. 양야 님 몸속에 있는 사기도 아직 다 정화되지 않았단 말이야. 은인이 악한 마음이라도 품으면 양야 님은 진짜 요괴가 되실지도 모르는데, 어쩐담. 정말 이 일을 어쩐담."

궐겸의 심장이 바닥으로 곤두박질쳤다. 그는 두려움에 질린 얼굴로 묘은의 앞을 막아섰다.

"요괴가 된다니, 그게 무슨 말입니까?"

"말 그대로야. 우리는 깨끗한 기운을 받으며 오랜 시간 수련해 도술을 쓸 줄 알고 인간의 몸을 얻었지만, 선인이 되기 전까지는 불안정한 상태거든. 그래서 정기를 오래 받지 못하거나 사기에 물들면 요괴가 되는 거야!"

"사기라면……?"

"나쁜 마음! 악의를 가지면 사기가 생겨나거든. 그런데 계속 내뿜는 건 아냐. 물론 계속 나쁜 생각과 나쁜 행동을 하는 사람들은 아예 기운이 사특하게 변하지만! 그런 사람을 곁에 두면 엄청 위험해져. 며칠도 지나지 않아 요괴가 될걸?"

"그러면 어떻게 변합니까?"

"짐승과 사람의 모습이 끔찍하게 뒤섞이게 돼. 그리고 욕망에 사로잡혀서 사람을 잡아먹거나 해치기도 하고."

궐겸의 저도 모르게 뒤를 돌아보았다. 우는 소리가 들리지 않았다. 평소라면 양야가 잘 달랜 것이라 안도했겠지만 지금은 양야가 요괴로 변할지도 모른다는 말을 들은 직후였다.

번개처럼 내리친 불안이 궐겸의 척추뼈를 관통했다. 그는 표정을 굳힌 채 안으로 뛰어 들어갔다.

"전하!"

궐겸이 다급하게 환라를 부르며 벌컥 문을 열었다. 그러자 몸을 웅크린 채 양야의 무릎 위에 앉아 안겨 있는 환라가 보였다. 궐겸의 걱정과 달리, 양야는 보화를 끌어안듯 단단한 팔과 너른 가슴으로 환라를 감싸 주고 있었다. 그의 눈동자도 언제 짐승의 것처럼 변했었나는 듯 새까맣기만 했다.

그러나 궐겸의 불안은 가시지 않았다.

양야는 궐겸의 눈을 바라보다가 시선을 돌렸다.

"묘은아."

"예, 양야 님!"

묘은이 총총걸음으로 다가가 양야의 앞에 앉았다.

"가서 열을 내리는 탕약을 달여오거라."

"은인한테 열이 나옵니까?"

"그래."

"그럼 제가 치료하겠사옵니다!"

묘은이 탁자 위로 폴짝 뛰어 올라왔다. 양야는 묘은의 머리에 손을 올려 다가오지 못하게 만들었다. 만일 묘은이 환라에게 제 기운을 집어넣으면 구슬이 오염되었다는 것을 단번에 눈치챌 것이다.

그 후에 벌어질 일은 안 봐도 뻔했다.

묘은은 백호선에게 환라가 구슬을 더럽혔다고 고할 것이다. 그러면 백호선은 환라 때문에 양야가 위험해졌다고 판단할 테고, 무슨 수를 써서라도 양야를 뇌동산으로 데려가려 할 터였다.

'그럴 순 없지.'

환라는 잠시 나쁜 마음을 품은 것뿐이다. 그런 사기는 조금만 지나면 금세 사라진다. 그러면 구슬도 바로 정화될 테니 그때까지만 묘은이 못 알아차리도록 숨기면 된다.

양야는 제 앞에 앉아 고개를 기울이고 있는 묘은에게 짐짓 다정하게 말했다.

"요새 네가 정기를 많이 쓰는 것 같아 걱정되는구나."

"저는 구슬이 있어 괜찮사옵니다!"

"염매 때처럼 언제 무슨 일이 생길지 모르니, 만일의 사태를 대비해야 하지 않겠느냐."

"음……."

묘은이 코를 킁킁거리며 환라 주변을 맴돌았다. 양야는 특유의 권태로운 표정을 지으며 환라의 몸을 더 꼭 끌어안았다.

하지만 묘은은 눈을 가늘게 떴다.

'은인의 기운이 조금 달라진 것 같은데…….'

양야가 제 기운을 넓게 퍼트렸다. 그러자 묘은이 다시 자리에 앉아 고개를 갸웃거렸다.

'양야 님의 기운인가?'

양야가 고민하는 묘은을 재촉했다.

"어서 약을 가져오너라."

"예, 양야 님."

묘은은 의심을 밀어 두고 총총걸음으로 방을 나갔다. 문이 닫히는 것을 보던 양야가 고개를 돌렸다. 지친 것인지 잠이 든 것인지, 환라는 눈을 감고 있었다. 양야는 조심스럽게 그녀를 안아 들고 궐겸에게 말했다.

"묘은이가 오거든 전하의 방으로 와 달라고 전해 주십시오."

"……알겠습니다."

궐겸은 그 자리에 서서 두 사람의 뒷모습을 바라보았다.

* * *

"형님! 깨어나셨다는 소식 들었소. 몸은 좀 괜찮으시오?"

"아이고, 전하! 제가 얼마나 걱정했는지 아시옵니까?"

여란과 정위가 평소보다 더 호들갑스럽게 환라에게 달려들었다. 양야는 환라에게 엉겨 붙으려는 정위를 밀어 내고 이미 엉겨붙어 있는 여란을 떼어 냈다.

여란이 격렬하게 어깨를 털어 양야의 손아귀에서 벗어난 뒤 환라에게 다시 찰싹 붙었다. 환라는 여란을 다독이지도, 밀어 내지도 않았다. 가만히 있는 그녀를 한 번 꼭 끌어안은 여란이 뒤로 물러서며 걱정스러운 어조로 물었다.

"좀 야윈 것 같소. 식사는 하셨소?"

식사는 고사하고 물조차 넘기기 힘들었다.

아니, 아예 시도조차 하지 않았다. 오전에 묘은이 가져다준 탕약도 결국 입에 대지 않았다. 시간이 지나자 체온은 정상으로 돌아왔으나 여전히 아무것도 삼키고 싶지 않았다.

환라가 고개를 젓자 여란이 자리에서 일어났다.

"잘 되었소. 마침 내가 맛있는 걸 해 왔으니 같이 듭시다."

여란이 정위를 데리고 나가려 할 때였다. 곡소리가 대문을 넘어왔다. 동시에 환라가 자리를 박차고 일어났다. 그리고 뭔가에 홀린 사람처럼 밖으로 뛰어나갔다.

궐겸 역시 곡소리를 듣고 칠각의 방에서 나오다가 환라를 발견하였다. 궐겸이 환라를 불렀으나 그녀는 뒤돌아보지 않았다.

대문을 나서자 대로를 따라 줄지어 선 사람들이 보였다. 행렬은 이미 반쯤 지나 있었다. 환라는 숨을 멈추고 그 자리에 섰다. 흰옷은 입은 환관과 궁인들이 앞서가며 소리쳤다.

"훙서!"

"황제 폐하! 태자 전하!"

황제와 태자의 죽음을 알리는 소리였다. 이내 백성들의 입에서 곡소리가 쏟아졌다. 두 개의 관을 짊어진 병사들이 궁인과 환관의 뒤를 따랐다.

환라는 눈을 크게 뜬 채 굳어 버렸다. 영로가 멀쩡히 살아 있는 환라의 장례식을 치렀기 때문만은 아니었다. 행렬의 끝에 가마에 올라탄 사혁과 영로가 이야기를 나누며 희미하게 웃고 있었던 탓이다.

두 사람의 모습이 환라의 눈동자에 각인처럼 새겨졌다.

'아버지의 관을 뒤따라가면서, 나를 죽이려 했으면서 어찌 웃으실 수 있단 말인가?'

가슴에서 용암 같은 증오가 흘렀다. 환라는 경멸 어린 눈으로 영로를 보았다. 쿵, 쿵, 쿵. 심장이 빗장뼈를 부술 듯이 치받았다. 온몸에 뜨거운 피가 퍼져 나가는 게 느껴졌다. 손은 움찔거리고 배 속이 들끓었다.

'어머니가 밉다. 이보다 더 미워할 수 없을 만큼!'

당장 달려들어 영로의 목을 조르지 않고서는 견딜 수 없을 것만 같았다. 손을 움켜쥐듯 움찔거리던 환라가 제 생각을 뒤늦게 깨닫고 화들짝 놀라며 뒷걸음질 쳤다. 얼마 안 가 그녀의 등 뒤에 단단한 가슴이 툭 닿았다. 환라는 나쁜 짓을 하다 들킨 사람처럼 놀라며 뒤를 돌았다. 양야가 연기를 내뱉으며 환라를 보고 있었다.

새하얀 연기 사이로 샛노란 눈동자가 달빛처럼 반짝였다. 양야는 구름처럼 쌓인 연기를 불어 내고 환라를 보았다.

"안색이 창백합니다."

온갖 참혹한 감정들이 항아리 속의 뱀처럼 뒤엉켜 환라의 눈동에 담겨 있었다. 그마저도 양야는 애틋하기만 했다. 그는 다정한 손길로 헝클어진 환라의 머리카락을 빗어 내렸다. 그녀의 어깨너머로 고개를 돌리는 영로가 보였다. 언뜻 마주친 영로의 눈동자가 환라에게로 향하려 할 때였다.

양야가 연기를 자욱하게 내뿜으며 환라를 품에 안았다. 영로의 눈이 한참 동안 양야에게 머물다 떠나갔다. 그는 제 품에 안겨 몸을 떠는 환라에게 속삭였다.

"들어가는 게 좋을 듯합니다."

환라가 고개를 끄덕이자 양야가 그녀를 가볍게 안아 들고 순식간에 방으로 들어왔다. 잠시 숨을 고르던 환라가 양야의 품을 빠져나왔다.

그러자 침대 가에 올려 둔 향낭이 보였다. 식었던 분노가 다시 타올랐다. 환라는 벌떡 일어나 그대로 향낭을 찢어 버렸다. 비단 천이 쭉 갈라지며 안에 든 약초가 사방으로 흩날렸다. 뒤집힌 손톱 끝에 피가 맺혔다. 놀란 양야가 다가가 그녀의 손을 감쌌다. 환라는 양야에게 눈길조차 주지 않았다. 그저 이를 갈며 거친 숨을 내뱉을 뿐이었다.

"반드시, 그 두 사람을 응징하겠다."

사기가 흘러넘쳤다. 양야는 다급하게 환라를 끌어안아 다독였다. 그리고 끊임없이 흐르는 눈물을 닦아 주며 다정하게 입 맞췄다.

한참 동안 분한 마음에 눈물을 흘리던 환라가 겨우 마음을 다스렸다. 양야는 그녀의 등을 감싸 방 밖으로 데려나갔다. 마당에서 환라를 기다리던 여란과 정위, 궐겸이 인기척을 느끼고 뒤를 돌아봤다. 밖으로 뛰어나간 자들이 건물 안에서 나오자 그들은 잠시 의아한 표정을 지었으나 아무것도 묻지 않았다.

"형님! 그, 내가 요리를 데워 놨소! 일단 먹읍시다. 사람이 먹어야 힘이 나고, 또 힘이 나야 뭐든 하지 않겠소?"

"맞습니다, 환 님. 참! 방 안은 갑갑할 것 같아 정원에 준비해 뒀습니다."

여란과 정위가 호들갑을 떨었다. 환라는 억지로 웃으며 고개를 끄덕였다. 그 미소에 궐겸이 희미하게나마 안심하며 환라의 옆에 섰다.

"식사하시면서 신선한 바람을 쐬시면 좀 나아지실 겁니다."

"태감은?"

"묘은 님께 부탁해 두었습니다."

환라가 고개를 끄덕였다. 그녀는 양야에게 기대다시피 걸어 정위를 따라갔다. 여란이 음식을 가지러, 궐겸은 상 차리는 걸 돕기 위해 자리를 떠났다. 그러자 삭막한 침묵이 흘렀다. 정위는 어색한 분위기에 어쩔 줄 모르며 환라와 양야의 눈치를 봤다.

사실 그는 양야에게 물어볼 것이 산더미처럼 쌓여 있었다. 언제

부터 여우가 된 것인지, 아니면 원래 날 때부터 여우였는지, 또 저만 빼고 모두 알고 있었는지 묻고 싶어 입이 간지러웠다. 하지만 양야도 환라도 그런 질문을 받아 줄 것 같진 않았다.

'혹이 좌사정 나리도 분위기가 이럴 줄 알고 도망간 거 아냐?'

정위는 힐끗힐끗 눈치를 보다가 양야가 새하얀 연기를 뿜어내자 고개를 기울였다.

'한동안 안 피우시더니 왜 또 꺼내 드셨지?'

혹시 몸이 좋지 않은 건가 물어보려던 차에 여란과 궐겸이 음식을 들고 왔다. 여란이 환라 앞에 커다란 꿩을 내려놓았다. 그리고 꿩 다리를 쭉 찢어 환라의 앞접시에 놓아 주었다.

"내가 약재와 함께 푹 달여서 만든 것이오. 기력 보강에 이만한 것이 없소!"

환라가 고개를 돌려 여란을 보았다. 배도 고프지 않고, 입맛도 돌지 않았으나 여란의 성의가 고마웠다. 환라는 잠시 망설이다 고기를 뜯어 숟가락에 올리고 국물과 함께 입에 넣었다. 몇 번 씹었으나 무슨 맛인지 느낄 수 없었다. 기계적으로 턱을 움직이던 환라가 쓴 약을 삼키듯 음식물을 꿀꺽 삼켰다.

따뜻한 액체가 목구멍을 타고 내려가는 것이 느껴졌다. 그러자 누군가 숨통을 조이는 것처럼 숨이 턱 막히고 토기가 울컥 치밀었다.

다정하게 타이르던 향옥의 목소리가 마치 옆에서 속삭이듯 생생하게 떠올랐다.

'전하, 심신을 안정시키는 약이옵니다.'

환라는 입을 막으며 자리를 박차고 뛰쳐나갔다. 인적이 드문 곳에 도착하자 그녀는 삼켰던 것을 모두 게워 냈다. 따라온 양야가 등을 두드려 주었다.

양야는 누군가 제 가슴을 헤집는 것처럼 괴로웠다. 하지만 환라의 고통은 더할 것을 알기에 괜찮으냐고 물어볼 수조차 없었다. 깊고 무거운 숨을 삼키며 양야가 환라를 일으켜 세울 때였다.

뒤에서 한 여인이 다가와 말을 걸었다.

"전하이시옵니까?"

환라가 허리를 세우자 양야가 품에서 손수건을 꺼내 그녀의 입가를 정리해 주었다. 이마에 맺힌 땀까지 소매로 닦아 주고 나자 환라가 고맙다는 듯 눈짓하고 몸을 돌렸다.

채령이 다정한 두 사람을 보며 미소 짓고 있었다.

"란이가 부엌을 찾기에 깨어나신 줄은 알았습니다."

환라는 잠시 그녀가 누구인지 알아보지 못했다. 그러다 이내 대장군의 저택에서 마주쳤던 것을 떠올렸다.

"천영 부인."

"저를 기억하시는군요."

채령이 웃는 낯으로 다가갔다. 환라는 저도 모르게 몸을 뒤로 뺐다. 경계하는 몸짓에 채령이 눈을 동그랗게 뜨고 걸음을 멈췄다. 그리고 야생 동물을 마주쳤을 때처럼 멀찍이 떨어진 채로 가만히 서 있었다.

두 사람은 거리를 두고 서로의 얼굴을 마주 보았다. 환라는 채령이 낯설었다. 그러나 채령은 환라의 얼굴이 낯설지 않았다.

분명 몇 번 보지 않은 얼굴이건만, 이상한 일이었다.

'저번에도 느낀 것이지만 누구를 닮은 것 같은데. 대장군과도 분위기가 비슷하지만……. 다른 사람과 더 닮았어. 누구지?'

채령이 눈을 내리깔며 미간을 찌푸렸다. 그러다 콧소리를 내더니 고개를 기울여 손바닥에 볼을 기댔다. 곧 환라를 찾는 소리가 들렸다. 그제야 식사 중이었다는 것을 떠올린 환라가 돌아가려 할 때였다. 채령이 손바닥을 부딪치며 탄성을 내질렀다.

"아!"

환라가 다시 몸을 돌렸다. 눈이 마주치자 채령이 곱게 웃었다.

"어딘지 익숙한 느낌이 든다 하였는데, 그분을 닮으셨네요."

"그분이 누구인가?"

"대장군이 종종 들어가 차를 마시는 방에 여인의 초상이 있습니다. 듣기로는 대장군의 여동생이시라 하였어요."

환라의 숨이 옅고 빠르게 변했다. 심장도 크게 박동하기 시작했다. 그 소리를 들은 양야는 혹시라도 환라가 휘청일까 걱정스러워 미리 허리를 단단히 감싸 안았다. 하지만 그녀는 예고 없이 들이닥치는 사실들을 받아들이려 애썼다.

'연려황후가 내 친어머니라 하였으니 닮았을 것이다. 그럼 대장군은 내 외숙이고, 천영 부인은 내 외숙모가 되겠군.'

그녀의 세계가 거짓으로 물든 지 하루밤에 지나지 않았다. 그래서인지 환라는 모든 것들이 가짜처럼 느껴졌다. 잡으려 하면 혼령처럼 제 손을 통과해 사라질 것만 같았다. 지독한 괴리감이었다. 현실에서 동떨어진 것 같은 감각이 환라를 덮쳤다. 양야가 그녀의 어깨를 다정히 감쌌다. 몸에 스며드는 온기 덕분에 환라는 현실로 돌아왔다. 그녀는 양야의 손을 잡고 채령을 바라봤다.

낯선 사람과 친인척이라는 것은 여전히 받아들이기 어려웠다. 그러나 향옥이 환라를 독살하려 했다거나, 영로가 계모라는 것을 받아들이는 것보다는 현실적이었다. 환라는 양야의 손을 힘주어 잡고 채령에게 말했다.

"내가 그 초상화를 볼 수 있겠는가?"

"다행스럽게도 그리 어려운 일은 아니랍니다. 따라오세요."

채령이 장난스럽게 대꾸하며 왔던 길을 되돌아갔다.

환라가 그녀의 뒤를 따랐다. 손을 잡고 있던 양야도 자연스레 딸려 갔다. 나란히 걷는 발소리가 들리자 환라는 잠시 걸음을 멈췄다. 그리고 양야의 손을 놓았다.

"잠시 천영 부인과 대화를 나누고 오겠다. 다른 이들에게 먼저 식사하라고 전해 주겠는가?"

"괜찮으시겠습니까?"

환라는 미소 지으려 노력하며 고개를 끄덕였다. 고민하는 듯한 표정으로 양야는 환라의 손가락 하나하나를 섬세하게 어루만졌다. 따라오는 소리가 들리지 않자 채령이 걸음을 멈추고 뒤를 돌아보았다. 환라는 홀로 천영 부인을 따라갔다.

그리고 이내 처음 보는 방 앞에 멈춰 섰다.

안에서 희미하게 인기척이 들렸다. 들여다보진 않았으나 방 안에 있을 사람은 한 명뿐이었다.

"대장군, 채령입니다."

"들어오시오."

문을 열자 앉아서 차를 마시고 있는 능현이 보였다. 그가 환라를 보고는 몸을 일으켰다.

"전하."

"확인할 것이 있어서 왔다."

"들어 오시옵소서."

문가에 서 있던 채령이 비켜서자 환라가 안으로 들어가며 벽을 살폈다. 그러나 그 어디에도 여인의 초상은 보이지 않았다. 환라가 앉지도 않고 두리번거리기만 하자 능현이 차를 따르다 말고 물었다.

"찾으시는 것이라도 있으십니까?"

채령이 문을 닫으며 대신 대답했다.

"전하께서 연려황후 폐하를 닮으신 것 같아 말씀드리니 초상화를 보고 싶다고 하시기에 모셔 왔어요."

능현이 환라를 빤히 바라보았다. 확실히 그녀는 연려황후와 닮았다. 얼마나 닮았는지, 처음 만났을 때 능현은 능화가 살아 돌아온 줄 알았다. 아마 여란이 나씨 가문의 사람이라고 소개하지 않았다면 능화에게 숨겨 둔 아이가 있다고 생각했을 것이다. 그리고 영로의 딸이라는 것을 알고 나자 환라의 얼굴에서 다른 사람이 보였다.

'설마 태자 전하는 황제 폐하의 아이가 아니라 능윤의 아이였던 것인가?'

능현은 제 주먹을 말아쥐었다. 그 모습을 빤히 보던 채령이 조용히 능현의 곁으로 다가가 그의 발을 지그시 밟았다. 능현이 깜짝 놀라며 채령을 돌아보았다. 그녀가 정신 차리라는 듯이 빙긋 웃었다. 능현은 그제야 다른 쪽으로 새어 나가는 생각을 붙잡고 몸을 돌렸다.

"안쪽 침실에 있습니다."

탁자와 조금 떨어진 곳에 있는 장지문을 열자 주인 없는 방이 모습을 드러냈다. 오랫동안 사람이 사용하지 않았으나 내부는 먼지 한 톨 없이 깨끗했다. 환라는 천천히 안으로 들어갔다. 침상 옆, 넓은 벽에 초상화 하나가 걸려 있었다.

보라색 연꽃 위에 서서 여래의 미소를 머금은 여인, 소능화의 초상이었다.

"이분이 연려황후신가?"

"그렇습니다."

환라는 여인을 빤히 바라봤다. 내리깐 눈은 마치 환라를 바라보고 있는 것만 같았다.

그녀는 생전 처음 느껴보는 기묘한 감정에 눈을 깜빡였다. 고개를 돌리자 화장대의 거울이 보였다. 환라의 얼굴은 그림을 옮겨놓은 것만 같았다.

'얼굴을 보고 싶지 않아 가리게 했다는 어머니의 말씀은 사실인 건가?'

의문형으로 끝난 질문이지만 환라는 답을 알고 있었다.

'나를 보호하기 위해 면포를 쓰게 한 것이 아니었다. 내가 연려황후를 닮았기에, 다른 이들이 그 사실을 눈치챌까 염려되어 면포를

쓰게 한 것이다.'

환라는 눈을 질끈 감고 주먹을 말아 쥐었다. 들끓는 배신감과 분노를 어찌할 줄 모른 채 그 자리에 서 있었다. 영로가 죽을 정도로 원망스러웠으나 동시에 18년 동안 속기만 한, 아무것도 의심하지 않은 자신이 한심하고 멍청하게 느껴졌다. 그리고 더 비참한 것은, 아직도 영로와 향옥을 떠올리면 잠든 그녀의 얼굴을 쓸어 주던 다정한 손길이 먼저 떠오른다는 것이었다.

환라는 떨리는 숨을 내뱉으며 눈을 떴다. 눈꺼풀 밑에 고여 있던 눈물이 후두둑 떨어졌다. 그러나 그녀의 얼굴은 전처럼 참담하지 않았다.

환라는 제 감정이 흘러넘치도록 내버려 두며 혼잣말처럼 중얼거렸다.

"연려황후께서 살아 계셨다면 무언가 달라졌을까?"

"선하고 사려 깊은 아이였으니 분명 그랬을 것입니다. 적어도 영로……, 황후 폐하만큼은 이렇게 변하지 않으셨을 겁니다."

"내게 어머니가 두 분이었을 수도 있었겠구나. 한 분도 남지 않은 지금과 달리 말이다."

환라의 얼굴에 지독한 외로움이 깃들었다. 능현은 자신이 괜한 소리를 해 환라의 상처를 들쑤신 건 아닌지 걱정스러웠다. 그러나 그는 말주변도 없고 위로에도 능숙하지 못했다.

능현이 속으로는 어쩔 줄 몰라 하면서도 무표정하게 서 있자 채령이 그 기색을 눈치채고 고개를 설레설레 저었다. 그리고 환라에게 다가와 그녀의 손을 잡았다. 환라가 고개를 돌리자 채령이 생긋 미소 지었다.

"그 두 분이 엄청 싸우셔서 지금보다 더 괴로워지셨을 수도 있죠. 일어날 리 없는 가정으로 자신을 괴롭히기보다는 현재에 집중하는 게 어떨까요? 전하 곁에는 란이도 있고 장 객주와 좌사정도 있지 않습니까."

"그리고 정위도 있지. 천영 부인, 그대 말이 옳다."

"채령이라 불러 주세요. 외숙모라 부르셔도 좋고요."

채령이 격 없이 말하며 다정한 눈빛을 보냈다. 환라는 저도 모르게 마음이 풀어져 고개를 끄덕였다. 그리고 다시 초상화를 보았다. 꿔다 놓은 보릿자루처럼 서 있던 능현이 그제야 환라에게 다가왔다.

"처음 보십니까?"

그렇다고 대답하려던 환라가 눈을 크게 떴다. 살짝 벌어진 입술 사이로 떨리는 숨이 새어 나왔다.

"황궁에는 연려황후의 초상화가 없다."

18년 동안 환라는 단 한 번도 연려황후의 초상을 본 적이 없었다. 그건 비단 환라뿐만이 아니었다. 심지어 이백마저 능화의 초상화를 가지고 있지 않았다. 그러다 보니 능화의 얼굴을 또렷하게 기억하는 이가 없었다.

소름이 등줄기를 타고 올라왔다. 머리털이 쭈뼛 서는 느낌에 환라가 제 팔뚝을 감싸 안았다. 옆에서는 채령의 목소리가 들렸다.

"듣기로는 10년 전에 황후 폐하께서 모두 거둬들여 없애라 명하셨다 합니다."

환라는 그 치밀함에 치가 떨렸다. 면포로 얼굴을 가려도 환라는 제 얼굴을 볼 수밖에 없다. 환라가 능화의 얼굴을 알고 있으면 언젠가 능화와 닮은 자신을 보며 의문을 품을 것이다. 그것을 예상한 영로가 미리 연려황후의 초상화를 다 없앤 거라고, 환라는 단정 지었다. 입술 사이로 허탈한 웃음이 흘렀다.

"덕분에 나는 생모의 얼굴도 모르고 자랐구나."

능현이 저도 모르게 고개를 돌렸다.

'생모?'

능화와 닮은 옆모습이 보였다. 설마 하는 생각이 머리를 스쳤다. 가능성이 없는 것은 아니었다. 18년 전 반란이 일어났을 때, 능화는 만삭의 몸이었다. 하지만 능화는 화살에 맞아 사망하였고 아이 또한 그때 세상을 등졌다. 그리고 같은 시각 영로는 그 옆에서 환라를 출산하였다.

이 사실을 모르는 이는 없었다. 충신이라 소문난 칠각이 증언하였고, 황제였던 이백이 인정하였다. 그렇기에 환라는 영로의 딸로 태어나고, 자랐다. 능현 또한 그렇게 알고 있었으므로 환라가 두 분의 어머니를 운운했을 때도 친모가 영로고 의모가 능화라고 생각했다.

'그런데 방금 그 말은, 생모라는 말은 도대체……'

혼란스러운 눈빛이 환라의 볼에 달라붙었다. 그 시선을 느낀 환라가 고개를 돌렸다. 그녀는 능현의 얼굴을 유심히 살펴보다가 물었다.

"초상화는 이것 하나뿐인가?"

"예, 전하."

능현이 여전히 혼란스러운 얼굴로 짧게 대답했다. 머릿속으로는 환라가 조카딸일 리 없다고 생각하면서도 코가 시큰하고 미간이 좁혀졌다.

환라를 처음 보았을 때처럼 능현의 눈가에 물기가 고였다. 그 모습을 본 환라는 묘한 감상에 휩싸였다.

"내가 이 초상화를 가져가도 되겠는가?"

환라의 말이 끝나기가 무섭게 채령이 제 입을 막아 숨 들이마시는 소리를 숨겼다. 환라가 능현과 혈연관계라는 것을 깨달은 까닭이었다. 능현 역시 환라가 제 혈육이라 느꼈으나 아직 믿기지 않았다. 그는 환라의 볼을 쓰다듬을 것처럼 손을 뻗다가 뒤로 물러났다.

"초상화를 왜……."

능현이 답지 않게 말을 끝맺지 못하고 입을 다물었다. 그리고 애틋함이 묻어날 것만 같은 얼굴로 환라를 보았다. 그 눈빛이 마치 이백과 비슷해 보여, 환라는 가슴에 멍울이 진 것만 같았다.

환라는 눈물을 참고 제 발끝을 보며 입을 열었다.

"내 생모가 연려황후 폐하라는 말을 들었다."

"……누가 그런 소리를 하였습니까?"

"어머니……, 황후 폐하께서 그리 말씀하셨다. 내가 친딸이 아니라 하시더구나."

능현이 저도 모르게 손을 뻗었다. 차올랐던 눈물이 아래로 툭 떨어졌다.

"전하께서 진정 능화의 딸입니까? 제 조카이십니까?"

환라는 망설이다가 능현의 손을 잡았다.

능현이 그녀의 손등을 토닥였다. 이백의 습관과 같은 행동이었다. 환라를 달래거나 예뻐할 때면 이백도 항상 이렇게 손등을 토닥여 주었다. 짧은 순간이었으나 환라는 능현이 아버지처럼 느껴졌다. 머리로만 혈육이라 생각하던 것이 부쩍 마음에 와닿았다.

그제야 환라는 제게 가족이 남아 있음을 실감했다. 울컥 눈물이 쏟아졌다. 능현이 숨죽여 우는 환라에게 조심스럽게 다가가 등을 토닥여 주었다.

채령은 글썽거리는 눈으로 두 사람을 바라보다가 둘을 방해하지 않기 위해 조용히 방을 나섰다. 등 뒤에서 능현의 젖은 목소리가 들렸다.

"잃은 줄 알았는데……. 세상 밖으로 나와 보지도 못하고 간 줄 알았는데……."

채령은 밖에 서서 하인들을 모두 물리고 사람들이 다가오지 못하게 했다. 한동안 방 밖으로 흐느끼는 소리가 흘러나왔다. 한참 뒤, 능현이 먼저 눈물을 닦아 내며 환라에게서 떨어졌다. 환라는 아직 조금 어색했으나 능현은 그녀가 제 딸처럼 느껴졌다.

아이를 가졌다며 환하게 웃던 동생의 얼굴이 환라의 위로 겹쳐졌다. 그는 환라의 손을 꼭 잡으며 슬픔이 남아 있는 얼굴로 웃었다.

"이리도 장성하셨을 줄이야."

믿기지 않는다는 얼굴로 환라를 보던 능현이 몸을 돌려 초상화를 떼어 냈다. 그는 커다란 손으로 초상화를 둘둘 말아 비단 끈으로 묶어 환라에게 내밀었다.

"부디 가져가 주십시오. 능화도 그걸 바랄 것입니다."

환라는 족자를 받아 들어 품에 안았다. 그녀는 감사의 인사를 하려다가 잠시 말을 골랐다.

"감사하옵니다."

"어찌 말씀을 높이십니까?"

"제 외숙부님이시니 말씀을 높이는 게 맞습니다."

"그럼 사적인 자리에서만 그리 대해 주십시오."

"예, 외숙부님."

능현이 웃으며 환라를 탁자로 이끌었다. 자리에 앉자 환라는 다시 초상화를 펼쳤다. 능화의 발밑에 만개한 보랏빛 연꽃이 눈에 들어오자 환라의 표정이 돌변했다. 그녀는 분노와 증오가 일렁이는 눈으로 물었다.

"어머니께서는 왜 보라색 연꽃을 당신의 상징으로 사용하시는 겁니까?"

환라는 평생의 습관대로 영로를 어머니라고 지칭하였다. 뒤늦게 깨닫고 말을 정정하려 했으나 능현은 환라가 당연히 능화에 관해 묻는 줄 알고 답했다.

"보라색 연꽃이 하늘에서 커다란 빛을 뿜는 게 능화의 태몽이었습니다. 그래서인지 어렸을 때부터 보라색 연꽃을 흔들어 주면 울다가도 방긋거릴 정도로 무척 좋아했습니다."

뜻밖의 사실에 환라는 마음이 뒤숭숭해졌다. 사혁과 작당하여 능화를 죽인 영로가 보라색 연꽃을 자신의 상징으로 쓰다니. 환라는 제 마음속에 떠오른 의문을 지워 냈다.

'분명 돌아가신 연려황후를 조롱하기 위함일 것이다.'

정확한 의도는 알 수 없었으나 헤아리고 싶지도 않았다. 고개를 돌리자 죄책감에 휩싸인 능현이 미간을 찌푸렸다.

"제 탓입니다. 제가 낙랑의 왕족을 모두 죽이라는 선황 폐하의 명을 어기고 공주인 영로를 단영 제국으로 들여서 발생한 일입니다."

마치 고해성사를 하듯, 능현은 아무에게도 말하지 못했던 진실을 털어놓았다.

"낙랑의 공주라 하셨습니까?"

능현이 고개를 끄덕였다. 낙랑은 단영 제국의 침략을 받아 멸망했다. 때문에 환라는 능현의 말을 듣고 영로가 그동안 보인, 엄하지만 자식을 사랑하는 어머니와 충신의 모습이 모두 복수를 위한 것이었다고 확신했다.

"선황 폐하의 명을 어긴 것은 죄이나 어머니께서 그리되신 것은 외숙의 죄가 아니옵니다."

환라가 능현의 손등을 다독였다. 능현이 그리운 얼굴로 고개를 끄덕였다. 사실 손등을 다독이는 것은 능현의 아버지가 자주 해 주시던 위로였다. 그 위로가 능현의 집에서 어린 시절을 보낸 이백에게로, 이백에게서 다시 환라에게로 옮겨 온 것이었다.

능현은 이루 말할 수 없는 혈육의 애틋함을 느끼며 몸을 웅크렸다.

그는 환라의 손등에 이마를 묻고 눈물을 흘렸다.

* * *

영로는 두 개의 관과 함께 종묘로 들어왔다.

황실의 직계 혈족이 사망하면 시신을 입관하기 전까지 종묘에 두는 것이 관례이기 때문이었다. 그다음의 절차는 법으로 정해져 있었다.

사흘 뒤에 발인하고 한 달간의 애도 기간을 가진 뒤 새 황제가 즉위한다.

"애도 기간이 끝나기 전에는 새 황제가 즉위할 수 없다니, 참으로 쓸모없는 법입니다."

영로의 뒤로 사혁이 들어왔다. 본디 관을 가져다 놓기 위해서가 아니라면 황실의 직계 혈족이나 그 배우자 외에는 종묘에 들어올 수 없었다. 그러나 영로는 사혁의 입장을 허락했다. 그 모습을 본 조정 대신들은 혀를 찼다. 몇몇은 영로가 천하를 쥐고 흔드는 걸 목격한 것처럼 사색이 되었다. 혹은 어깨를 펴고 간교한 미소를 머금었다.

영로는 각기 다른 표정을 한 수십 개의 얼굴을 보다가 환관에게 손짓했다. 환관이 허리를 깊게 숙이고 종묘의 문을 닫았다. 그러자 사당 안에 살아 있는 사람이라고는 사혁과 영로밖에 남지 않았다. 영로는 사혁에게 잠시 눈길을 주고 관으로 다가갔다.

"확인하시오."

사혁이 느긋한 걸음으로 다가와 관뚜껑을 발로 밀어 냈다. 오만불손한 태도에 영로가 인상을 찌푸렸다.

"아무리 죽었다 한들 태자의 관이오. 예를 갖추시오."

사혁은 조소를 흘리며 아랑곳하지 않고 관 뚜껑을 완전히 밀어 떨어트렸다. 그러자 면포로 얼굴을 가린 채 누워 있는 시신 한 구가 모습을 드러냈다. 영로가 다가와 손수 면포를 걷어 보였다.

소해의 핏기 없는 얼굴이 드러났다. 사혁이 알고 있는 태자였다.

그는 허리를 숙여 시신이 진짜인지 만져 보았다. 그리고 호흡과 맥박까지 확인한 뒤 이가 드러날 정도로 미소 지으며 허리를 폈다.

"황제의 장례가 끝나고 바로 태자의 장례까지 치르려면 정신이 없겠습니다."

"폐하의 장례와 함께 치를 것이오."

"뒤에서 말이 나올 것입니다."

"수군거려 봤자지."

영로는 코웃음을 치고는 관 뚜껑을 닫았다. 대신들을 무시하는 듯한 투였으나 사혁은 굳이 그녀에게 조심하라 일러 주지 않았다.

사혁이 원하는 것은 황위였다. 태자가 없으면 남은 혈족 중에는 사혁의 계승서열이 제일 높았다. 그러나 황제의 과보호가 지나쳐 사혁 혼자서는 태자를 죽일 수 없었다.

'하지만 정통성이 없는 파영로 따위를 해치우는 건 일도 아니지.'

그는 법적으로 즉위할 수 있는 한 달이 지나고 영로가 세력을 정리할 때, 그녀의 정통성을 문제 삼아 제국을 침략할 예정이었다. 영로에게 보태 준 군사 역시 그때에 사혁에게로 돌아설 것이다. 그러니 도움이 될 만한 말을 해 줄 필요는 없었다.

"그럼 이제 제 군사들로는 뭘 하실 생각입니까?"

"대장군을 잡아야지. 듣기로는 진문친왕의 아들을 황제로 추대한다고 하던데, 그 일만 저지하면 제국에 나를 막을 사람은 없소."

사혁은 영로의 곁으로 다가와 그녀의 얼굴을 들여다보았다. 능현을 입에 올렸으나 그녀의 눈에는 증오도, 회한도, 희열도, 머뭇거림도 보이지 않았다. 한때 연인이었던 자를 죽이겠다고 말하는 사람치고는 굉장히 차갑고 무덤덤했다. 사혁은 영로가 제 상상보다 더 지독한 사람이라 생각하며 고개를 끄덕였다.

"좋은 구경거리가 되겠습니다."

"궁금하면 보고 가시오. 재미있을 테니."

"안타깝게도 너무 오래 자리를 비워서 그건 어려울 듯합니다. 발인이 끝나면 갈파로 돌아가야지요."

"전쟁으로 1, 2년 나라를 비운 적도 있지 않소? 그대가 나라로 돌아가 내 뒤통수를 칠지 어찌 알고."

영로는 걸음을 멈추고 사혁을 보았다.

"내가 황위에 오를 때까지 단영에 있으시오. 그렇지 않으면 대장군보다 그대의 목을 먼저 칠 것이오."

"무슨 수로 말입니까?"

"그대의 군사가 제국에 들어와 있다는 걸 잊은 모양이오? 그런 걸 보통 침략이라고 하지 아마?"

사혁이 입매를 일그러트리다 크게 웃음을 터트렸다.

"정말 제 황후가 될 생각은 없습니까?"

"내 마음을 돌리고 싶거든 남아서 노력해 보시오."

영로는 사혁에게 시선을 주었다가 종묘를 나섰다. 사혁은 나란히 놓인 관 두 개를 잠시 바라보았다가 이내 영로를 따라 가마에 올랐다.

다시 긴 행렬이 이어지고 사혁과 영로는 궁으로 돌아왔다. 영로는 사혁에게 인사도 없이 흑수궁으로 돌아갔다. 방으로 들어서자마자 영로는 머리에 올려놓은 무거운 장신구를 집어 던졌다. 금속이 바닥에 부딪치며 날카로운 소리로 진동했다. 옆에 있던 윤미가 놀란 눈으로 영로를 보았다.

그녀는 참았던 분노를 터트리기라도 하듯 붉으락푸르락 달아오른 얼굴로 숨을 몰아쉬었다. 그리고 윤미를 돌아보며 목소리를 낮춰 소리쳤다.

"병사를 풀어 태자가 어디 있는지 수색해라."

"하오나 폐하. 병사들을 이용해 수색할 순 없사옵니다. 눈에 띄어 태자를 독살하려 했던 것이 발각되기라도 하면……. 헉!"

영로가 윤미의 어깨를 거칠게 잡아당겼다. 일그러진 얼굴이 가까워지자 윤미는 숨을 들이마시며 머리를 숙였다. 그녀의 어깨를 세게 쥐며 영로가 떨리는 숨을 삼켰다.

"갈파왕은 능화 언니의 얼굴을 알고 있다. 그 사특한 놈에게 태자를 바꿔치기했다는 걸 들켜선 안 된다."

"갈파왕이 정소해의 얼굴을 봤으면 닮지 않은 것을 의심하고 있을지도 모르지 않사옵니까?"

"오만한 자일수록 제 눈으로 본 것을 맹신하는 법. 폐하를 뵙고 나오는 길에 제 의지로 정소해의 얼굴을 확인하였으니 아무런 의심도 하지 않을 것이다. 그러니 아직은 괜찮다."

영로는 입술을 잘근잘근 씹다가 말을 이었다.

"하지만 진짜 태자와 마주치면 반드시 의심할 것이다. 그러니 자객을 쓰든, 저잣거리의 거지를 쓰든, 무슨 짓이라도 해서 태자의 위치를 알아내라. 알겠느냐?"

제 어깨를 쥔 손이 파르르 떨리는 것을 느끼며 윤미는 허리를 깊이 숙였다.

"예, 황후 폐하."

* * *

깊은 밤, 마을이 어둠에 잠긴 시각. 굳게 닫힌 대내상의 방 창문 틈에서 불빛이 새어 나왔다. 그 안에는 열댓 명의 대신들이 모여 앉아 있었다. 상석에 앉은 재화는 깊게 한숨을 내쉬었다. 다른 사람들도 막막한 것은 마찬가지였다.

그들은 한동안 비탄과 탄식으로 대화했다.

"도대체 이게 무슨 봉변이란 말입니까?"

"멀쩡하시던 분이 갑자기 사망하시다니, 이게 말이 됩니까?"

"분명 누군가가 암살한 것입니다."

범인이 누구인지 말하진 않았으나 그들의 머릿속에는 한 사람이 떠올랐다. 정치에 적극적으로 나서기 시작한 환라를 눈엣가시처럼 여기는 사람 중, 이토록 대담한 짓을 할 사람은 파영로 하나뿐이었다.

"폐하께서 돌아가시자마자 일이 생기다니. 상 중에 범인을 잡겠다 들쑤실 수도 없는 노릇이고……."

지능적이고 완벽한 범죄였다. 그들은 장례가 치러지는 도중에 영로가 은밀히 모든 증거를 인멸해 버리리라 생각했다. 재화 또한 같은 생각이었다. 그는 이마를 짚으며 깊게 한숨을 내쉬었다.

"황후 폐하도 애도 기간에는 정치에서도 한발 물러나실 테니 그때 상황을 봐서 황위에 앉을 만한 사람을 추대해 봅시다."

"하지만 누가 황제가 되겠다고 나서겠습니까? 아까도 다들 보지 않았습니까. 갈파왕이 황후 폐하의 곁에 딱 붙어 있는 것을 말입니다!"

"두 사람이 작당하고 일을 꾸민 게 분명합니다."

"이해할 수가 없습니다. 황후 폐하는 낙랑국의 궁인 출신이 아닙니까?"

"제 말이 그 말입니다. 갈파왕이 낙랑왕과 외척 사이를 이간질하고 선황 폐하께 아뢰어 나라를 침략하게 만든 건 알 만한 사람들이 다 아는 사실인데요."

"황제 폐하는 낙랑을 침략할 때 선두에 섰던 분입니다. 폐하와 혼인도 하였는데 갈파왕과 손잡지 말란 법이 어디 있습니까."

"그래요. 그 성정에 제 나라를 무너트린 사람이 누군지 신경이나 쓰겠습니까?"

여러 목소리가 어지럽게 뒤섞였다. 재화의 곁에 앉아 있던 좌상이 물었다.

"그런데 돌아가신 게 태자 전하인 것은 확실합니까? 대내상께서는 확인해 보셨사옵니까?"

"보지 못했네. 하지만 갈파왕과 유 여사가 확인하였으니 태자 전하가 맞으시겠지."

"마 태감께서는 어디 가신 겁니까?"

"충격을 이기지 못하고 혼절하셔서 유 여사가 고향으로 내려보냈다고 들었네만."

진실이 어떤지는 알 수 없는 노릇이었다. 방 안은 다시 침묵에 휩싸였다. 구석 자리에 앉아 아무 말도 하지 않고 떨기만 하던 대신 민조헌이 별안간 벌떡 일어났다. 일순 대화가 끊어지고 대신들의 시선이 민조헌에게 쏠렸다.

"저는, 저는 사직하겠습니다. 태자 전하도 안 계신데 우리가 무엇을 할 수 있단 말입니까?"

"저도 사실 황후 폐하가 두렵습니다. 그분 손에 머리가 달아난 사람이 한둘입니까?"

한 대신이 쾅 소리가 나도록 탁자를 내리쳤다.

"두렵다고 도망가면 이 나라는 누가 바로 세웁니까? 전쟁터에서 장수가 칼을 버리는 것과 뭐가 다르냔 말입니다!"

하지만 민조헌은 그대로 자리를 박차고 문을 향해 걸어갔다. 뒤에서 그를 붙잡으려는 목소리가 들렸으나 그는 멈추지 않았다.

민조헌은 결국 장지문을 양손으로 벌컥 열어젖혔다. 그리고, "으아악!" 소스라치게 놀라며 뒤로 넘어졌다.

아무도 없을 거라고 생각한 문 너머에 묘령의 여인이 서 있었던 까닭이었다. 재화는 놀란 표정으로 굳었고, 몇몇 대신은 무기를 손에 들었다.

"누구냐?!"

누군가가 경고하듯 물었다.

그러나 당당하게 무단침입한 환라는 개의치 않고 민조헌을 보았다.

"두렵다면 떠나도 좋다. 붙잡지 않을 터이니."

그녀의 목소리를 들은 재화가 자리에서 벌떡 일어났다. 그는 환라를 빤히 보다가 제 손등을 꼬집었다. 꿈은 아닌지 알싸한 통증이 퍼졌다. 재화가 믿을 수 없다는 눈으로 환라를 유심히 살폈다.

"귀신이시옵니까?"

환라는 대답 없이 재화의 눈을 들여다봤다. 그는 환라의 분위기가 이전과 다르다는 것을 느꼈다. 하지만 확실했다. 눈앞에 서 있는 여인은 재화가 알고 있는 태자였다. 재화는 황급히 무릎을 꿇고 앉아 절을 올렸다.

"대내상 권재화. 태자 전하를 뵙사옵니다."

다른 대신들도 그제야 숨을 헉 들이마시며 일제히 자리에서 일어났다. 그러나 절반 정도만 절을 올리고, 나머지 절반은 의구심 어린 눈으로 환라를 보았다. 그러다 그녀의 목에 걸린 것을 발견했다. 입에 야명주를 문 황금룡은 마치 살아 있는 것처럼 섬세하게 세공되어 있었다. 그것은 즉위식 때나 볼 수 있는 황가의 보물이었다.

사실을 깨닫자마자 나머지 대신들도 무릎을 꿇고 앉아 인사를 올렸다.

"태자 전하를 뵙사옵니다."

환라는 그들을 한 번 훑어보고 천천히 걸어 상석에 앉았다.

"모두 자리에 앉아라."

"망극하옵나이다, 전하."

대신들이 의자에 앉으며 서로의 눈치를 보았다. 방 안에 알 수 없는 긴장감이 흘렀다.

그때, 문 쪽에서 인기척이 들렸다. 이내 닫히지 않은 문 너머로 능현이 걸어들어왔다.

그 뒤로 희뿌연 연기가 들어찼다. 어두운 복도에 달빛을 머금은 연기가 혼령처럼 떠다니자 어딘지 음산한 분위기가 감돌았다. 대신들이 마른침을 삼키며 복도를 바라봤다. 얼마 지나지 않아 연기를 물살처럼 가르며 미려한 얼굴의 남성이 모습을 드러냈다.

그는 멍하니 있는 대신들에게 눈길을 주고 환라의 뒤로 가서 섰다. 대신들은 갑자기 나타난 능현과 양야를 바라보느라 정신이 없었다. 그중에는 먼저 들어온 능현을 알아보는 이도 있었다.

"대장군 아니시옵니까?"

능현은 고개를 끄덕이고 환라에게로 다가왔다. 그러자 재화의 맞은편에 앉아 있던 대신이 자리를 비켜 주었다. 능현이 환라의 오른편에 앉았다. 대신들의 눈동자가 양야와 환라, 능현 사이를 바쁘게 오갔다. 재화 역시 세 사람을 번갈아 보다가 능현에게 물었다.

"이게 어찌 된 일이오?"

"제가 전하를 모시고 왔습니다."

"그런데 왜 전하보다 늦게 온 것이오?"

능현이 환라를 보았다. 환라가 말해도 된다는 듯 고개를 끄덕였다.

"뒤쫓는 자가 있어 확인하고 오는 길입니다."

"들키진 않았소?"

"예. 그런데 아무래도 황후 폐하께서 전하를 찾고 계시는 모양입니다."

"그럼 지금 위치도 발각되었을 것 아니오? 위험하지 않겠소?"

발각될 위험은 없었다. 양야가 이미 재화의 집 안과 주변에 수상한 자가 없는지 살펴본 뒤였기 때문이었다. 그는 안전하다고 판단하자마자 환라를 먼저 들여보냈다. 그리고 능현을 쫓아가 수상한 자를 포박해 가둬 두고 돌아왔다. 마지막까지 남아 주변에 사람이 없는지 확인했으니 재화가 걱정하는 일은 생기지 않을 것이다.

"조치해 두었으니 너무 염려하지 마십시오."

양야의 말에도 재화의 불안은 가시지 않았다. 그는 문과 창문 쪽에 인기척이 없는지 확인하고 환라를 향해 몸을 틀었다. 죽었다던 사람이 어떻게 멀쩡히 살아 있는 것인지 궁금했다. 그러나 궁금증을 해소하기 전에 환라에게 급히 알려야 할 것이 있었다.

"내일이 발인이옵니다. 폐하의 시신을 안치하고 나면 파황후가 본격적으로 움직일 것입니다. 적어도 내일 아침까지는 중경을 떠나 안전한 곳으로 향하셔야 합니다."

"나 역시 그리 생각했기에 오늘 대내상을 찾아온 것이다."

환라는 대신들의 얼굴을 하나, 하나 바라보았다. 높은 곳에 앉아 내려다보는 것만 같은 눈이었다. 위엄 있는 눈빛과 마주하자 몇몇은 저도 모르게 마른침을 삼켰다.

"나는 태자 자리를 되찾고 황위에 오를 것이다. 두려운 자들은 붙잡지 않을 터이니 지금 떠나라."

놀라 뒤로 자빠졌었던 민조헌이 그제야 정신을 차리고 일어났다. 그는 대신들이 둘러앉은 탁자에서 조금 떨어져 환라에게 인사를 올렸다.

"아뢰옵기 황송하오나, 도무지 용기가 나지 않사옵니다. 부디 불충을 용서해 주시옵소서."

바닥에 납작 엎드려 떨고 있는 민조헌을 내려다보며, 환라가 물었다.

"중경에 머물 생각인가?"

"아니옵니다, 전하. 남쪽에 있는 고향으로 내려갈까 하옵니다."

"떠나기 전에 내 부탁 하나 하겠다. 들어줄 수 있겠는가?"

민조헌이 고개를 들어 환라를 보았다. 눈이 마주치자 그가 다시 머리를 깊게 조아렸다.

"하명하시옵소서."

"내일 날이 저물면 황가의 가보를 지닌 태자가 살아서 중경에 숨어 있다는 것과 가보의 생김새가 어떠한지에 대해 퍼트려 주었으면 한다."

자극적인 소문은 몇 사람에게만 말해도 천 리 밖까지 뻗어 나가기 마련이었다. 어렵지도 위험하지도 않았다. 게다가 충정을 저버리고 떠나는데 사죄의 의미로 그 정도의 부탁도 못 들어주랴 싶었다.

"그리하겠사옵나이다, 전하."

"물러가라."

민조헌은 큰절을 올리고 방 밖으로 나갔다. 문이 닫히고 방 안에 정적이 감돌자 환라가 남은 사람을 둘러보았다.

"더 없는가?"

"예, 전하. 소신들은 끝까지 전하와 함께하겠사옵니다."

"그리하겠사옵니다."

비슷한 대답들이 동시다발적으로 쏟아졌다.

환라가 고개를 끄덕였다. 목소리가 멎을 때쯤 재화가 궁금했던 것을 물어봤다.

"유 여사와 갈파왕이 태자 전하의 시신을 확인하였습니다. 그런데 어떻게 살아 계시는 겁니까?"

향옥의 이름을 듣자 환라는 날카로운 것에 베인 사람처럼 얼굴을 일그러뜨렸다. 그녀가 숨을 내쉬며 저에게 있었던 일을 머릿속에서 정리하는 사이, 좌상이 끼어들었다.

"그 전에, 낯선 사람이 듣는 곳에서 해도 될 말인지 심사숙고하여 주시옵소서."

좌상의 눈이 연기에 휩싸여 있는 양야에게로 향했다. 환라가 고개를 돌려 양야를 바라보았다. 안개 같은 연기를 쏟아 내는 붉은 입술과 날렵한 턱선이 보였다. 매혹적이나 확실히 수상해 보이긴 했다.

그녀의 시선을 느낀 양야가 연기를 다 뱉어 낸 뒤 권태로운 미소를 머금고 좌상에게 자신을 소개했다.

"한월의 객주 장양야라 합니다."

소문만 무성한 사람을 직접 마주하게 되자 대신들이 저마다 놀란 표정을 지었다. 한월이 태자의 편이 된다면 군사를 유지할 비용이나 물자는 걱정하지 않아도 되기에 대체로 호의적인 반응이었다. 그러나 그중에도 경계를 늦추지 않는 사람은 있었다.

환라는 처음 말을 꺼낸 좌상을 보았다. 그는 여전히 탐색하듯 양야를 보고 있었다. 좀처럼 사그라지지 않는 기세에 환라가 양야의 손을 잡으며 말을 덧붙였다.

"내 정인이다."

양야의 얼굴에 미소가 피어올랐다. 그는 녹을 듯한 얼굴로 환라를 바라보다가 그녀의 손끝에 입을 맞췄다. 흐릿하게나마 미소를 돌려준 환라가 무표정으로 돌아와 대신들에게 말했다.

"내 목숨을 몇 번이나 구해 준, 가장 믿음직한 사람이니 그대들은 괘념치 말라."

"예, 전하."

환라는 대신들의 표정을 살폈다. 여기 모인 이들은 본인은 물론 일가친척 중에도 부정한 자가 없었다. 조정에 들이기 전 환라가 평소의 성품과 집안에서의 행실까지 알아본 자들이었다. 하지만 이전과 달리 그들을 완벽하게 믿을 수 없었다.

독을 먹은 이후로 누구나 자신을 배신할 수 있다는 사실을 깨달았기 때문이었다.

환라가 긴 숨을 내쉬었다. 그녀의 심장이 불안으로 크게 두근거렸다.

"향옥과 갈파왕이 확인한 시체는 내가 아니다. 갈파왕은 내 얼굴을 본 적이 없으며, 향옥은……."

쿵, 쿵, 쿵. 심장이 목구멍을 치받을 듯 뛰었다. 그날의 일을 떠올리기만 해도 환라는 속이 매스꺼웠다. 토기가 일어 참을 수 없었다. 그러나 거사를 앞두고 대신들 앞에서 약한 모습을 보일 순 없는 노릇이었다. 환라는 이를 악물고 탁자 밑으로 주먹을 말아 쥐었다. 손톱이 손바닥을 깊게 파고들자 정신이 제법 또렷해졌다. 숨을 깊이 들이마시자 환라의 가슴이 크게 들썩였다.

"내게 독을 먹였다."

분노에 잠식당한 목소리가 음산하게 울렸다. 그 누구도 함부로 말을 꺼낼 수 없었다. 재화마저도 입을 다물었다. 양야는 위로의 말을 꺼내는 대신 환라의 손을 잡고 그녀의 손등을 엄지로 넓게 쓰다듬었다.

환라는 양야의 손에 깍지를 긴 채 천천히 호흡했다.

"대장군은 군사를 모으고 궁 밖에 있는 어머니의 병력을 조사하라. 필요하면 내가 돕겠다."

능현이 고개를 깊게 숙이며 명을 받아들였다. 환라가 고개를 돌려 재화와 대신들을 봤다.

"대내상은 어머니에게 돈을 상납하는 산적들을 소탕하라. 단, 충분히 타이르고, 항복하는 이는 해하지 말라. 애도 기간에 소란을 일으키는 것은 책잡힐 일이니 은밀하게 움직여야 한다."

"명심하겠사옵니다."

"나머지 대신들은 어머니의 동태를 살피고 궁 안의 병력을 파악하라."

"예, 전하."

결심하는, 두려워하는, 담담한, 의욕에 찬 눈빛 열댓 개가 환라를 바라보고 있었다. 믿어야 하는 자들과 마주하자 믿었던 자들이 떠올랐다. 어머니처럼 따르던 향옥의 얼굴이 스치자 모든 신뢰가 무너져내렸다.

'무엇을 믿을 수 있단 말인가?'

영로와 향옥을 단죄하더라도 예전으로 돌아갈 순 없을 것이다. 혀끝에 쌉싸름한 맛이 도는 듯했다. 적당히 의지하고 적당히 의심해야 한다. 환라는 바람처럼 이는 불안에 흔들리는 마음을 다잡았다.

밖에서 종소리가 아득하게 들렸다.

더 늦기 전에 환라는 대신들이 물러가는 것을 허락했다. 방 안에 양야와 능현, 재화만 남고 나서야 환라가 목소리를 낮춰 말했다.

"사람을 붙여 민조헌이 정말 고향으로 내려가는지, 내가 부탁한 일을 잘 수행하는지 감시하게 하라."

의외의 명령이었다. 양야는 내심 놀랐으나 환라의 결정에 토를 달 생각은 없었다. 무작정 사람을 믿던 순진한 모습도 좋았으나 모름지기 높은 자리에 오르려면 이 정도 조심성은 필요한 법이다.

재화의 생각도 같았다. 그는 읍을 하며 대답했다.

"명 받들겠사옵니다."

환라는 고개를 끄덕이고 자리에서 일어났다. 재화는 떠나는 환라를 향해 깊게 허리를 숙였다.

* * *

아침이 되자마자 양야는 곰방대에 약초를 채웠다. 깨질 것 같은 두통을 참아 내며 그는 환라부터 살폈다. 요 며칠 악몽을 꾸더니 오늘은 괜찮은 모양이었다. 구슬도 많이 정화되어 있었다.

양야는 안도의 숨을 내쉬며 곰방대에 불을 붙였다. 그리고 옆으로 기대 누워 숨을 내뱉었다. 물그릇에 떨어진 먹물처럼 연기가 문양을 그리며 허공으로 흩어졌다. 쌉싸름한 향기가 코끝을 간질이자 환라가 잠에서 깨어났다. 눈을 느리게 깜빡이다가 몸을 일으키자 양야가 물을 가져왔다. 물잔을 받아 든 환라가 물을 마시려다 저도 모르게 멈칫거렸다. 양야가 물잔을 향해 손을 뻗었다,

"제가 한 번 마시고 드리겠습니다."

"괜찮다."

양야의 손을 막으며 환라가 물잔을 입에 가져다 댔다. 그러나 차마 마시지 못하고 물잔을 아래로 내렸다. 그러고는 곧장 양야에게 말을 걸었다.

"요즘 다시 약초를 태우는구나. 아픈 것인가?"

양야는 쓸개를 머금은 듯했다. 자신이 준 물을 거부한 것 때문이 아니었다. 환라가 겪은 배신의 충격이 쉽사리 사라지지 않는 탓이었다. 그는 환라의 손에서 물잔을 가져와 한 모금 마시고 손이 잘 닿는 곳에 올려두었다.

"두통이 조금 있어서 그렇습니다. 불편하십니까?"

환라가 그렇다고 대답하면 당장에라도 곰방대를 치워 버릴 것만

같았다. 그녀는 고개를 흔들었다. 그리고 양야가 내려놓은 물을 한 모금 마신 뒤 그의 손을 끌어 제 옆에 앉혔다. 새하얀 연기가 한 몸처럼 양야에게 따라붙었다. 환라는 양야의 머리카락을 뒤로 쓸어 손으로 빗어 주었다.

검은 머리카락과 하얀 연기가 절묘하게 어우러지며 환라의 손길을 따라 갈라졌다.

"보기 좋구나."

그녀의 얼굴에 오랜만에 선명한 미소가 피어올랐다. 양야는 마치 설원에 핀 꽃을 발견한 사람처럼 가슴이 벅찼다. 사랑스러움을 감출 길이 없어 환라를 끌어안아 입을 맞췄다. 그는 환라의 입 안에 쌉싸름한 향기가 남을 때까지 머물다가 잠시 입술을 떼어 냈다.

때마침 밖에서 목소리가 들렸다.

"전하. 이궐겸이옵니다."

양야는 아랑곳하지 않고 환라의 얼굴 여기저기에 입을 맞췄다. 간지러운 온기가 달가웠으나 궐겸을 마냥 세워 둘 순 없는 노릇이었다. 환라가 양야를 막 밀어 내려 할 때, 밖에서 다른 목소리가 들렸다.

"형님! 일어나셨소?"

"저희 왔습니다."

커다란 목소리가 문가에서 쩌렁쩌렁하게 울렸다. 두꺼운 방석 위에서 잠들어 있던 묘은이 그 소리를 듣고 늘어지게 하품을 하며 일어났다. 그녀는 기지개를 쭉 켜고 양야와 환라를 보았다. 말간 눈이 저를 응시하자 환라는 괜히 민망해져 양야를 밀어 냈다.

그리고 침상에서 벗어났다.

"들어 오라."

말이 끝나기가 무섭게 여란이 문을 열고 안으로 들어오며 특유의 호쾌한 목소리로 물었다.

"정위와 나를 찾았다고 들었는데, 무슨 일 있소? 아니면 오늘 떠나는 것 때문에 얼굴이나 보려고 부른 것이오?"

환라가 고개를 저으며 세 사람에게 자리를 권했다.

"란이 너와 정위가 해 주어야 할 것이 있다."

"말만 하시오!"

"저도 할 일이 있습니까?"

자신만만한 여란과 달리 정위는 어리둥절하고 겁먹은 표정이었다. 환라는 고개를 끄덕이고 여란에게 먼저 말했다.

"일전에 찻집에서 보았던 이야기꾼을 기억하는가?"

"기억하오."

"그자를 찾아 나에게 데려와다오."

어렵지 않은 부탁이었기에 여란은 흔쾌히 고개를 끄덕였다. 환라는 고맙다고 말한 뒤 이번엔 정위를 보았다. 눈이 마주치자 정위가 몸을 뒤로 빼며 마른침을 삼켰다.

"저는, 뭘 하면 됩니까? 위험한 일만 아니면 뭐든 돕겠습니다."

맥없는 목소리에 양야가 가볍게 웃으며 허공으로 연기를 불어냈다. 그는 구름처럼 뭉친 연기를 손으로 흐트러트리고 환라 대신 대답했다.

"사병과 물자를 움직일 것이다."

"예?"

정위가 벌떡 일어나며 경악했다. 두통 때문에 힘이 들어가지 않는 몸을 늘어뜨리듯 팔걸이에 기대며 양야가 말을 이었다.

"네가 들키지 않도록 관리를 해 주려무나."

단칼에 거절하려던 정위는 일단 입을 다물었다. 그는 머리를 굴리며 이 일을 맡았을 때 자신이 얼마나 위험해질지, 또한 일이 성공하거나 실패했을 때 한월에 어떤 영향을 미칠지 계산했다. 그러다 이내 고개를 끄덕였다.

"황후 폐하가 황제가 되면 눈엣가시 같은 한월을 없애려 할 테니 돕겠습니다. 대신 전하께서 즉위하시면 한월을 어여삐 봐 주셔야 합니다."

"어찌 어여삐 봐 주어야 하는가?"

"글쎄요. 면죄부라도……?"

"안 된다."

칼 같은 대답에 정위가 뚱한 표정을 지었다. 환라는 어린아이를 꼬여 내듯 다과로 정위를 달랬다. 그러는 사이 창밖에서 황제와 태자의 발인을 알리는 소리가 들렸다.

환라가 굳은 얼굴로 자리에서 일어났다.

"떠날 채비를 해야겠다."

그 말을 들은 정위와 여란이 밖으로 나갔다. 궐겸도 자리에서 일어나며 말했다.

"저는 말을 준비해 두겠사옵니다. 그리고 태감은 천영 부인에게 부탁해 두었으니 너무 걱정하지 마시옵소서."

"고맙다."

궐겸이 허리를 깊이 숙이고 밖으로 나갔다. 환라와 양야도 옷을 갈아입고 밖으로 나갔다. 뒤를 졸졸 따라가던 묘은이 몸을 날려 환라의 품에 뛰어들었다. 그러나 환라가 그녀를 안기도 전에 양야가 묘은을 번쩍 들어 데려갔다. 그러더니 짐을 들듯 묘은을 옆구리에 끼고 걸었다. 묘은이 네 발을 달랑달랑 흔들며 양야의 팔에 실려 갔다.

환라는 대문을 벗어나 궐겸이 준비한 말에 올랐다. 궐겸은 혼자, 양야는 묘은과 함께 말에 탔다. 대문 근처에 서 있던 여란과 정위가 두 사람과 두 짐승에게 인사했다.

"조심히 다녀오십시오."

"곧 찾아가겠소."

환라는 인사를 받으며 말을 몰았다.

대로변으로 나오자 멀리서 발인 행렬의 앞머리가 보였다. 검은 옷을 입고 높은 가마에 올라탄 영로 옆으로 향옥이 따라 걷고 있었다.

두 사람의 얼굴이 한눈에 들어오자 환라는 눈을 질끈 감았다. 어떻게든 분노를 삼키고 눈을 떴을 때, 그녀의 시야에 두 개의 관이 보였다. 황제의 장례를 다른 사람과 함께 치르다니, 그건 승하한 황제를 모욕하는 일이었다.

'이런 일은 있을 수 없다. 있어선 안 된다.'

증오가 구더기처럼 들끓었다. 새까만 악의가 구슬을 휘어 감으며 몸 밖으로 새어 나왔다. 양야는 환라의 옆으로 다가가 그녀의 손을 잡았다. 그 모습을 본 묘은이 펄쩍 뛰며 소리쳤다.

"양야 님! 지금……!"

양야가 묘은의 머리에 손을 올렸다. 그러자 묘은은 말을 끝맺지 못한 채 잠들어 버렸다. 더럽혀진 정기가 양야의 손을 타고 올라왔다. 그러나 양야는 제 손을 구명줄처럼 쥐고 있는 환라를 뿌리칠 수 없었다. 대신 고개를 돌려 짙은 연기를 내뿜었다. 희뿌연 연기가 노랗게 변한 홍채와 세로로 찢어진 동공을 가렸다.

하지만 연기는 금세 허공으로 사라졌고, 양야의 눈동자가 다시 모습을 드러냈다. 그 샛노란 짐승의 눈을 결겸은 보고야 말았다.

* * *

여름의 열기도 한풀 꺾일 무렵이었다. 이야기꾼 진서목이 옷깃을 펄럭이며 중견에 있는 찻집에서 나왔다.

오늘도 주머니가 제법 두둑했다. 그가 흐뭇한 얼굴로 주머니를 던졌다가 받는 것을 반복하며 골목에 들어섰을 때였다.

"아저씨!"

익숙한 호칭에 서목이 고개를 돌렸다.

"아니, 이게 누구야? 남장한 홍 씨 아냐?"

서목이 장난스럽게 껄껄 웃으며 여란에게 다가왔다. 여란이 제 뒷덜미를 매만지며 어색하게 웃었다.

"혹시 지금 바쁘시오?"

"일이 끝났는데 바쁠 게 뭐가 있나. 왜, 마을 아이들이 재미난 이야기가 듣고 싶다며 보채더냐?"

"아저씨 이야기를 듣고 싶어 하는 사람이 있긴 한데……. 아이는 아니오. 혹시 내일과 모레도 일이 있소?"

"아니. 쉬려고 했지."

"그럼 나랑 어디 좀 가십시다!"

"으잉?"

여란이 서목의 팔을 끌고 무작정 걸어갔다. 다른 사람이 이랬다면 기함을 하고 돈주머니부터 챙겨 도망쳤겠으나 서목은 반항하지 않았다. 조금 욱하는 기질이 있긴 하나 여란은 천성이 정의롭고 선하기로 유명했다. 서목 또한 익히 겪어 잘 알고 있었다.

"그런데 어딜 가자는 거야?"

"있소. 귀한 분인데 아저씨를 보자고 하더이다."

"귀한 분이 나를? 돈은 두둑이 주신다더냐?"

"가 보면 알 거요."

여란이 대답하며 서목을 마차 안으로 밀어 넣었다. 서목이 어리둥절한 표정으로 자리를 잡자 여란이 옆에 앉아 벽을 두 번 두드렸다.

마차는 빠르게 달려 중경을 벗어났다. 그렇게 하루를 꼬박 달려 산속으로 들어섰다. 생판 모르는 경관이 나타나자 서목은 서서히 불안해졌다.

"누군데 이렇게 깊은 산속에서 보자고 해? 설마 날 어디 팔아먹으려는 건 아니지?"

"내가 그럴 사람으로 보이오?!"

여란이 서운하다는 듯 버럭 소리치자 서목이 손을 내저었다.

"아이구, 농이지, 농이고 말고! 거, 성깔하고는."

그러면서도 연신 창밖을 내다보는 게, 영락없이 도망칠 때를 대비해 길을 외우는 모양새였다. 여란은 입술을 삐죽이며 창밖을 보았다.

한참을 더 달리자 멀리서 밝은 빛이 보였다. 이내 마차가 천천히 멈춰 섰다. 여란이 먼저 내리자 서목이 떨떠름한 표정으로 땅에 발을 디뎠다.

"안 잡아먹으니 겁먹은 생쥐처럼 두리번거리지 말고 따라오시오."

여란이 서목의 등을 떠밀며 작은 기와집 안으로 들어갔다.

복도를 지나 방문을 벌컥 열자 탁자에 앉아 차를 따르고 있는 환라가 보였다. 여란은 서목을 환라의 앞까지 데려갔다. 그녀의 얼굴을 본 서목이 놀란 표정을 지으며 활짝 웃었다.

"난 또 뭐라고! 저번에 여란이와 이야기를 듣던 공자님 아닙니까?"

환라가 고개를 끄덕이며 서목에게 자리를 권했다. 여란은 환라가 말하지 않아도 옆에 자리를 잡고 차를 후후 불어 마셨다. 긴장할 것도 없는 분위기였다. 서목은 그제야 어깨에 힘을 빼며 차를 한 모금 마시고 편하게 물었다.

"그런데 저는 왜 찾으셨습니까?"

"필요한 이야기가 있어서 불렀다."

이야기가 필요하다니 이상한 표현이었다. 하지만 환라가 무거운 돈주머니를 꺼내 탁자 위에 올려놓자 서목은 호탕하게 웃으며 고개를 끄덕였다.

"탁월하십니다. 이야기하면 진서목, 진서목하면 또 이야기 아니겠습니까! 어떤 이야기가 궁금하십니까?"

"황후가 부당한 방법으로 득세할 때 나타나는 징후가 있는가?"

"예?"

서목이 난감한 얼굴로 입을 다물었다. 애도 기간이 끝난 뒤 시호를 올리면 황후가 자신을 황제로 칭할 것이다. 아직 소문이긴 하나 그것은 공공연한 사실이었다. 장례까지 치른 태자가 황실의 가보를 지닌 채로 살아 있다는 소문도 돌고 있긴 하지만 서목은 황후가 황제가 될 가능성이 높다고 여겼다.

그런 마당에 황후가 득세할 때 나타나는 징후를 묻다니. 서목은 입을 열기 껄끄러웠다. 보통 그런 이야기는 으레 비판의 의미를 담고 있기 마련이었다.

"있긴 있사온데……."

"그 이야기를 해 보아라."

환라가 돈주머니를 서목에게 내밀었다. 서목이 찝찝한 표정으로 주머니 입구를 열었다. 대청동전이 가득 담겨 있었다. 한 달 내내 목이 쉬도록 이야기를 팔고 다녀도 벌기 힘든 돈이었다. 서목은 마른침을 꿀꺽 삼켰다.

"아주 예전, 단영이 세워지기 전에 기완이라는 나라가 이 자리에 있었사온데 망하기 직전에 왕후가 득세하였습니다."

환라가 차를 마시며 고개를 끄덕였다.

"그런데 왕후가 득세한 뒤로 일주일에 한 번씩 궁에 뿔이 달린 닭이 나타나더라지 뭡니까?"

"그러고 기완이 멸망하였군."

"맞습니다! 그리고 단영이 세워진 이후에도 두 번이나 중경에 뿔 달린 닭이 나타났는데 모두 황후가 득세하였을 때였습니다."

"잘 알려진 이야기인가?"

"뭐, 알 만한 사람들은 다 아는 이야기입죠."

"그 이야기를 각색해 민간에 퍼트려라."

"그런 이야기를 왜 퍼트리라고……."

곤란하다는 듯 중얼거리던 목소리가 잦아들었다. 번뜩 태자가 살아 있다는 소문이 떠오른 까닭이었다. 서목이 눈동자를 빠르게 굴려 환라가 걸고 있는 장식품을 보았다. 야명주를 물고 있는, 당장 승천해도 이상하지 않을 정도로 생생하게 세공된 황금룡.

소문으로만 듣던 황실의 가보였다.

서목은 손을 달달 떨며 자리를 박차고 일어났다. 그리고 허둥지둥 탁자 옆으로 나와 무릎을 꿇고 바닥에 납작 엎드렸다.

"태, 태, 태자 전하!"

"황실의 가보에 대한 소문을 들었는가?"

"그렸, 그런, 그렇사옵니다."

서목이 혀를 깨물어 가며 대답했다. 환라는 흡족한 미소를 머금었다. 얼마 전 좌상에게 황후의 군사에 대해 보고를 받을 때 태자가 살아 있다는 소문이 일파만파 퍼졌다는 것을 듣긴 하였다. 그 사실을 한 번 더 확인하니 일이 잘 풀리고 있는 것 같아 마음이 놓였다.

환라는 직접 손을 뻗어 서목을 일으켜 세웠다. 서목이 몸 둘

바를 몰라 하며 허둥거렸다.

"황공하옵니다, 전하."

"그건 이야기를 퍼트려 주겠다는 뜻인가? 잘 되면 저 돈의 세 배를 주겠다."

"아이고, 아닙니다! 돈은 됐습니다. 누구의 명이라고 감히 거절하겠사옵니까?"

절절매는 서목을 보고 있던 여란이 장난스럽게 돈주머니로 손을 뻗었다.

"그럼 이 돈은 안 받으실 거요?"

"아니 이놈이!"

서목이 벌떡 일어나 돈주머니를 채갔다. 황급히 주머니를 챙겨 넣는 서목을 보며 여란이 큰 웃음을 터트렸다. 환라도 희미하게 미소 짓다가 뻘쭘하게 서 있는 서목에게 돌아가도 좋다고 말하며 당부했다.

"한 달 안에 최대한 멀리 퍼지게 만들어야 한다."

"예, 맡겨만 주시옵소서."

서목이 인사를 올리고 방을 빠져나갔다. 문밖이 조용해지자 여란이 환라에게 물었다.

"오라버니는 어디 가셨소?"

"묘은이와 함께 적군의 진지를 찾으러 나갔다."

"황후의 군사는 이미 중경으로 다 들어갔다고 하지 않았소?"

"남은 병력이 있을 수도 있으니 조심해서 나쁠 것은 없다."

맞는 말이긴 하지만 환라 곁에 양야가 없으니 조금 어색했다.

"요즘 자주 자리를 비우는 것 같소."

"거사가 다가와 주의를 기울이느라 정찰도 자주 나가는 모양이다."

여란이 고개를 끄덕이며 차를 마셨다.

얼마 지나지 않아 밖에서 궐겸과 정위가 들어가도 되는지 물었다. 환라가 허락하자 두 사람이 안으로 들어왔다. 여란이 궐겸에게 손을 흔들었다. 궐겸이 눈짓으로 인사하고 환라에게 다가갔다.

"전하. 대내상이 황후 폐하께 돈을 바치는 산적 무리 하나를 더 소탕했다고 하옵니다."

영로에게 재물을 상납하던 산적은 이제 한 무리도 남지 않았다. 환라는 고개를 끄덕이고 궐겸에게 물었다.

"우리가 모은 군사는 어느 정도 되는가?"

"8천이 좀 넘습니다."

"오라버니의 사병까지 합치면 대략 만 명쯤 되지 않겠소?"

조사해 본 바로는 수도에 상주하는 병사 중 영로의 명을 따르는 자들만 만 명이 넘었다. 거기에 영로의 사병과 사혁이 보낸 병사를 합치면 2만에 가까운 숫자가 된다. 환라는 근심스러운 숨을 내쉬었다.

발인이 끝난 지 벌써 2주나 되었으니 2주 뒤에는 애도 기간도 끝날 것이다.

영로는 기다렸다는 듯이 황제가 될 터이니 그 전에 궁으로 돌아갈 준비를 해야 했다.

'그런데 아직 병력이 차이가 두 배나 나다니.'

환라의 얼굴에 수심이 드리워졌다. 그 얼굴을 본 여란이 제 하품하는 정위의 옆구리를 팔꿈치로 쿡 쑤셨다.

"머리 좀 굴려 보시오."

"갑자기요?"

여란이 고개를 끄덕였다. 정위가 고심하는 표정으로 제 턱을 매만지는 사이, 궐겸이 환라의 옆에 앉았다.

"듣기로는 황후 폐하께서 매일 연회를 열고 밤마다 사내를 바꿔 가며 잠자리를 가진다고 하옵니다."

환라는 방탕한 소문에 경악을 감추지 못하고 궐겸을 보았다. 그리고 이내 주먹을 꽉 말아쥐었다.

"그 말이 사실인가?"

"이미 도성에 소문이 파다하옵니다. 궁에 있는 대신들에게도 확인해 보았사옵니다."

"믿을 수 없다."

환라의 말에 여란이 기겁한 표정으로 바짝 붙어 앉았다.

"형님. 설마…… 아직도 파황후를 믿는 것이오?"

"그런 것이 아니다. 책잡힐 일이 생기면 민심도 흔들리고 즉위를 반대하는 세력이 커질 것이다. 그러기 위해 우리가 진서목에게 일러 뿔 달린 닭에 관한 이야기를 퍼트리라 한 것이 아닌가? 사실을 모르지 않을 터인데, 중요한 시기에 방탕한 행동을 하는 게 수상해서 그런다."

여란이 깨달음을 얻은 표정으로 고개를 끄덕였다. 그 옆에서 제 턱을 만지던 정위가 입을 열었다.

"혹시 다른 꿍꿍이가 있는 게 아닐까요? 채령 님도 대장군이 황후 폐하께 대적하는 걸 감추기 위해 맨날 요란하게 연회를 열지 않았습니까."

일리가 있는 말이었다. 환라가 고개를 돌려 궐겸을 보았다.

"혹시 모르니 더 알아보도록 하라."

"예, 전하."

궐겸이 공손히 대답했다. 잠시 침묵이 흐른 사이 여란이 불쑥 말을 꺼냈다.

"형님이 황실의 가보를 가지고 있으니 다른 군사들을 데려오면 되지 않소?"

"국경이나 침략이 잦은 지역을 지키는 군사들은 원래 지키던 곳을 지켜야 한다. 만에 하나 병력이 약해진 곳을 침략해 오면 나라가 위태로워질 수 있다."

"그렇네. 내가 병법 같은 건 잘 몰라서⋯⋯."

여란이 머쓱하게 웃으며 고개를 끄덕였다. 두 사람의 이야기를 듣고 있던 정위가 입을 열었다.

"우리 군사 중 일부를 황후 폐하의 군사로 위장시키는 것도 가능할까요?"

영로의 사병이 입는 옷은 구하기 어려웠다. 그러나 보라색 연꽃이 수 놓인 손수건을 만들어 황궁 병사들의 팔에 묶어 주면 영로의 아군처럼 보일 것이다.

환라가 고개를 끄덕이자 정위가 신난 얼굴로 말했다.

"'이이제이'란 말이 있지 않습니까. 환궁하시기 전에 위장한 군사로 갈파왕의 군사를 공격하면 두 세력 사이에 싸움이 붙을 것입니다. 기다렸다가 한 세력만 남으면 남은 세력을 잡으면 됩니다."

좋은 생각이었으나 여란은 내키지 않는다는 표정이었다.

"비겁하오."

"비겁이 아니라 전술입니다."

"비겁한 전술이오."

"그럼 뭐 달리 좋은 생각이라도 있으십니까?"

여란이 입을 꾹 다물고 좋은 수를 생각해 내려는 듯 끙끙거렸다.

그러는 사이, 소리 없이 문이 열렸다. 창백한 낮의 양야가 연기를 이끌고 미끄러지듯 안으로 들어왔다. 그 뒤로 묘은이 따라 들어왔으나 몸이 가벼워 발소리가 나지 않는 건 마찬가지였다.

여란이 무심코 고개를 돌렸다가 그를 발견하고 펄쩍 뛰며 놀랐다.

"으악! 기척 좀 내시오! 귀신인 줄 알았소!"

양야의 샛노란 눈과 세로로 죽 찢어진 동공이 여란에게로 향했다. 눈이 마주치자 여란의 등골에 소름이 쫙 돋아났다.

그녀는 저도 모르게 마른침을 삼켰다.

"오라버니 눈이 왜 그러시오?"

환라가 고개를 돌렸다. 환라에게는 익숙한 눈이었다. 처음 만났을 때부터 간혹 저런 빛을 띠었기에 크게 신경 쓰지 않았다. 그런데 여란의 반응을 보니 일반적인 게 아닌 모양이었다. 환라의 얼굴에 걱정스러운 빛이 깃들자 양야가 연기를 내뿜었다.

"원래 종종 이랬는데 기억나지 않는 모양이구나."

여란이 곰곰이 과거를 되짚었다. 그러고 보니 아주 어렸을 때, 양야가 종종 밖을 돌아다니기도 하던 시절에 저런 눈을 본 적 있는 것 같았다.

"흠……."

여란이 고개를 끄덕이자 환라도 걱정을 거두었다. 양야가 환라에 다가와 손에 입을 맞추고 몸을 돌렸다. 그리고 혼자 동떨어진 의자에 앉아 연신 연기를 내뿜었다.

하얗고 옅은 장막 사이로 그의 눈동자가 샛노랗게 빛났다. 궐겸은 그 빛을 두려운 눈으로 바라보았다. 묘은 또한 안절부절못하며 양야를 힐끗거리고 있었다. 묘한 분위기 속에 정위의 걱정스러운 목소리가 끼어들었다.

"다시 약초를 피우시네요. 혹시 요즘 몸이 안 좋으십니까?"

양야가 마른 바람을 불어 내 연기를 걷어 냈다. 붉은 입술이 고혹적으로 휘었다. 보석처럼 아름다운 눈동자가 환라를 지그시 응시했다. 환라의 얼굴이 옅게 달아오르자 양야의 미소가 짙어졌다.

"귀애하시는 분이 잘 어울린다고 하시니 피울 수밖에."

정위의 입술이 조개처럼 딱 다물어졌다. 여란이 힐끗 궐겸의 눈치를 봤다. 정작 궐겸은 시선을 내리깔고 있었다. 괜찮은지 아닌지 알 수 없는 표정이었다.

침묵이 민망하고 어색해진 환라가 먼저 입을 열었다.

"이야기꾼도 찾았으니 란이 너는 이제 군사 훈련을 도와주었으면 한다."

"알겠소."

여란이 대답하며 자리에서 일어났다. 그리고 늘어지게 기지개를 켜더니 몸을 이리저리 돌리며 문으로 향했다.

"그럼 이만, 나는 한숨 자고 오겠소."

"저도 한월각으로 돌아가 보겠습니다."

정위가 인사한 뒤 방 밖으로 나갔다. 환라는 두 사람에게 인사하고 궐겸을 보았다.

"궐겸 그대는 묘은이와 함께 칠각의 상태를 살펴보고 와 주겠는가?"

"그리하겠사옵니다."

환라가 묘은의 얼굴을 보았다. 눈만 깜빡이던 묘은의 얼굴에 돌연 화색이 돌았다. 그리고 힐끗 양야를 보았다. 그는 대화에는 관심 없다는 듯 곰방대만 피우고 있었다.

괜찮은 척하고 있으나 양야의 몸은 약해질 대로 약해진 상태였다. 환라가 악몽에서 깨어나면 사기를 뿜어내는 일이 많았기에 그의 상태는 날이 갈수록 나빠졌다.

사람이 되기 위해 틈만 나면 밖으로 나가 방법을 찾고 있긴 했으나 지금으로서는 불가능해 보였다. 이 상태로 더 있으면 진짜 요괴로 변해 버릴 것이다.

그러니 하루라도 빨리 백호선에게 사실을 알려야만 했다.

'사정이와 나갔다 오면서 뇌동산에 들르자고 해야지. 요괴로 변하기 시작하면 판단력이 흐려지니까 몰래 다녀오면 모르실 거야.'

하지만 그녀의 생각이 끝나기가 무섭게 양야가 연기를 불어내고 입을 열었다.

"저도 함께 다녀오겠습니다."

"아니옵니다! 저랑 사정이만 다녀와도 되옵니다. 그렇지, 사정아?"

묘은이 간절한 눈으로 궐겸의 대답을 종용했다. 그러나 궐겸은 묘은을 보고 있지 않았다. 그는 세로로 찢어진 양야의 동공을 보며 대답했다.

"함께 다녀오겠습니다."

묘은이 궐겸의 다리를 툭툭 쳤으나 궐겸은 말을 바꾸지 않았다.

환라는 대답 없이 고개를 돌려 양야를 보았다. 양야가 자리에서 일어나 환라의 옆에 앉았다.

"묘은이가 없으면 전하를 따라 회의나 군사 훈련에 따라가야 할 텐데, 사람이 많은 곳은 피하고 싶습니다."

"뜻대로 하라."

묘은이 어깨를 축 늘어트렸다. 궐겸은 그녀에게 잠시 시선을 주었지만 크게 신경 쓰지 않고 자리에서 일어났다.

"그럼 다녀오겠습니다."

환라가 고개를 끄덕이자 궐겸이 방을 나섰다. 묘은이 그 뒤를 힘없는 발걸음으로 따라갔다. 양야도 환라에게 가볍게 인사한 뒤 방을 나섰다.

밖으로 나가자 거대하게 변해 몸을 웅크리고 있는 묘은과 그 옆에 서 있는 궐겸이 보였다. 양야는 먼저 묘은의 위에 올라탔다. 그러나 궐겸은 아래에서 양야의 눈을 바라보고만 있었다.

"상태가 안 좋으십니까?"

"아직 괜찮습니다."

"그런 말로는 안심할 수 없습니다. 전하의 안위가 달린 문제입니다."

"감사하긴 하지만, 저보다 전하의 안위를 신경 쓰는 자는 없습니다."

세로로 찢어진 동공이 검처럼 궐겸에게 겨눠졌다. 본능적인 두려움이 밀려들었다. 그가 주춤 물러서자 양야가 연기를 한숨처럼 뱉으며 고개를 돌렸다.

"사람이 되는 방법을 찾고 있습니다. 조금만 더 눈감아 주십시오."

"그래서 요즘 외출이 잦으신 겁니까?"

"예."

궐겸은 바람을 타고 흘러가는 연기를 바라봤다.

"만일 사람이 되는 방법을 찾지 못한다면, 요괴가 되기 전에 전하를 떠나 주시겠습니까?"

당연한 말이었으나 연적에게 들으니 기분이 썩 달갑지만은 않았다. 아니, 마치 가슴을 헤집는 것 같았다. 자신이 떠난 자리에 궐겸이 들어찰 것을 생각하니 속이 들끓었다. 하지만 그것이 환라를 위한 길이라면 양야는 응당 그리할 것이었다.

숨을 길게 내쉬어도 속은 가라앉지 않았다. 그는 제 심경만큼이나 복잡하게 뒤엉켜 떠다니는 연기를 보다가 대답했다.

"약조하겠습니다."

궐겸은 그제야 양야의 뒤에 올라탔다.

두 사람은 중경에 있는 대장군의 집으로 향했다. 대장군은 군사 훈련을 위해 자리를 비운 상태였기에 채령이 그들을 맞이했다.

"태감을 만나 뵈러 오셨나요?"

"예. 혹시 깨어나셨습니까?"

"아니요. 아직 일어나지 않으셨어요."

채령이 대답하며 칠각의 방문을 열었다. 묘은이 제일 먼저 들어가 칠각에게 다가갔다. 그리고 미동도 없는 그의 몸 위에 앉아 정기를 불어 넣었다.

"여전히 이상은 없는데. 왜 안 깨어나지?"

"그래도 저희가 잘 보필하고 있으니 전하께는 너무 걱정하지 마시라 전해 주세요."

"알겠어."

묘은이 대답하며 침상 아래로 내려왔다.

"그런데 빨리 깨어나야 할 거야. 내 정기로 아사를 막는 거는 한계가 있거든. 더 오래 잠들어 있으면 굶어 죽을 거야."

"이 말을 태감께서 들으셨으면 좋겠네요. ……오신 김에 차라도 한잔하고 가실래요?"

"괜찮습니다."

궐겸이 공손하게 거절하자 채령이 양야와 묘은을 보았다. 양야 또한 정중히 거절했다. 묘은은 아예 질색한 얼굴로 고개를 저었다.

"풀냄새 나는 물은 싫어."

그러고는 양야의 옆에 딱 붙었다. 칠각에게 잠시 눈길을 준 양야가 채령에게 인사했다.

"그럼 저희는 돌아가 보겠습니다."

채령이 고개를 가볍게 끄덕이고는 문을 열어 주었다.

양야와 궐겸, 묘은이 방을 빠져나가고 채령 역시 그들을 따라 방을 나섰다.

탁. 문 닫히는 소리가 고요한 방 안에 맴돌았다.

소리의 여운이 사라졌을 즈음 칠각이 조용히 눈을 떴다. 그는 한참 동안 방문을 바라보다가 다시 눈을 감았다.

* * *

거처에 도착하자마자 궐겸이 묘은의 등에서 내렸다. 그러나 양야는 여전히 묘은의 등에 올라타 있었다.

"저는 들를 곳이 있어 나갔다 오겠습니다. 환에게는 잘 말씀해 주십시오."

"사람이 되는 것과 관련된 곳입니까?"

"그렇습니다."

"알겠습니다. 다녀오십시오."

양야는 궐겸이 들어가는 것을 보고 묘은에게 말했다.

"나운산으로 가자."

"예, 양야 님."

묘은이 걸음을 돌려 빠르게 달렸다.

풍경이 바람처럼 스쳐 지나가고, 어느덧 두 사람은 나운산 중턱에 도착했다. 멈춰 선 묘은이 몸을 숙였다. 양야가 등에서 내리자 그녀는 작게 변해 양야의 옆에 바짝 붙었다. 황후와 관련된 산적을 모두 소탕했다는 것이 사실인지 북적북적하던 산은 조용하기만 했다.

양야는 천천히 마을을 돌아다녔다. 그러다 보면 산 주인인 이와가 나타날 터였다. 하지만 그를 맞이한 것은 이와가 아니었다.

다 쓰러져 가는 허름한 집 창문으로 어린아이의 눈 한 쌍이 빼꼼 솟아 양야와 묘은을 지켜보고 있었다.

"양야 님. 저건 혼백 아니옵니까?"

"그렇구나."

양야가 묘은을 한 손으로 안아 들며 대답했다. 사람이 없는 곳에는 혼백이 들어찬다지만 어린아이 혼백 하나만 있는 경우는 흔하지 않았다. 보통 아이의 혼백은 다른 사람이나 혼백에게 붙어 다니기 마련이었다. 저렇게 떠돌다가 사기에 물들어 악령이라도 되면 환생도 못 해 보고 사라질 게 뻔했다. 양야는 안쓰러운 마음에 아이에게 손짓했다.

"이리 와 보렴."

하지만 아이는 벌벌 떨더니 집 안으로 숨어 버렸다. 그 모습을 본 묘은이 발버둥을 쳐 양야에게서 벗어났다.

"연기에 둘러싸여서 그렇게 무서운 목소리로 말씀하시면 용맹한 삵이라도 도망가겠어요! 귀여운 제가……."

묘은이 말을 끝내기도 전에 집 밖으로 달아나는 아이가 보였다. 묘은은 말을 끊고 달려 나가 아이의 앞을 막았다.

"얘, 꼬마야! 혼자 다니면 위험해. 나하고 가자."

"흑, 흐아앙!"

"얘! 내가 뭘 했다고 우니? 아이참. 울지 마. 해치려는 게 아니야!"

"으앙!"

아이는 뒤로 물러나더니 발라당 넘어져 엉엉 울며 몸을 벌벌 떨었다. 당황한 묘은이 사람으로 변해 아이에게 다가갔다.

"뚝! 뚝 하라니까? 난 나쁜 삵 아니야. 네가 걱정스러워서 말 걸어 본 거야."

보다 못한 양야가 묘은에게 다가가려던 때였다. 아이의 뒤에서 불쑥 흙이 솟더니 사람의 모습으로 변했다. 산 주인 이와였다.

묘은이 화들짝 놀라 뒤로 넘어지자 아이가 으아앙 울며 이와에게 달려가 안겼다. 양야는 그들에게 다가가 이와의 다리 사이에 얼굴을 묻고 우는 아이를 보았다.

"저 아이는 그때 그 염매 아닙니까?"

"허허허. 단번에 알아보는구먼. 삼신께서 좋은 자리를 봐준다 하여 그때까지 데리고 있기로 했네. 가엾은 아이가 아닌가?"

이와가 엉엉 우는 아이를 안았다. 하지만 아무리 어르고 달래도 울음은 멈출 기미를 보이지 않았다.

"아이고, 얘가 왜 이러누. 왜 그러느냐? 내가 혼쭐을 내 주마."

"무서워!"

아이가 손가락으로 묘은과 양야를 가리키며 소리쳤다.

"똑같아! 무서워!"

그러고는 다시 엉엉 울음을 터트렸다. 말 한 번 걸었을 뿐인 묘은은 억울하기 그지없었다. 그녀는 고개를 좌우로 흔들며 양손을 내저었다.

"저는 정말 모르옵니다!"

"저희는 아무 짓도 하지 않았습니다, 어르신."

"허허허. 어르신이 아니래도. 일단 이 아이는 예록이에게 맡겨 두고 오겠네. 저번에 부탁한 것을 들으러 온 것일 테니 일단 앉아 있게나."

이와는 불쑥 사라졌다가 얼마 지나지 않아 불쑥 나타났다. 그는 양야와 묘은에게 손짓하며 제일 멀쩡한 집으로 들어갔다. 바람을 일으켜 먼지를 몰아낸 이와가 탁자 앞에 앉았다. 양야는 맞은편에 자리를 잡았다. 그러자 이와가 손을 휘저어 차를 만들어 냈다.

"그래. 뭘 좀 알아내긴 했는가?"

"여우가 사람이 되려면 사람의 생간을 100개 먹어야 한다는 설화를 들었습니다."

"허어. 큰일 날 말이로고."

이와가 매끈한 턱을 매만지며 고개를 저었다. 그러면서 날카로운 눈으로 양야를 살폈다. 양야는 흩어지는 연기처럼 흐릿하게 웃었다.

"그렇게 보지 않으셔도 생간을 먹는 흉악한 짓은 할 수가 없습니다. 그래서 다른 방법을 찾는 중입니다. 어르신께서는 알아내신 게 있으십니까?"

"어르신…… 허허허."

이와가 늙은이처럼 웃다가 침음을 흘렸다.

"일단 자네 몸에 섞인 사기부터 정화해야 할 듯하네만."

"그러니까요! 제가 말씀드려도 통 듣지를 않으시옵니다! 어르신께서 혼내 주시옵소서!"

묘은이 탁자 위로 불쑥 튀어 올라와 고자질했다. 이와는 어르신이 아니라고 말하려다 말고 양야를 빤히 바라보았다. 몸에서 사기가 흐를 정도로 요괴화가 진행되진 않았다. 그러나 양야의 눈동자는 여전히 짐승의 것이었다. 비단결 같은 머리카락 속에도 짧고 뻣뻣한 짐승 털이 섞여 있었다. 손톱도 전보다 단단해진 듯했다.

"내 사람이 아니니 혼을 낼 수는 없으나, 묘은이의 말을 듣는 게 낫겠네. 뇌동산으로 돌아가 기운을 정화하고 다시 내려오시게."

"돌아가면 다신 내려오지 못할 수도 있습니다."

"백호선이 자네에게 그리 지독하게 구는가?"

양야는 대답하지 않고 고개를 숙였다. 시선을 느낀 묘은이 찔끔 몸을 떨고 아래로 내려갔다. 진저리를 치는 것으로 보아 백호선이 양야에게 어떻게 굴었을지 짐작이 되었다.

'그런데도 백호선은 사기에 물들지 않았단 말인가? 신기한 노릇이군.'

이와가 손으로 매끈한 턱을 쓰다듬다가 원래의 화제로 되돌아왔다.

"그러면 일단 사기가 있는 곳이라도 피하게. 묘은이는 구슬을 가지고 있으니 곁에 있으면 느리게나마 회복이 될 것 아닌가."

"알겠습니다."

"그리고 어지간하면 백호선에게 가 보게나. 듣기로는 인간이 되는 것도 태어난 곳의 산신이 어찌할 수 있다던데. 도움을 받는 게 빠를 게야."

"예. 유념하겠습니다."

"예록이에게 관련된 서책이 있을지 모르니 한번 들렀다 가시게."

"감사합니다."

이와가 노인처럼 웃으며 사라졌다. 양야는 묘은을 데리고 위로 올라갔다. 산 중턱을 넘어서자 안개가 자욱하게 낀 곳이 보였다.

이내 멀리서 발굽 소리가 들렸다. 고개를 돌리자 곱게 차려입은 귀부인이 양야를 보고 서 있었다. 양야는 옆구리에 낀 묘은을 내려놓고 인사를 올렸다. 그러나 예록은 그다지 달갑지 않은 눈초리였다.

"일은 잘 해결되었다 들었는데 꼴은 왜 그 모양인지."

그녀는 혀를 차고 몸을 돌렸다. 양야가 그녀의 뒤를 따라갔다. 예록이 마뜩잖다는 눈으로 힐끗 뒤를 돌아보기는 했으나 양야를 내쫓진 않았다. 대신 묘은의 뒷덜미를 잡아 멀리 던졌다. 묘은이 꺅 소리를 내며 데굴데굴 굴렀다.

"너는 가서 나비나 잡고 있으렴."

시무룩해진 묘은이 인사를 올리고 터덜터덜 멀어졌다.

양야는 그 모습을 보다가 걸음을 옮기는 예록의 뒤를 따라갔다.

"혹 인간이 되는 법에 관련된 서책이 있습니까?"

"있다만."

"보여 주십시오."

"뻔뻔하구나."

"필요합니다."

"그렇겠지."

예록이 서고 문을 열었다. 먹과 종이 냄새가 마음을 편안하게 만들어 주었다. 양야는 예록에게 고개를 숙여 보이고 안으로 들어가 서책을 살펴보았다. 예록은 떠나지 않고 양야가 잘 보이는 곳에 서 있었다. 그 시선이 하도 따가워 양야는 책에 집중할 수가 없었다.

"왜 그리 보십니까?"

"어리석은 것."

저번에도 들었던 말이었다. 양야는 다시 고개를 돌려 서책을 읽었다. 사람이 되려면 일단 저승 명부에 이름을 올리는 게 먼저라는 구절이 보였다. 그 외에는 도움 되는 부분이 없었다. 양야는 다른 책을 꺼내 훑으며 예록에게 물었다.

"보통은 완전히 요괴가 된다고 들었습니다. 그런데 상선께서는 어찌 반인반수의 모습을 유지하실 수 있으신 겁니까?"

"무례하구나."

"예."

예록이 기가 막힌다는 듯 웃었다.

"나는 벌을 받아 이런 모습으로 변한 것이란다. 요괴가 되어 가는 너와는 다르지."

양야는 입을 다물고 다시 책을 훑어봤다. 예록이 가만히 서서 그의 볼을 바라보다 입을 열었다.

"백호선에게 가거라."

"왜 다들 그 말씀뿐이십니까."

"태어난 곳의 신이 저승 명부에 네 이름을 올리고 정기를 다

가져간 뒤 짐승의 모습을 거둬 가면 사람이 될 수 있단다. 나는 연인을 만났을 때 이미 산신이었기에 쓰지 못한 방법이지만 너는 정괴이니 가능할 터."

양야가 고개를 돌렸다. 예록은 더는 말을 걸지 않고 서고 밖으로 나갔다.

양야는 닫힌 문을 바라보다 다시 서책을 펼쳤다. 한참을 읽고 나서야 밖이 어두워진 것을 깨달았다. 그는 별다른 소득 없이 밖으로 나왔다. 예록에게 인사를 올리려 했으나 그녀는 보이지 않았다. 하는 수 없이 양야는 아무도 없는 곳에 인사를 올리고 아래로 내려왔다.

산적들이 있던 곳에 도착하자 잠들어 있는 묘은이 보였다. 그녀의 주변을 기웃거리던 어린 혼백이 양야를 보고는 화들짝 놀라며 도망쳤다. 양야는 혼백이 있던 자리를 보다가 묘은에게 다가갔다. 기척을 느낀 묘은이 눈을 떴다.

"양야 님. 이제 나오시옵니까? 벌써 자시(오후 11시)가 다 되었사옵니다."

"전하께서 기다리시겠구나. 돌아가자."

"예."

묘은이 길게 기지개를 켜고 커다랗게 변했다. 그들은 순식간에 달려 거처에 도착했다. 양야는 환라가 잠도 못 자고 기다릴까 염려되어 걸음을 바쁘게 움직였다. 그러나 건물은 어둑하기만 했다.

'불을 꺼 놓고 기다리시나?'

잠들었을 수도 있기에 양야는 조심스럽게 문을 열었다. 벽에 등을 바짝 붙이고 누워 있는 환라가 보였다. 방 안에는 고른 숨소리만이 가득했다. 예상하지 못했던 상황은 아니나 이유 모를 서운함이 몰려왔다.

양야는 숨을 내쉬고 환라에게 다가갔다. 그리고 침상에 걸터앉아 환라에게 손을 뻗었다.

그때, 환라의 입에서 앓는 소리가 흘러나왔다. 그녀가 식은땀을 흘리며 몸을 뒤척였다.

'또 악몽을 꾸시나 보군.'

양야가 걱정스러운 얼굴로 환라를 깨우려 했다. 그러나 그는 환라에게 손도 대지 못한 채 뒤로 물러나야만 했다. 환라의 악몽에서 파생된 검은 기운이 그녀의 몸 밖으로 빠져나와 아지랑이처럼 피어오른 탓이었다.

"흑, 아버지⋯⋯."

잇새로 고통스러운 신음이 흐르자 양야는 배 속이 갈가리 찢어지는 듯했다.

환라는 밤이 되면 자주 악몽에 시달렸다. 꿈속에서 이백은 영로에게 독살당했고, 가까운 이들은 모두 그녀를 배신했다. 심지어 양야마저도 말이다. 통제하지 못하는 두려움과 증오, 절망, 원한이 뒤엉켜 강력한 사기가 되었다. 평소라면 제 몸을 생각하지 않고 달려가 환라를 달래 주었겠으나 지금은 차마 그럴 수 없었다. 사기에 조금 더 노출되면 신체도 서서히 변하고 온몸에 짐승의 털이 돋아날 것이다. 그러면 궐겸의 말대로 환라를 떠나야만 한다.

'지금 요괴가 될 순 없다. 저렇게 괴로워하는 환을 두고 떠날

순 없어.'

최대한 멀리 떨어져야 함을 알고 있음에도 양야는 더는 물러날 수 없었다. 그렇다고 다가갈 수도 없었다. 마치 발등에 바위를 얹어놓은 듯했다.

양야가 애끓는 마음을 어찌할 줄 모르고 서 있을 때였다.

눈치를 보던 묘은이 소리 없이 뛰쳐나갔다. 그녀는 단숨에 건물 밖으로 나와 뇌동산으로 달려갔다.

하지만 환라에게 온 정신이 쏠린 양야는 묘은의 도주를 미처 눈치채지 못했다. 그저 멀찍이 떨어져 애타는 목소리로 환라를 부를 뿐이었다.

"환. 깨어나십시오. 모두 악몽일 뿐입니다."

하지만 환라의 무의식에는 닿지 못했다.

환라는 마치 고문을 당하는 사람처럼 비명을 지르고 몸을 비틀며 지독하게 악몽에 시달렸다. 양야는 안타까운 마음으로 바라보다가 번뜩 도와줄 수 있는 사람이 생각났다.

그는 궐겸의 방으로 무작정 들어가 잠든 몸을 흔들었다.

"이 공자. 일어나십시오."

조금 뒤척이던 궐겸이 힘겹게 눈을 떴다.

"……무슨 일이십니까?"

"전하께서 악몽을 심하게 꾸시는 듯한데 저는 가까이 갈 수가 없습니다."

양야는 무너지는 억장을 간신히 붙들며 부탁했다. 궐겸이 겉에 포삼 하나만 걸치고 환라의 방으로 들어갔다. 환라의 몸에서 흘러나온 사기가 그녀의 목을 조르듯 휘어 감고 있었다.

물론 귈겸에 눈에는 보이지 않았다. 그는 아무런 방해도 받지 않고 환라에게 달려갔다.

"전하. 전하. 일어나 보시옵소서. 전하!"

양야는 주먹을 말아 쥐었다. 날카로운 손톱이 손바닥을 파고 들었다. 상처에서 흐른 피가 안으로 접힌 마디 사이로 뚝, 뚝, 흘렀다.

'내가 인간이었다면 연적의 도움을 받을 필요는 없었을 것이다. 환의 곁에 앉아 위로하는 것도 나였을 테지.'

양야가 이를 악물고 있는 사이, 환라가 비명을 지르며 깨어났다. 양야는 반사적으로 환라에게 다가가려 했다. 그러자 방 안에 넘실거리는 검은 기운이 양야의 몸을 파고들 듯 꿈틀거리며 위협했다. 양야는 하는 수 없이 몇 걸음 더 물러났다. 그의 시야에 환라의 어깨를 끌어안는 귈겸이 보였다.

동공이 세로로 쭉 찢어졌다. 견딜 수 없는 투기가 심장을 할퀴었다.

'저 자리는 내 것이다. 환의 옆엔 오직 나만……'

온몸이 뒤틀리는 듯한 기분이 들었다. 머릿속에는 기이한 살심이 들끓었다. 환라를 안은 귈겸의 손을 베어 내고 싶다는, 제정신으로는 상상조차 할 수 없는 생각이 그를 지배했다. 억눌린 숨이 성대를 진동시키며 빠져나왔다. 마치 먹잇감을 발견한 굶주린 짐승의 소리 같았다.

놀란 귈겸이 뒤를 돌아보았다. 그리고 뾰족하게 솟은 귀와 맹수 같은 송곳니, 단도처럼 날카로운 손톱을 발견했다. 그는 저도 모르게 환라를 꽉 끌어안으며 그녀의 머리맡에 둔 검을 빼 들었다. 양야를 겨눈 칼끝이 미세하게 떨렸다.

"다가오지 마십시오."

두려움에 젖은 목소리로 궐겸이 경고했다. 뒤늦게 정신을 차린 환라가 궐겸을 밀어 내고 고개를 돌렸다. 흐릿한 시야 너머로 샛노란 안광 한 쌍이 보였다.

"양야?"

환라의 목소리에 양야는 정신이 번쩍 들었다. 양야는 고개를 돌렸다. 벽에 세워 둔 거울에 그의 모습이 비쳤다. 추악한 마음을 품은 증거가 시야에 고스란히 박혀 들었다. 양야는 당장 몸을 돌려 환라를 등졌다. 고개를 숙이자 길고 날카롭고 단단한 손톱이 보였다. 사람의 것도, 짐승의 것도 아닌 모양새였다.

'이런 모습을 보일 순 없다. 분명 나를 혐오하고 두려워하실 거야. 그렇지 않다 하더라도 환의 사기에 닿으면 이성을 잃고 말 것이다.'

양야는 그대로 방을 뛰쳐나갔다. 놀란 환라가 침상에서 벌떡 몸을 일으켰다. 궐겸이 칼을 던지고 달려 나가려는 환라를 뒤에서 끌어안았다.

"안 됩니다, 전하! 위험합니다!"

"놔라!"

환라가 거칠게 몸을 비틀었다. 하지만 궐겸은 쉽사리 그녀를 놓지 않았다. 환라는 온 힘을 다해 그를 뿌리쳤다. 그리고 양야가 사라진 곳을 향해 달렸다.

"전하!"

뒤에서 부르는 소리가 들렸으나 환라는 멈추거나 뒤돌아보지 않았다.

새하얀 침의가 백조의 날개처럼 펄럭였다. 맨발로 땅을 박찰 때마다 발밑이 뜨겁고 쓰라렸다. 숨이 가쁘고 정신이 없었으나 그녀의 머릿속에는 이대로 양야를 놓쳐선 안 된다는 생각뿐이었다. 숨이 모자라 가슴이 뻐근해질 때까지 달렸다. 이내 나무 사이에 몸을 웅크리고 있는 형체가 달빛을 받아 어슴푸레하게 보였다. 몸집은 더 커지고 생김새도 달라진 것 같았으나 상관없었다. 환라는 양야가 사라지지 않은 것에 안도하며 천천히 다가갔다.

하지만 그녀가 양야에게 닿기 전, 쿠구궁 하는 소리와 함께 땅이 흔들렸다. 환라는 주변에 있는 것을 아무거나 붙들었다. 뒤늦게 쫓아 나온 궐겸이 환라의 팔을 부축했다.

동시에 하늘을 가르듯 번개가 내리쳤다.

환라가 비명처럼 제 연인을 불렀다.

"양야야!"

다시 한번 벼락이 내리치고, 번뜩이는 섬광과 함께 새하얀 옷을 입은 여자가 허공에서 나타났다.

밝은 빛이 시야를 가렸다. 환라가 눈살을 찌푸렸다 다시 떴을 때, 양야는 의식을 잃은 듯 쓰러져 있었다. 놀란 환라가 다가가려 하자 축 처진 양야의 몸이 백호선의 뒤로 서서히 떠올랐다. 온전히 드러난 양야의 모습은 사람보다는 짐승에 더 가까웠다. 궐겸은 두려움에 얼굴을 찌푸렸다. 하지만 환라는 오히려 앞으로 나아갔다.

백호선과 환라의 눈길이 허공에서 맞부딪쳤다. 그 사이로 거센 바람이 일었다. 검은 머리카락이 흩날리며 시야를 어지럽혔으나 환라의 눈동자는 오직 양야에게로 향해 있었다.

"돌려주시옵소서. 양야는 제 사람입니다."

"양야는 사람도, 네 것도 아니다."

그들은 한 치의 물러섬 없이 서로를 응시했다.

환라를 죽일 듯이 노려보던 백호선의 입꼬리가 불현듯 둥글게 찢어졌다. 날카로운 이를 드러내며 웃는 모양새가 미소라기보다는 위협에 가까웠다.

"탐욕스러운 인간 같으니."

백호선이 안타깝다는 표정으로 양야의 볼을 쓸었다.

"네가 품은 악독한 마음 때문에 내 여우는 요괴가 되어 가고 있다. 그것도 몰랐던 주제에 제 것이니 되돌려 달라?"

백호선이 기가 찬다는 듯 짧은 웃음을 터트렸다.

환라의 표정이 굳었다. 심장이 바닥에 내동댕이쳐진 기분이었다. 고아하던 눈꺼풀은 크게 벌어지고 숨이 멎었다. 백호선이 한쪽 이를 드러내며 웃고는 양야의 입가에 손을 올렸다. 무언가를 뽑아내듯 손짓하자 양야의 입에서 검은 기운이 실타래처럼 흘러나와 뭉쳤다. 더 이상 검은 기운이 나오지 않자 양야는 언제 짐승의 모습을 했냐는 듯 사람으로 돌아왔다.

"이 사특한 기운은 다 너에게서 나왔다. 네 곁에 있으면 내 여우는 요괴가 되어 소멸하는 순간까지 욕망과 괴로움에 휩쓸려 살았을 것이다."

환라가 눈을 질끈 감았다. 그 아래로 구슬 같은 물방울이 흘렀다.

"이래도 양야를 돌려 달라고 할 테냐?"

환라는 아무 말도 하지 못했다. 백호선을 코웃음을 치고 몸을 돌려 사라졌다.

궐겸이 달려와 주저앉으려는 환라를 지탱했다. 환라는 비틀거리며 궐겸의 몸에 기댔다. 그는 그대로 환라를 부축해 방으로 돌아왔다. 그리고 그녀를 의자에 앉혀 주었다. 멍한 표정으로 궐겸의 손길에 따라 움직였으나 환라의 머릿속은 양야로 가득했다.

생각해 보면 이상했다. 양야의 눈동자는 간혹 짐승의 것처럼 변하긴 했으나 항상 노란색인 일은 없었다. 환라가 곁에 있으면 두통이 가신다고 했으면서 근래에 약초를 다시 피우는 것도 그랬다. 전부, 조금만 더 신경 썼다면 눈치챌 수 있는 것들이었다.

"내가 복수심에 눈이 멀어 양야를 돌아보지 못했다."

죄책감이 목에 걸렸다. 환라는 떨리는 손으로 제 얼굴을 감쌌다.

마지막으로 본 양야의 눈빛은 겁에 질려 있었다. 그 얼굴이 떠오르자 날카로운 손톱으로 속을 헤집는 듯 고통스러웠다. 견디지 못한 환라가 눈물을 흘리자 궐겸이 안타까운 목소리를 내었다.

"전하……."

"내게 짐이 될까 말하지 않은 것이다. 내게 짐이 될까 봐……. 조금만 주의를 기울였으면 알 수 있었을 것을……."

울먹이는 목소리에 궐겸은 가슴이 뜯겨 나가는 듯했다. 그는 환라의 곁에 앉아 떨리는 그녀의 손을 잡아 내렸다.

"요괴가 되는 줄 어찌 아셨겠사옵니까. 물어도 장 객주가 알려 주지 않았을 겁니다. 그리고 전하께서는 큰일을 겪지 않으셨사옵니까."

고작 열여덟의 나이에 부모와 부모처럼 따르던 이들을 한 번에 잃었으니, 환라가 양야의 상태를 눈치채지 못한 건 어찌 보면 당연한 일이었다. 혹여 환라가 눈치챘다 하더라도 양야는 끝까지 숨겼을 것이다. 제 발로 환라를 떠나는 한이 있더라도 말이다.

궐겸은 양야와 같은 마음이기에 알 수 있었다. 양야는 환라에게 괴로움을 보태 주고 싶지 않았을 것이다.

하지만 환라는 자괴감에 가슴이 턱 막혔다. 혼자 말도 못 하고 괴로워했을 양야가 계속해서 떠올랐다. 굵은 눈물을 흘리며 환라가 제 가슴을 내리쳤다. 그 소리에 놀란 궐겸이 환라의 앞에 꿇어앉으며 손목을 붙들었다.

"근래에 사람이 될 방법을 찾고 있다고 하였습니다. 그러니 장 객주는 분명 사람이 되어 돌아올 것이옵니다."

그 말이 달갑다기보단 아팠다. 환라는 대답하지 않고 밭은 숨을 내쉬며 눈물을 흘렸다. 궐겸이 애달픈 손길로 그녀의 눈물을 닦아 주었다.

"거사가 스무날도 남지 않았사옵니다. 지금은 그 일만 생각하소서."

환라는 차마 그리하겠다고 말할 수 없었다. 다만 힘겹게 일어나 침상으로 갔다. 그녀는 궐겸을 등지고 누웠다. 궐겸은 손을 뻗지도, 거두지도 못한 채 서 있다가 인사를 올리고 밖으로 나갔다.

환라는 이불을 끌어안았다. 항상 온기가 느껴지던 등이 허전했다. 비단 같던 머릿결과 너른 품이 그리웠다. 저를 다독여 주던 커다란 손도, 간지러운 입맞춤도 그리웠다. 낮고 다정하던 목소리가 당장에라도 제 이름을 부를 것만 같았다.

'뇌동산으로 찾아가면 양야를 만날 수 있을지도 모른다.'

하지만 그런 후에는? 제 원망과 증오 때문에 양야는 요괴가 될 뻔했다. 하지만 여전히 배신한 자들의 얼굴을 떠올리면 살의가 치솟았다. 온몸이 떨리고 속이 뒤집어졌다.

'이런 상태로 양야를 만나면 그는 다시 요괴가 될 것이다.'

이성적으로 생각하자면 황궁으로 돌아가 배신자들에게 죗값을 받게 한 뒤 감정을 다스리고 양야를 찾아가는 게 옳았다. 그래야만 그를 지킬 수 있다.

환라는 자신을 다스리려 노력하며 눈을 감았다. 그녀가 잠들기만을 기다리기라도 한 것처럼 악몽이 엄습했다. 하지만 비명을 지르며 눈을 떠도 양야는 곁에 없었다.

"양야야."

갈라지는 목소리로 힘겹게 그 이름을 불렀다. 돌아오지 않는 대답에 서러움이 목구멍을 막았다. 환라는 몸을 일으켜 벽에 등을 대고 앉았다. 적막한 방은 평소보다 두 배는 커다랗게 느껴졌다. 공허 속에 내던져진 환라는 무릎을 세워 끌어안고 그 위에 얼굴을 묻었다.

그 위로 고요하게 새벽이 흘렀다.

12. 반변의 덫

잠을 잘 수 없는 나날이 이어졌다.

식욕은 당연히 없었다. 눈을 감아도, 눈을 떠도 악몽뿐이었다. 환라는 평소처럼 회의를 하고, 대신들을 만나고, 군사 훈련에 참여했다. 하지만 그 모습이 너무나도 위태로워, 지켜보는 사람의 애가 다 탈 정도였다.

보다 못한 여란이 훈련장으로 가려는 환라를 붙들었다.

"형님. 좀 쉬시오. 이러다 쓰러지겠소."

환라가 천천히 몸을 돌렸다. 총기는커녕 생기마저 없는 눈빛이 여란을 향했다. 여란은 걱정스러우면서도 등골이 오싹했다.

'산송장이 따로 없네. 도대체 무슨 일이 있었던 거야. 오라버니는

며칠째 코빼기도 보이지 않고. 이 공자는 설명하기 곤란하다고만 하고.'

여란은 속이 터져 죽을 것 같았다.

"말 좀 해 보시오. 도대체 무슨 일이 있었던 거요? 오라버니는 어디 갔소?"

양야가 어디 있는지 묻는 말에 환라는 발밑이 무너지는 것 같았다. 그녀는 여란의 손을 움켜잡았다. 물속에서 숨을 들이마신 것처럼 가슴이 난도질당하고 폐가 찢겨나가는 듯했다. 환라가 격통에 움직이지 못하는 사람처럼 몸을 웅크리자 여란이 놀란 눈으로 환라를 부축했다.

"형님, 괜찮소?"

그 말에 건져 올려지기라도 한 것처럼, 환라가 숨을 토해 내며 말했다.

"양야가, 그립다."

괜찮을 거로 생각했다. 함께 있지 않아도 연모하는 마음만 그대로면 상관없을 것이라 여겼다. 그렇기에 양야가 황궁의 생활을 원하지 않으면 놓아줄 수도 있다는 오만한 말을 지껄였다.

하지만 아니었다. 환라는 양야가 필요했다. 그가 그리워 숨을 쉬어도 쉬는 것 같지 않았다. 발밑이 꺼지고 하늘이 무너지는 것만 같았다. 여란은 무너지려는 환라를 끌어안았다. 무슨 일인지 모르니 뭐라 위로할 수도 없었다. 그저 당황한 채 환라의 등을 토닥이고 있을 때였다.

환라가 여란의 품에서 벗어나며 몸을 일으켜 세웠다.

"뇌동산에 다녀와야겠다."

"갑자기 말이오?"

"가서 멀리서라도, 아니면 묘은이에게라도 물어 양야가 잘 있는지 확인하고 와야겠다."

그러고서는 몸을 돌려 대문을 향해 갔다. 여란이 급하게 환라의 뒤를 따르며 당황한 목소리로 말했다.

"말도 쉬어야 하니 오가는 데만 4일은 걸릴 것이오!"

"거사는 17일이나 남았으니 괜찮다. 다음 회의는 5일 후이니 그 전에 꼭 돌아오겠다."

환라는 그대로 대문을 나서서 말에 올라탔다.

"형님, 형님!"

여란이 다급하게 불렀으나 환라는 뒤도 돌아보지 않은 채 떠났다.

* * *

양야는 서서히 눈을 떴다. 그를 괴롭히던 통증은 신기루처럼 사라져 버린 뒤였다. 정신이 맑고 숨 쉬는 게 편안했다. 온몸에 활기가 도는 것을 느끼며 고개를 돌렸다. 하지만 주변을 확인하는 순간, 정신이 번쩍 들었다.

그가 누워 있는 곳은 거대한 호랑이 굴이었다.

마치 사람이 사는 곳처럼 내부를 꾸며 놓았으나 사람이 사는 곳은 아니었다. 양야는 몸을 벌떡 일으켰다.

'내가 왜 상선의 거처에 있는 거지?'

몸이 괜찮아졌으니 환라에게 돌아가야 했다. 하지만 침상에서 벗어나기도 전에 양야의 몸이 뒤로 넘어갔다.

"조금 더 누워서 쉬렴. 그동안 고생이 많았을 테니."

"제가 왜 여기 있습니까?"

양야가 인상을 찌푸리며 다시 몸을 일으켰다. 그의 옆에 앉은 백호선이 미소 지으며 흘러내린 머리를 정리해 주려 했다. 그러나 양야는 그녀의 손을 쳐 내며 뒤로 물러났다. 백호선은 아무렇지 않다는 듯 양야에게 더 바짝 붙어 앉았다.

"네가 그 인간에게서 도망치려고 하는 것 같기에 내가 데려왔단다."

"환이 제 모습을 보면 놀랄까 염려되어 잠시 나왔을 뿐입니다. 다시 돌아가겠습니다."

양야가 침상 밖으로 나왔다. 백호선의 거처는 눈을 감고도 다닐 수 있을 정도로 훤했기에 그는 망설임 없이 출구로 걸어갔다. 밖에서 들어오는 불빛이 보일 즈음, 갑자기 그의 앞에 백호선이 나타났다.

"네가 돌아올 곳은 여기란다, 양야. 내 여우."

환라에게서 들을 때와 달리 온몸에 소름이 돋았다. 양야는 얼굴을 일그러트리며 뒤로 물러났다.

"양아. 아직 화가 나 있는 것이냐? 너를 강제로 취하려 한 것은 사과하마. 그러면 되겠느냐?"

"그게 사과한다고 될 일입니까?"

"그럼 내가 어찌하면 되겠느냐? 어찌하면 다시 뇌동산으로 돌아오겠니?"

백호선은 양야가 물러선 것보다 더 많이 다가오며 거리를 좁혔다.

"요괴가 되기 직전까지 가 봐서 알 것 아니냐. 인간 세계는 너에게 너무 위험하단다. 특히 그 사특한 기운으로 가득 찬 인간은 너를 기어이 요괴로 만들 거란다."

"잠시뿐입니다. 아버지를 잃고 어머니와 충신에게 배신당했는데 맑은 정신으로 있을 수 있다면 이미 선인이 되었겠지요. 곧은 분이시니 머지않아 선한 마음을 되찾으실 겁니다."

"그러면 그 후에는? 그 인간이 다시는 배신당하지 말라는 법이라도 있더냐? 그럼 너는, 그때마다 고통에 몸부림칠 생각이더냐?"

양야가 입술을 꾹 다물고 다시 뒤로 물러났다.

"……잠시 떨어져 있으면 될 일입니다."

"어리석은 것. 인간의 마음은 힘들 때 곁에 있는 것에게 기울기 마련이란다. 그런데 인간이 힘들어할 때마다 네가 곁을 떠나 있다면 그 연정이 얼마나 가겠느냐?"

양야의 머릿속에 궐겸의 품에 기대던 환라가 떠올랐다. 백호선의 말을 믿고 싶지 않았다. 하지만 틀렸다고 부정할 수도 없었다. 계속 이런 일이 반복되면 환라의 마음이 궐겸에게로 향하는 건 시간문제였다.

그렇게 생각하니 정신이 아찔해졌다. 양야가 미간을 좁히며 눈을 감자 백호선의 입가에 미소가 떠올랐다.

"인간들은 인간끼리 살게 두고 내 곁으로 돌아오려무나. 귀히 여겨 주마."

백호선이 느린 걸음으로 양야에게 다가갔다. 양야가 눈을 떴다. 다정한 얼굴이 보였으나 마음은 기울지 않았다.

"다른 사람에게 마음을 준다 해도 저를 향한 마음을 거둬 가시지만 않으면 상관없습니다. 환은 황제가 될 사람이니 그 정도는 이미 각오했습니다."

그는 백호선을 밀어 내고 출구로 향했다. 양야의 등을 바라보는 백호선의 입가에 음산한 미소가 걸렸다.

'마음만 거두지 않으면 된다, 라……. 그래. 그렇단 말이지.'

그녀의 발밑으로 끈적하고 탁한 기운이 오물처럼 흘렀다. 그러나 곧 언제 그랬냐는 듯 산의 정기에 뒤덮여 자취를 감췄다. 백호선은 말끔해진 발밑을 바라보다가 고개를 들었다.

"그럼 내가 사람으로 만들어 주마."

양야의 걸음이 우뚝 멈췄다. 망설이던 그가 천천히 뒤돌았다.

"그 말, 진심이십니까?"

"그래. 내 여우가 인간에게 장가가서 짐승이라 손가락질당하면 내 마음이 미어지지 않겠느냐?"

"저에게 모진 짓을 한 상선을 제가 어찌 믿겠습니까."

"그럼 달리 방법이라도 있느냐?"

양야는 말문이 막혔다. 그가 찾은 유일한 방법은 자신이 타고 난 산의 신선에게 도움을 받는 것이었다.

편법이긴 하나 정괴가 인간이 되려면 그 수밖에 없었다. 백호선은 그 사실을 알기에 최대한 선량하게 웃으며 양야에게 다가갔다.

"묘은이에게 들었다. 사람이 되고 싶어 여기저기 돌아다녔다지.

내가 도와주마."

흔들리는 마음이 양야의 눈빛에 고스란히 드러났다. 백호선의 미소가 짙어졌다.

"보렴. 나에게서 사기가 느껴지는지. 내가 너에게 그리 악독한 마음을 품었다면 사기가 느껴져야 마땅하지 않겠느냐?"

백호선은 마치 자신의 무해함을 증명하려는 양 옆으로 손을 펼쳐 보였다.

"그 일은 너도 내게 마음이 있다고 생각해 벌어진 실수였다. 나도 마음 깊이 반성하고 있으니 사죄할 기회를 주렴."

양야는 입 안의 살을 짓씹었다. 사람이 되면 악몽에 시달리는 환라를 달랠 수 있다. 그녀의 증오와 원한까지 온전히 품어 줄 수 있다. 여우인 것을 들켜 그녀를 곤혹스럽게 하는 일도 생기지 않을 것이며, 수명도 짧아질 테니 그녀가 떠난 뒤의 삶을 두려워할 필요도 없어진다.

'사람이 된다면, 사람만 될 수 있다면.'

환라가 다른 이의 품에서 위로를 받을 때 무력하게 지켜보고 있지 않아도 된다. 사기를 피해 숨어 살 필요도 없다.

그녀의 곁에 온전히 있을 수 있었다.

심장이 두근거렸다. 불안 때문인지 기대감 때문인지는 알 수 없었다. 그러나 가슴이 걷잡을 수 없이 요동쳤다.

그 앞으로 백호선이 손을 내밀었다.

"양야야. 내 손을 잡으렴. 내가 널 인간으로 만들어 주마."

양야는 거부할 수 없었다. 그는 결국 백호선의 손을 잡았다.

백호선은 몸을 돌려 사특한 미소를 감췄다. 그리고 천천히 양야를 밖으로 이끌었다.

양야는 그녀를 따라 걸었다. 산속으로 한참을 들어가자 처음 보는 동굴이 나왔다. 입구가 칠흑처럼 새까매, 안을 들여다볼 수도 없었다. 양야가 본능적으로 걸음을 멈췄다. 그러자 백호선이 선량한 미소를 지으며 그의 등을 떠밀었다.

"무궁화밭에서 너를 만났을 때부터 준비해 놓았단다. 여우의 모습으로 변해 들어가렴. 안에 있는 호리병을 열면 그 안으로 네 정기가 모두 빨려 들어갈 것이다."

정기가 사라진다는 말에 양야의 표정이 굳었다. 그러나 백호선은 아랑곳하지 않고 말을 이었다.

"시간이 좀 걸릴 테니 나는 그동안 선계로 가 저승 명부에 네 이름을 올려놓으마. 그런 뒤에 여우의 모습을 거둬 갈 것이다. 그것만이 네가 사람이 될 유일한 방법이란다."

예록에게 들었던 방법과 일치했다. 아직 일말의 의심이 남아 있었으나 그 의심만으로 포기하기엔 사람이 되고자 하는 욕구가 너무나도 강렬했다. 양야는 애써 의심을 거두며 백호선을 향해 허리를 깊이 숙였다.

"부탁드리겠습니다, 상선."

"걱정하지 말거라."

양야는 여우로 변해 물소리조차 들리지 않는 깊은 동굴로 천천히 걸어 들어갔다. 백호선의 말대로 동굴 안에는 호리병 하나가 있었다. 양야는 앞발로 호리병 밑동을 잡았다.

이 선택이 옳을까? 정말 사람이 될 수 있는 걸까? 수많은 의심이 그의 공포에 불을 지폈다. 하지만 환라의 얼굴이 떠오르고, 그녀와 함께할 미래를 상상하자 모든 두려움이 거짓말처럼 사라졌다.

'환. 사람이 되어 당신 곁으로 돌아가겠습니다. 반드시.'

그는 입으로 호리병 마개를 뽑아내고 눈을 감았다.

그러나 정기는 사라지지 않았다.

무언가 이상함을 느낀 양야가 눈을 떴다. 호리병 입구에는 맑은 기운이 아니라 시꺼멓고 끈적거리는 기운이 독극물처럼 넘실거리고 있었다. 외면했던 불안이 엄습했다. 그는 천천히 물러섰다. 고여만 있던 검은 기운이 양야의 움직임을 눈치챈 듯 서서히 호리병 밖으로 기어 나왔다.

양야는 몸을 돌려 동굴 입구 쪽으로 뛰었다. 입구 밖에 서 있는 백호선이 보였다. 그는 치미는 배신감에 이를 드러내며 달려들었다. 그러나 백호선에게 닿지 못하고 투명한 벽에 부딪쳤다.

"이게 무슨 짓입니까?!"

양야가 소리쳤다. 검은 기운이 뱀처럼 넘실거리며 양야의 뒤를 노렸으나 백호선은 미소 지었다.

"나에게서 나온 사기란다. 생각해 보니 네가 요괴가 되면 내가 불안해할 일도 걱정할 일도 없더구나. 나를 해칠 만큼 강하진 않을 테고, 그 인간을 만나 봤자…… 뭐, 죽이기밖에 더 하겠느냐?"

양야를 쓰다듬듯 투명한 벽을 매만지던 백호선이 작게 감탄했다.

"그래. 그게 좋겠구나. 이성을 잃고 네가 네 손으로 그 인간을 죽이는 것도 나쁘지 않겠어."

양야의 얼굴이 새하얗게 질렸다. 그 모습을 보며 백호선은 허리를 젖히고 높다랗게 웃었다.

"아하하하! 영원히 내 것이 되는 것이다. 내 여우, 오직 나만의 여우 말이다."

백호선의 사기가 양야의 뒤꿈치에 닿았다. 끔찍하고 음험한 기운이었다. 양야는 소스라치게 놀라며 몸을 피했다. 점도 높은 액체처럼 느리게 흐르던 기운이 돌연 양야에게 달려들었다. 투명한 벽을 치고 날아온 탓에 양야는 안쪽으로 몸을 피할 수밖에 없었다.

백호선은 두려워하는 양야를 보며 다정하게 말했다.

"내가 허락하지 않는 한 아무도 들어오거나 나가지 못하니 괜히 힘 빼지 말렴."

"꺼내 주십시오, 상선! 상선!"

양야의 외침을 무시한 채 백호선은 몸을 돌렸다.

허망한 눈으로 그녀의 뒷모습을 바라보던 양야는 저에게 달려드는 기운을 피해 몸을 움직였다. 그가 동굴 벽에 바짝 붙자 검은 기운이 입구를 가득 채우며 넓게 퍼졌다. 양야는 정기를 사용해 허공에 떠 있으려 했으나 어찌 된 영문인지 정기조차 사용할 수 없었다.

사기는 마치 양야를 가지고 놀기라도 하듯 천천히 퍼지며 그를 동굴 안쪽으로 밀어 넣었다.

그 모습을 묘은이 멀리서 지켜보고 있었다.

발을 동동 구르던 묘은이 동굴 쪽으로 다가가려 했다. 그러다 백호선과 눈이 마주쳤다. 묘은이 화들짝 놀라며 납작 엎드렸다.

"백, 백호선 님."

"일을 잘해 주었구나."

"야, 양야 님은 어찌 되는 것이옵니까?"

"저 동굴 안에서 묶어 놓고 기를 생각이다. 위험한 일은 없을 테니 상관하지 말렴."

묘은이 덜덜 떨며 동굴 입구를 힐끔거렸다. 그녀가 원하는 건 이런 게 아니었다. 백호선이 양야를 인간으로 만들어 주고, 은인과 양야가 행복하게 백년해로하며 가끔 백호선에게 감사를 전하러 뇌동산에 들르길 바랐다.

모두가 행복한 그런 삶을 꿈꾸었는데, 너무 많은 것이 잘못되어 버렸다.

'은인에게 가서 양야 님이 위험에 처했다고 알려 줘야겠어!'

묘은은 자신을 지나쳐 가는 백호선의 뒷모습을 보며 결심했다. 그리고 슬며시 움직이려는 찰나, 백호선이 뒤를 돌아봤다.

"그러고 보니 이제 이건 필요 없겠구나."

그녀가 손가락을 까딱이자 묘은의 가슴 쪽에서 정기가 빠져나와 둥그렇게 뭉쳐졌다. 구슬로 변한 정기를 잡기 위해 묘은이 손을 뻗었으나, 구슬은 허공에서 사라져버렸다.

'저게 없으면 사람이 많은 곳에서 오래 버티지 못하는데!'

발을 동동 구르는 묘은을 보며 백호선은 코웃음을 쳤다. 그리고 거처로 돌아갔다. 묘은은 홀로 남아 안절부절못하며 동굴 주변을 서성였다.

그때, 안에서 끔찍한 비명이 들렸다.

깜짝 놀란 묘은은 펄쩍 뛰었다가 황급히 산 아래로 내려갔다. 구슬이 없어도 가야 한다. 이 사실을 알려야 한다. 하지만 막상 나가려니 노예로 지낸 세월이 떠올라 덜컥 겁이 났다. 묘은은 차마 나가지 못하고 산 아래를 빙빙 돌며 엉엉 울었다.

그렇게 하루가 지났다.

'겁내지 말자! 양야 님이 요괴가 되도록 내버려 둘 순 없어!'

묘은이 마음을 다잡고 밖으로 나왔다. 벌벌 떨며 막 걸음을 떼려는 순간, 멀리서 말발굽 소리가 들렸다.

뇌동산 근처에는 사람이 좀처럼 다니지 않았기에 묘은은 직감적으로 양야와 관련된 인간이 오는 것이라 여겼다. 그리고 당장 소리가 들리는 쪽으로 달려갔다.

말에 올라탄 사람의 얼굴을 보자마자 묘은의 얼굴에 화색이 돌았다.

"은인!"

묘은이 있는 힘을 다해 환라를 불렀다. 환라가 말을 멈추자 묘은이 후다닥 달려가 훌쩍 뛰어 환라의 품에 안겼다.

"은인아! 양야 님 좀 살려 줘!"

묘은이 서럽게 울며 환라에게 매달렸다.

살려 달라는 말에 환라의 심장이 철렁 내려앉았다.

"백호선 님이 양야 님을 요괴로 만들려고 해!"

환라는 당장 출발하려다 묘은을 떼어 놓았다. 묘은이 커다란 눈물을 뚝뚝 흘리며 환라를 올려다봤다.

"도움을 청할 사람, 아니 신선이 있는가? 나는 인간이니 백호선을 막을 순 없을 것이다."

"모르겠어. 나운산의 산신님이라면 도와주시지 않을까?"

"가려면 얼마나 걸리는가?"

"구슬을 뺏겨서 인간이 있는 길을 피해 가야 해. 그러면 한참 걸릴 거야."

묘은이 서글프게 울며 제 앞발에 얼굴을 묻었다.

"나에게도 구슬이 있다고 하지 않았는가? 그것을 가져가라."

"그렇겐 못 해! 그 구슬은 이미 은인의 기운과 뒤엉켜 있단 말야. 아마 백호선 님이 와도 가져가지 못할 거야."

"그럼 방법이 아예 없는가?"

묘은이 커다란 눈망울에 그렁그렁 눈물을 달고 고민에 빠졌다. 그러다 고개를 번쩍 들었다.

"선인만 쓰는 길이 있어! 근데 쓰면 백호선 님께 들킬지도 몰라."

"내가 난동을 부리든 무엇을 하든 백호선을 잡아 놓고 있겠다. 시간은 얼마나 필요한가?"

"길에 들어가기만 하면 돼! 일각의 반도 안 걸릴 거야! 은인은 물길을 따라 위로 쭉 올라가! 비명이 들리는 곳에 양야 님이 계셔!"

묘은이 산 위로 뛰어 올라갔다. 환라도 당장 말에 올랐다.

산으로 들어서자 환라의 구슬에 물들었던 사기가 순식간에 정화되었다. 그녀는 머리가 맑아지는 것을 느끼며 한참을 올라갔다.

얼마나 헤맸을까, 멀리서 아득하게 울리는 비명이 들렸다. 고삐를 휘둘렀으나 말은 이미 탈진한 상태였다. 환라는 말을 내버려 두고 소리가 나는 쪽으로 무작정 달렸다. 고르지 못한 땅에 발목이 잡혀서 넘어지길 수 번, 무릎이 까지고 손목과 발목이 욱신거렸으나 환라는 멈추지 않았다. 짐승의 울음인지 비명인지 알 수 없는 소리가 점점 가까워졌다.

"양야야!"

환라가 양야의 이름을 부르며 주변을 두리번거렸다. 멀리서 속시꺼먼 동굴이 보였다.

환라가 그쪽으로 달려가려 할 때였다. 새하얀 머리의 여자가 동굴 앞을 막아섰다.

환라는 이를 악물었다.

"백호선."

백호선이 힐끗 뒤를 보고는 새하얗고 뾰족한 이를 드러내며 미소 지었다.

"여기까지 오다니 겁도 없구나."

양야를 요괴로 만들려는 게 사실이냐 묻고 싶었으나 환라는 입을 다물었다. 방금 도착한 환라가 양야의 일을 알고 있으면 백호선이 의심할 것이다. 어쩌면 묘은이가 다른 산신에게 도움을 요청하러 갔다는 걸 알아차릴지도 모른다.

환라는 입술을 꾹 물고 있다가 앞으로 나섰다.

"비켜라."

"건방진!"

백호선이 손을 크게 휘둘렀다. 산처럼 거대한 기운이 환라의 몸을 밀어 냈다. 환라는 내동댕이쳐져 바닥을 구르다가 비틀거리며 일어났다.

그사이 양야의 비명이 점점 더 거세졌다.

환라는 사색이 되어 검을 뽑았다. 그러나 백호선이 손을 휘두르자 검은 저만치 날아가 나무에 꽂히고 말았다. 두려움을 삼키는 환라를 보며 백호선이 조소했다.

"양야를 만나고 싶으냐?"

순간 양야의 비명이 뚝 그쳤다. 백호선은 힐끗 뒤를 보았다. 비명이 끊긴 것을 보아하니 이미 반쯤 요괴가 되었을 것이다. 깨끗한 정기를 사용하면 양야를 되돌릴 수 있으나 환라는 정기 따위는 사용할 줄 모르니 상관없었다. 지금 들어가면 환라는 이성을 잃은 양야에게 죽임을 당하거나 잡아먹히고 말 것이다. 그러면 백호선은 제 손을 더럽히지 않고 이 인간을 처리할 수 있었다.

"원하면 데려가거라."

환라가 놀란 눈으로 백호선을 보았다. 하지만 망설일 시간은 없었다. 일반적으로 비명이 뚝 끊기는 것은 혼절했거나……, 사망하였을 때뿐이기 때문이었다.

요괴화가 진행되면 감각이 둔해져 통증을 거의 못 느끼나 환라가 그 사실을 알 리 없었다. 그녀는 곧장 동굴을 향해 뛰었다. 그리고 막 입구 앞에 도달했을 때, 뒤에서 백호선의 목소리가 들렸다.

"죽지 않을 자신이 있다면 말이다."

백호선이 고개를 젖히며 날카로운 웃음을 터트렸다.

환라는 까마득한 어둠 속을 바라보았다. 심연 처럼 고요하고 한 치 앞도 볼 수 없었다. 음산한 기운이 원초적인 공포를 자극했다.

그러나 환라는 안으로 들어섰다. 으르렁거리는 소리가 동굴 벽에 부딪혀 실제보다 훨씬 크게 들렸다. 습하고 차가운 공기가 거머리처럼 피부에 달라붙었다. 노예들을 가둬 두었던 지하 동굴과 비슷한 느낌이었다.

'그때는 양야가 내 옆에 있었는데.'

서글픈 두려움을 꾹 참고, 환라는 걸음을 움직였다. 가까이 다가갈수록 짐승의 안광이 또렷해졌다. 환라가 저도 모르게 멈춰 섰다. 목구멍이 바싹 말랐다. 침을 삼켜도 나아지는 것은 없었다. 어둠이 눈에 익자 흐릿하게나마 짐승의 윤곽이 보였다.

"양야야."

그녀의 목소리에 으르렁거리던 소리가 일순 멈췄다. 환라의 얼굴에 안도의 빛이 스쳤다. 그녀가 옅은 미소를 지으며 다시 다가가려 했다. 그러자 새까만 짐승이 날카로운 송곳니를 드러냈다.

"날 알아보지 못하겠는가? 네 연인, 환라이다."

걱정과 안타까움으로 목이 메었다. 유리알 같은 눈물방울이 볼을 타고 흘렀다. 청량한 기운이 눈물에 담겨 아래로 뚝 떨어졌다. 주변에 가득 찼던 사기가 눈물방울만큼 사라졌으나 환라는 느끼지 못한 채 앞으로 나아갔다.

그녀가 다가갈수록 양야는 더 이를 드러냈다. 콧잔등에는 수십 개의 주름이 지고, 척추 부근의 털을 바싹 세웠다. 하지만 환라는 멈추지 않고 앞으로 나아갔다.

그녀의 발밑에 호리병이 툭 하고 걸렸다. 환라가 고개를 숙였다. 호리병은 발에 부딪혔음에도 넘어지지 않고 서 있었다. 그 입구는 수백 자 깊이의 우물을 내려다보는 것처럼 까마득했다. 어둠

만큼이나 검은 무언가가 넘실거리는 게 보이는 것만 같았다. 환라는 옆에 굴러다니는 마개로 호리병의 입구를 틀어막았다. 그러자 앞에서 다시 비명이 들렸다.

"으아아악!"

절명하듯 악을 쓰는 소리에 놀란 환라가 달려갔다.

"양야야!"

괴로움이 몸부림치던 커다란 짐승이 팔을 휘둘렀다. 환라에게 닿을 만한 위치는 아니었다. 그러나 그녀는 양야가 자신을 공격하려 했다는 것만으로도 충격을 받아 멈춰 버렸다.

그러나 그것도 잠시뿐이었다. 양야가 제 몸을 할퀴며 고통스러워하자 환라는 가만히 있을 수 없었다. 공포와 자기 보호 본능은 자취를 감추었다. 그저 그의 괴로움을 멈춰 주고 싶었다.

"양야야. 그만하거라."

그녀는 저의 몇 배나 되는 몸을 끌어안았다. 커다란 짐승이 비명을 지르며 몸을 비틀었다. 날카로운 발톱이 옷을 찢으며 파고들어 고운 피부를 긁어 댔다. 온몸이 쓰라리듯 아팠으나 환라는 팔을 놓지 않았다. 눈물과 피가 흐를 때마다 환라의 몸속에 있는 정기가 사방으로 퍼져 나갔다.

공기중의 사기가 환라의 기운에 뒤덮여 사라졌다. 그리고 서서히 양야에게 스며들기 시작했다. 환라의 피가 땅을 흥건히 적실 즈음, 양야가 돌연 움직임을 멈췄다. 동굴 안에 빛이 스며들기 시작했다. 시야가 밝아지자 환라가 고개를 들었다.

양야의 눈에서 서서히 안광이 사라졌다. 샛노란 홍채는 여전했으나 동공은 사람의 것처럼 돌아와 있었다.

"나를, 알아보겠는가?"

"환······."

사람의 말에 짐승의 목소리가 섞여 나왔다. 양야가 놀라 환라를 밀어 냈다. 그리고 자신을 내려다보았다.

팔뚝 윗면에는 검은 털이 빼곡하게 솟아 있었고, 아랫면은 사람처럼 매끈했다. 손은 사람의 모양이었으나 손바닥은 마치 동물의 것처럼 두껍고 거칠었으며 손톱 또한 날카로웠다. 얼굴은 확인할 수 없으나 어떤 모습일지 뻔했다.

양야는 당황한 기색을 숨기지 못하며 몸을 돌렸다. 환라의 몸이 뒤로 훅 밀려 났다. 순식간에 양야에게서 열 보 정도 떨어지게 된 환라가 놀란 눈을 했다. 사람보다 조금 큰, 두 발로 선 짐승이 몸을 웅크린 채 떠는 게 한 눈에 들어왔다. 하지만 흉측하다기보다는 애처로웠다.

"양야. 내 여우. 두려워할 필요 없다."

부드럽게 달래며 환라는 발을 뗐다.

뒤에서 인기척이 들리자 양야는 발작하듯 몸을 웅크리며 소리쳤다.

"오지 마십시오!"

절박한 목소리에 환라가 걸음을 멈췄다. 동굴 안에 짐승의 숨소리가 가득 찼다. 그 소리가 벽에 부딪혀 다시 양야의 귀로 돌아왔다. 그는 제 숨소리가 징그럽고 섬뜩했다. 자신마저 그럴진대 환라는 오죽하겠는가 싶었다.

"가십시오."

"내가 그대를 두고 어딜 간단 말인가."

"괴이하고 보기 흉합니다. 그러니 제발, 오지 말고 돌아가십시오."

양야가 떨리는 목소리로 애원했다. 그는 두려웠다. 제 얼굴을 환라가 보면 대경실색할 것이 분명했다. 혐오하고 뒤돌아 도망칠 수도 있었다.

그녀에게 거부당하고 살아갈 수 있을까? 차라리 거부당하기 전에 그녀를 밀어 내는 게 낫지 않을까? 그런 생각 때문에 더 몸을 웅크리며 떠나라고 소리칠 수밖에 없었다. 그러나 환라는 그 등에 손을 얹었다. 찢어진 옷 틈으로 삐져나온 짐승 털이 손바닥을 간질였다.

"말하지 않았는가. 나는 그대가 어떤 모습이든 상관없다."

"직접 보시지 못해 그리 말씀하시는 겁니다."

"그럼 보여다오."

환라가 양야의 등에 볼을 기댔다. 그의 몸이 크게 움찔거렸다. 환라는 나란히 누웠을 때처럼 그의 몸을 끌어안고 다정히 쓰다듬었다.

"내 말이 진실인지 아닌지 증명할 수 있도록."

양야가 느리게 움직였다. 환라는 양야가 돌아설 수 있도록 한 물러나 주었다. 망설이고 주저하는 양야를 인내심 있게 기다렸다. 한참이 지나고 나서야 양야가 팔로 얼굴을 가린 채 뒤돌아섰다. 환라가 얼굴을 가린 팔에 손을 올렸다. 짐승과 사람의 모습을 뒤섞어 만든 듯한 팔이 마치 중력에 이끌리듯 서서히 아래로 내려갔다. 팔이 완전히 축 처졌을 즈음 환라가 부드러운 손길로 양야의 턱을 들어 올렸다. 두려움에 가득 찬 눈빛이 이상하리만큼 사랑스럽게 느껴졌다.

"내 여우."

그 목소리에 양야가 움찔거렸다. 환라의 눈동자가 양야의 모습을 샅샅이 살폈다.

머리 위에는 여우 귀가 쫑긋 솟고, 주둥이는 사람보다 조금 더 튀어나와 있었다. 볼을 뒤덮은 털과 뾰족한 송곳니는 아무리 봐도 사람의 것이 아니었다.

환라가 아무 말도 하지 않자 양야가 다시 몸을 돌리려 했다. 환라는 그의 볼을 잡고 입을 맞췄다. 양야가 눈을 크게 뜨며 뒷걸음질 쳤다. 접문을 통해 흘러들어온 정기 덕에 짐승의 모습은 거의 사라졌으나 당황한 양야는 그조차 느끼지 못하고 있었다.

환라는 굳은 양야에게 다가가 그의 품을 파고들었다. 양야가 반사적으로 환라를 마주 안았다. 그러자 양야의 몸이 조금 더 사람처럼 변했다. 환라가 그 가슴에 볼을 기댔다.

"내 오만이었다."

오만이라니. 무슨 뜻일까? 양야는 차마 물을 수 없었다. 다만 온몸이 땅 밑으로 꺼질 것만 같아 환라의 몸을 더 강하게 옭아맸다. 환라가 양야의 등을 쓰다듬었다. 아까와 단단한 근육만 느껴졌다.

"양야 그대가 원치 않으면 놓아줄 수 있을 거라 여겼다. 헌데 네가 곁에 없으니 깨어나도 악몽이 끝나지 않더구나. 맛도, 향도, 색도. 아무것도 느낄 수 없었다."

환라는 허리를 젖혀 양야의 얼굴을 바라보았다. 그의 얼굴은 예전처럼 돌아와 있었다. 하지만 아무도 신경 쓰지 않았다. 그들은 서로의 내면을 바라보았다.

"그대가 짐승이든 요괴이든 상관없다. 그러니 다시는 떠나지 말라."

양야가 다급하게 입을 맞췄다. 그의 눈에서 떨어진 물방울이 환라의 볼을 타고 흘렀다. 그는 고개를 비틀어 환라에게 더 깊이 입을 맞추며 절박하게 허리를 끌어안았다.

긴 입맞춤이 불안을 녹이고 서로에게 생기를 불어넣었다. 환라는 양야와 이대로 얽혀 연리지처럼 굳어 버린 대도 좋을 것만 같았다. 그러나 뒤에서 굉음이 울리자 정신이 번쩍 들었다. 양야는 환라를 놓아주고 그녀를 제 뒤에 세웠다. 이내 빛을 등진 채 동굴 안으로 누군가가 느긋하게 걸어들어왔다.

"허허허. 이거 내가 좋은 시간을 방해한 것 같구만."

노인 같은 웃음소리가 동굴 벽에 부딪혀 웅웅 울렸다. 곤두서 있던 긴장이 툭, 풀렸다. 양야가 안도의 숨을 내쉬자 환라가 그의 뒤에서 나왔다.

이와가 젊은 연인을 흐뭇하게 보는 노인처럼 웃으며 서 있었다. 곧 그 뒤로 묘은이 튀어나와 환라와 양야에게 달려왔다.

"양야 님! 무사하셔서 천만다행이옵니다. 제가 이와 님을 모셔 왔으니 이제 안심하셔요!"

묘은이 야옹 야옹 울며 양야의 다리에 머리를 비비적거렸다. 환라는 그 말을 듣고 이와의 정체를 알아차렸다.

"도와주셔서 감사합니다."

이와가 동굴 중앙에 덩그러니 서 있는 호리병을 쳐다보다가 고개를 들었다. 그리고 호리병을 주워 들며 허허허 웃었다.

"감사는 되었네. 어차피 나도 백호선에게 볼 일이 있었던 터라……. 결계는 내가 파훼해 놓았으니 어서 나가세."

"그리하겠사옵니다."

환라가 대답하며 양야의 손을 잡았다. 별안간 등 뒤에서 순풍이 느껴졌다. 뒤를 돌아보자 양야의 포삼 밑으로 삐죽 튀어나온 꼬리가 좌우로 힘차게 흔들리고 있었다. 그때마다 채찍 휘두르는 소리가 나며 미풍이 느껴졌다. 환라가 놀란 눈으로 양야의 얼굴을 보았다. 양야가 평온한 얼굴로 눈을 맞췄다. 그러나 머리 위로 솟은 여우 귀는 연신 쫑긋거렸다.

그 모습이 괴상하고도 귀여워 환라는 웃음을 터트렸다. 양야가 영문을 모르겠다는 얼굴로 환라를 보았다. 환라는 아무것도 아니라는 듯 고개를 저었다.

그들이 동굴을 막 벗어났을 즈음, 환라가 조용한 주변을 두리번거리며 물었다.

"백호선은 어떻게 하셨습니까?"

"허허허. 내가 장난질 좀 쳐 두었지. 아마 선인로(선인들이 다니는 길)를 헤매고 있을 걸세. 그래도 언제 돌아올지 모르니……!"

바람을 가르는 소리가 이와의 말을 끊었다. 별안간 긴 칼날이 이와의 몸을 꿰뚫었다. 무슨 일이 벌어진 것인지 인지할 틈도 없이 하늘이 시꺼멓게 뒤덮였다. 새하얀 머리를 허공에 휘날리며 백호선이 땅에 내려앉았다.

형형한 눈빛이 양야와 환라, 이와를 훑었다. 환라는 마른침을 삼키며 양야의 손을 꽉 쥐었다. 그리고 머릿속으로 이와가 쓰러지면 어떻게 도망쳐야 할지, 살아나갈 방법을 모색했다.

그러나 이와는 쓰러지기는커녕 제 몸을 꿰뚫은 검을 쑥 뽑아내고는 허허허 웃었다.

"이것 참. 과격한 건 예나 지금이나 똑같구먼."

"네놈. 남의 산에 와서 이게 무슨 행패냐?"

"허허허. 남의 산에다가 행패를 부린 건 자네가 먼저 아닌가?"

백호선의 눈 밑이 잘게 경련했다. 이와의 얼굴에서 일순 미소가 사라졌다.

"자네가 먼저 내 산에다 염매를 풀어놓지 않았나?"

백호선의 얼굴이 그녀의 머리카락만큼이나 새하얗게 질렸다. 이와는 냉기가 흐르는 눈으로 백호선을 응시했다.

"묘은이와 양야가 다녀간 뒤로 아이가 무섭다며 울기에 알아봤더니, 자네가 생때같은 아이를 납치하여 잔혹하게 살해하였다지?"

이와가 가볍게 혀를 차며 고개를 저었다.

"인세에 관여하면 어찌 되는지 알지 않나."

"닥쳐라!"

백호선이 발톱 같은 바람을 불러일으켰다. 하지만 이와는 뒷짐을 진 채로 그녀의 힘을 무산시켰다.

"낮말은 새가 듣고 밤말은 쥐가 듣는 법. 세상천지에 눈과 귀가 달렸다는 것을 모를 리 없는 신선이 어찌 그런 짓을 하였나."

안타깝다는 투로 혀를 찬 이와가 환라와 양야에게 가 보라는 듯 눈짓했다. 두 사람이 고개를 숙여 감사를 표하고는 산에서 내려가기 위해 움직였다.

순간, 백호선이 눈을 희번덕이며 두 사람을 노려봤다. 그러자 새빨간 불길이 양야와 환라의 앞을 막았다. 양야가 환라를 보호하듯 감싸며 뒤로 물러났다. 그 모습을 본 백호선이 이를 갈며 날카로운 손톱을 뻗었다. 그대로 몸을 날려 환라의 목을 틀어쥐려 할 때, 이와가 그녀의 앞을 막았다.

곧 땅이 거대한 파도처럼 일어나더니 불길을 덮고 백호선에게 밀려들었다.

"더는 미련하게 굴지 말게! 오기 전에 상제께 모든 사실을 알려놨네. 인간을 건들면 천벌을 재촉할 뿐이야. 곧 사람이 내려올 터이니 그때까지만이라도 속죄하고 더럽혀진 기운을 정화하게나."

"네가 뭔데 양야와 내 사이를 갈라놓는 것이냐! 네놈들이 뭔데 감히!"

맞물린 이가 어긋나며 소름 끼치는 소리를 내었다. 양야는 백호선의 화가 미치기 전에 환라를 안아 들고 반대 방향으로 뛰었다.

어차피 양야를 쫓아가 봤자 이와가 방해할 것을 알기에, 백호선은 이와에게 덤벼들었다. 그녀의 손이 이와의 심장을 노렸다. 이와가 백호선의 손목을 붙잡아 막았다.

백호선의 입꼬리가 양옆으로 쭉 찢어졌다. 그녀는 잡히지 않은 손을 뻗어 이와가 든 호리병 마개를 뽑아냈다. 시꺼먼 입구에서 지독한 기운이 뿜어져 나왔다. 놀란 이와가 호리병을 집어 던지며 물러났다. 사특한 기운이 독사처럼 꿈틀거리며 백호선에게 스며들었다. 그녀는 이와의 목을 조르며 칼날 같은 손톱을 박아 넣었다. 그리고 그를 집어던진 뒤, 요괴가 되기 전에 호리병의 뚜껑을 닫아 품에 넣었다.

이와가 정신을 못 차리는 사이 백호선은 양야의 앞을 막아섰다. 양야가 환라를 뒤에 숨기며 물러났다.

"내 여우. 이리 오거라. 내 품으로 와."

"도대체 제게 왜 이러시는 겁니까?!"

양야가 드물게 악에 받쳐 소리쳤다. 하지만 귀기를 띤 새파란 눈동자에는 한 줌의 죄책감도 깃들어 있지 않았다. 오직 애욕만이 넘실거릴 뿐이었다.

"말하지 않았느냐? 너를 연모한다. 이보다 더 중한 이유가 어디 있을까?"

백호선이 양야에게로 손을 뻗었다. 하지만 그녀의 손이 닿기 전, 이와의 말이 섬광보다 빠른 속도로 환라의 머릿속을 스쳐 지나갔다.

'사람을 건드리는 건 천벌을 재촉하는 일이라 했다.'

환라는 하늘을 봤다. 먹구름이 사라지고 있었다. 그 너머로 비치는 빛줄기를 보며 환라가 백호선의 앞에 섰다.

"환!"

당황한 양야가 그녀를 제 뒤로 보내려 했으나 백호선의 손이 더 빨랐다. 그녀는 손을 휘둘러 환라의 목을 움켜쥐었다. 동시에 양야의 몸이 튕기듯 뒤로 날아가 암석에 부딪쳤다. 백호선은 양야를 기절시킨 뒤 시퍼런 눈으로 환라를 노려봤다.

"너만 없었으면, 내가 염매를 보냈을 때 네가 곱게 죽었다면! 내 여우는 요괴가 되는 고통을 겪지 않아도 되었을 것이다!"

"웃기지, 마라. 그의 고통은 네⋯⋯."

"닥쳐라!"

"네가 품은 건⋯⋯, 연정이 아니라, 광기다."

"감히, 인간 따위가 건방지게! 내가 널, 내 손으로 죽이고 말 것이다!"

백호선의 손에 힘이 들어갔다. 숨넘어가는 소리가 들리자 백호선이 고개를 젖히며 크게 웃었다. 그녀는 궁지에 몰린 생쥐를 가지고 놀 듯 손에 힘을 풀었다가 환라가 숨을 들이마시려 하면 다시 목을 움켜쥐었다.

"건방 떤 대가로 아주 서서히, 고통스럽게 죽여 주마."

날카로운 기운이 환라의 몸에 자잘한 상처를 내며 휘몰아쳤다. 얇은 종이로 온몸을 저미는 듯한 통증에 환라가 몸을 비틀고 백호선의 손목을 할퀴었다. 그러나 백호선은 꿈쩍도 하지 않았다. 보다 못한 묘은이 달려들었으나 근처도 오지 못하고 나가떨어졌다.

눈앞이 새하얗고 어지러웠다. 몸에서 서서히 힘이 빠져나갔다.

그때 쿠구궁, 쾅! 하고 거대한 천둥소리가 들렸다. 하늘이 쩍 갈라지며 백호선의 머리 위로 날벼락이 떨어졌다.

"아아악!"

백호선이 몸부림치며 쓰러졌다. 그 덕에 환라는 백호선의 손아귀에서 풀려났다. 그녀는 바닥에 주저앉으며 숨을 몰아쉬고 기침을 터트렸다.

고개를 들자 청명한 하늘에 섬광이 번뜩였다. 폭발하는 소리와 함께 백호선의 머리 위로 다시 한번 벼락이 내리꽂혔다. 환라는 저도 모르게 몸을 웅크리며 뒤로 물러났다. 갑작스러운 빛으로 새하얗게 변했던 시야가 서서히 돌아왔다. 백호선이 고통스럽게 신음하며 땅에 엎드려 있는 게 보였다.

이내 한 줄기 빛이 땅으로 쏟아졌다.

멍하니 그 빛을 올려다보던 환라가 고개를 돌려 양야와 묘은을 찾았다. 때마침 묘은이 정신을 차리고 비틀거리며 일어나 몸을 부르르 떨었다. 그 모습을 확인한 환라는 묘은의 반대편에 쓰러져 있는 양야에게로 뛰어갔다.

"양야야. 정신 차려 보거라."

하늘에서 천둥처럼 울리는 소리에 환라의 목소리가 가려졌다.

"죄를 짓고도 다시 인간을 해하려 하다니!"

일어나려던 백호선이 다시 처박혔다. 지진이 난 것처럼 땅이 흔들리고 백호선의 밑으로 커다란 구덩이가 생겼다. 그 진동에 양야가 머리를 붙잡으며 눈을 떴다. 환라가 비틀거리는 그를 부축했다.

"괜찮은가?"

"괜찮습니다. 환은……."

괜찮냐고 물으려던 양야가 환라의 목에 난 손자국과 피투성이가 된 몸을 보고 얼굴을 일그러뜨렸다. 환라는 혹시라도 하늘에서 내려온 사람들이 분노에 찬 양야의 얼굴을 볼 새라 황급히 끌어안았다. 뒤에서 백호선의 고함이 들렸다.

"내 것을 빼앗으려 했습니다! 고작 인간 따위가! 내 가장 귀한 보물을 앗아 갔는데 가만히 두고만 있으란 말입니까?!"

"시끄럽다! 금지된 술법으로 사기를 모으느라 산을 돌보는 것은 뒷전으로 두고, 어린아이를 납치해 잔혹하게 죽여 염매로 만들었으며, 정괴에게 강제로 사기를 주입했으면서 반성한 기색은 하나도 없구나."

천지를 뒤흔드는 목소리에 환라는 정신이 어지럽고 속이 매스꺼웠다. 양야가 환라를 안아 들고 백호선에게서 멀어졌다. 백호선은 여전히 몸을 엎드린 채 꼼짝도 하지 못했으나 환라와 양야를 노려보는 눈빛만은 흉흉하였다. 양야는 환라를 제 품속에 가두며 지지 않고 백호선을 쳐다봤다.

궁지에 몰린 후에도 백호선의 열망은 양야를 향해 있었다.

근처에서 혀 차는 소리가 들렸다. 양야가 고개를 돌려 소리가 난 곳을 보았다. 어느새 멀쩡해진 이와가 묘은을 안아 들고 곁에 서 있었다.

"상제의 전령이시여. 그만 처벌을 내리십시오."

이와의 말에 선인이 검지로 백호선을 겨눴다.

"백호선의 죄가 명백한바, 모든 정기를 회수하고 산신의 직위를 박탈하며 반수의 모습으로 동굴에 봉인된 채 500년, 풀려난 채 500년을 사는 형벌을 내리노라!"

백호선의 몸 주위로 방대한 정기가 휘몰아치며 빠져나왔다.

"안 돼!"

백호선은 허공을 파헤치며 흩어지는 기운을 다시 모으려 했으나 역부족이었다. 그녀는 양야가 요괴가 될 때처럼 괴로워하며 몸부림쳤다.

"이럴 순 없다! 내가 이 산을 얼마나 애지중지 아끼고 다스렸는데, 이럴 순 없다!"

양야는 한때 모시던 선인이 나락으로 떨어지는 것을 차마 볼 수 없어 고개를 돌렸다. 하지만 환라는 그의 품을 벗어나 백호선의 모습을 두 눈으로 똑똑히 지켜보았다. 마음속에 깊이 자리한 복수심과 원한, 증오를 지우지 않는다면 다음에 저 자리에 있는 건 백호선이 아니라 양야일지도 모른다. 깨닫자 찬물을 뒤집어쓴 것처럼 정신이 번쩍 들었다.

'이미 배신한 자들을 증오하느라 귀한 이를 잃을 뻔한 경험은 한 번으로 족하다.'

환라는 제 감정을 다스리고 또 다스렸다.

그러는 사이 양야가 갇혀 있던 동굴에서 수십 개의 손이 뻗어져 나와 백호선을 끌어당겼다. 백호선은 땅을 할퀴고 발버둥 치며 양야의 이름으로 비명했다.

"양야! 양야, 양야야!"

하지만 오래 버티지 못하고 이내 동굴 속에 갇히고 말았다. 동굴 안에서 쿵, 쿵, 치받는 소리와 악에 받친 비명이 계속해서 울렸다.

상제의 전령은 만족한 얼굴로 동굴을 보다가 환라와 양야, 이와 묘은에게로 고개를 돌렸다. 그러자 양야와 이와, 묘은이 절을 올렸다. 환라 또한 얼떨결에 절을 올렸다. 고개를 들자 인자한 미소를 띤 상제의 전령이 보였다.

"고생이 많았다. 특히 양야. 네가 당한 고충은 이루 말할 수가 없구나. 원하는 것이 있거든 말해 보거라."

"저는……."

양야가 허리를 세우고 환라를 보았다. 그녀와 눈을 맞춘 채 양야가 입을 열었다.

"인간이 되고 싶습니다."

"흐음……."

상제의 전령이 고민하는 듯한 소리를 내었다. 양야는 기대하는 눈으로 상제의 전령을 올려다보았으나 그녀는 이내 고개를 저었다.

"그건 불가능하다."

"……하지만 저승 명부에 이름을 올리고 짐승의 모습을 벗으면 가능하다 들었습니다."

"그것은 편법일 뿐이다. 명부를 조작하는 것은 삼세계(선계, 인계, 명계)를 어지럽게 하는 일. 허락할 수 없다."

"그럼 어찌해야 사람이 될 수 있습니까?"

"선인이 되어 직접 환생문에 뛰어드는 수밖에. 다른 방법은 없다."

양야는 이를 악물었다. 그의 얼굴에 숨길 수 없는 비통함이 스쳤다. 그가 얼마나 절실하게 사람이 되길 원했는지 여실히 느껴지는 표정이었다. 환라는 마음이 미어지는 것 같아 양야의 손을 꼭 쥐었다. 양야가 고개를 돌렸다. 정신이 없어 알아차리지 못했으나 지금 보니 환라의 몸 이곳저곳에 수없이 많은 상처가 나 있었다. 그의 시선을 눈치챈 환라가 달래듯 말했다.

"이건 백호선에게 당한 상처다."

"저 때문에 난 상처도 많다는 것 압니다. 제가 또 이성을 잃고 환을 해치기라도 한다면……."

두 사람의 말을 듣고 있던 상제의 전령이 고개를 끄덕였다.

"그래. 그게 문제로구나."

양야가 고개를 돌렸다. 상제의 전령이 부처와 같은 미소를 지으며 손을 뻗었다. 이내 그녀의 손끝에서 하늘의 기운이 피어올라 양야를 둘러쌌다. 그리고 투명한 막을 이루더니 양야의 몸속으로 스며들었다.

"네가 외부의 사기에 물드는 걸 막아 줄 것이다."

양야는 제 손을 살펴봤다. 얇은 막이 온몸을 둘러싸고 있었다. 외부의 사기에 물들지 않는다면 인간이 많이 모인 곳에 오래 있어도 요괴가 되지 않을 것이다. 정기가 부족해지면 두통이 오긴 하겠지만 사기를 막을 필요가 없으니 정기가 소진되는 주기도 길어질 것이다. 인간은 아니지만 이제 환라의 곁에 걱정 없이 머물 수 있었다.

"감사합니다."

양야가 인사하며 환라의 손을 잡았다. 상제의 전령은 마주 잡은 손을 바라보다가 말을 덧붙였다.

"그러나 네 마음에서 생겨난 사기와 이미 몸에 스며든 사기는 없애 주지 못하니, 인세로 나가려거든 산에 머물며 몸을 정화하거라."

"예."

"업보를 많이 쌓으면 선인이 되지 못하니 그 또한 항상 유념하라."

선인이 되지 못한 정괴는 자연의 흐름을 따라 살다가 언젠가 소멸하고 만다. 환라는 계속 환생할 테니 함께 환생하거나 내세의 그녀를 찾아내려면 양야는 선인이 되어야만 했다.

"명심하겠습니다."

상제의 전령이 빛에 휘감기며 떠오르다 하늘로 사라졌다.

이와가 자리를 털고 일어나 동굴 쪽으로 돌아섰다.

"백호선을 저리 둬도 되려나?"

이와의 말이 끝나기가 무섭게 무관의 옷을 입은 선인 두 명이 나타났다. 그중에 아는 얼굴이 있는지 이와가 반가운 표정을 지었다.

"허허허. 자네 선인이 되었구먼. 보아하니 천군이 된 듯한데."

"맞습니다. 500년 동안 동굴을 지키라는 명을 받아 내려왔습니다."

사내가 머리를 긁적이며 대답하고는 양야와 환라, 묘은에게 말했다.

"여기는 우리가 지킬 터이니 자네들은 걱정하지 말고 할 일들 하시게."

묘은이 그제야 안도의 한숨을 내쉬며 여기저기에 인사를 올리고는 폴짝폴짝 뛰어 숲속으로 사라졌다. 이와는 선인 둘이 동굴로 가는 것을 보다가 양야와 환라에게로 몸을 돌렸다. 눈이 마주치자 양야가 꾸벅 고개를 숙였다.

"도와주셔서 감사합니다, 어르신."

"어르신이 아니래도. 허허허."

환라는 양야의 눈에 떠오른 장난기를 읽고 작게 웃음을 터트렸다. 당장에라도 양야의 양 볼을 콱 꼬집을 것처럼 손을 뻗던 이와가 환라의 웃음소리에 고개를 돌렸다. 그는 피에 젖은 환라의 옷을 보다가 혀를 찼다.

"쯧쯧. 몸 상태가 말이 아니구먼."

이와가 손을 뻗었다. 곧 생경한 기운이 환라를 둘러싸더니 통증을 모두 거둬 갔다. 환라가 놀란 눈으로 말끔해진 제 몸을 바라보다가 이와를 향해 깊이 고개를 숙였다.

"선뜻 도와주시고 치료까지 해 주시니, 이 은혜를 어찌 갚아야 할지 모르겠사옵니다."

"갚기는. 되었네. 산신 하나가 욕정에 눈이 멀어 인세를 어지럽혔으니 같은 산신으로서 면목이 없네."

"그래도 보은을 하고 싶사옵니다."

"흠……. 세상사 어찌 될 줄 모르는 법이니 일단 그 인사는 받아 두겠네. 나중에 일이 생기면 보세나."

이와는 환라의 어깨를 가볍게 토닥이고는 돌연 사라져 버렸다.

환라는 그제야 양야를 보았다. 눈이 마주치자 양야는 미소를 감추지 못하며 환라를 끌어당겼다. 둥그런 눈과 살짝 벌어진 입술이 사랑스러웠다. 입을 맞추자 뾰족한 송곳니가 환라의 윗입술을 살짝 스쳤다.

"음."

환라의 입에서 막힌 신음이 흘렀다. 곧 입 안에 비릿한 향이 감돌았다. 양야가 얼음물을 뒤집어쓴 사람처럼 놀라며 물러났다. 그리고 새파랗게 질린 얼굴로 도망갈 것처럼 뒷걸음질 쳤다. 환라는 반사적으로 양야의 손을 붙잡았다. 손끝이 한겨울의 쇠붙이만큼이나 차가웠다.

양야는 마치 자신이 환라의 온몸을 할퀴기라도 한 듯 두려움에 떨었다. 아주 작은 상처였으나 동굴에 갇혀 있을 때를 떠올리게 하기에 부족함이 없었기 때문이었다. 환라는 그런 그를 끌어안고 등을 다독이며 혀로 상처를 훑어보았다.

"입술이 말라서 갈라진 것만 못한 상처다."

다정한 목소리에 힘이 잔뜩 들어갔던 몸이 조금 풀렸다. 하지만 미안한 마음은 여전했다. 그는 긴 숨을 내쉬며 환라를 안았다.

"사기를 정화하기 위해 조용한 곳으로 가야겠습니다."

"그러고 보니 여기는 양야 그대가 살던 곳이었지. 원래 살던 집이 아직 있는가?"

"아마 있을 겁니다."

"가 보고 싶구나."

양야가 힘없이 웃으며 환라의 손을 잡고 걸음을 옮겼다.

선선한 바람이 불자 노랗고 붉은 낙엽이 가랑비처럼 내렸다. 아까의 일은 전부 거짓이었다는 듯 산은 고요하고 평화로웠다. 호랑이 굴을 지나 조금 더 걸어가자 곧 커다란 동굴 하나가 더 나왔다. 안에는 탁자와 의자 하나, 좁은 침상이 있었다. 환라는 신기하다는 눈으로 둘러보며 안으로 들어갔다. 뒤따라온 양야가 환라에게 의자를 내주었다.

"여기 앉으셔서 좀 기다려 주십시오. 저는 사기를 정화하겠습니다."

환라가 자리에 앉자 양야는 침상 위로 올라가 가부좌를 틀었다. 두껍고 풍성한 꼬리가 그의 허벅지를 감싸듯 늘어졌다. 환라는 그 꼬리를 가만히 보다가 시선을 옮겼다. 이번엔 양야의 머리 위에 달린 여우 귀가 눈에 들어왔다.

환라가 편하게 앉기 위해 움직이자 여우 귀가 쫑긋거렸다. 그 모습이 제법 귀여워, 환라의 얼굴에 미소가 절로 피어났다. 문득 저번에 만졌던 여우 귀의 촉감이 생각났다. 보들보들하고 얇고 따뜻한 것이 손끝에 아른거리는 듯했다.

'허락 없이 만지지 않겠다 약조하는 게 아니었는데.'

환라는 아쉬운 눈으로 여우 귀를 바라보다가 자리에서 일어났다. 양야의 얼굴과 몸은 미동도 없었으나 꼬리는 바짝 서서 좌우로 살랑였다. 환라가 걸음을 멈추자 꼬리도 바닥으로 내려왔다.

다시 움직이자 발소리에 맞춰 새까맣고 커다란 꼬리가 살랑였다. 환라는 괜히 양야의 주변을 돌아다니며 꼬리의 반응을 살폈다. 무관심하고 평온한 얼굴과 달리 환라에게 온 신경이 쏠린 게 눈에 보였다.

환라의 인기척이 느껴질 때마다 움찔거리고 살랑이는 게 양야의 본심이라고 생각하니 배 속을 꼬리로 간질이는 것처럼 연신 웃음이 터져 나왔다. 맑은 웃음소리에도 양야는 여전히 미동조차 없었다. 그러나 뾰족한 귀는 환라의 목소리가 들리는 쪽으로 돌아갔고, 꼬리 또한 아까보다 거세게 흔들렸다.

'잡으면 놀라겠지.'

그렇게 생각하면서도 환라는 몰려드는 충동을 참기가 어려웠다.

그녀가 슬그머니 손을 뻗을 때였다. 양야가 불쑥 손을 뻗어 환라의 팔을 잡아당겼다. 환라의 몸이 그대로 양야에게 딸려 가며 휘청거렸다. 양야는 그녀를 안아 침상에 눕히고 그 위로 올라탔다.

환라가 인지할 수도 없을 정도로 순식간에 벌어진 일이었다.

"자꾸 유혹하시면 집중을 할 수 없습니다."

환라가 미소 띤 얼굴로 고개를 기울였다. 영문을 모르겠다는 표정을 하자 양야가 웃으며 고개를 숙였다. 환라는 눈을 감았으나 입술에는 아무것도 닿지 않았다. 의아하게 여긴 환라가 눈을 떠 양야를 보았다. 그는 잠시 망설이다 잇새를 혀로 훑었다. 송곳니가 날카롭지는 않은지 확인하기 위함이었다. 그러나 환라에게는 붉은 혀끝이 입술 사이를 요염하게 오가는 것처럼 보일 뿐이었다.

'유혹하는 게 누구인데.'

배 속에서 끓어오르는 열기가 목구멍을 타고 올라왔다. 입 안이 바싹 마르는 듯했다. 환라는 양야의 입술을 빤히 바라보며 그의 목에 팔을 둘렀다. 살랑이는 꼬리가 환라의 팔뚝을 간질였다. 그녀는 저도 모르게 양야의 꼬리를 잡았다. 손으로 휘어 감으며 당기듯 쓰다듬자,

"읏."

양야의 입술 사이로 묘한 신음이 흘렀다. 눈을 감은 채 미세하게 미간을 찌푸린 얼굴이 지독히도 외설적이었다. 환라는 참지 못하고 양야의 목을 끌어당겨 입을 맞췄다. 숨과 숨이 얽히고 서로의 몸이 빈틈없이 맞물렸다. 천 너머의 윤곽을 더듬는 것만으로는 만족할 수 없었다. 양야는 뜨거운 손으로 환라의 몸을 감싼 천 사

이를 파고들었다.

동시에 쾅! 하는 폭발음과 함께 땅이 뒤흔들렸다. 양야는 환라에게서 떨어져 몸을 일으켜 세웠다. 환라 역시 일어나 옷을 단정하게 고쳐 입었다.

"이게 무슨 소리인가?"

"동굴에서 들린 듯한데, 확인해 봐야겠습니다."

"함께 가겠다."

환라가 일어나 양야의 손을 잡았다. 양야는 환라의 손에 깍지를 낀 채 백호선이 갇힌 동굴로 향했다. 새까만 동굴 안을 들여다보고 있던 선인 둘이 기척을 느끼고 고개를 돌렸다. 양야가 그들에게 물었다.

"무슨 일입니까?"

"별것 아니네. 갑자기 심하게 날뛰기에 결계를 강화했을 뿐이야."

선인들은 대수롭지 않게 말했다. 동굴 안을 자욱하게 채웠던 검은 연기가 가라앉자 쓰러진 백호선의 모습이 드러났다. 불안한 마음이 양야의 얼굴에 고스란히 드러났다. 그 표정을 보며 환라는 내심 양야가 백호선을 가엾게 여길까 염려되었다.

"양야야. 돌아가자."

환라가 맞잡은 손을 가볍게 끌자 양야가 몸을 돌렸다. 순간, 백호선이 눈을 번쩍 떴다.

새파란 눈에 애증이 넘실거렸다. 백호선의 시선은 양야의 뒷모습에서 떨어지지 않았으나 그는 단 한 번도 뒤돌아보지 않았다.

백호선이 낮게 으르렁거리며 품에서 호리병을 꺼냈다. 이와와 대치할 때 숨겨 놓은, 사기가 담겨 있는 호리병이었다. 그녀는 선인들이 보지 않는 틈을 타 마개를 열었다. 그리고 뒤틀린 욕정과 새까만 애정을 단숨에 들이켰다.

다시 한번 쿵! 땅이 울렸다. 결계에 얇은 금이 갔다. 선인들은 한숨을 내쉬며 순식간에 결계에 난 금을 메웠다.

그러나 백호선의 변화만큼은 눈치채지 못했다.

* * *

이른 아침이건만 흑수궁(황후의 궁)에는 술 냄새가 진동했다.

능윤은 인상으로 찌푸리며 벌써 며칠째 음악과 웃음소리가 끊이지 않는 흑수궁 안으로 들어갔다. 영로의 방문 앞에 서자, 뛰어난 미색의 젊은 사내가 환관 차림으로 나왔다. 사내는 조롱 섞인 눈으로 능윤을 훑어보고는 스쳐 지나갔다.

능윤은 사내의 움직임을 따라 고개를 돌렸다. 환관복 밑으로 화려한 복식이 삐져나와 있었다. 굳이 묻지 않아도 능윤은 사내가 영로의 방에 나온 이유를 알 수 있었다. 황후와 밤을 보낸 것이다. 능윤은 이를 악물고 뜨거운 투기를 삼켰다.

"내가 왔다고 고해 주게."

문을 지키던 궁인이 고개를 숙이고 안에 능윤이 왔음을 알렸다. 곧 문이 열렸다. 능윤은 문가에 서 있는 향옥과 윤미에게 눈짓으로 인사하고 영로에게 다가갔다.

"또 사내를 들이셨사옵니까?"

"사통한 부인에게 추궁하듯이 말하는구나."

차라리 영로가 제 부인이었다면 능윤의 마음이 이토록 비참하지는 않았을 터였다.

능윤은 영로의 방탕함을 질책할 위치가 못 되었다. 20년 동안 그녀의 곁을 지켰으나 그 사실은 변함이 없었다. 보이지 않을 정도로 얇게 벼려진 말이 능윤의 가슴을 베어 냈다. 마치 질투심을 가질 자격조차 없음을 일깨워 주는 듯했다.

그는 말문이 막혔다. 투기가 용암처럼 끓어오르는데 쏟아 낼 구멍이 없었다. 격정적인 감정이 그의 심장을 두드리고 몸을 뒤흔들었다. 그가 할 수 있는 것은 눈을 질끈 감고 인내하는 것뿐이었다. 일그러진 얼굴을 빤히 보던 영로가 잔혹한 색감의 미소를 입에 물었다.

"그리 마음에 들지 않으면 네가 하겠느냐?"

능윤이 눈을 떴다. 그리고 영로를 보았다. 그녀가 저를 조롱하는 것인지 진심으로 제안하는 것인지 가늠하는 듯했다.

이내 능윤의 눈동자에 환희와 기대감이 차올랐다. 영로의 마음을 한 조각만이라도 얻을 수 있다면 20년의 세월이 대수랴. 남은 평생을 모두 바칠 수도 있었다.

그러나 차갑고 무심한 영로의 눈을 보는 순간 환희는 절망이, 기대는 수치심이 되었다.

'정녕 제 마음은 이용하기 좋은, 한낱 도구일 뿐입니까.'

그렇게 묻고 싶었으나 목소리가 나오지 않았다. 돌아올 대답을 뻔히 알기 때문이었다.

"……참으로, 잔인하십니다."

"강요할 생각은 없다. 사내는 차고 넘치니."

반평생이 넘는 세월 동안 마음을 바친 이에게 성적으로 이용당해야 하는 치욕스러움을 어찌 말로 다 표현할 수 있으랴? 하지만 그를 더욱 낯뜨겁게 만드는 것은 제 마음이었다. 영로가 다른 이와 몸을 섞는 걸 내버려 두느니 차라리 자신이 그녀를 취하고 싶다는, 그녀를 탐할 기회를 놓치고 싶지 않다는 제 추악한 욕망이었다.

"제가……, 하겠사옵니다."

"그래. 그래야지."

그럴 줄 알았다는 듯한 목소리에 능윤이 두 주먹을 질끈 말아 쥐고 입술을 깨물었다. 그 아래로 가는 핏줄기가 흘렀다. 영로는 품에서 손수건을 꺼냈다. 보라색 연꽃이 눈에 들어왔다. 그녀는 차마 고개를 숙인 채 치욕을 참고 있는 능윤에게 이 손수건을 건넬 수 없었다. 다만 고개를 돌려 능윤을 외면할 뿐이었다.

"유 여사는 그 약을 가져다주시오."

향옥이 잠시 한숨을 내쉬었다. 하지만 다른 명령은 떨어지지 않았다. 그녀는 잠시 방을 나갔다가 물이 담긴 찻잔 하나와 환약 여러 개를 가져왔다. 그리고 그것을 능윤에게 내밀었다. 능윤이 잠시 환약에 시선을 두었다가 물었다.

"이게 무엇입니까?"

"정력을 보강해 주는 환약이다. 기껏 기회가 왔는데 나를 만족시키지 못하면 쓰겠느냐?"

능윤은 이를 악물고 환약과 물을 삼켰다. 그리고 영로의 뒤로 다가가 그녀의 머리를 틀어 올린 장신구들을 빼냈다. 단단한 손이 머리카락 밑을 파고들어 두피를 더듬었다. 침상에 누웠을 때 머리카락 속에 파묻힌 장신구가 두피를 찌르지 않도록 하기 위함이었다.

항상 하던 행동이지만 오늘만큼은 달랐다. 수백 가닥의 머리카락이 손가락 사이를 간질이며 흘렀다. 그 감촉이 하나하나 세세하게 느껴졌다. 마치 들으라는 듯 영로의 입에서 얕고 긴 숨이 흘렀다.

"하……."

능윤의 손이 멈칫거리다 미끄러지듯 움직였다. 안마하듯 목덜미를 누르며 내려온 손이 영로의 어깨를 감싸 쥐었다. 영로가 고개를 돌려 능윤을 보았다. 정욕이 횃불처럼 타오르는 눈동자가 그녀를 응시하고 있었다. 그녀는 능윤의 손을 잡아끌었다. 그 손길에 이끌려 입을 맞추며, 능윤은 영로를 안아 들고 침상으로 향했다.

여전히 심장이 무너져내리는 듯 절망스러웠으나 수십 년간 바라 온 입맞춤은 달기만 했다. 환락인지 비통함인지 모를 감정이 능윤의 가슴을 쥐고 비틀었다. 그러나 절대 눈물을 보이지 않으리라 다짐하며 능윤은 입술을 떼어 냈다.

"사람을 물려 주시옵소서."

영로가 고개를 끄덕이며 향옥과 윤미에게 나가라고 손짓했다. 문 닫는 소리가 들리자 능윤은 다시 영로에게 입을 맞췄다. 간절하고 애절한 입맞춤이 연달아 이어졌다. 그 마음을 견디기가 어려워, 영로는 애써 이죽거렸다.

"입만 맞추다 끝나겠구나."

능윤이 이를 악물고 손을 움직였다. 비단 천이 마구 스치며 구겨지는 소리, 침상 밖으로 떨어지는 소리가 방 안을 가득 채웠다. 두 사람의 호흡이 열기를 품고 몸 밖으로 빠져나왔다. 능윤은 영로의 정염이 식지 않도록 공을 들여 그녀를 어루만졌다. 그러나 몸이 뜨거워질수록 눈앞이 흐려졌다.

눈물 때문은 아니었다. 그는 알 수 없는 통증에 결국 움직임을 멈추고 바닥을 짚은 채 고개를 숙였다. 곧 엄청난 격통이 배를 쑤셨다.

"헉!"

허리가 둥글게 말리며 능윤의 이마가 영로의 가슴에 닿았다. 영로는 능윤의 뒷덜미를 다정한 손길로 쓰다듬었다.

"이제 약효가 도는 모양이구나."

능윤이 천천히 고개를 들어 영로를 바라봤다. 저에게 무엇을 먹인 것이냐 묻고 싶었으나 토기가 목구멍을 막았다. 온몸에 식은 땀이 흐르고 날카로운 것으로 창자를 끊어 내는 듯했다. 하지만 영로의 침상에 구역질할 수는 없었다.

능윤은 도망치듯 자리를 박차고 침상 밖으로 나갔으나 문에 닿기도 전에 쓰러지고 말았다. 바닥을 기는 능윤은 보며 영로가 자리에서 일어나 옷깃을 여몄다.

"밖에 윤미 있느냐?"

"예, 폐하."

"들어오너라."

문이 열리며 윤미와 향옥이 건장한 환관들을 대동하고 들어왔다.

영로는 정신을 잃은 능윤에게 다가가 그의 옷을 여며 주었다. 그리고 함에서 향낭을 꺼내 윤미의 손에 쥐어 주었다.

"중간에 한 번 깨어날 것이다. 그때 향낭에서 장미와 당귀, 철쭉을 빼고 씹어 먹게 하여라. 반나절이 지나기 전에 해독하면 아무런 지장이 없을 터."

영로는 잠시 말을 멈추고 소매로 능윤의 입가를 손수 닦아 주었다.

"멍석으로 덮어 몰래 데리고 나가거라. 그리고 군사를 보내 줄 테니 중경이 안전해질 때까지 밖으로 나오지 못하게 하려무나."

"예, 폐하."

환관들이 멍석으로 능윤의 몸을 말아서 들어 올렸다. 윤미는 착잡한 표정으로 능윤을 보다가 영로에게 절을 올렸다.

"다녀오겠사옵니다, 폐하."

"돌아오지 말아라."

"다녀오겠사옵니다."

윤미는 고집스럽게 대답하고 밖으로 나갔다. 영로는 문이 닫힌 뒤에도 한참 그 자리에 서서 발소리가 멀어지는 것을 들었다.

그러다 주변이 완전히 고요해졌을 때, 향옥에게로 몸을 돌렸다.

"유 여사는 태자가 밖에서 사용했던 거처를 불태우고 비밀통로를 바위로 막아 주시오."

"그리하겠사옵니다, 폐하."

"그리고 멍석으로 말아서 빼돌린 사내는 내가 가지고 놀다 죽인 자라고 소문내 주시오."

"예, 폐하."

향옥이 대답하고 밖으로 나갔다.

영로는 커다랗고 텅 빈 방 중앙에 홀로 한참을 서 있다가 궁인들을 불렀다. 몸을 단장하고 방 밖으로 나갔다. 대문을 지나 계단 앞에 서자 조정 대신들이 기생을 끼고 떠들썩하게 웃으며 연회를 즐기고 있는 게 보였다.

영로의 고운 아미가 잠시 찌푸려졌다. 그러나 이내 얼굴을 풀고 상석에 앉아 춤사위를 바라봤다.

곧 미남자들이 그녀의 곁으로 와 술잔을 채워 주었다.

국정을 돌보는 이는 없었다. 그들은 나라에 대한 걱정을 나누는 대신 웃음과 음악을 나눴다. 해가 지고 한참이 지나자 술에 취해 기절한 자들이 생길 지경이었다.

하지만 연회는 이어졌다. 영로가 무료한 얼굴로 술을 마시는 사이, 사혁이 머무는 전각에서 커다란 비명이 들렸다.

"으아아악!"

며칠 전부터 간간이 들리던 소리였다. 멀리서 병사들이 달려가는 게 보였다. 그 소리로 주변이 소란스러워지자 영로는 제 곁에 붙어 있는 사내들을 밀어 냈다.

"흥이 깨지는구나. 연회를 파하라."

궁인들이 술에 취한 대신들과 술상을 치우기 시작했다. 영로는 사내 하나를 골라 방 안으로 들어왔다. 문이 닫히자마자 사내가 얇은 옷을 벗으며 요염한 미소를 입에 물었다. 영로는 침상에 반쯤 드러누워 턱을 괴고 그 모습을 구경했다. 천천히 다가온 사내가 영로를 눕히며 그 위로 올라왔을 때였다.

쾅! 하고 문이 열리며 사혁이 쳐들어왔다.

"누구는 하루가 멀다 하고 자객에게 목숨을 위협당하는데 누구는 재미나 보고 있다니."

사혁이 사납게 웃으며 피 묻은 칼을 털어 냈다. 허공을 날아온 자잘한 핏방울이 영로의 위를 점령한 사내의 볼에 튀었다. 사내의 얼굴이 새하얗게 질렸다. 영로가 짜증스러운 얼굴로 손짓하자 사내가 인사를 올리고 도망치듯 방을 나갔다. 고요해진 방 안에 영로의 한숨 소리가 퍼졌다.

"내가 타락했다는 소문이 퍼져야 그걸 빌미로 대장군이 궁을 습격하지 않겠소? 그래야 그대도 일을 빨리 마무리 짓고 고국으로 돌아갈 터인데."

"참으로 대단한 배려이십니다, 황후 폐하."

"알면 이리 무례하게 들어오는 짓은 삼가시오."

그러나 사혁은 물러나기는커녕 사나운 얼굴로 성큼성큼 영로에게 다가왔다. 피가 묻어 붉게 빛나는 칼날을 보던 영로가 삐딱하게 고개를 들어 올렸다. 눈이 마주치자 사혁이 검을 옷에 문질러 닦고 검집에 집어넣었다.

"궁으로 쳐들어올 것이 대장군이 맞긴 합니까? 소문에는 태자가 살아 있다던데."

"헛소문이나 신경 쓰고 다니다니, 퍽 할 일이 없으신가 보오?"

영로가 자리에서 일어나 사혁에게 바짝 다가갔다.

"태자는 죽었소. 그대 눈으로 직접 확인하였으면서 항간에 떠도는 뜬구름 잡는 소문을 믿는 것이오?"

그녀는 사혁을 밀어 내고 그 옆을 지나쳤다.

"보나 마나 민심을 뒤흔들기 위해 대장군이 헛소문을 퍼트린 것이겠지. 대전에 뿔 달린 닭이 나타났다는 소문도 있던데, 어디 그것도 믿는다 말해 보시오."

터무니없는 소문이 나오자 사혁의 기세가 조금 가라앉았다. 그 얼굴을 보며 영로가 입매를 비틀어 올렸다.

"괜한 것으로 사람을 괴롭히려거든 찾아오지 마시오."

그녀는 손수 문을 열고 사혁에게 나가라고 눈짓했다.

사혁은 영로의 얼굴을 빤히 보았다. 그녀의 얼굴에 깃든 거짓이나 비열함을 찾는 듯했다. 그러나 영로는 눈 하나 깜짝하지 않고 안 나가고 뭐 하냐는 얼굴로 사혁을 쳐다봤다.

사혁은 큰 걸음으로 방을 나왔다. 문밖에서 기다리고 있던 부하가 사혁의 뒤를 따랐다.

그는 부하를 대동한 채 걸으며 영로의 말을 곱씹었다. 틀린 부분은 없었다. 그는 제 눈으로 태자의 시신을 확인했으며 대장군의 군대는 습격을 준비하기라도 하듯이 감쪽같이 사라졌다.

'뭔가 찝찝하단 말이야.'

무언가를 놓치고 있다는 생각을 지울 수 없었다. 그는 인상을 찌푸린 채 제 방으로 향했다. 인적이 드문 곳에 접어들자 부하가 목소리를 낮춰 말을 걸었다.

"차라리 파황후를 지금 죽이심이 어떠하십니까? 숨기면 아무도 모를 것입니다."

"멍청한 소리. 매일 저리 떠들썩하게 연회를 열다가 멈추면 지나가던 개라도 황후가 사라진 것을 알 것이다. 게다가 황후의 군사가 와해 될 텐데, 대장군의 군사와 맞서기엔 우리 군의 수가 너무 적다."

"제 생각이 짧았습니다."

"되었다. 군대를 국경 쪽으로 옮겨 놓으라 서신이나 보내 둬라. 대장군이 죽으면 그대로 파황후를 처리하고……, 나는 제국을 가질 것이다."

* * *

양야는 하루 만에 원래의 모습을 되찾았다. 완전한 인간의 모습으로 돌아온 것이다. 그러나 환라는 내심 여우 귀를 깨물어 보지 못한 게 아쉬웠다. 그녀는 양야의 위에 누워 귀가 있던 부근을 만지작거렸다. 그 손길에 환라의 마음이 묻어났다. 양야가 웃음기 섞인 목소리로 물었다.

"아쉬우십니까?"

"조금은."

"흉측하다고 하실 줄 알았습니다."

"귀엽기만 하다."

양야가 환라의 얼굴을 끌어 짧게 입을 맞췄다. 간지러운 웃음소리를 내며 환라가 양야의 위에서 내려왔다. 그리고 물을 마시며 멀리 보이는 동굴 입구를 바라봤다. 볕을 쏟아 낼 것만 같은 하늘이 보였다. 이제 슬슬 돌아가야 했다. 그래야 여란이 걱정하기 전에 도착할 수 있을 것이다. 환라는 침대 근처를 서성이다가 고개를 돌렸다.

양야가 옆으로 누워 애정 어린 눈빛으로 그녀를 바라보고 있었다. 그는 더없이 자유롭고 편해 보였다. 하지만 그가 없는 삶이 얼마나 괴로운지 잘 알고 있었기에, 환라는 양야를 놓아줄 수 없었다.

"양야야."

양야가 나긋한 미소를 지으며 몸을 반쯤 일으켜 세웠다. 환라가 그에게로 손을 뻗었다.

"돌아가자."

양야는 기쁜 얼굴로 환라에게 다가가 입을 맞췄다. 그가 여우로 변해 몸을 숙였다. 환라가 등에 올라타자 그는 천천히 밖으로 나갔다.

청량한 공기가 폐를 가득 채웠다. 환라는 산책하듯이 걷는 양야의 위에 엎드려 누워 그의 몸을 꽉 끌어안았다. 그리고 부드러운 털에 볼을 문질렀다.

"황위를 되찾고 후계가 장성하거든 이곳에 돌아와 살자."

양야가 우뚝 걸음을 멈췄다.

"단둘이, 말입니까?"

"그래. 단둘이. 네가 황후가 되면 모든 걸 포기해야 할 텐데, 나도 한 번쯤 그리하여야 공평하지 않겠는가?"

인간이 속세를 버리는 것은 쉬운 일이 아니었다. 하물며 환라는 모든 것을 누리며 금지옥엽 자랐다. 그런 그녀가 모든 부귀영화를 포기할 수 있다고 말하자 양야는 당장 사람으로 변해 환라의 몸을 으스러지게 안아 주고 싶었다. 그러나 그가 제 충동을 실행하기도 전에 풀숲에서 작은 기척이 느껴졌다. 환라가 몸을 일으켜 세우고 고개를 돌렸다. 수풀이 잠시 흔들리는가 싶더니 자그마한 삵이 튀어나왔다.

"은인! 나도 데려가!"

묘은이 양야의 몸 위로 뛰어올라 환라의 앞에 자리를 잡았다. 환라가 묘은을 보며 걱정스러운 목소리로 물었다.

"구슬을 빼앗겼다 하지 않았는가?"

"맞아! 그런데 은인 옆에 딱 붙어 있으면 괜찮을 거야. 게다가 자꾸 호랑이 울음소리가 들린단 말야! 산에 있기 너무 무서워."

묘은이 오들오들 떨며 환라를 올려다보았다.

"나 좀 데려가 주면 안 될까? 내가 어디든 태워다 줄게! 그리고 나 심부름도 잘해!"

꼬리를 바짝 세우며 제 쓸모를 피력하는 모습이 귀여웠다. 환라가 웃음을 터트리며 그러겠노라 대답하려 할 때였다. 양야가 도술을 써서 환라와 묘은을 등에서 내려놓은 뒤 사람으로 변했다. 묘은은 혹시 양야가 반대할까 긴장하며 눈을 동그랗게 떴다.

양야는 환라의 허리를 끌어안고 제 대답만을 기다리며 앉아 있는 묘은에게 장난스럽게 말했다.

"우리를 한 시진(2시간) 안에 거처까지 데려다준다면 생각해 보마."

"한 시진은요! 반 시진(1시간)도 안 걸릴 것이옵니다!"

묘은이 커다랗게 변했다. 환라는 곧장 올라타지 않고 잠시 뇌동산에 머문 시간을 헤아려 봤다. 여란에게 돌아가겠다고 한 날까지 아직 시간이 남아 있었다.

"가는 길에 비밀통로와 칠각의 상태를 확인했으면 한다."

비밀통로가 아직 뚫려 있다면 황궁 안으로 잠입하는 데 사용할 수 있을 것이다. 만약 감시가 삼엄하거나 적군이 매복할 위험이 있다면 차라리 단단히 막아 놓는 게 나았다. 영로나 갈사혁이 통로를 이용해 도주할 수 없도록 말이다. 양야도 같은 생각이었기에 고개를 끄덕였다. 환라가 묘은의 위에 올라타자 양야가 그 뒤에 자리를 잡으며 묘은에게 말했다.

"비밀통로 앞으로 가 주렴."

"예, 양야 님!"

묘은은 자신한 대로 반 시진(1시간) 만에 두 사람을 비밀통로 앞으로 데려왔다. 문 앞을 막고 있던, 한지를 붙여 만든 가짜 바위는 진짜 바위가 되어 있었다. 게다가 주변엔 온통 탄내가 진동했다. 환라는 바람이 흐르는 곳을 따라 고개를 돌렸다. 하지만 불길은 보이지 않았다. 코를 킁킁거리는 묘은에게 환라가 부탁했다.

"이 바위를 치워 줄 수 있겠는가?"

"너무 큰데! 한번 해 볼게."

"내가 하마."

묘은이 힘을 주듯 인상을 찌푸리자 양야가 나서 손가락을 까딱였다. 그러자 바위가 옆으로 쿵 넘어졌다. 하지만 안으로 들어갈 순 없었다. 돌덩이와 모래, 자갈로 통로가 막힌 탓이었다. 환라는 천장까지 차오른 모래와 돌덩이를 바라보다 가까이 다가가려 했다. 그러자 양야가 뒤에서 허리를 끌어안았다.

"무너질 수도 있습니다."

"이 통로가 어디까지 막혀 있는지 알 수 있겠는가?"

양야가 환라에게 기다려 달라고 말한 뒤 통로로 다가가 손을 얹었다. 기운을 흘려보내자 통로의 내부가 눈앞에 그려지는 듯했다.

"중간은 텅 비었으나 두 개의 입구는 꽉 막혔습니다. 아마 다시 뚫으려면 제법 시간이 걸릴 듯합니다."

영로가 미리 막아 놓은 것이 분명했다. 그녀가 손을 썼다는 것을 알자마자 코끝을 스치는 탄내가 더욱 불길하게 느껴졌다. 환라는 저에게 다가오는 양야를 붙잡았다.

"원래 쓰던 거처에 가 봐야겠다."

"알겠습니다."

그가 눈짓하자 묘은이 두 사람을 태우고 달렸다. 탄 냄새가 그 속도만큼이나 빠르게 짙어졌다.

환라가 그 사실을 인지하기도 전에 새까맣게 탄 공터가 나타났다. 양야에게 보여 주기 위해 심으라고 명령했던 무궁화 나무들은 물론이거니와 아담한 크기의 집 또한 까맣게 그을려 주저앉아 있었다. 환라는 망연자실한 눈으로 잿더미가 된 나무들을 바라보았다. 양야가 다가와 어깨를 감싸 안아 주었으나 환라의 표정은 나아지지 않았다.

"거처 주변에 무궁화를 심어 두었었다. 헌데 너에게 보여 주기도

반변의 덫 205

전에 잿더미가 되었구나."

"그 때문에 표정이 그리되신 겁니까?"

양야가 웃음기 어린 다정한 목소리로 물으며 환라를 품에 꼭 안았다.

"내 표정이 어떻기에 그런 말을 하는가?"

"울상이십니다."

단단하고 모양 좋은 엄지가 환라의 눈 밑을 부드럽게 쓸었다. 그러고는 귀여워 죽겠다는 눈으로 그녀를 보다가 연달아 입을 맞췄다. 환라가 미소 지으며 제 얼굴이 진짜 그랬냐는 표정으로 묘은을 돌아보았다. 묘은은 모르겠다는 듯 고개를 저었다. 그녀가 보기에는 평소 같은 얼굴에 미간만 조금 찌푸린 것처럼 보인 까닭이었다. 어찌 되었든 입맞춤이 좋으니 상관없었다. 무궁화야 황위를 되찾고 다시 심으면 될 일이었다.

"칠각에게로 가겠다."

환라가 돌아서자 묘은이 알아서 몸을 낮췄다. 먼저 올라탄 그녀가 양야에게 손을 뻗었다. 양야는 환라의 손을 잡고 올라와 그녀를 끌어안았다. 그리고 대장군의 댁으로 향하는 내내 고개를 숙여 그녀의 표정을 살폈다.

다행스럽게도 환라의 얼굴에서는 분노나 증오, 복수심 같은 것은 보이지 않았다. 뇌동산의 정기가 그녀의 사기를 한 번 정화한 덕인 것 같았다.

'악몽을 꾸는 빈도도 줄었으면 좋겠는데.'

양야는 간절히 바라며 환라의 머리에 입을 맞췄다. 그러는 사이 묘은은 대장군의 집 앞에서 멈춰 섰다. 원래도 검소하게 살던 터라 하인이 많지 않았으나 오늘은 평소보다 더 조용했다. 잠시 의문을 품었으나 환라는 이내 궐겸이 했던 말을 떠올렸다.

'칠각을 보살필 최소한의 인원과 채령만 남았다고 했었지.'

그녀는 뒷마당으로 들어와 묘은의 위에서 내렸다. 묘은이 모습을 숨기고 환라의 곁에 바짝 붙었다. 환라가 양야와 함께 안으로 들어서자 하인들이 인사를 하며 채령을 불러왔다.

"전하!"

"외숙모님."

채령이 반가운 얼굴로 환라의 양손을 붙잡았다.

"잘 오셨어요."

"자주 얼굴을 비추지 못해 면구하옵니다."

"그런 말 마세요. 남도 아닌데요."

따뜻한 말투에 환라가 나긋한 미소를 머금었다. 채령이 그녀의 얼굴을 빤히 보다가 자연스럽게 팔짱을 끼며 걸음을 옮겼다.

"표정이 한결 밝아지셨네요."

"그렇사옵니까?"

"예. 여기 계실 땐 계속 표정이 어두우셔서 걱정했답니다. 이제 마음이 놓입니다."

채령이 기특하다는 눈으로 양야를 돌아봤다. 양야는 그 눈빛에 어떻게 반응해야 할지 몰라 살짝 고개를 숙여 화답했다.

채령이 흐뭇한 눈으로 고개를 끄덕이고 환라를 보자 그녀가 기다렸다는 듯이 물었다.

"태감은 좀 어떻사옵니까?"

"평소와 다를 바 없답니다. 깨어나실 때가 한참 지나셨는데……."

문을 열던 채령의 말이 뚝 그쳤다. 그녀의 눈이 동그랗게 변하며 입이 벌어졌다. 환라가 그 표정을 보고 한 박자 늦게 고개를 돌렸다.

방은 텅 비어 있었다.

누워 있어야 할 칠각은 어디에도 보이지 않았다.

"조금 전까지만 해도 누워 계셨는데……."

채령이 답지 않게 말끝을 흐리며 복도로 나가 두리번거렸다. 자신이 방을 잘못 찾아온 건가 싶었으나 그런 건 아니었다. 그녀는 근처에 있는 하인에게 물었다.

"이 안으로 누가 드나드는 것을 보았느냐?"

"아니요. 계속 서 있었지만 아무도 드나들지 않았습니다."

채령이 놀란 얼굴로 굳었다. 그사이 환라가 창문을 열었다. 밖에는 서로 다른 크기의 발자국 두 개가 벽을 따라 이어져 있었다. 그녀가 창을 넘어가기 위해 창틀에 손을 얹었을 때였다. 뒤에서 양야가 환라를 불렀다.

"전하. 이것 보십시오."

환라는 발자국의 방향을 유심히 본 뒤 양야에게 다가갔다. 탁자 근처에 서 있던 양야가 환라에게 서신을 내밀었다.

"이 위에 있었습니다."

환라는 서신을 받아 펼쳤다. 그 안에는 칠각의 글씨로 짧은 글이 쓰여 있었다.

[곧 찾아뵙겠사옵니다. 대장군 저택은 위험하니 몸을 피해 계시옵소서.]

환라는 복잡한 심경으로 서신을 쳐다보다가 묘은에게 물었다.

"여기서 칠각 외에 다른 자의 냄새가 나는가?"

묘은이 환라에게만 들릴 정도로 작게 속삭였다.

"응. 그, 태감 옆에 항상 붙어 있던 여자 있잖아! 이름이 여사였나? 그 여자 냄새가 나."

칠각이 향옥을 따라갔다. 몇 주간 누워 있다가 방금 일어난 사람이 창을 넘어갈 정도로 능숙하게 걸을 수 있을 리 없을 터, 칠각은 정신이 들었으나 깨어나지 못한 척을 하고 있었던 것이다. 하지만 왜? 어째서 그런 짓을 한 것일까?

고민해 봐도 의문은 해소되지 않았다. 대장군 저택은 위험하다는 글자만이 날카롭게 눈에 박혔다.

'믿어야 하는가, 외면해야 하는가?'

고민은 오래가지 않았다.

양야가 환라의 손을 잡아 이끈 탓이었다.

"말 여러 마리가 대장군 저택 쪽으로 오고 있습니다. 철이 부딪치는 소리가 나는 것을 보아 무장한 이들이 타고 있는 것 같습니다."

양야의 말대로 사혁이 무장한 군사를 이끌고 대장군 저택을 향해 오고 있었다.

환라는 잠시 편지를 봤다. 정황상 향옥이 와서 칠각에게 위험을 알려 준 것 같았다.

'그러나 그녀는 배신자이지 않은가?'

환라는 혼란스러웠다. 하지만 일단 자리를 피하는 것이 우선이었다. 그녀는 몸을 돌려 방문을 열었다.

"외숙모님. 저택에 사람이 몇이나 남아 있사옵니까?"

"다섯 명 정도 남아 있습니다. 혹시 무슨 일이 생긴 건가요?"

"이쪽으로 군사가 오는 모양입니다. 양야야. 앞문과 뒷문이 다 막혔는가?"

"아직 빠져나갈 정도로 멀리 있습니다."

"묘은아. 양야야. 너희는 하인들을 밖으로 도망치게 도와주어라."

양야는 가만히 서서 소리로 거리를 가늠했다. 사람들을 대피시키고 돌아올 정도는 되어 보였다.

"곧 돌아오겠습니다. 혹시 모르니 먼저 뒷문으로 피하십시오. 인파에 섞이면 찾기 어려울 것입니다."

"그리하겠다."

환라가 대답하기 무섭게 양야가 방을 나섰다. 환라는 채령의 손을 잡고 창가로 다가갔다. 그리고 그대로 창문을 넘었다. 환라를 따라 엉거주춤 힘겹게 창문을 넘으려던 채령이 돌연 움직임을 멈췄다. 환라가 그녀에게 손을 뻗으며 재촉했다.

"시간이 없사옵니다."

"전하. 이대로 가면 안 됩니다."

"그게 무슨 말씀이옵니까?"

"대장군의 방에 군사정보가 있습니다. 두고 갔다간 군대의 위치가 발각되게 될 거예요."

환라가 창틀에 어정쩡하게 걸쳐져 있는 채령의 다리를 방 안으로 넘겨 주고 다시 창문을 넘어 들어왔다.

"안내해 주시옵소서."

"이리 오세요."

채령이 앞서 걸었다. 환라는 마음이 급해 걷는 것으로는 성에 차지 않았다. 그녀가 가볍게 뛰자 채령도 따라 달렸다.

그들은 얼마 지나지 않아 대장군의 집무실에 도착했다. 환라가 문을 열고 벽에 장식된 칼 하나를 뽑아 들었다. 그리고 다시 밖으로 나와 주변을 살피며 말했다.

"제가 망을 볼 테니 필요한 것만 가져오시옵소서."

"중요한 건 이미 다 옮겨 놨어요. 여기에 있는 건 모두 사본입니다."

그렇게 말하며 뛰어 들어간 채령이 문갑의 문을 열었다.

"밤에 책을 자주 보셔서 여분의 기름도 많죠."

환라가 무슨 뜻인지 묻기도 전에 채령이 병을 열어 사방에 기름을 뿌렸다. 그리고 남은 기름병은 마개만 열어 방 이곳저곳에 던져두었다.

"중요한 정보가 들어 있는 걸 가지고 도망치다가 잡히기라도 하면 도망치는 의미가 없어집니다."

채령은 서랍을 뒤져 군사의 위치와 규모가 상세하게 적힌 서책을 들고 왔다. 그리고 방 밖에 서 있는 환라에게 부싯돌을 쥐여 주었다.

"여기에 불을 붙여 주세요."

환라는 그녀의 말대로 따랐다. 서책이 반쯤 탔을 때, 정문 쪽에서 어렴풋이 쿵! 쿵! 하는 소리가 들렸다. 채령은 활활 타고 있는 서책을 방 안으로 던져 넣었다. 기름을 따라 번진 불이 순식간에 종이와 나무를 집어삼키며 몸집을 불렸다. 동시에 환라가 채령의 손을 잡았다.

"가야 하옵니다."

채령이 고개를 끄덕이고 환라를 따라 달렸다.

"샅샅이 뒤져라! 소능현의 부인이 있을 것이다!"

모퉁이 너머에서 커다란 외침이 들렸다. 곧 무거운 발소리가 안으로 쏟아졌다. 환라는 그대로 근처에 있는 방문을 열고 들어갔다. 그녀는 끼끼거리는 채령의 허리를 들어 올리듯이 받쳐 먼저 창문을 넘어가게 한 뒤 자신도 뒤따랐다. 그녀가 창문을 도로 닫은 순간 문이 쾅! 열렸다.

환라는 채령의 어깨를 눌러 재빨리 창문 밑으로 몸을 숨겼다. 발소리가 창문으로 다가왔다. 몸을 일으켜 뛰려고 했으나 멀리서 병사들이 지나가는 게 보였다.

'이대로 있으면 발각된다.'

환라는 이를 악물며 채령을 끌어 제 옆에 바짝 붙였다. 검 손잡이를 잡고 온 근육에 힘을 줬다. 검날이 옅게 공명하며 검집을 반쯤 빠져나왔다.

'창문 밖을 확인하려 할 때 목을 베고 그대로 달려 나간다.'

생각이 끝나기도 전에 발소리가 우뚝 멈췄다. 끼익, 쇠가 마찰하는 소리와 함께 창문이 열렸다. 제 머리 위로 스쳐 지나가는 창문을 보며, 환라가 몸을 일으키려 할 때였다. 동시에 바로 옆에 있는 모퉁이에서 병사 둘이 나타났다. 환라는 빠르게 계획을 수정했다.

'모퉁이를 돌아온 병사 둘을 먼저 베고, 반대편으로 도주해야겠다.'

찰나에 스친 생각을 그대로 이행하려던 찰나, 병사 둘이 별안간 툭 쓰러졌다. 환라는 황급히 고개를 돌렸다. 방 안에 있던 병사가 창문 밖으로 머리를 불쑥 내밀고 주변을 두리번거렸다. 환라가 검을 들자마자 병사가 입을 열었다.

"밖에는 아무도 없습니다."

도대체 어찌 된 영문인지 모르겠다. 혹시 채령은 무언가 눈치챘나 싶어 그녀를 돌아보려 할 때였다. 익숙한 체취가 환라의 코끝을 간질였다. 감싸듯 뻗어진 손이 검을 도로 집어넣게 했다.

"양……!"

"쉿."

양야가 환라를 끌어안았다. 그녀는 입을 다물고 양야를 보았다. 여기저기서 불이 났다고 소리치는 게 들렸다. 하지만 양야는 움직이지 않고 창문 가까이에 귀를 가져다 댔다. 환라도 그를 따라 안에서 들리는 목소리에 귀를 기울였다.

"분명 어제까지만 해도 천영 부인이 있었다고 합니다."

"그런데 잡아다 인질로 쓰려고 하니 때마침 사라졌다?"

사혁의 목소리였다. 양야가 고개를 빼 창문 안을 들여다보았다.

사혁은 입매를 일그러트리며 송곳니가 보일 정도로 미소 짓고 있었다. 순간, 그의 눈이 창문으로 향했다. 밖에서 불길을 피해야 한다고 소리치는 게 들렸다. 그러나 사혁은 불길 따위는 무섭지 않다는 양 느긋하게 방을 둘러봤다.

　"한 놈은 시체로 위장해 대놓고 빼돌리더니. 황후 폐하께서는 소씨 형제들을 참으로 아끼시는군그래."

　한껏 비아냥거린 사혁이 몸을 돌렸다. 혹시라도 부하와 쓸모있는 대화를 주고받을까 듣고 있던 양야가 실망하고 몸을 움직이려던 찰나였다.

　사혁이 품에서 단도를 꺼내 창 쪽으로 던졌다. 날카로운 쇠붙이가 바람을 가르며 양야의 코앞을 스쳐 지나갔다. 환라가 사혁의 갑옷이 갑작스럽게 부딪치는 소리를 듣자마자 양야를 당기지 않았다면 분명 코끝을 베였을 것이다.

　'짐승 같은 감이로군.'

　양야가 당황을 숨기며 물러서는 사이, 사혁이 창문을 넘어왔다. 채령이 놀라 헛숨을 들이켜자 사혁의 눈동자가 단숨에 그들에게로 꽂혔다. 하지만 양야의 도술 덕에 그의 눈에는 아무것도 보이지 않았다.

　"왜 그러십니까?"

　"이쪽에 뭔가 있는 것 같은데……."

　사혁이 음산하게 중얼거리며 한 발을 앞으로 내디뎠을 때였다. 갑자기 불길이 하늘을 향해 확 치솟으며 커다랗게 폭발했다.

　"전하! 피하셔야 합니다!"

사혁은 다시 한번 주변을 살피고 부하에게 손짓했다. 부하가 창문을 넘어오자 그는 그대로 뒷문을 통해 나갔다. 얼마 지나지 않아 묘은이 땀을 뻘뻘 흘리며 비틀비틀 환라에게로 다가왔다.

"양야 님. 말씀대로 불을 크게 키웠사옵니다."

"잘했구나."

묘은이 힘없는 얼굴로 방긋 웃었다. 환라가 재빨리 묘은을 안아 들었다. 그러자 묘은을 괴롭히던 구토감과 두통이 순식간에 사라졌다. 묘은이 안도의 숨을 내쉬며 환라의 팔에 머리를 비볐다.

"은인 최고야. 나 죽는 줄 알았어."

"수고했다."

환라가 대답하자마자 양야가 커다란 여우로 변했다.

갑자기 쓰러진 병사와 말하는 삵, 거기다가 양야마저 여우로 변하니 채령은 도무지 정신을 유지할 수가 없었다. 그녀는 혼란스러운 듯 고개를 젓다가 툭 쓰러졌다. 양야가 재빨리 몸을 숙여 등으로 채령을 받아 냈다. 환라는 칭찬하듯 양야의 등을 다독이고 채령을 제대로 태운 뒤 그 뒤에 올라탔다.

"거처로 돌아가겠다."

말이 끝나기가 무섭게 양야가 달려 나갔다.

그들은 순식간에 거처에 도착했다. 환라가 내리자 대문을 보며 나란히 앉아 있던 여란과 정위가 벌떡 일어나 달려왔다.

"형님!"

여란이 멈추지 않고 그대로 환라에게 안겨들었다. 그 힘을 못 이긴 환라가 잠시 휘청였다. 양야가 머리를 가져다 대 환라의 등을 받쳐 주지 않았다면 그대로 넘어졌을 것이다. 양야가 경고하는 듯한 소리를 내자 여란이 어색하게 웃었다. 그녀는 양야를 덥석 안아 주고는 뒤로 물러났다.

"생각보다 일찍 오셨소."

"잘 마무리되어 일찍 왔다."

정위가 양야의 위에 누워 있는 채령을 발견했다.

"혹, 혹시 시체……."

"천영 부인이시다."

정위가 안도의 한숨을 내쉬었다. 환라가 작게 웃고 여란과 정위를 번갈아 보았다. 채령을 안으로 옮겨야 하는데 여란보다는 키가 큰 정위가 적당해 보였다.

"업을 수 있겠는가?"

"예! 전하의 명이면 해야지요!"

정위가 팔을 걷어붙이고 등을 보인 채 한쪽 무릎을 꿇고 앉았다. 환라가 묘은을 내려놓고는 여란과 함께 채령을 부축해 정위의 등에 올렸다. "으쌰!" 하며 일어나려던 정위가 크게 비틀거렸다. 그 모습을 본 여란이 쯧쯧 혀를 차며 정위를 다시 주저앉혔다.

"내가 업겠소."

사람으로 변한 양야가 채령을 여란의 등 위로 옮겨 주었다. 여란이 가뿐하게 몸을 일으켜 앞으로 척척 걸어 나갔다. 정위는 시무룩한 표정으로 축 처져 터덜터덜 걸었다. 그러다 옆에서 느껴지는 인기척에 고개를 돌렸다. 양야가 환라의 손을 꼭 잡고 걷고 있었다.

"그런데 무슨 일로 나갔다 오신 겁니까? 좌사정 나리도, 여란 님도 아무 말도 안 해 주셔서 궁금해 죽는 줄 알았습니다."

정위가 빨리 말해 달라는 듯 양야를 뚫어지게 보았다.

"설명하려면 복잡하니 다음에 이야기해 주마."

"왜 뭐만 물어보면 다음에 이야기해 준다고 하십니까."

작게 투덜거리면서도 정위는 더 이상 묻지 않았다.

네 사람은 건물 안으로 들어왔다. 방으로 들어가기 위해 복도 모퉁이를 돌자 환라를 기다리던 궐겸과 마주쳤다.

궐겸의 시선이 자연스레 양야에게로 향했다. 그는 여전히 양야를 경계하며 환라를 가리듯 자리 잡았다. 환라가 그의 등에 가볍게 손을 얹었다.

"이제 괜찮다."

궐겸이 움찔거리며 물러났다. 하지만 양야를 경계하는 눈빛은 사라지지 않았다.

양야는 궐겸을 이해했다. 그는 양야가 얼마나 위험한 존재가 될 수 있는지 몇 차례 목격했다. 그러니 저 경계심은 당연한 일이었다.

그러나 그것과 별개로 환라와 제 사이를 가로막은 것은 마음에 들지 않았다. 하지만 화를 낼 필요는 없었다. 환라가 양야를 선택했으니 이 관계에서만큼은 그가 승자였다. 양야는 미소를 지우지 않은 채 환라의 곁으로 다가갔다.

"이 공자에게 제대로 설명해야겠습니다."

"외숙모님을 눕혀 드리는 게 먼저다."

양야가 고개를 끄덕이자 환라가 궐겸에게 눈짓했다. 궐겸도 알겠다는 듯 고개를 깊이 숙였다. 미소 지은 환라가 여란을 따라갔다. 앞서간 정위가 문을 열어 주었다. 여란이 침상 앞에서 몸을 숙이자 양야와 궐겸이 채령을 눕혔고 여란이 자세를 고쳤다. 환라는 채령의 호흡과 맥박을 확인하는 양야를 보다가 여란에게로 고개를 돌렸다.

"대장군을 불러와 주겠는가?"

"알겠소."

"내가 데려다주마."

양야가 자리에서 일어나며 여우로 변했다. 커다란 몸집에 정위의 눈이 반짝였다.

"저도 같이 다녀오겠습니다."

누가 봐도 양야의 등에 타 보고 싶어 하는 눈치였다. 여란은 양야보다는 말을 타는 게 더 좋았기에 흔쾌히 양보했다.

"셋이나 갈 필요는 없으니 정위가 다녀오시오. 나는 천영 부인을 간호하겠소."

"예! 다녀오겠습니다."

정위가 조심스럽게 여우 등에 올라타 납작 엎드렸다. 커다란 창을 통해 밖으로 나가려던 양야가 여란에게 말했다.

"혼절한 것이니 그냥 지켜보기만 하면 된다."

여우인 채로 말하자 여란이 잠시 움찔거렸다가 고개를 끄덕였다. 양야는 환라에게 눈짓으로 인사하고 몸을 돌렸다. 정위의 얼굴이 기대감으로 잔뜩 상기되었다. 양야는 정위의 심장이 평소보다 빠르게 뛰는 것을 느끼며 경고했다.

"내 위에 토하지 말렴."

"예?"

정위가 놀라며 되물었으나 대답은 없었다. 양야는 화살보다 빠르게 달려 나갔다.

"으악!"

여란이 멀어지는 비명을 들으며 호탕하게 웃음을 터트렸다. 그 소리에 천영 부인이 눈살을 찌푸렸다. 하지만 뒤척이기만 할 뿐 깨어나진 않았다. 환라는 그녀의 상태를 살폈다. 숨을 고르게 쉬는 걸 보니 잠이 든 모양이었다. 안도한 환라가 자리에 앉자 궐겸이 다가왔다.

"장 객주는 이제 괜찮은 것이옵니까?"

내심 무슨 일이 있었던 것인지 궁금했던 여란도 슬금슬금 환라의 옆에 자리를 잡았다.

"양야가 살던 곳에 있던 산신이 그를 요괴로 만들려 하였다."

"그러면 지금 오라버니는 요괴가 된 상태요?"

"지금은 몸을 정화하고 사기가 침범하지 않게 막았다."

"그럼 다시는 위험하게 변할 일이 없다는 뜻이옵니까?"

"그러하다."

간결한 설명이었으나 궐겸은 환라가 안전한 것만으로도 안도했다. 그러나 여란은 고개를 갸웃거렸다.

"그럼 그 산신은 어떻게 되었소?"

"하늘에서 내려온 분이 동굴에 가둬 두었다. 500년간 나오지 못할 것이라 하였으니 걱정하지 마라."

"500년……."

여란이 진저리치며 중얼거리는 사이, 능현과 정위를 태운 여우가 방 안으로 들어왔다.

정체를 들키지 않기 위해 양야는 그들을 내려놓고 다시 창밖으로 사라졌다. 그리고 한참 뒤 사람으로 변해 문을 열고 들어 왔다. 정위는 헛구역질하느라 여념이 없었고, 능현은 얼떨떨한 얼굴이었다. 주변이 요란해지자 채령이 다시 몸을 뒤척이다가 눈을 떴다.

"으음……."

채령의 신음에 능현이 제일 먼저 다가갔다.

"괜찮소?"

채령이 머리를 짚으며 몸을 일으켜 세웠다.

"예. 그런데 이상한 꿈을 꾸었습니다. 삵이 말을 하고, 미남자가 여……."

"외숙모님."

채령이 말을 하다 말고 고개를 돌렸다. 그제야 자신이 어디 있는지 깨닫고 혼란스러운 표정을 지었다.

"여기가, 어디죠?"

"제 거처이옵니다."

채령이 고개를 갸웃거렸다. 그녀는 자신의 기억을 더듬었다. 꿈과 현실의 경계가 오묘했다.

환라는 양야를 보았다. 양야가 도술을 쓰는 건 상관이 없었다. 하지만 본래의 모습이 여우라는 것은 아는 사람이 적으면 적을 수록 좋다. 사람이 아닌 존재에게 황후의 자리를 맡기려 하진 않을 게 뻔했기 때문이었다. 물론 채령은 친척이고 입이 가벼워 보이진 않았으나 안 지 얼마 되지 않은 사이였다.

'숨길 수 있다면 숨기는 게 낫겠지.'

양야도 같은 생각인지 고개를 끄덕였다. 그는 환라가 백호선을 보고 기절했을 때와 유사한 수법을 사용했다.

"여우를 보고 갑자기 기절하셨습니다."

"여우요?"

그러고 보니 여우를 본 것 같기도 했다. 채령이 눈동자가 이리 저리 굴러다니자 환라가 양야의 말에 동의했다.

"맞사옵니다. 제 여우가 집채만 해서인지, 맞닥뜨리고 잠시 혼절하셨사옵니다."

채령이 고개를 끄덕였다. 사람이 여우로 변하는 것보다는 커다란 여우가 나타난 게 더 말이 되었다. 게다가 그때 기절한 것이면 삶이 말을 한 것도 꿈이 된다. 채령으로서는 전부 꿈이라 여기는 것이 속편했다. 그녀는 고개를 끄덕이고 침착함을 되찾았다. 그러고는 능현을 보았다.

"대장군께서는 왜 여기 계십니까?"

"부인이 혼절했다는 이야기를 듣고 왔소."

채령이 고개를 끄덕이는 사이 궐겸이 의자 두 개를 더 들고 와 탁자 앞에 늘어놓았다.

"앉아서 이야기 나누심이 어떠하십니까?"

그들은 고개를 끄덕이고 탁자에 둘러앉았다. 한쪽에 쭈그려 앉아 헛구역질하던 정위와 그의 등을 두드려 주던 여란도 자리에서 일어났다.

"저는, 우욱! 죄송, 큼! 합니다. 저는 차를 내오겠습니다."

정위가 새하얗게 질린 낯으로 비틀비틀 걸어갔다. 여란이 그를 힐끗 보고 자리에 앉은 사람들에게 말했다.

"나는 정위가 차에 토하지 않는지 감시하고 오겠소."

여란까지 밖으로 나가자 방 안이 조용해졌다. 채령은 이마를 짚고 지나간 일들을 차근차근 정리하다가 창밖에서 엿들었던 말을 떠올렸다. 채령이 고개를 홱 돌려 능현을 보았다.

"혹시 황후 폐하와 내통하십니까?"

남은 세 쌍의 눈동자가 능현에게 꽂혔다. 능현은 너무 황당한 소리라 부정할 생각도 못 하고 있다가 고개를 저었다.

"말도 안 되는 소리. 별안간 왜 그런 의심을 하시오?"

"갈파왕이 황후 폐하가 소씨 형제를 아낀다는 말을 하기에 물어봤습니다. 반응을 보니 거짓말은 아닌 듯하네요."

능현이 당연하다는 듯 고개를 끄덕이다가 뒤늦게 갈파라는 단어를 떠올렸다.

"갈파왕을 보았소?"

"침입이 있었사옵니다."

환라가 대답했다. 능현이 인상을 찌푸리며 채령을 보았다.

"걱정하지 마세요. 중요한 정보는 다 태워 버렸으니까요."

"들키지도 않았습니다."

양야가 말을 덧붙였다. 그러자 궐겸이 걱정스러운 어조로 환라에게 물었다.

"다치신 곳은 없사옵니까?"

"나는 괜찮다. 헌데, 칠각이 사라졌다."

환라가 품에서 서신을 하나 꺼내 펼쳤다. 칠각이 남긴 종이였다. 머리를 모으고 앉은 이들이 종이를 보며 저마다 다른 표정을 짓고 있을 때, 여란과 정위가 안으로 들어왔다.

"뭘 그렇게 유심히들 보시오?"

여란이 자리에 앉으며 물었다. 정위는 차를 내려놓고는 여란의 옆자리에 늘어졌다. 그러자 궐겸이 상황을 짧게 설명해 줬다. 여란은 놀란 표정을 지었고, 정위는 아직 속이 울렁거리는지 새하얗게 질린 얼굴로 입을 틀어막았다.

환라는 두 사람을 보며 작게 미소 지었다가 고민을 털어놓았다.

"칠각이 다시 찾아온다면, 그를 믿어야 하겠는가?"

능현이 제일 먼저 대답했다.

"마 태감은 누구를 배신할 위인이 아닙니다."

칠각을 변호하는 듯한 말에 환라가 쓸개를 머금은 듯한 미소를 지었다.

"향옥도 저를 배신할 위인은 아니었사옵니다."

옳은 말이었다. 그렇기에 환라가 그리 치를 떨었던 것이다. 능현은 제 말실수를 깨닫고 죄스러운 표정으로 입을 다물었다. 다른 이들도 오랜만에 밝아진 환라의 얼굴에 그늘이 드리울까 걱정하며 말을 아꼈다. 하지만 전과 달리 환라에게는 순수한 분노만 남아 있었다. 복수심이나 원한, 증오 때문이 아니라 오직 어긋난 일을 바로잡고자 하는 마음뿐이었다.

뇌동산의 기운이 환라의 사기를 정화한 덕도 컸으나 그녀가 증오를 접은 진짜 이유는 양야였다.

환라는 그가 괴로워하지 않았으면 했다. 증오와 원한 때문에 그가 고통스럽지 않도록 미연에 방지하고 싶었다. 눈이 마주치자 양야가 뿌리를 내리는 나무처럼 단단하게 환라의 손을 맞잡았다. 그 손을 빤히 바라보던 궐겸은 쓰린 속을 감추며 환라에게 권했다.

"믿지도 불신하지도 마시옵소서."

환라가 고개를 돌려 궐겸을 봤다. 시선이 닿았을 뿐인데 궐겸의 마음에는 작은 환희가 피어올랐다. 이제는 가망 없는 마음인 것을 알기에 그는 고개를 숙여 환라의 시선을 피했다.

"궐겸의 말이 옳다. 외숙님. 만일 칠각과 마주친다면 아무런 정보도 알려 주지 말고 생포하라고 전해 주시겠사옵니까? 제압하지 못할 것 같으면 저에게 안내하라 이르시옵소서."

대장군 출신인 칠각을 무력으로는 제압할 수 없을 것이나 환라에게는 양야와 묘은이 있었다. 칠각도 의미 없는 살생은 하지 않을 테니 차라리 환라에게 데려오는 편이 더 안전했다.

"그리하겠습니다."

환라는 고개를 끄덕였다. 그리고 정위가 내려놓은 차를 한 모금 마셨다. 향옥에게 배신당한 이후로 다른 사람이 끓여 준 차는 입에도 대지 않았던 환라이기에 다들 놀란 눈으로 그녀를 바라봤다. 하지만 환라는 이상함을 느끼지 못하고 자리에서 일어났다.

"그럼 내일이 회의이니 여기서 머물고 가시옵소서. 외숙모님께서도 일이 마무리될 때까지 여기 계시는 게 좋을 듯하옵니다."

"예, 전하."

채령이 기특하다는 듯 미소 지으며 환라를 보았다. 능현도 미소를 감추지 못하고 고개를 끄덕였다.

환라는 남은 이들에게 눈짓으로 인사한 뒤 양야와 함께 방을 나갔다.

* * *

"조정에 내 사람이 몇 명이나 남았는가?"

제 앞에 11자로 앉은 조정 대신들과 한월각 사람들을 보며, 환라가 물었다. 그러자 재화가 대답했다.

"저와 좌상만 남았사옵니다."

환라는 재화의 상태를 살폈다. 그는 오랫동안 잠을 자지 못한 사람처럼 눈이 퀭하고 기력이 없었다.

"대내상의 집에도 습격이 있었는가?"

"암살 기도가 끊이질 않사옵니다."

재화가 죽겠다는 목소리로 투덜거렸다. 환라는 희미하게 미소 짓고는 좌상을 살폈다. 그 역시 사정은 마찬가지인 것처럼 보였다.

"한월의 상태는 어떠한가?"

양야의 옆에 앉아 있던 정위가 냉큼 대답했다.

"아직 한월이 개입한 것을 모르는 모양이옵니다. 만약 알았다고 해도 한월은 갈파국과 그 주변 국가하고 중요한 교역을 하고 있기에 함부로 손대지 못할 것이옵니다."

"게다가 갈파왕은 교만한 자이니 자신이 승리할 것이라 확신하고 있을 겁니다. 자신이 패권을 잡으면 한월을 마음대로 쥐고 흔들 수 있다고 생각할 테니 건드리지 않는 것이겠죠."

채령이 말을 보탰다. 일리 있는 말에 정위가 저도 모르게 고개를 끄덕였다. 환라는 한월에 피해가 없을 거라는 말을 듣고 내심 안도하였다. 그녀는 제 옆에 서 있는 양야에게 잠시 시선을 주었다가 다른 말을 꺼냈다.

"대장군. 군사의 동향은 어찌 되고 있는가?"

"전하께서 지시하신 대로 군사를 조금씩 중경 근처로 이동시켜 놓았사옵니다."

환라가 고개를 끄덕였다. 그러자 옆에 있던 양야가 입을 열었다.

"갈파왕의 군사는 전하께서 중독되어 쓰러져 계실 때 이미 중경으로 이동하고 있었사옵니다. 그리고 지금은 모두 중경 안에 주둔하고 있습니다."

"이동하는 때를 노려서 습격했으면 병력을 줄일 수 있었을 것을……."

재화가 안타깝다는 듯이 중얼거렸다. 하지만 이미 지나간 일이었다. 환라는 돌이킬 수 없는 것에 연연하지 않으며 정위가 건의했던 것을 입에 올렸다.

"우리 군사를 황군으로 위장해 내분을 조장하는 것은 어떠한가?"

"나쁘지 않은 생각이옵니다만, 위장한 병사는 십중팔구 죽을 것이옵니다. 게다가 황군은 서로 얼굴을 알고 있으니 옷만 위장한다고 되는 일이 아니옵니다."

단호한 재화의 거절에 정위가 시무룩하게 고개를 끄덕였다. 환라 역시 침통한 것은 마찬가지였다.

"두 배의 병력 차를 어찌 줄인단 말인가."

"게다가 갈파왕의 군사는 여러 번의 전투를 치른 노련한 병사들이옵니다."

"훈련도 잘 되어 있을뿐더러 수도 많으니 저희가 감당하긴 힘들 듯하옵니다."

"잔혹하기가 이를 데 없다고 소문이 자자하옵니다."

여기저기서 우려의 목소리가 튀어나왔다. 잔혹하다는 말에 환라의 미간이 찌푸려졌다.

"우리는 정공법으로 간다. 며칠 이내로 도성에 있는 백성들을 대피시켜라. 대피하지 못한 이들은 문을 걸어 잠그고 나오지 못하게 하라."

"하오나 그러면 진군 날짜가 들통날지도 모릅니다."

"꼭 위험하기만 한 건 아닙니다. 반대로 갈파왕이 예상할 만한 날짜를 피해서 습격할 수도 있습니다."

좌상과 정위의 말이 엇갈렸다. 동시에 여기저기서 말이 튀어나왔다. 보다 못한 재화가 탁상을 쾅쾅 두드렸다.

"정숙하시오!"

좌중이 조용해지자 궐겸이 환라에게 말을 올렸다.

"저는 전하의 명령을 따르겠사옵니다. 본디 병력이 부족할수록 이동 거리를 짧게 하고 속승을 노리라 하였사옵니다. 속승에는 정공법만큼 좋은 것은 없다고 사료 되옵니다."

듣고 있던 능현 역시 고개를 끄덕였다.

"맞습니다. 제가 몇 번의 전쟁에 함께 참전해 본바, 갈파왕은 방어에 약한 모습을 보였사옵니다. 게다가 비열한 자이니 오히려 정면으로 치고 들어올 것이라 예상하지 못할 수도 있사옵니다."

"하지만 무작정 치고 들어갈 수 없습니다. 갈파왕의 병력을 분산시켜야지요."

"천영 부인의 말이 옳다. 좋은 의견이 있거든 말하라."

환라의 말에 좌중이 다시 조용해졌다. 옆에서 지켜보던 여란이 화제를 돌렸다.

"대책은 천천히 생각해 보고 일단 중요한 것부터 정합시다! 형, 아니지. 흠! 뭐 달리 분부하실 건 없소?"

"없사옵니까, 라고 여쭈어야지."

"없사옵니까?"

양야가 옆에서 말을 고쳐 주자 여란이 냉큼 어미를 바꾸었다. 딱딱하게 굳어 있던 분위기가 일순 풀렸다. 공기가 제법 화기애애해지자 환라가 한결 가벼워진 어투로 말했다.

"대내상이 전쟁 경험이 있다고 하였던가?"

"그렇사옵니다, 전하."

담백한 대답 뒤로 다른 대신들의 칭찬이 따라붙었다.

"젊으셨을 때는 장수로 참전하셨던 적도 있으셨습니다."

환라가 만족스러운 얼굴로 고개를 끄덕였다.

"그렇다면 대장군이 진두지휘를 맡고, 대장군이 부재할 시 대내상이 군사를 지휘하라."

그 말에 정위가 고개를 기울였다.

"전하께서 진두지휘하시는 게 옳지 않사옵니까?"

"그렇지 않다. 무릇 군정에 대해 잘 모르는 군주가 지휘를 맡으면 장병들이 의혹을 품고 신뢰를 잃게 되기 마련이다. 혼란은 곧 패배로 이어지니, 경험이 많은 장군들이 지휘하는 게 옳다."

정위가 작게 감탄하며 고개를 끄덕였다. 능현과 채령은 환라가 병법의 기본을 알고 있는 것에 흐뭇한 표정을 지었으나 정작 환라의 마음은 무거웠다. 향옥과 칠각에게 병법을 배워서인지 자연스레 그들이 떠오른 탓이었다.

'칠각은 왜 향옥을 따라간 것인가. 향옥은 어머니의 사람이 아니었던가?'

복잡한 생각이 다시 머릿속에 들어찼다. 환라는 끝나지 않는 고민을 털어 내고 서로 이야기를 나누고 있는 사람들에게 명령했다.

"만일 유 여사와 마 태감이 보이면 생포해 가둬 두어라. 아니면 내게 알려라. 병사들에게도 그리 전하라."

"예, 전하."

대신들이 입을 모아 대답했다. 하지만 여전히 무언가 놓치고 있다는 생각을 지울 수 없었다. 그녀는 생각에 잠겨 있다가 영로가 능윤을 대놓고 빼돌렸다는 사혁의 말을 떠올렸다.

'소능윤은 어머니의 정인이니 무언가를 알고 있을 것이다.'

환라는 고개를 돌려 사람들의 이야기를 귀담아듣고 있는 정위를 불렀다.

"정위야."

"예?"

"사람을 시켜 소능윤이라는 자를 찾아봐 주겠는가?"

"그럼요. 어렵지 않사옵니다, 전하."

환라가 만족스럽게 미소 짓고 입을 다물 때쯤이었다. 채령이 환라에게로 고개를 돌렸다.

"전하. 아까 백성들을 피신시킨다 하셨지요?"

"그렇다."

대답을 듣자 채령의 눈에서 총기가 반짝였다. 그녀는 활짝 웃으며 입을 열었다.

"제게 갈파왕의 병력을 분산시킬 묘책이 있습니다."

* * *

방문이 벌컥 열렸다. 방 안으로 들어오는 사혁을 보며 영로가 인상을 찌푸렸다.

"마음대로 돌아다니도록 내버려 뒀더니 예의라는 것을 잊어버렸소?"

"왜 그냥 두신 겁니까?"

영로가 한숨을 내쉬며 탁자 앞에 앉았다. 사혁에게도 앉으라고 눈짓했으나 그는 자리에 앉지 않았다. 대신 탁자 위에 두껍고 상처 많은 손을 천둥처럼 내리꽂았다.

쿵! 하는 소리와 함께 탁자가 심하게 흔들렸으나 영로는 눈 하나 깜짝하지 않았다.

"뭘 말이오?"

"대내상과 좌사정이 궁을 나가도록 둔 이유가 무엇인지 묻지 않습니까!"

"그게 무슨 대수라고."

"계속 사람들을 궁 밖으로 빼돌리면 제가 황후 폐하를 어떻게 믿습니까?"

"적이 안에 있는 것보다는 낫지 않소?"

"그럼 소능윤은, 그도 적입니까?"

"왜 그에게 집착하는지 모르겠군."

"지금 대답을 회피하시는 겁니까?"

"그대는 아끼는 자를 전쟁터가 될 곳에 두나 보오?"

사혁이 기가 찬다는 듯 영로를 비웃었다.

"황후 폐하께서 소능윤에게 품은 게 연정이 아니라는 건 지나가던 개가 봐도 알겠더이다."

"맞소. 연정은 아니지. 그저 그 아이를 아끼는 것뿐이오. 위험하게 만들고 싶지 않을 정도로 말이오."

옅은 조롱을 머금은 입술이 곱게 휘어졌다.

"아! 갈파왕, 그대는 이해하기 힘든 감정이려나? 받아 본 적도, 느껴 본 적도 없을 터이니."

사혁의 얼굴이 무참히 일그러졌다. 당장에라도 검을 뽑아 영로를 베어 내도 이상할 것 없는 표정이었다. 사혁의 눈에서 살기가 번뜩였으나 영로의 조소는 오히려 짙어졌다. 그녀는 치를 떠는 사혁을 보며 한발 물러나 주겠다는 듯 작게 한숨을 내쉬었다.

"군사권을 넘기면 되겠소?"

"갑자기 그게 무슨 말입니까."

사혁이 이를 악물고 말했다.

"대장군이 쳐들어오면 그대가 군대를 통솔하시오. 나는 항룡궁에 있을 터이니."

"하! 이제 와 나를 믿는 척이라도 하시겠다?"

"그대를 믿소."

사혁이 무슨 수작이냐는 듯 얼굴을 일그러뜨렸다. 영로가 여유로운 표정으로 말을 이었다.

"정확히는 그대의 욕망을 믿소. 바쁜 와중에도 군사를 국경까지 대령해 놓은 그 욕망을 말이오."

사혁이 이를 드러내며 사납게 웃었다. 짐승 같은 미소 뒤로 한줄기 유쾌함과 호승심이 엿보이는 듯했다. 영로는 그의 얼굴을 빤히 바라보며 말을 이었다.

"능윤이 매와 옥쇄를 가지고 갔소. 만일 패배하거나 군사를 이용해 허튼수작을 부리려 하면 국경에 있는 모든 군사를 동원해 그대의 나라를 침공할 것이오. 그러면 그대가 왕자일 때부터 아등바등 넓혀 놓은 영토가 못해도 반으로 줄지 않겠소?"

"그래. 아끼느니 뭐니 하는 웃기는 소리 말고 이렇게 본심을 드러내셨어야지."

사혁이 고개를 숙였다. 이내 그의 입에서 탁자가 진동할 정도로 쩌렁쩌렁한 폭소가 쏟아져 나왔다. 허리를 숙인 채 한참을 웃던 사혁이 언제 이를 드러냈냐는 듯 뒤로 물러났다.

"좋습니다. 일단 승리는 안겨 드리죠. 누구 말씀이라고 감히 거역하겠습니까?"

빈정거리는 투에 영로가 고개를 돌렸다. 명백한 무시였으나 사혁의 미소는 짙어졌다. 그는 왔을 때와 달리 정중하게 인사를 올리고 물러났다.

문이 닫히고, 방 안에 고요가 눈처럼 쌓였다.

영로는 그제야 긴 숨을 내쉬며 몸에 힘을 풀었다. 문가에서 가만히 지켜보던 향옥이 따뜻한 차를 가져왔다. 얇고 향긋한 물줄기가 잔을 채우며 맑은 소리를 냈다. 찻물에서 올라오는 하얀 김을 바라보던 영로가 고개를 들었다.

"유 여사가 자진해서 차를 따라 주다니, 독이라도 탄 것이오?"

향옥은 아무 말도 하지 않고 찻주전자를 내려놨다. 그리고 퉁명스러운 어조로 말했다.

"의심스러우시면 제가 마시겠습니다."

영로는 실소를 흘리며 찻잔을 들었다. 뜨거운 액체가 목구멍으로 흘러 배 속에 고이자 남아 있던 긴장마저 사라졌다.

"세월이 흐르긴 했나 보오. 그대 눈에서 독기가 빠진 것을 보니."

"별소리를 다 하십니다."

영로가 찻잔을 내려놓으며 작게 웃었다.

향옥은 이상하게 속이 답답했다. 그녀는 한숨을 삼키고 제 속을 감추기 위해 입을 열었다.

"분부하신 대로 태감은 안전한 곳으로 데려다 놨습니다."

"군사들에게도 말을 전해 두었소?"

"예. 다들 그리하겠다고 하였습니다."

"모든 준비가 끝났군. 이제 그대도 궁을 떠나 자리를 피해 있으시오."

향옥은 탐탁지 않게 대답하며 빈 찻잔을 치웠다. 그러다 목구멍을 간질이는 불안을 견디지 못하고 기침처럼 질문을 내뱉었다.

"……만일 태자 전하께서 돌아오시지 않으면 어찌하실 생각입니까?"

"반드시 돌아올 것이오. 원래 정보다 강한 것이 증오라 하지 않소? 내가 제 아비의 자리를 차지하는 걸 보고만 있지 않을 것이오."

그렇게 말하며, 영로는 미소 지었다. 마치 운명에 순응하기로 결심한 사람처럼 편안한 얼굴이었다.

"그러니, 뒤를 잘 부탁하오. 유 여사."

향옥은 대답 대신 고개를 깊이 숙였다.

* * *

풀벌레 소리만 이따금씩 들려오는 고요한 밤이었다.

한월각의 인부들이 커다란 짐을 마차에 실었다. 한월 상단과 관련된, 수도 곳곳에 있는 건물 안에서도 사람들이 바쁘게 움직였다.

이내 짐을 가득 실은 마차들이 한곳으로 모여들었다. 마차 다섯 대가 동시에 지나다닐 수 있을 정도로 넓은 대로가 순식간에 가득 찼다. 수십 개의 말발굽이 땅을 두드렸다. 그 소리에 사람들이 잠에서 깨어났다.

그들은 창밖을 내다보거나 문을 살짝 열고 밖을 살폈다. 순찰하던 병사들도 갑작스러운 대이동에 의아함을 품었다. 보고를 받은 갈과의 장수 한 명이 제일 앞에 있는 마차를 멈춰 세웠다.

"야밤에 이게 무슨 소란인가?!"

정위가 마차 창문을 열고 고개를 빼꼼 내밀었다. 그는 갑옷을 입고 있는 장군을 보고 놀란 표정을 짓더니 황급히 밖으로 나왔다.

"아이고, 장군님!"

정위가 특유의 서글서글한 표정으로 장수의 손을 덥석 잡았다.

"늦은 밤까지 순찰하시느라 얼마나 고생이 많으십니까."

버럭 화를 내리던 장수는 손바닥 밑에서 느껴지는 비단 주머니의 감촉에 표정을 풀며 목을 가다듬었다. 입구를 열어 보니 금덩이가 들어 있었다. 장수의 입꼬리가 히죽 찢어졌다. 그는 주머니를 품 안에 넣었다.

"무슨 소란인가?"

그리고 퍽 부드러운 목소리로 물었다. 정위는 생글생글 웃으며 입을 열었다.

"객주께서 중경에 큰일이 날지도 모르니 훼손될 수 있는 짐들을 모두 도성 밖에 있는 지부로 옮기라 하셔서 가고 있었습니다. 최대한 빨리 옮기시라기에 급하게 떠나던 중이었으니 이해 좀 해 주십시오."

장수의 눈이 길게 이어진 행렬을 훑었다. 그는 잠시 심각한 표정으로 서 있다가 옆에 있는 병사에게 손짓해 무언가를 속닥거렸다. 병사가 고개를 끄덕이고 어디론가 뛰어갔다. 정위는 그 병사의 뒤통수를 빤히 쳐다보며 걱정스럽게 물었다.

"혹시 감옥에 가는 건……."

"그런 건 아니고. 짐은 좀 수색해 봐야 해서 사람을 불러오라고 했는데, 혹시 불편한가?"

정위가 활짝 웃으며 고개를 끄덕였다.

"불편은요! 당연히 하셔야죠."

얼마 지나지 않아 수십 명의 병사가 달려와 짐을 수색하기 시작했다. 혹시나 전투에 쓰일 물자를 옮기는 행렬인가 싶었는데 마차에 실린 식량의 양은 지극히 적었고 대부분 사치품이었다. 무기로 쓸 만한 것 역시 보이지 않았다.

'혹시 천영 부인을 숨겨서 도성을 나가려는 거 아냐?'

장수가 의심하며 짚더미를 검으로 쑤셔 보고 물건을 샅샅이 뒤졌으나 채령은 보이지 않았다. 병사들이 아무것도 없다고 소리치는 것을 들으며 장수가 주변을 둘러봤다.

골목 어귀에 검은 복면을 쓰고 말에 올라탄 사혁이 은밀하게 고개를 끄덕였다. 그와 눈이 마주치자 장수가 정위에게로 몸을 돌렸다.

"되었네. 가 보게."

"감사합니다."

정위가 꾸벅 고개를 숙이고 다시 마차에 올랐다. 긴 행렬이 끝나기도 전에 소문이 돌았다. 눈치 빠른 사람들은 짐을 싸서 병사들의 눈을 피해 한월각의 행렬에 섞여들었다.

사혁은 장수와 함께 그 뒤를 은밀히 따랐다. 중경을 지나 한참을 가고 나서야 선두에 가던 마차가 옆으로 빠졌다. 그러자 뒤에 있던 마차 하나가 그 자리를 차지했다. 잠깐 시선을 뗐다면 앞에 있는 마차가 바뀌었는지도 모를 정도로 빠른 움직임이었다.

하지만 사혁은 그것을 놓치지 않았다.

"우린 저 마차를 뒤쫓는다."

그 말에 장수가 말머리를 틀었다. 사혁은 행렬의 끄트머리를 따라가던 중이었기에 정위가 탄 마차와는 제법 떨어져 있었다. 그러나 정위가 마차를 끄는 네 마리의 말 중, 타고 갈 말의 고삐를 푸느라 시간을 지체했기에 거리는 금세 좁혀졌다. 사혁은 나무 사이에 몸을 숨기고 정위가 하는 것을 지켜보았다.

정위가 말에 올라타며 마부에게 말했다.

"다시 행렬에 합류해 주십시오."

"예, 알겠습니다."

마부가 고개를 꾸벅 숙이고 마차를 몰아 왔던 길을 되돌아갔다. 정위는 길이 없는 산으로 들어갔다. 그의 기마술은 뛰어난 편이 아니었기에 사혁은 어렵지 않게 미행할 수 있었다. 신중한 성격인 듯 정위는 중간중간 서서 뒤따라오는 이가 없는지 두리번거렸다. 그러나 기습에 도가 튼 사혁의 기척을 눈치채기란 쉬운 일이 아니었다.

정위는 계속해서 나아갔다. 낮은 산을 하나 지나자 수천의 기합 소리가 한목소리처럼 울리는 게 들렸다. 사혁의 입꼬리가 날카롭게 찢어졌다.

"어디에 쥐새끼처럼 숨어 있나 했더니."

사혁이 웃음을 감추며 공터를 바라봤다. 수십 개의 횃불로 밝혀 놓은 덕에 연무장은 대낮처럼 밝았다.

"찌르기! 베기!"

장수의 호령에 따라 일사불란하게 움직이는 군사를 보며 사혁이 감탄했다.

"훈련이 잘돼 있군."

사혁의 장수가 훈련 중인 인원을 눈으로 훑고는 작게 속삭였다.

"수는 대략 5천 정도로 보입니다."

"고작 이 인원으로 우리에게 대적하려 하다니."

사혁이 입꼬리를 비틀어 올리는 사이, 능현이 막사에서 나와 단상 위에 올랐다. 그러자 훈련을 지휘하던 장수들이 손을 높게 들었다. 일순 움직임이 멈췄다. 군사들이 일제히 몸을 틀어 능현을 향해 섰다.

"거사가 얼마 남지 않았다! 오늘 밤 백성들이 대피하고 나면 우리는 곧 궁으로 향할 것이다!"

우레와 같은 함성이 쏟아졌다. 그 소리가 잦아들 즈음 능현이 다시 입을 열었다.

"우리는 도적이 아니다. 무기를 버리고 도망치는 적은 쫓지 말고, 백성이 보이면 보호하라!"

"예!"

커다란 목소리가 하나로 울리자 사혁의 말이 놀란 소리를 내며 주춤거렸다. 능현의 고개가 소리 난 쪽으로 돌아갔다. 사혁이 얼굴을 일그러트리며 말을 진정시키려는 순간, 바람을 꿰뚫고 날아온 화살이 그의 얼굴을 스쳐 나무에 꽂혔다. 사혁의 볼에 붉은 실금이 생겼다. 손가락으로 쓰라린 상처를 훑고 있을 때, 멀리서 호통 같은 소리가 들렸다.

"침입자다! 쫓아라!"

200명 남짓한 인원이 사혁이 있는 곳을 향해 달려왔다.

사혁은 말을 돌렸다. 곧 그가 있던 자리에 수십 개의 화살이 쏟아졌다. 밝은 곳에 있다가 나온 병사들은 사혁을 쉽게 찾지 못하고 헤맸다. 반면에 계속 어두운 곳에 서 있던 사혁은 쉽게 몸을 감추고 왔던 길을 되돌아 달렸다.

대로변에 접어들자 뒤쫓는 소리가 끊겼다.

사혁은 잠시 주변을 살핀 뒤 다시 빠르게 달렸다. 장수가 그를 바쁘게 뒤따랐다. 그들은 성문 안으로 들어오고 나서야 말을 멈춰 세웠다. 장수가 숨을 헐떡이며 저도 모르게 성문을 돌아보았다.

"습격을 준비하라 이르겠습니다."

"아니. 위치가 발각된 것을 알았으니 자리를 옮기거나 경계를 강화할 것이다. 혹은 습격당하기 전에 치고 들어올 수도 있지. 우리는 이곳에 남아 방어에 전념한다."

"예, 전하!"

부하가 몸을 돌려 제 처소로 떠났다.

사혁도 궁으로 돌아왔다. 그가 방으로 들어가자마자 측근이 달려와 고했다.

"전하. 정체 모를 자들이 조금 전 대로변의 백성들을 모두 대비시켰다고 합니다."

"앞으로 들어오겠다, 선전포고라도 하는 것인가? 고작 5천의 군사로."

사혁이 조소를 머금으며 탁자 앞에 앉았다. 그는 습관처럼 눈앞에 있는 술병을 들었다. 그러자 수하가 재빨리 술병을 받아 들어 잔을 채워 주었다.

"알아본 바로는 대장군의 부인이 제법 잔꾀를 쓸 줄 안다고 하옵니다."

"그래 봤자 부인이지."

사혁이 비웃으며 술잔을 단숨에 비웠다.

"옆은 산세가 험해 들어오기 힘드니, 앞으로 들어오는 척 준비해 두고 뒤로 들어올 생각인가?"

"혹은 그렇게 유도한 뒤 앞으로 들어올 수도 있지 않겠사옵니까?"

그 말을 들은 사혁이 별안간 탁자를 내리치며 웃었다.

"하하하하!"

수하는 별다른 말 없이 다시 술병을 들었다. 그는 잔을 채워 주려는 수하의 손에서 술병을 뺏어 그대로 벌컥벌컥 들이켰다.

"아니면 양쪽으로 공격해 올 수도 있고 말이다. 하지만 우리는 그 어느 길도 양보하지 않을 것이다."

사혁은 엎어져 있는 잔 하나를 뒤집어 안을 채우고 수하에게 내밀었다. 수하가 고개를 깊이 숙이며 잔을 받아들었다. 그가 고개를 돌려 잔을 비우는 사이 사혁이 입을 열었다.

"궁의 뒤와 산성 앞에 각각 만 명씩 배치하라. 그리고 기마대를 보내 일대를 전부 정찰하고 매복을 준비해라."

"어디에 매복을 준비하면 되겠사옵니까?"

사혁 사납게 웃으며 술을 병째로 들이킨 뒤, 소매로 거칠게 입가를 닦았다.

* * *

"전하. 갑옷을 가져왔사옵니다."

궐겸이 안으로 들어와 탁자 위에 황금색 갑옷을 내려놓았다. 환라는 침묵하며 휘황찬란한 갑옷을 바라보았다. 황금 비단 뒤에 얇은 강철 조각을 비늘처럼 덧댄 갑옷이었다.

갑옷을 보고 나서야 때가 되었음이 와닿았다.

환라의 표정이 딱딱하게 굳었다. 얼굴과 손은 백자처럼 새하얬다. 궐겸 역시 비슷한 상태였다. 무예는 어렸을 때부터 익혔으나 전쟁에 참여하는 것은 처음이었다. 방 안에 있는 이들 중 멀쩡한 것은 삵과 여우뿐이었다. 양야는 잠시 궐겸에게 시선을 주었다가 환라의 손을 잡았다. 환라가 갑옷에서 눈을 떼어 내고 제 연인을 바라봤다.

"잘 해내실 겁니다."

환라의 낯빛이 조금이나마 밝아졌다. 그러나 맞잡은 손은 여전히 창백하고 차가웠다. 양야가 그녀의 손을 주물러 주는 사이, 침상 위에 앉아 있던 묘은이 종종걸음으로 다가왔다.

"은인! 나는 산으로 돌아가 볼게."

"갑자기 말인가?"

"응. 난 은인이 없으면 사기 속에서 오래 못 버티는데 전쟁터에는 사기가 드글드글 하잖아! 잘못해서 은인과 떨어지기라도 했다간 아마 요괴가 되고 말 거야."

내심 아쉬운 마음이 들었으나 환라는 막을 수 없었다. 백호선과 대적한 뒤 요괴가 얼마나 위협적인 존재인지 깨달은 탓이었다. 궐겸도 양야의 요괴화를 지켜보았기에 불안한 얼굴로 묘은을 보았다.

"사정이도 나랑 헤어지는 게 아쉽구나! 걱정 마! 산으로 가서도 이와 님께 부탁해서 지켜보고 있을 테니까! 살생은 금지되어 있어서 도와주지는 못하겠지만 말이야."

묘은은 선심 쓰듯 궐겸의 정강이에 이마를 비빈 뒤 창가로 폴짝폴짝 뛰어갔다. 그리고 창틀로 훌쩍 뛰어올라 뒤를 돌아보았다.

"양야 님, 절대 살생을 하시면 아니 되시옵니다! 은인도 다치지 말고, 음……. 너무 많이 죽이지도 말고!"

묘은이 창밖으로 뛰어내려 훌쩍 사라졌다. 하지만 그녀의 발랄한 어조는 아직 귀에 남아 있었다. 덕분에 긴장이 좀 풀린 환라가 깊게 심호흡을 하며 돌아섰다. 그리고 여전히 긴장해 있는 궐겸의 어깨를 다정히 두드렸다.

"그대도 돌아가 무장하도록 하라."

창문을 바라보던 궐겸이 고개를 돌렸다. 눈이 마주치자 그의 눈동자에 단단한 결심이 어렸다. 제 목숨을 바쳐서라도 맡은 바 임무를 다하겠다. 각오를 다지고 나자 두려움과 긴장이 허상처럼 사라졌다. 그는 평소와 다름없는 표정으로 돌아와 양야에게 말을 걸었다.

"장 객주. 갑옷을 착장할 줄 아십니까?"

"예."

"그럼 전하를 부탁드리겠습니다."

양야가 고개를 끄덕이자 궐겸은 환라에게 인사를 올리고 방을 나갔다.

발소리가 멀어지는 것을 들으며 환라는 내의를 제외한 모든 옷을 벗었다. 양야가 내갑의(갑옷을 착용하기 전에 속에 덧입는 두툼한 옷)를 들었다. 환라가 팔을 꿰자 그가 앞으로 돌아와 단추를 잠갔다. 그의 손을 내려다보던 환라가 입을 열었다.

"표정이 좋지 않다."

"전하를 두고 다른 일을 해야 하는 게 마음에 걸립니다."

양야는 채령에게 부탁받았을 때처럼 내키지 않는 얼굴을 하고 있었다.

채령은 사혁이 앞뒤로 군사를 배치하고 화살로 방비하며 적의 침입을 알릴 만한 신호를 서로에게 보낼 것이라 짐작했다. 신호를 보내는 것은 막을 수 없으나 군사가 한데 뭉치는 것은 막을 수 있었다. 궁 뒤에는 출입구가 없으니 뒤에 포진한 군사들이 앞으로 넘어오려면 벽을 빙 둘러서 와야 했다.

그녀는 중경을 감싼 산성을 최단 시간 만에 돌파한 뒤, 여란과 궐겸에게 군사들이 앞으로 넘어오지 못하도록 불을 질러 달라고 했다. 그리고 양야에게는 그 불이 멀리 퍼지지 않도록 막아 달라고 부탁했다. 양야는 내키지 않았으나 환라는 허락했다.

"불이 잘못 번지면 적군은 물론 아군까지 피해를 보게 된다. 또한 민가나 숲에도 피해가 막심할 것이니 어쩔 수 없다."

게다가 함께 있다가 환라가 다치는 것을 목도하기라도 하면 양야는 참지 못하고 살생을 할 터였다. 그때의 적개심은 그의 내면에서 나오는 것이니 요괴가 될지도 모른다. 그러니 차라리 안 보이는 곳에 있는 것이 나았다. 양야도 그 사실을 알고 있었기에 하는 수 없이 수락하였다. 그러나 걱정스럽고 못마땅한 것은 어쩔 수 없었다.

양야는 여전히 어두운 얼굴로 옆구리를 방어하는 호액을 내갑의에 단 뒤, 앞에서 매듭을 지었다. 환라가 그의 손을 잡았다.

"그대 말대로 잘 해낼 것이다."

"예. 부디 다치지 마시고 해내 주십시오."

양야는 한숨 쉬듯 대답하며 하체를 보호하는 갑상을 무릎 위에서 단단히 묶고 허리에도 매듭을 지었다. 그러고는 말없이 상의의 단추를 닫아 주고 비갑(팔꿈치 아래에서 손목까지 보호하는 부속구)의 줄을 꽉 조였다. 이제 남은 것은 투구밖에 없었다. 양야가 투구를 가져오기 위해 몸을 돌리려 하자 환라가 그의 손을 잡아 끌었다.

"곧 떨어져 있어야 하는데 그렇게 어두운 얼굴로 있을 것인가?"

"웃어 드리면 안심하실까 봐 그럽니다. 제 기분은 돌아오셔서 풀어 주십시오."

환라는 양야의 눈을 빤히 바라보다가 그의 양 볼을 붙잡았다.

"그럼 입맞춤도 돌아와서 받을 텐가?"

양야는 그렇다고 답하려 했으나 살짝 벌어진 입술을 보자 말문이 막혔다. 그는 이를 악물었다가 환라의 허리를 휘어 감아 제 쪽으로 끌었다. 순식간에 입술이 맞닿았다. 그는 아주 오랫동안 헤어져 있어야 할 사람처럼 입을 맞췄다. 환라가 절박하고 집요한 움직임을 따라가지 못해 숨을 헐떡일 정도로 몰아붙였다. 견디지 못한 환라가 고개를 뒤로 젖히고 나서야 양야가 입술을 떼어 냈다. 그리고 아쉽다는 듯 환라의 턱과 목선에 입 맞추며 물었다.

"왜 이렇게 짓궂어지셨습니까?"

"깊이 연모하면 닮는다고 하지 않는가. 그 때문일 것이다."

양야는 환라의 몸을 꽉 끌어안고 발갛게 달아오른 뺨을 바라보았다.

"……호액이 조금 삐뚤어진 것 같습니다. 다시 입혀 드리면 더 단단하게 매어 드릴 수 있을 것 같은데……."

물론 환라의 호액에는 문제가 없었다. 환라의 옷을 벗기기 위한 핑계일 뿐이었다. 환라도 평소와는 다른 입맞춤에 몸이 달았으나 지금은 때가 아니었다. 그녀는 자꾸만 밑으로 내려가려는 양야의 얼굴을 붙잡아 끌어 올렸다. 이마를 맞댄 환라가 양야의 눈을 바라보며 속삭였다.

"호액은 돌아와서 고쳐 매게 해 주겠다."

능청스러운 대답에 양야가 웃음을 터트렸다. 그 웃음이 환라에게도 전염되었다. 기분이 이상하리만치 홀가분해지는 것을 느끼며 웃음을 멈췄을 즈음, 양야가 투구를 씌워 주었다. 검과 가죽 화살집이 달린 허리띠까지 단단하게 고정해 준 양야가 뒤로 물러났다.

양손으로 황가의 보물을 들어 목에 걸었다. 그리고 결연한 얼굴로 한쪽에 세워둔 창을 손에 쥐었다. 문을 열자 검은색 갑옷으로 무장한 궐겸이 보였다. 환라는 고개를 숙이는 그의 어깨에 잠시 손을 올렸다가 앞서 걸었다. 양야와 궐겸이 그녀의 뒤를 나란히 뒤따랐다.

얼마 걷지 않아 평소와 다를 바 없는 차림의 정위와 검은 갑옷을 입은 여란이 이야기를 나누고 있는 게 보였다. 철갑이 흔들리는 소리를 들은 여란이 고개를 돌렸다.

"형님!"

활짝 웃는 얼굴이었으나 긴장감이 엿보였다. 여란은 환라 앞에 서서 그녀를 꽉 끌어안았다가 떨어져 나갔다. 두 사람은 말없이 신뢰가 가득한 눈빛을 주고받았다. 그 옆으로 정위가 슬금슬금 다가왔다. 그는 황금 갑옷을 온몸에 두른 환라를 반짝이는 눈으로 바라보다가 슬쩍 팔을 벌렸다. 물론 환라의 양옆에서 매섭게 쳐다보는 두 남자 때문에 차마 끌어안지는 못했다.

"저도 이만 제 소임을 다하러 가겠습니다."

정위가 아쉬운 표정으로 꾸벅 인사하고 물러갔다. 여란은 환라의 뒤로 가서 궐겸과 양야하고 어깨를 나란히 했다.

그 어느 때보다 등 뒤가 든든한 것을 느끼며 환라는 앞으로 나아갔다. 대문을 나서자 까마득한 계단 아래로 연무장이 내려다보였다. 양야가 다른 사람이 발견할 수 없도록 결계를 쳐 놓은 곳이었다. 만 명은 거뜬히 수용할 수 있을 정도로 넓은 연무장 안은 이미 병사들로 빼곡했다. 선두에는 대장군과 장수를 포함한 기마부대가, 그 뒤로는 궁수와 창을 든 병사가 행과 열을 맞춰 늘어서 있었다. 맨 뒤에는 거대한 북을 세워놓은 전차 두 대가 보였다.

만 명이 모여 있음에도 연무장은 쥐 죽은 듯 조용했다. 그들은 모두 고개를 들어 환라를 보고 있었다.

가슴이 벅차오르는 것을 느끼며, 환라는 계단 앞에 섰다. 수천의 군사가 환라의 발소리에 귀를 기울였다. 환라가 입을 열자 크지 않은 목소리가 만 명의 귓가에 균등하고 또렷하게 들렸다.

"나는 부족한 후계였다."

제국에서 사용하는 화폐조차 모르던 지난날이 떠올랐다. 16년 동안 별궁에서 부족함 없이, 곱고 아름다운 것만 보며 살아왔다. 모든 것을 의심 없이 받아들였으며 상소문 속의 찬양만이 세상의 진실이라 여겼다.

돌이켜보면 부족하다는 말조차 과찬으로 여겨질 만큼 멍청하고 순진했다.

"백성들의 굶주림과 억울함을 알지 못했다. 관리들의 횡포를 알지 못했고, 황후 폐하께서 부정한 것들을 옹호하고 있음을 알지 못했다.”

환라가 천천히 계단 아래로 내려왔다. 수백 개의 미늘이 부딪치며 웅장한 소리를 냈다.

“그 안일함 탓에 황후가 타국의 왕까지 끌어들여 자신을 황제로 칭하려 하는 지경에 달하였다.”

그녀의 목소리에 새파란 노기가 서렸다. 그러나 눈에는 총기와 정의감이 가득했다. 환라가 창으로 바닥을 쿵, 내리찧는 순간 목에 걸린 황가의 보물이 태양 빛을 받아 사방으로 번쩍였다.

“허나 아직 늦지 않았음을 안다!”

환라는 다시 걸음을 옮겼다. 층계를 밟아 내려올 때마다 얼굴들이 하나씩 떠올랐다가 사라졌다. 함께하지 못한 칠각, 지금쯤 피난 행렬에 섞여 있을 채령과 정위, 산으로 돌아간 묘은. 그 외에도 그녀가 만난 수많은 백성의 얼굴이 마치 주마등처럼 스쳐 지나갔다.

밑으로 완전히 내려온 환라가 어느새 말에 올라탄 궐겸과 여란을 보았다. 그녀는 천천히 시선을 옮겨 능현과 장수들, 환라가 살아 있음을 알자마자 관직을 떠나 군사를 모으고 훈련시킨 대신들을 차례대로 훑었다. 두려움과 기대가 혼재하는 얼굴. 굳은 신뢰감. 만 명의 사람들은 모두 같은 얼굴을 하고 있었다. 마치 한 몸처럼 말이다.

“나는 충직한 자들 덕에 진실을 보았고, 지금 앞에는 천군만마가 있다.”

환궁이 절대 실패로 끝나지 않을 거라는 강한 확신이 들었다.

그녀는 마지막으로 양야의 얼굴을 바라본 뒤 말에 올랐다. 그녀의 뒤로 양야가 올라탔다. 단단한 손이 환라의 허리를 감싸 안았다. 양야의 온기가 환라의 불안을 말끔하게 지워 냈다.

환라가 나아갈 곳을 향해 말머리를 돌렸다.

동시에 등 뒤에서 거인의 발자국 같은 북소리가 둥, 둥, 둥, 둥, 빠르게 울리기 시작했다. 그 소리를 들으며 환라가 창을 높이 치켜들었다.

"오늘, 우리는 난세를 바로잡을 것이다!"

선두에 선 환라의 뒤로 우레와 같은 함성이 뒤따랐다.

* * *

궁 근처에서 시작된 피난 행렬은 몸집을 불리며 산성 밖까지 이어졌다. 그들은 넓은 대로를 따라 무작정 남쪽을 향해 내려가고 있었다. 그 인파 사이에 정위와 채령, 그리고 한월각과 대장군 댁의 하인 몇 명이 끼어 있었다. 뒤늦게 합류한 그들은 마치 서로 모르는 사람인 양 피난 행렬 여기저기에 섞여들었다.

그렇게 한참을 걷던 도중, 천지가 뒤흔들리는 소리가 들렸다. 어렴풋이 빠른 속도의 북소리도 들렸다. 인파 사이에 껴 있던 정위와 채령은 눈빛을 주고받았다. 그건 한월각과 대장군 댁의 하인들도 마찬가지였다. 멀리서 요란한 황금빛이 번쩍이자 정위가 목소리를 높였다.

"군사가 몰려옵니다!"

뒤이어 하인들도 소리쳤다.

"길을 비킵시다!"

여기저기서 목소리가 튀어나오자 사람들이 소리치며 양옆으로 갈라졌다. 선두에 있는 말 한 마리가 점점 인파 쪽으로 다가왔다.

황금 갑옷에 둘러싸인 채 우람한 말 위에 올라탄 사람은 장수라고 보기엔 체구가 조금 작은 듯했다. 하지만 눈이 부신 차림 때문인지 똑바로 바라볼 수조차 없었다. 고개가 저절로 아래로 숙어졌다. 위압감을 느낀 것은 그 뒤였다.

환라가 이끄는 무리가 막 양옆으로 갈라진 피난민 사이를 스쳐지나갈 때쯤이었다. 이번엔 채령이 먼저 목소리를 냈다.

"태자 전하!"

미리 입을 맞춰 두었던 자들이 하나같이 소리쳤다.

"태자 전하시다!"

"태자 전하가 살아 돌아오셨어!"

"목에 건 황가의 보물을 보십시오! 정말 태자 전하이십니다!"

그 목소리는 귀에서 귀로, 입에서 입으로 전해졌다. 살아 있다고 소문으로만 전해 듣던 태자가 나타난 것이다. 피난민들은 너도나도 할 것 없이 자리에 엎드려 절을 올렸다.

"태자 전하께서 악한 황후를 몰아내시기 위해 돌아오셨다!"

"이제 우리는 살았어!"

"궁을 꿰차고 있는 갈파왕도 처치해 주시옵소서, 전하!"

여기저기서 환호와 안도의 목소리가 쏟아졌다. 그 사이를 지나가는 병사들의 사기가 드높아진 것은 두말할 것 없는 일이었다.

환호는 진군보다 빠르게 퍼졌다. 환라가 보이지 않을 정도로 멀리 있는 피난민들조차 태자가 돌아왔다고 소리치고 있었다.

그 목소리가 산성 앞을 지키고 있던 사혁의 귀에까지 들어갔다. 그는 미심쩍은 눈으로 손을 들었다. 병사들이 일사불란하게 투석기 위에 돌을 올려 두었다. 멀리서 황금빛이 번뜩였다. 반사되는 태양 빛에 사혁이 눈살을 찌푸리며 고개를 돌렸다.

"발사하라!"

병사들이 동시에 투석기를 작동시켰다. 마차 바퀴만큼 커다란 돌덩이가 환라의 앞에 날아와 꽂혔다. 거대한 소리와 함께 땅이 움푹 파이고, 엄청난 흙먼지가 일었다. 하지만 환라의 말은 호랑이도 두려워하지 않는 것으로 유명한 명마였다. 그리고 환라 역시 물러설 생각이 없었다.

"전하! 피하셔야 합니다!"

"전하!"

등 뒤에서 장수들이 소리쳤으나 환라는 제 뒤에 있는 온기를 믿으며 앞으로 나아갔다. 양야가 도술을 이용해 날아오는 돌들을 치워 냈다. 길가에 떨어진 돌이 흙먼지를 자욱하게 일으켜 사혁과 그 군사들의 시야를 가렸다. 그러나 환라의 뒤에 서 있는 병사와 피난민들은 똑똑히 보았다.

거대한 암석이 일직선으로 날아오다가 환라를 피하듯 방향을 바꿔 사람이 없는 길가에 떨어지는 것을 말이다. 마치 신의 가호를 받는 것 같은 모습이었다. 실상은 여우의 가호를 받는 것이었으나, 그것을 모르는 백성과 군사들은 환호성을 질렀다.

비명 대신 환호가 이어지자 사혁이 인상을 찌푸렸다. 정확히 조준했기에 못해도 수천 명은 죽었을 것이다. 그런데 이런 환호라니. 그는 텅 빈 투석기를 쳐다보며 인상을 찌푸렸다.

"궁수 앞으로!"

성벽 위에 빽빽하게 들어찬 궁수들이 환라의 군사를 향해 활을 겨눴다. 곧 날카로운 화살이 소낙비처럼 쏟아졌다. 양야는 손을 뻗어 투명한 장막을 만들었다. 화살들이 투명한 막을 뚫지 못한 채 바닥으로 떨어졌다. 하늘을 까맣게 덮던 화살이 아무런 해도 입히지 못하고 맥없이 추락하자 사람들은 환호를 지르는 것조차 잊고 말았다. 진군을 알리던 북소리마저 멎었다.

사혁은 그 침묵을 긍정적으로 생각했다. 그는 오만한 미소를 지으며 손을 들었다. 병사들이 잠시 활시위를 내려놓았다. 그러자 곧 흙먼지가 가라앉았다. 사혁은 먼지 너머를 보기 위해 눈을 가늘게 떴다.

동시에 둥, 둥, 둥, 진군을 알리는 북소리가 다시 들리기 시작했다.

"성문을 격파하라!"

능현이 소리쳤다. 환라의 군사가 함성을 지르자 산성 위에서 화살이 빗발쳤다. 하지만 화살은 여전히 투명한 막에 막혀 병사 하나 죽이지 못했다.

곧 말 열 마리에 연결된 거대한 통나무가 성문을 치받았다. 쿵, 쿵, 몇 번 울리고 나자 성문이 반으로 쪼개지며 열렸다. 경악스러운 눈으로 그 모습을 바라보던 것도 잠시, 사혁이 소리쳤다.

"궁수와 방어군은 삼중으로 문 안을 방어하라! 그리고 폭죽을 터트려 궁 뒤편에 있는 군사들을 불러들여라!"

성벽에 포진하고 있던 군사 중 반이 아래로 내려와 성문을 에워쌌다. 7척(약 2m)이 넘는 강철 방패가 일렬로 늘어서며 벽을 만들었다. 방패 위쪽에 난 작은 구멍으로 화살촉이 삐져나왔다.

방패를 든 병사와 궁수가 한 몸이 되어 벽을 이루고 삼중으로 성문 앞을 에워쌌다. 양야가 없었다면 들어오는 족족 죽어 나갔을 구조였다.

대장군과 함께 뒤로 물러나 있던 환라는 견고한 방패 벽에 저도 모르게 마른침을 삼켰다.

'이래서 외숙모님이 양야 없이는 정공법을 쓸 수 없다고 말씀하셨군.'

잠시 딴생각을 하는 사이에도 성벽 위에 있는 자들은 끊임없이 화살을 쏘았다. 하지만 환라의 군사가 입는 피해는 없었다.

"갈고리를 들어라!"

능현의 목소리에 북소리가 바뀌었다. 두둥, 두둥, 울리는 소리를 들은 병사들이 갈고리를 던져 방패 위에 걸었다. 갈고리 끝은 튼튼한 밧줄로 기마 부대에 연결되어 있었다. 그것을 눈치챈 갈과 왕의 병사들이 갈고리를 떼어 내려 했으나 그보다 환라의 기마 부대가 더 빨랐다.

기마 부대가 몸을 돌려 달려 나가자 방패를 든 사람들이 비명을 지르며 딸려 왔다. 이제 남은 벽은 두 개였다. 화살은 여전히 소용이 없었고 방패 위로는 갈고리가 날아왔다. 이를 갈던 사혁은 하는 수 없이 소리쳤다.

"후퇴하라!"

방패가 열리며 기마대가 달려 나왔다. 그리고 갈고리에 연결된 밧줄을 창으로 끊어 냈다. 방패 부대는 대형을 유지해 병사들을 보호하며 길을 따라 물러났다.

환라가 제 양옆에 있는 여란과 궐겸에게 눈짓했다. 말 옆구리에 기름통을 매달은 그들은 혼란스러운 틈을 타 양옆으로 빠져나갔다. 무사히 떠나는 여란과 궐겸을 보며 능현이 소리쳤다.

"전진하라!"

북소리가 다시 둥, 둥, 둥 울렸다. 쏟아지는 함성과 함께 능현이 달려 나갔다. 기마 부대도 갈고리가 달린 줄을 풀어내고 삼지창과 언월도를 휘두르며 능현의 뒤를 따랐다. 그들은 떼 지어 이동하는 철새처럼 삼각형을 이루며 적진의 중앙으로 파고들었다. 비산하는 피와 비명이 허공을 빈틈없이 메웠다. 환라가 제 뒤에 있는 양야를 밀어 냈다.

"어서 가 보아라."

그 말에 마지못해 내리면서도 양야의 눈에는 걱정이 가득했다.

"꼭 무사하셔야 합니다."

"그대도 조심하여야 한다."

환라와 양야는 입 대신 눈빛을 맞추고 각자 다른 방향을 향해 달려갔다. 아군의 진영 안쪽으로 들어온 적군 병사 몇 명이 환라의 가슴과 머리를 겨냥해 창을 내질렀다. 환라는 달리는 말 위에서 몸을 완전히 뒤로 젖히며 적의 창을 자신의 창대로 막았다. 뒤통수에서는 말 등이 느껴지고 눈 위로는 다섯 개의 창이 지나갔다.

무사히 피한 환라가 그대로 몸을 틀어 병사들을 베어 낼 때였다. 화살 하나가 그녀의 팔을 맞고 떨어졌다. 갑옷 덕에 관통당하지는 않았으나 그 충격은 무시할 것이 못 되었다.

"윽."

환라는 이를 악물고 말의 옆구리를 찼다. 쏟아지는 공격을 피하고 아군을 죽이려는 적들의 몸을 가르며 나아갔다. 순식간에 진군한 덕에 서서히 궁의 지붕이 보이기 시작했다. 중경을 반 정도 통과한 것이다. 나쁘지 않은 속도였다.

환라는 눈앞에 다가온 희망에 들뜨지 않으려 애쓰며 선두에 섰던 능현을 따라잡았다.

황룡의 꼬리처럼 허공을 헤엄치는 황금색 망토가 사혁의 시선을 사로잡았다. 사혁은 호승심에 이를 드러내며 웃었다.

"모두 밖으로 나와라!"

그 소리에 갈파의 옆에 있던 자들이 고동을 꺼내 불기 시작했다. 동시에 민가의 문과 창문이 부서지며 사람이 튀어나왔다. 그들은 보이는 족족 환라의 군사들을 잔혹하게 베어 내고 숨이 끊어진 시체들까지 창으로 찔러 확인 사살 했다. 그리고 순식간에 환라의 군사를 에워쌌다.

빠르게 진군하던 환라의 군사들은 졸지에 갈파가 지휘하는 군사들에게 앞과 뒤를 점령당하고 말았다.

이건, 예상하지 못한 일이었다.

* * *

양야는 궐겸과 여란 중 누구를 따라가야 할지 잠시 고민했다. 그러다 곧 여란이 향한 좌측으로 방향을 틀었다. 여란은 말은 곧잘 타는 편이었으나 말을 타며 무기를 다루는 것은 훈련 기간 동안 배운 게 전부였다. 반면에 궐겸은 오랫동안 훈련을 받아왔다. 무술 실력 또한 여란보다 뛰어나 걱정이 덜했다.

그렇기에 여란을 돕고 궐겸에게 가도 시간적 여유가 충분하다고 판단했다.

양야가 여란에게 도착했을 때, 여란은 좌우로 길게 움직이며 기름을 뿌리고 있었다. 그 너머에서는 3500여 명의 적군이 달려오고 있었다. 선두에 선 사혁의 장수가 크게 소리쳤다.

"대장군의 장수다! 죽여라!"

여란이 긴장한 듯 입술을 꾹 깨물고 더 빠르게 말을 몰았다. 기름으로 두꺼운 선을 그은 그녀가 부싯돌을 꺼내기 위해 품을 뒤지고 있을 때였다. 여란에게로 창이 날아들었다. 그녀는 겨우 창을 피하고 불을 댕겼다. 양야가 근처에 있는지 확인할 시간은 없었다. 그녀는 곧장 뒤로 물러나며 불을 집어 던졌다.

화염이 하늘 높이 치솟았다.

여란은 그제야 주변을 둘러봤다. 양야가 그녀의 옆에 서서 불길이 번지는 것을 막고 있었다. 안도의 한숨을 내쉬며 여란은 뒤로 물러나 궁의 외벽 너머를 바라봤다. 궐겸이 성공적으로 불을 질렀는지 반대쪽 하늘에도 연기가 피어오르고 있었다. 여란은 안심하며 양야에게 물었다.

"형님은 어찌 되었소?"

"내가 널 따라올 때까지는 무사하셨는데, 지금은 너무 소란스
러워 들리지 않는구나."

"그게 들리오? 그럼 여기서 이 공자가 있는 쪽도 알 수 있소?"

"대충은. 불이 번지지 않게 노력하는 중……."

양야가 말을 하다 말고 여란의 팔을 잡아당겼다.

"으악!"

비명을 지른 여란이 말에서 굴러떨어졌다.

"이게 무슨 짓이오?"

여란이 벌떡 일어나자마자 말이 단말마의 비명을 지르며 쓰러
졌다. 자리에서 벌떡 일어난 그녀가 말을 보았다. 말의 이마에 사
혁의 군사가 쓰는 창이 꽂혀 있었다. 여란은 굳은 얼굴로 창을 빼
들었다.

곧 철갑을 입고 몸을 공처럼 만 사내가 불길을 뚫고 나왔다. 여
란은 눈을 똑바로 뜨고 그 사내에게 창을 찔러 넣었다.

"으억!"

사내의 목숨이 끊어지는 순간, 화염에 휩싸인 말이 미친 황소
처럼 앞발을 치켜들며 불길 속에서 뛰쳐나왔다. 여란이 몸을 굴려
땅을 내리찍는 앞발을 피하자 양야가 말을 기절시키고 불을 껐다.

하지만 불길을 뚫고 나오는 적군은 사내 하나뿐만이 아니었다.

갈파왕의 기마병들은 산전수전을 모두 겪은 이였다. 그들은 말
위에서 몸을 던지며 천산갑처럼 몸을 웅크려 불을 통과했다. 몸에

불이 옮겨붙거나 달궈진 갑옷에 화상을 입은 자들도 있었으나 멀쩡한 자들이 더 많았다. 그들 중 가장 계급이 높은 자가 제 수하를 상대하는 여란과 양야를 힐끗 본 뒤 소리쳤다.

"열 명은 적을 상대하고 나머지는 앞으로 간다!"

여란과 양야는 순식간에 포위되었다. 200명 남짓한 군사들이 장수의 뒤를 따라 달려나갔다. 3500명이 여란이 쳐 놓은 화염 장벽으로 달려왔으니 그중 200명이면 많지는 않은 숫자였다. 그러나 불을 뚫고 온 것으로 보아 200명 정도도 아군에게는 만만치 않은 상대가 될 것이다.

양야는 입술을 깨물며 여란의 뒤에 바짝 붙었다.

"신호를 보내면 몸을 숙이거라."

여란이 고개를 끄덕이기도 전에 양야가 그녀의 정수리를 잡아 눌렀다. 그리고 넓게 창을 휘둘렀다. 도술이 실린 풍압에 열 명의 군사가 나뒹굴었다.

양야가 근처에 있는 사람들을 기절시키는 사이, 여란 앞에 다른 군사들이 몸을 일으켜 그녀에게 달려들었다. 여란은 그들을 상대하며 소리쳤다.

"아니, 신호를 보내면 숙이라면서!"

평소라면 알미운 미소라도 지었을 양야가 여란의 뒷덜미를 잡아 뒤로 끌어내며 남은 자들을 기절시켰다. 환라가 위험에 빠질 수도 있다고 생각하니 농담 따먹기나 하고 있을 여유 따위는 없었다.

"숲에 주인 잃은 말의 발굽 소리가 들리는구나. 대로변에서 고동 소리가 들리는 걸 보니 갈파왕이 다른 수를 쓴 모양이야. 란이 너는 천영 부인께 가서 이 사실을 알리거라."

"오라버니는 어쩌실 생각이시오?"

양야는 고개를 돌리고 불길을 쳐다봤다. 사혁의 군사와 영로의 군사를 합치면 2만 명이었다. 대로에 주둔하던 군사는 5천 명 남짓이었다. 어디에 숨겨 두지 않았다면, 남은 군사 1만 5천 명은 궁 뒤에서 산성의 후문을 지키고 있을 것이다. 여란이 있는 좌측으로 넘어온 것이 3500명이니 궐겸이 있는 우측으로도 그 정도 넘어갔을 터였다. 양야는 당장 환라에게 가고 싶었으나 아무리 생각해도 궐겸 혼자 3000명이 넘는 군사를 상대하긴 무리였다.

"나는 이 공자에게 갈 것이다. 그쪽도 상황이 마찬가지일 테니."

"알겠소."

여란은 굳은 얼굴로 고개를 끄덕였다. 그리고 양야가 알려 준 곳으로 걸어가다가 고개를 돌렸다.

"이 공자를 잘 부탁하오, 오라버니."

"걱정 말고 가거라. 나도 환이 슬퍼할 일은 벌어지지 않았으면 하니까."

여란이 숲 쪽으로 뛰어들자 양야는 궐겸의 위치를 확인하고 그와의 거리를 가늠했다. 궐겸에게 최단 시간에 도착하려면 궁을 통과해야 한다. 하지만 궁에는 황룡의 기운이 서려 있었다. 환라도 없는 마당에 불길이 번지지 않게 신경 쓰며 궁을 가로질러 가긴 무리였다. 궐겸에게 당도하기 전에 정기를 다 소진할 게 뻔했다.

양야는 다시 고개를 돌렸다. 그다음으로 빠른 길은 황궁의 뒤쪽 담장을 돌아가는 것이었다.

양야는 도술로 모습을 감추고 불길을 통과했다.

화염 장벽을 넘지 못한 병사들이 서성이고 있을 거라는 예상과 달리 뒤에는 아무도 없었다. 양야는 귀를 기울였다. 남은 적군이 왔던 길을 되돌아가는 소리가 들렸다.

"진지로 돌아가면 모래주머니를 들고 모두 우측으로 모여라!"

불을 꺼트릴 생각인 듯했다. 양야는 빠르게 달렸다. 되돌아가던 3000여 명의 군사를 지나치자 궁의 뒤편, 산성의 후문이 보였다. 그곳에도 약 3000명의 군사가 있었다.

양야는 몸을 숨긴 채 그들을 지나쳤다. 그리고 막 궐겸에게로 향하려던 차였다.

등 뒤가 갑자기 소란스러워졌다. 양야는 뒤를 돌아보았다. 보라색 연꽃이 수 놓인 손수건을 팔뚝에 찬 영로의 군사들이 사혁의 군사와 대치하고 있었다.

'황후의 군사가 왜 갑자기 갈파왕의 군사를 공격하는 것이지?'

어떻게 된 영문인지 것인지 모르겠으나 지금은 궐겸을 구하는 것이 우선이었다. 양야는 다시 앞을 향해 달려 나갔다. 왔던 만큼 가자 여란이 만든 것보다 더 견고하고 두꺼운 화염 장벽이 보였다. 그 덕에 불을 건너간 사람은 몇 안 되는 것 같았다.

그러나 화염 장벽 너머에서 치열한 전투가 벌어지는 것은 마찬가지인 듯했다.

양야는 불을 넘어갔다. 마침 군사 한 명이 궐겸을 찌르려던 차였다. 양야는 들고 있던 창을 휘둘러 그자를 기절시키고 궐겸을 일으켜 세웠다.

눈이 마주치자 궐겸의 얼굴에 안도하는 기색이 떠올랐다.

* * *

여란은 사람들의 눈을 피해서 달리며 대로를 쳐다보았다. 그런데 이상하게도 아군은 보이지 않았다. 마차 다섯 대가 동시에 지나다닐 정도로 넓은 대로는 사혁과 영로의 군사로 꽉 차 있었다.

환라의 군사가 사혁의 군사에게 완벽하게 포위당한 것이다. 여란은 이를 악물며 피난민이 떠난 쪽으로 향했다. 그러자 그녀를 발견한 사혁의 기마병들이 소리쳤다.

"저기 도망자가 있다 쫓아라!"

여란은 힐끗 뒤를 보았다가 빠르게 달렸다. 얼마 지나지 않아 피난 행렬의 꼬리를 따라잡을 수 있었다. 여란이 그대로 말에서 내려 피난민들 사이로 파고들었을 때였다. 뒤에서 날카로운 비명과 거친 목소리가 들렸다.

"길을 비켜! 안 비키면 이 애새끼 목숨은 없을 줄 알아!"

"살려 주세요!"

여란이 뒤를 돌아봤다. 열네 살쯤 되어 보이는 아이가 머리채를 붙잡힌 채 눈물을 흘리고 있었다. 적군의 창끝이 당장에라도 아이를 찌를 듯이 겨눠졌다.

그동안 파황후와 갈파왕의 군사들에게 수탈당했던 일들이 피난민들의 분노에 불을 지폈다. 하지만 아이의 이름을 부르며 오열하는 부모 때문에 섣불리 다가서는 사람은 없었다. 두 눈을 횃불처럼 치켜뜬 채, 피난민들이 좌우로 벌어지며 길을 만들었다.

"저기 대장군의 군사가 있……!"

사혁의 군사가 말을 마치기도 전에 여란이 달려들어 양발로 아이에게 겨눠진 창대를 강하게 쳐 냈다. 그리고 그 반동을 이용해 몸을 거꾸로 뒤집었다. 여란의 손이 아이의 머리채를 잡은 사내의 팔을 단단하게 붙들었고, 다리는 사내의 목을 휘어 감았다. 여란이 다리에 힘을 주며 몸을 비틀었다. 목이 졸린 적군이 말 밑으로 쿵 떨어졌다.

"크허, 억!"

숨넘어가는 소리와 함께 아이의 머리카락이 적군의 손아귀에서 빠져나갔다. 넘어진 아이는 떨리는 다리 때문에 차마 일어나지 못하고 기듯이 인파 사이로 도망쳤다. 아이를 일으켜 세워 부모님에게 돌려보낸 피난민들이 낫과 곡괭이를 들었다. 그리고 천천히 홀로 남은 병사에게 몰려들었다. 병사가 창을 휘두르며 소리쳤다.

"이 버러지 같은 새끼들이 어딜 와! 꺼져, 꺼지라고!"

하지만 그 고함도 얼마 지나지 않아 성난 피난민의 손에 의해 사그라들었다. 그사이 여란은 무릎을 털고 일어나 사람들 사이를 헤치며 채령을 찾았다.

"채령 님!"

안 그래도 정위와 하인들을 이끌고 중경 쪽으로 내려오던 채령이 여란의 목소리를 듣고 다가왔다.

"란아! 네가 왜 여기 있니?"

"형님이! 아니, 전하가 위험에 빠진 듯하오. 아무래도 적군이 매복이 있었던 듯한데, 나올 때 몰래 봤더니 파황후와 갈파왕의 군사밖에 보이지 않았소. 채령 님의 지략이 필요하오."

여란이 채령의 손목을 무작정 끌고 앞으로 나아갔다. 정위가 그 뒤를 따르며 말했다.

"저도 같이 가겠습니다."

여란이 뒤를 돌아봤다. 정위는 죽음도 각오하겠다는 표정이었다. 하지만 이 상황에 정위를 데려가면 정말 죽음을 각오해야하는 일이 생길지도 몰랐다. 여란은 남동생 같은 정위를 잃고 싶지 않았다.

"정위는 여기 계시오."

그러고는 갈파왕의 군사가 타고 온 말에 채령을 태우고 자신도 올라탔다. 여란은 창을 주워 들었고, 채령은 말고삐를 쥐었다. 채령 역시 정위를 두고 가는 것이 안전하다고 생각했기에 쫓아오려는 정위를 외면하며 말을 출발시켰다. 등 뒤에서 두 사람을 애타게 부르는 목소리가 들렸다.

"여란 님! 채령 님!"

하지만 두 사람은 빠르게 멀어졌다. 정위가 망연자실한 표정으로 주저앉았다. 그러자 곡괭이를 든 여인이 정위의 어깨를 툭툭 두드렸다.

"방금 태자 전하가 위험하시다고 한 것 맞니?"

정위가 젖은 눈가를 닦으며 고개를 돌리다 흠칫 몸을 떨었다.

낫이나 곡괭이, 호미, 갈퀴, 몽둥이 등을 든 피난민들이 제법 위협적으로 보였던 탓이었다.

"예, 그, 군사 수가 현저히 적어……. 근데 또 매복이 있어서 아마, 포위된 상태가 아닐까 싶습니다."

정위가 당황해 횡설수설했다. 하지만 찰떡같이 알아들은 사내가 버럭 소리쳤다.

"그럼 큰일 아니야? 그러다 태자 전하께서 잘못되시기라도 하면……."

뒤에서 갈파왕의 군사들을 묶고 있던 여인이 내려 두었던 낫을 다시 치켜들었다.

"우리 이러지 말고 태자 전하를 위해 돌아갑시다!"

"지당한 말이오! 애당초 우리가 다칠까 봐 대피하라고 명하신 것도 태자 전하 아니오? 그렇게 백성을 생각하는 분이 돌아가시면 또 황후같이 악랄한 사람에게 나라가 넘어갈 것이오!"

"거기다 그 갈파왕인가 뭔가는 아주 잔인하기로 소문이 자자하지 않소!"

"그놈의 군사들은 어떻고? 갈파왕의 병사한테 몹쓸 짓 당한 여인이 어디 한둘이오?"

"저번에는 우리 집에 쳐들어와 무작정 곡식을 털어 갔다고!"

사람들이 크게 술렁였다. 대체로 동조하는 분위기였다. 몇몇 사람들은 무기라고 보기 힘든 바구니나 솥뚜껑까지 꺼내 들었다. 하지만 정위의 얼굴은 더 새파랗게 질렸다.

"안 됩니다! 전하께서 백성들을 보호하라고 명하셔서, 아마 지금 가면 군사들이 여러분을 지키기 위해 전투에 집중을 못 할 겁니다!"

사람들을 막기 위해 한 말이었으나 오히려 부추긴 꼴이 되었다. 무기를 손에 든 사람들은 태자가 미천한 자들까지 아끼는 것에 크게 감동했다. 간혹 코를 훌쩍이는 사람도 있었다.

정위는 뭔가 잘못되어 가는 것을 느꼈다. 환라를 생각해서라도 피난민들을 말리려 했으나 이미 정위의 말을 듣는 사람은 없었다.

그들은 손에 든 것을 하늘로 치켜들며 소리쳤다.

"도망치지 말고 맞서 싸웁시다!"

"맞습니다! 우리의 터전과 태자 전하를 지킵시다!"

"뜻이 맞는 자들은 무기를 들어 주세요!"

"이보시오 들! 앞쪽으로 우리의 뜻을 전해 주시오!"

말은 순식간에 퍼졌다. 길게 이어진 행렬은 잠시 멈추었고, 곧 각기 다른 모양의 쇳덩이와 몽둥이들이 파도처럼 일렁이며 퍼지며 하늘로 치솟았다. 엄청난 함성이 터지며 수천 명의 사람이 왔던 길을 거슬러 올라가기 시작했다.

정위는 한가운데에 서서 그 모습을 멍하니 쳐다보았다.

그러다 이내 죽은 갈파군의 허리춤에서 검을 빼내 하늘 높이 치켜들었다.

* * *

능현이 당혹스러운 얼굴로 앞과 뒤를 살폈다.

어딜 보든 사혁과 영로의 군사들뿐이었다. 도망치고자 한다면 양옆에 늘어선 민가들 사이로 들어가면 되나 그러면 모두 뿔뿔이 흩어지게 된다. 만약 골목 안에 매복이 더 숨어 있다면 도망치는 아군은 전멸할 것이다. 능현이 재빨리 머리를 굴리며 소리쳤다.

"궁수들은 뒤에서 엄호하라! 우리는 멈추지 않는다, 앞으로 나아가라!"

진격을 알리는 북소리는 여전했다. 능현은 보고만 있지 않고 자신도 직접 전장으로 뛰어들었다.

뒤에서 지켜만 보던 사혁도 말의 옆구리를 찼다. 앞의 수비가 많이 약해진 터라 더는 두고 볼 수만은 없었다. 이제 맞부딪쳐야 할 시기가 온 것이다. 그러나 그가 노리는 것은 능현이 아니었다.

사혁은 황금 갑옷을 입은 환라에게 달려갔다.

'가짜 태자만 죽여도 사기가 꺾일 터. 저 갉잖은 황금 갑옷부터 벗겨 주마.'

도망치면 끝까지 따라가서 목을 베어 낼 생각이었다. 하지만 그의 예상과 달리 환라 역시 사혁에게 달려들었다. 사혁은 당혹스러운 마음을 감추며 환라를 향해 창을 휘둘렀다. 환라가 그 공격을 흘려보내며 지나쳤다가 바로 말을 돌려 사혁의 등을 노렸다. 하지만 그녀의 창끝이 닿기도 전에 사혁이 고삐 틀고 창대를 잡았다.

환라가 아무리 무술에 뛰어나다고는 하나 몇십 년간 전장에서 구르며 몸을 단련시킨 사혁의 힘을 이길 순 없었다. 사혁은 환라의 창대를 강하게 잡아당겨 빼앗았다. 그리고 그것을 능현에게로 던졌다. 날카로운 창끝이 능현을 향해 쇄도했다. 그 모습을 본 환라가 검을 뽑아 들며 소리쳤다.

"대장군!"

능현이 간신히 창을 쳐 냈다. 하지만 사혁은 그 틈을 놓치지 않고 환라에게로 창을 휘둘렀다. 말을 몰아 피하긴 했으나 사혁의 창끝이 환라의 팔을 강타했다. 비단 천이 뜯기며 그 뒤에 덧댄 철판이 고스란히 드러났다.

그는 저에게 달려드는 환라의 병사들을 개미 죽이듯 가볍게 처리하며 다시 환라에게로 달려들었다. 환라는 칼등을 손으로 받쳐 위에서 베듯이 공격해 오는 사혁의 창을 겨우 막았다. 그 힘이 사혁에게는 형편없게 느껴졌다.

"대장군이 잘도 너 같은 애송이를 가짜 태자로 세웠군."

"나는 가짜가 아니다."

"뭐?"

사혁의 눈이 환라의 얼굴로 향했다. 크게 벌어진 눈동자에 환라의 얼굴을 고스란히 비쳤다. 그는 환라와 비슷한 얼굴을 한 여인을 알고 있었다.

"소능화?"

사혁이 경악에 휩싸인 사이, 환라는 그대로 말 등을 넘어와 몸을 날렸다. 검날이 창대를 긁으며 아래로 내려와 순식간에 사혁의 팔 안쪽을 베어 냈다. 드물게 당황한 사혁이 팔을 들어 올려 공격을 피하려 했다. 그 틈을 놓치지 않고 창을 빼앗은 환라가 옆으로 빠져나왔다. 그리고 자신에게 몰려드는 적군을 베어 낸 뒤 다시 말에 올랐다.

사혁이 욱신거리는 통증에 제 팔을 내려다보았다. 비갑(팔을 보호하는 장비)을 묶어 두었던 끈은 환라의 검에 잘려 나간 지 오래였다. 물론 비갑 또한 떨어져 바닥을 뒹굴고 있었다.

붉은 피가 손등을 타고 손가락 사이로 스며들었다가 아래로 뚝, 뚝, 떨어졌다. 사혁이 이를 악물며 주먹을 말아쥐었다.

"감히, 감히 날 속여?!"

그가 일그러진 얼굴로 궁을 보았다. 그리고 항룡궁에 앉아 저를 조롱하고 있을 한 여인을 떠올렸다.

"파영로!"

사혁이 포효하듯 영로의 이름을 부르짖었다.

그리고 곧장 다친 손으로 검을 빼 들며 궁을 향해 달려갔다. 놀란 환라가 그를 따라가려 했으나 앞에는 아군과 적군이 뒤엉켜 싸우고 있었다. 게다가 따라 들어간다 한들 혼자의 힘으로는 사혁을 상대할 수 없었다.

환라가 고개를 돌려 소리쳤다.

"대내상이 군을 지휘하고 대장군은 갈파왕을 추격하라!"

"예, 전하!"

재화가 대답하자마자 능현이 말머리를 돌렸다. 환라는 능현과 함께 적군을 베어 내며 사혁의 뒤를 따랐다.

그때였다. 보라색 연꽃이 수 놓인 손수건을 팔뚝에 맨 병사들이 무기를 버리고 투항하기 시작했다. 환라가 당황하는 사이, 민가 사이에서 말 한 마리가 튀어나왔다. 그 위에는 채령과 여란이 타고 있었다. 채령이 주변을 둘러보며 상황을 판단할 때, 여란은 말에서 뛰어내려 적군을 꿰뚫었다.

판세를 읽은 채령이 그대로 대내상에게 달려갔다.

"병사들을 모아 화살촉 모양으로 진형을 만들고 궁수들을 뒤로 보내 세 줄로 세우세요! 곧 화염 장벽이 뚫릴지도 모릅니다. 그전에 궁으로 진입해야 합니다."

"병사들은 진형을 갖춰라!"

북소리가 둥 두둥, 둥 두둥, 다른 박자로 울렸다. 그러자 환라의 군대가 모여들어 앞머리가 뾰족한 진형을 만들었다.

"궁수들은 세 줄로 서서 엄호하라!"

앞에 선 이들이 적군을 베며 나아가면 맨 뒤에 선 궁수들은 한 발을 쏘고 장전하며 뒤로 물러났다. 그러면 곧바로 두 번째 줄에 있던 궁수가 활을 쏘고 뒤로 물러나는 식으로 후진하며 아군을 따라갔다.

"투항한 자들은 죽이지 말라!"

대장군의 목소리를 들은 적군 중 상당수가 무기를 내려놓고 투항했다. 그들의 팔에는 하나같이 보라색 연꽃 손수건이 묶여 있었다.

채령이 인상을 찌푸리며 고개를 기울이는 사이, 갈파군 사이에서 한 번 더 폭죽이 터졌다. 환라가 하늘을 보며 인상을 찌푸렸다.

"곧 군사가 더 몰려올 것이다."

지금 지체하면 갈사혁을 영영 놓치게 된다. 능현이 환라를 보았다. 눈이 마주치자 그녀가 작게 고개를 끄덕였다. 두 사람은 동시에 말을 내달려 제 병사들이 만든 진형의 뾰족한 앞머리를 뛰어넘었다. 그리고 서로를 엄호하며 갈파왕의 뒤를 쫓았다. 채령이 멀어지는 그들을 바라보다가 땅을 진동시키는 불길한 소리에 고개를 돌렸다.

그것은 수천의 무장 군사가 하나처럼 움직이는 소리였다. 여란이 채령에게 돌아와 다시 말에 올라탔다. 채령이 일부러 장난스럽게 말을 건넸다.

"돌아오지 말 걸 그랬네."

"걱정하지 마세요. 제가 지켜드릴게요."

여란이 잔뜩 긴장한 채로 진지하게 대답했다. 채령은 웃으며 농이라고 말했으나 여란은 듣지 못한 듯하였다. 그녀는 여란을 보다가 가볍게 웃고 근심스러운 숨을 내뱉었다.

'천은 넘을 것 같은데……. 죽으면 뭐, 어쩔 수 없는 거겠지.'

가벼운 생각으로 두려움을 애써 지워 내고 있을 때였다.

갑자기 발걸음 소리가 흩어졌다. 하지만 미처 안심하기도 전에, 사방에서 수천 개의 화살이 쏟아졌다. 채령은 고개를 들었다. 철새처럼 하늘을 뒤덮으며 날아드는 화살이 채령의 시야를 가득 채웠다. 동시에 여란이 채령의 머리를 감싸 저 품으로 끌어당겼다.

채령은 저도 모르게 눈을 질끈 감았다. 그러나 통증은 느껴지지 않았다. 화살들이 보이지 않는 벽에 가로막힌 듯 멈추었다가 맥없이 땅으로 떨어진 덕분이었다.

여란은 어리둥절한 표정으로 두리번거리다가 궐겸을 부축한 채 진영 안으로 들어와 있는 양야를 발견했다.

그녀는 당장 말에서 뛰어내려 두 사람에게 달려갔다.

"오라버니! 이 공자!"

양야가 비틀거리며 여란에게 궐겸을 넘겼다.

"환은 어디에……."

"대장군의 군사를 모두 죽여라!"

양야의 말끝이 커다란 함성에 묻혔다. 양야는 고개를 돌렸다. 수천의 군사들이 민가 사이에서 쏟아져나왔다. 동시에 뒤를 지키고 있던 궁수 중 한 명이 뛰어와 소리쳤다.

"화살이 떨어졌습니다!"

그 보고를 들은 재화가 소리쳤다.

"검을 뽑아라! 대영을 흐트러트리지 말라! 궁이 코앞이니 계속 직진한다!"

하지만 재화의 말이 무색하게 진영은 점점 무너졌다. 병사들은 필사적으로 싸웠으나 지친 상태였다. 재화는 이를 악물고 앞을 보았다.

그때 채령이 재화에게 다가갔다.

"어르신. 궁의 입구 앞에 다다르면 안쪽으로는 기마 부대만 들여보내시고 남은 병력으로는 입구를 지켜야 전하께서 무사하실 수 있습니다."

"나도 천영 부인 말을 따르고 싶으나……."

"나약한 소리 하시려거든 차라리 입을 다무세요. 이끌고 계신 분이 희망을 품지 않으면 살릴 수 있는 병사마저 잃게 됩니다."

재화가 고개를 크게 끄덕였다. 그리고 간혹 안쪽으로 들어오는 적군에게서 채령을 지키며 상황을 살폈다. 궁이 가까워질수록 아군은 줄어들었다.

'조금만, 조금만 더⋯⋯.'

재화가 검을 휘두르며 황궁 입구를 힐끔거릴 때였다. 다시 뒤에서 거대한 함성이 파도처럼 밀려들었다.

재화가 새하얗게 질린 낯으로 고개를 돌렸다. 멀리서 수천 명의 피난민들이 대로로 쏟아져 들어오는 게 보였다. 상황을 이해하지 못한 그가 굳어 있을 때, 피난민들이 소리쳤다.

"갈파왕과 황후의 군사를 죽이고 태자 전하를 지키자!"

하늘을 찌를 듯한 기합이 마치 승전보처럼 울려 퍼졌다. 백성들이 갈파의 군사를 공격하자 환라의 병사들도 숨통이 트였다.

"백성들이 우리와 함께한다!"

병사들이 다시 무기를 고쳐잡았다. 그들은 갈파군을 무찌르며 다시 앞으로 나아갔다.

승세가 다시 아군에게 기우는 것을 본 양야가 안도하며 궁으로 들어가기 위해 몸을 돌렸다. 순간, 멀리서 천둥이 내리꽂혔다. 등골을 서늘하게 만드는 바람이 중경을 향해 불어왔다.

양야는 창백하게 질린 낯으로 고개를 돌렸다.

하늘 위로 새까만 사기가 독 연기처럼 피어올랐다. 그 근원지는 뇌동산이었다.

* * *

매일 연회가 벌어지던 궁 안은 조용했다. 모여 있던 대신들은 그 고요함에 숨이 막힐 지경이었다. 당장이라도 도망가고 싶어 엉덩이가 들썩거렸으나 상석에서 영로가 차를 마시고 있으니 자리를 피할 수도 없었다.

그들은 마른침을 삼켰다.

참다못한 우사정이 영로의 옆으로 가 조심스럽게 말했다.

"좀, 너무 조용한 것 같지 않습니까? 궁인과 환관들도 거의 안 보이고……."

"내가 자리를 피하라 하였소. 괜히 휩쓸려 다칠지도 모르지 않소?"

"그, 그럼 저희는……?"

매서운 눈초리가 우사정에게 향했다. 그는 칼날을 마주한 사람처럼 겁에 질려 입을 다물었다. 그러자 눈치만 보고 있던 다른 대신이 작위적으로 웃었다.

"하하하! 그래도 우리에게는 폐하의 군사가 있지 않습니까? 다들 걱정할 필요 없습니다."

다들 고개를 끄덕였으나 영로만큼은 끄덕이지 않았다. 그녀는 조용히 찻잔을 들어 올렸다. 넓은 소매에 가려진 입가에는 조소인지 통쾌함인지 모를 미소가 걸려 있었다. 영로는 찻물을 삼키고 향을 음미하다가 잔을 내려놓았다. 붉디붉은 입술 사이에서 흘러나온 말은 차의 온기와 달리 싸늘하기만 했다.

"괜한 걱정이 들거든 떠나도 좋소. 단, 다시는 궁으로 돌아오지 못할 것이오."

떠나도 좋다는 말에 화색을 띠던 얼굴들이 권세를 포기하라는 말에 다시 칙칙해졌다.

영로는 입꼬리를 비틀어 올리며 문을 보았다.

어서 저 문이 열리길, 열려서 능현과 환라가 들어오기를 바라면서 말이다.

하지만 문을 벌컥 연 것은 달갑지 않은 인물이었다.

13. 결자해지

"파영로!"

양손으로 문을 열어젖히며 들어온 사혁이 이를 악물고 영로의 이름을 불렀다.

사혁의 얼굴은 석 달을 굶은 짐승처럼 흉포했으며 긴 다리를 성큼 뻗어 걸을 때에는 땅이 울리는 듯했다. 대신들은 당장 뭐라도 물어뜯어 피를 볼 것만 같은 표정에 오금이 저렸다. 그러나 영로는 눈 하나 깜짝하지 않고 가까워지는 사혁을 똑바로 보았다.

둘 사이에 껴서 눈치를 보던 대신 하나가 자리에서 벌떡 일어났다.

"황후 폐하의 존함을 함부로 부르다니, 이 무슨 무례한⋯⋯!"

사혁은 떠들어 대는 대신을 보지도 않고 칼을 휘둘렀다. 말이 끝나기도 전에 대신의 몸이 뒤로 넘어갔다. 붉고 뜨거운 피가 분수처럼 솟구쳐 사혁의 머리카락과 얼굴을 적셨다.

"으아아악!"

"흐어, 어어억!"

비명이 울렸다. 누군가는 토악질하고, 누군가는 벌벌 떨며 탁자 밑에 숨었다. 누구는 의자째로 뒤로 넘어갔다가 바닥을 기며 도망쳤다. 사혁은 벌레처럼 꿈틀거리는 대신들에게 눈길조차 주지 않은 채 억눌리고 갈라진 목소리로 말했다.

"죽이기도 귀찮으니 다 나가라."

그 말에 대신들은 너나 할 것 없이 문밖으로 뛰쳐나갔다. 먼저 나가려고 발버둥 치다 서로의 발과 몸이 엉키며 나뒹구는 소리가 요란했다. 그러나 그 소리마저 눈 깜짝할 새에 멀어졌다. 얼마 지나지 않아 조정 안은 고요함을 되찾았다. 사혁은 영로를 빤히 쳐다보다가 훌쩍 탁자 위로 올라왔다. 그리고 성큼성큼 걸어와 영로의 앞에 주저앉았다. 검을 아무렇게나 내려놓은 그가 영로의 작고 하얀 턱을 우악스럽게 움켜쥐었다. 사혁의 손에 묻은 피가 영로의 턱에 붉은 흔적을 남겼다.

"궁 안을 채우던 네 사병은 어디를 갔지? 네 병사들이 갑자기 무기를 버리고 투항한 것과 관련이 있나?"

건방진 목소리로 물으며 사혁은 영로의 턱을 제 쪽으로 잡아당겼다. 나락에서 막 올라온 수라처럼 피 칠갑한 얼굴이 위협적으로 가까워졌다.

그럼에도 영로는 여유로웠다. 그녀의 눈동자에는 전에 없던 생기마저 돌았다.

"그래. 전투가 벌어지거든 기회를 봐서 무기를 버리고 투항하거나 도망치라고 명령했다. 대장군은 그런 자들을 죽이지 않으니까."

"네가, 감히 나를 속여? 감히, 감히 이 나를 배신해?"

일그러진 얼굴이 증오로 진동했다. 영로는 경련하는 사혁의 볼과 입꼬리를 보며 웃음을 터트렸다. 두껍고 거친 손이 그녀의 얼굴을 놓고 목을 움켜쥐었으나 웃음은 끊이지 않았다.

"하하하! 배신? 배신은 믿는 자에게 당하는 것이지."

영로는 오른손으로 사혁의 멱살을 잡아당겼다. 미소를 한가득 담은 영로의 얼굴에는 광기와도 같은 희열이 들끓었다.

"이런 건 복수라고 하는 것이다!"

목을 움켜쥔 손에 핏줄이 불거졌다. 영로는 사혁의 손을 막으려 하지 않았다. 다만 숨이 끊어질 듯 꺽꺽대면서도 말을 이었다.

"네가, 그 세 치 혀로……, 컥, 내 부모를 이간질, 하고, 정복 전쟁의 선두……, 에, 섰다는 것을, 헉, 모를 줄, 알았느냐?"

"그게 뭘 어쨌다는 거지? 낙랑의 왕은 본디 유약하고 제 부인을 두려워했다. 광예제(이백의 아버지)께서는 호시탐탐 낙랑의 옥을 노렸지. 나는 그 욕망에 불을 지펴 준 것뿐이다!"

사혁의 말이 이어질수록 영로의 얼굴에는 사무칠 정도로 강한 살의가 차올랐다.

"네가! 네 놈이 이간질하지만 않았어도! 내가 능화 언니를 사지로 몰지는 않았을 것이다! 나를 친동생처럼 아껴 준 언니를……

배신하지는 않았을 것이란 말이다!"

영로가 사혁의 목을 조르려는 듯 손을 뻗으며 소리쳤다. 죄책감과 후회로 얼룩진 얼굴이 사혁의 눈동자에 아로새겨졌다. 그는 영로의 이마와 목덜미에 도드라진 핏대를 발견하고는 고개를 숙이며 폭소했다.

"하하하하! 그래서……."

돌연 웃음을 멈춘 그가 천천히 고개를 들었다. 사혁은 숨통이 막히지 않을 정도로만 손에 힘을 풀고 영로의 목을 잡아끌며 일어났다. 영로의 몸이 의자를 떠나 탁자 위로 끌려 올라왔다.

"그래서 이따위 일을 벌였군. 소능화의 딸을 지키려고."

고통에 얼굴을 찌푸리면서도 영로의 눈빛만은 올곧았다. 사혁은 그 맑은 빛이 파영로와 지독히도 어울리지 않는다고 생각했다. 이상과 정의를 좇는 건 그녀가 할 만한게 못 된다.

죄책감과 회한에 젖어도 제가 손에 쥔 것을 놓지 못하는, 그 탐욕스러움.

파영로와 어울리는 것은 그런 탐욕과 야망이었다. 그는 미간을 찌푸리며 영로를 넘어트리고 그 위에 올라탔다. 두껍고 단단한 손 두 개가 영로의 목을 완전히 감싸고 천천히 조였다.

"솔직해지시지. 넌 원래 소능화를 질투했어. 그 여자의 자리를 탐내고 네 왕국에서 못 이룬 제왕의 꿈을 여기에서 이루려 했지."

영로가 부정하지 못하자 사혁의 입가에 미소가 번졌다.

"내 이간질로 소능화를 사지로 몰았다? 웃기지 마라. 네 야망이 소능화를 죽인 것이다. 네 탐욕이, 소능화를 죽인 것이다!"

사혁의 눈빛에 사특한 기대감이 일렁였다. 네 추악함을 깨달아라. 깨닫고 절망해. 나락으로 투신해라. 사혁의 눈빛은 그렇게 외치는 듯했다.

　영로의 입이 벌어지자 사혁은 무의식중에 손아귀에 힘을 살짝 뺐다. 그는 영로가 증오와 분노를 쏟아 내길 바랐다. 하지만 밭은 숨을 겨우 내쉬며 마른 입술 사이로 흘러나온 말은 전혀 다른 것이었다.

　"네 말이 맞다. 내 탐욕 때문이지. 그래서 환라를 지켜 달라는 언니의 유언을 따르기 위해, 네 놈을 사지로 몰기 위해 내 남은 평생을 바쳤다!"

　영로의 왼쪽 소매 밑에서 짧은 칼날이 시퍼렇게 번뜩였다. 그 서슬 퍼런빛이 비갑이 떨어져 나간 사혁의 팔뚝 위에 정확히 꽂혔다. 생살을 찢고 근육을 가르는 섬뜩한 소리가 생생하게 들렸다. 잠시 시간은 벌 수 있을 거라는 영로의 예상과 달리, 사혁은 미동조차 하지 않았다.

　그는 변함없는 표정으로 영로의 목을 조이며 한 손으로 칼을 가볍게 빼앗아 던졌다. 그리고 손아귀에 힘을 주었다.

　"그간의 정을 생각해 최대한 공들여 죽여 주마. 기대하는 게 좋을 것이다."

　목을 움켜쥔 손에 제 무게를 실으며 사혁이 몸을 숙였다. 코끝이 닿을 정도로 가까운 거리에서 그가 이를 드러내며 웃었다. 사혁은 영로가 한 번 숨을 쉬게 해 준 뒤 다시 서서히 숨통을 졸랐다. 영로가 반사적으로 다리를 버둥거리며 몸을 비틀었다. 그러나

기골이 장대한 사혁을 밀어 내기는 역부족이었다. 손을 옆으로 뻗어도 보았으나 사혁이 내려 둔 검에는 닿지 않았다. 영로는 마지막 희망을 걸고 손가락으로 갈파의 상처를 짓눌렀다.

그러나 목을 조르는 힘은 오히려 더 강해졌다. 폐에서 뻐근한 통증이 느껴지고 정신은 아득해졌다.

귓가에 말발굽 소리가 들렸으나 영로는 그것이 환상인지 아닌지 분간할 수 없었다. 막 정신을 잃으려던 찰나, 사혁의 손이 떨어져 나갔다.

"허억!"

숨을 순식간에 들이마신 영로가 거칠게 기침을 토해 냈다. 정신이 없는 와중에 익숙한 손길이 영로를 탁자 밑으로 끌어 내리며 뒤로 물러섰다. 하지만 영로는 따라가지 못하고 주저앉아 버렸다. 등을 두드리는 손길이 퍽 다정했다. 영로는 혼란스러움을 느끼며 천천히 고개를 들었다.

시야에 능화와 꼭 닮은 얼굴이 들어찼다.

"……언니?"

"……괜찮으시옵니까?"

두 사람의 목소리가 겹쳤다. 능화보다 조금 더 낮고 어린 목소리가 영로의 귓가를 파고들었다. 영로는 그제야 정신을 차리고 환라를 쳐다봤다. 갑옷은 여기저기 일그러져 있었고 황금색 비단은 붉게 물들어 있었다.

영로가 사색이 되어 환라에게 물었다.

"태자. 다친 겁니까?"

저를 걱정하는 눈빛에 환라는 혼란스러웠다. 그녀는 고개를 저으며 일어나 뒤로 물러섰다. 영로의 목과 얼굴에 찍힌 선명한 붉은 손자국을 보자 이상한 기분이 들었다. 환라는 애써 침착하며 검을 뽑아 영로에게 겨눴다.

그제야 영로의 얼굴에서 걱정하는 기색이 사라졌다. 그녀는 쓰러질 것처럼 앉아 양손으로 바닥을 짚었다. 그렇게 겨우 몸을 지탱한 채 눈을 감았다. 환라가 검을 휘두른다면 받아들일 생각이었다.

그러나 고통은 느껴지지 않았다.

영로는 다시 눈을 떴다. 사혁과 능현의 사투를 바라보던 환라가 고개를 돌렸다.

"곧 병사들이 올 것이옵니다. 재판을 거쳐 합당한 벌을 받으셔야 하니 허튼 생각은 마시옵소서."

환라답지 않은, 차가운 어투였다. 영로는 씁쓸한 표정을 애써 감추며 고개를 돌렸다.

환라는 영로의 가슴께를 검날로 막은 뒤 사혁과 능현을 보았다. 검광이 번뜩이고 칼과 칼이 맞부딪쳤다. 격렬한 움직임 탓인지 사혁의 오른쪽 팔뚝에서는 끊임없이 피가 흘렀다. 그의 얼굴은 핏기가 가셔 새하얗게 질린 것처럼 보였다. 환라는 버겁게 능현의 공격을 막아 내는 사혁을 보며 안심했다.

'내가 나설 필요는 없겠다.'

그 생각이 끝나자마자 구석에 몰린 사혁이 창문을 가린 휘장을 거칠게 잡아당겼다. 실밥이 뜯어지는 소리가 나며 넓고 두꺼운 장막이 능현의 위로 떨어졌다.

환라는 재빨리 달려 나갔다.

능현이 장막을 잘라 내기 위해 손을 휘두르자마자 사혁이 검을 내질렀다. 환라가 그 틈을 파고들어 사혁의 검을 들어 올리듯 쳐 냈다. 사혁이 그 반동을 이용해 바로 검을 휘둘렀다. 환라는 사혁의 공격을 정면으로 막았다.

단단한 쇠붙이 두 개를 가운데 두고 사혁과 환라의 눈이 마주쳤다.

"역시 내 판단이 옳았다. 네가 소능화의 배 속에 있었을 때 죽였어야 했어!"

환라는 그의 검을 흘려보내듯 피하며 목을 노렸다. 그러나 사혁은 있는 힘을 다해 환라의 검을 쳐 냈다. 벼락을 맞은 것처럼 손목이 저렸다. 동시에 검이 허공을 날아 탁자 근처에 꽂혔다.

환라가 검을 회수하기 위해 달려 나갈 틈도 없이, 사혁이 그녀를 절단 내려는 듯 검을 내리찍었다.

하지만 검날이 닿기 전, 환라의 몸이 뒤로 쑥 딸려 갔다. 능현이 환라를 잡아당겨 제 뒤에 숨기고 대신 검을 막아 낸 것이었다.

"전하, 제가 상대하겠습니다. 피해 계십시오."

대답을 들을 겨를은 없었다. 물론 대답할 시간 또한 없었다. 환라는 날아간 검을 되찾기 위해 곧장 몸을 틀었다. 그러나 환라의 검은 이미 다른 사람의 손아귀에 들려 있었다.

"……황후 폐하."

영로가 숨을 크게 들이마시며 고개를 치켜들었다. 그리고 환라에게 검을 겨눴다.

환라는 사혁과 능현에게서 최대한 멀리 떨어지기 위해 천천히 걸음을 옮겼다. 그러나 환라의 노력이 무상하게도 영로는 사혁과 능현이 있는 쪽으로 움직였다.

환라가 불안한 얼굴로 인상을 찌푸렸다.

'혹시 갈파왕을 도울 생각이신가? 그렇게 둘 순 없다.'

무술은 환라가 한 수 위였다. 영로가 방심만 한다면 검을 빼앗는 건 어렵지 않을 것이다. 환라가 작정하고 영로에게 달려갈 때였다. 환라에게 검을 겨눈 채 사혁을 빤히 바라보던 영로가 순식간에 몸을 틀었다. 그녀는 검 손잡이를 역으로 잡고 능현의 검을 막느라 등을 보인 사혁을 향해 뛰어들었다.

미처 막을 틈도 없이 검날이 철갑 사이를 파고들었다. 쇠를 긁는 듯한, 소름 끼치는 소리가 울렸다. 일순 조정 안의 모든 움직임이 멎었다. 그리고 끔찍한 침묵이 내려앉았다.

사혁은 제 배를 꿰뚫고 나온 검날을 내려보았다.

"컥!"

막힌 숨소리가 터져 나오며 피가 울컥 솟았다. 영로는 온 힘을 다해 검을 비틀며 뽑아냈다. 새빨간 피가 앞뒤로 쏟아졌다.

사혁의 몸이 스르륵 주저앉았다. 그의 손에 힘이 풀리고, 검이 바닥에 나뒹군 뒤에야 영로도 검을 떨어트리며 자리에 주저앉았다. 능현이 그녀에게 달려갔다. 환라는 일단 검을 발로 차 사혁에게서 멀리 떨어트려 놓은 뒤, 숨이 끊어졌는지 확인했다. 호흡은 물론 맥박조차 느껴지지 않았다. 환라는 깊게 숨을 내쉬며 고개를 들었다.

"대장군은 갈사혁의 죽음을 알려라."

영로를 차마 안아 주지 못하고 서성이던 능현이 환라를 보았다.

"명 받들겠사옵니다."

미련이 뚝뚝 떨어지는 눈을 영로에게서 애써 떼어 내며 능현이 갈파의 시신을 잡아끌었다. 원래는 목을 잘라 창끝에 매다는 것이 일반적이었으나 영로의 앞에서 차마 그런 짓을 할 수 없었던 까닭이었다.

젖은 솜처럼 무거워진 몸이 능현의 손에 질질 끌려 나갔다.

환라가 그 모습을 보며 한숨 돌리고 있을 때였다. 쿵! 하고 암석이 높은 곳에서 떨어진 듯한 소리가 들렸다. 동시에 건물이 흔들렸다. 쌓아 둔 상소문이 와르르 무너져 내리고 창가에 올려놓은 화병은 날카로운 소리와 함께 산산조각 났다. 천장에서 돌가루까지 떨어지자 사색이 된 영로가 몸을 일으켰다.

"태자!"

달려온 영로가 그대로 환라를 품에 안으며 몸을 웅크렸다. 누가 보나 환라를 보호하려는 행동이었다. 천장은 금이 갔을 뿐 아직 무너지지 않았으나 환라는 더욱 혼란스러워졌다. 그러나 영로가 왜 사혁을 죽였는지, 자신을 지키려는 듯 구는지에 대해 깊이 생각할 겨를이 없었다.

무언가가 창문을 부수며 조정 안으로 날아든 탓이었다.

환라는 영로의 품에서 벗어나며 능현에게로 밀어 냈다.

"……대장군과 함께 계시옵소서."

그리고 그대로 고개를 돌려 창문을 뚫고 들어온 것을 보았다.

그것은 시신이었다.

그냥 시신이 아니라 거대한 짐승에게 물어뜯긴 듯 이빨 자국이 선명한 시신이었다.

능현은 영로를 품에 가둬 시신을 보지 못하게 했다. 그사이 환라가 인상을 찌푸리며 창문을 보았다. 아직 날이 저물 때가 아님에도 불구하고 밖은 깊은 우물처럼 새까맣기만 했다. 알 수 없는 검은 연기가 창문 안으로 벌레처럼 기어들어 왔다.

불길하고 소름이 돋는 광경이었다.

"전하. 나가셔야⋯⋯."

능현은 말을 뚝 끊고 굳었다.

창을 절반이나 가릴 정도로 커다란, 핏발 선 짐승의 눈동자가 그들을 뚫어지게 보고 있었다. 환라는 흰색과 검은색이 뒤섞인 털과 새파란 눈동자를 보며 뒷걸음질 쳤다.

"백호선."

"크르릉."

천둥 같은 울음소리가 건물을 진동시켰다. 쿵, 쿵, 치받는 소리가 제 심장에서 나는 것인지 밖에서 들리는 것인지 분간할 수 없었다.

그러나 한 가지는 확신할 수 있었다.

'도망치지 않으면 죽는다.'

환라는 그대로 영로와 능현의 손목을 붙잡고 뛰었다. 동시에 새까만 앞발이 불쑥 들어와 그들이 있던 자리를 할퀴었다. 몸집이 큰 탓인지 행동이 빠르진 않았다. 하지만 그 파괴력은 상상을 초월할 정도였다. 단단한 땅이 발톱 모양대로 움푹 파일 정도였으니 말이다. 급한 마음에 건물 안까지 말을 타고 들어왔던 것이 천만다행이었다.

호랑이도 겁내지 않는다는 이야기가 사실이었는지 환라의 말은 물론, 능현의 말까지 도망치지 않고 그 자리에 있었다. 환라는 제 말 위에 올라타며 말했다.

"흩어져야 하옵니다."

"내가 유인할 테니 태자는……."

영로의 말이 끝나기도 전에 다시 땅이 진동했다. 백호선이 발을 디딜 때마다 지진이 난 듯 땅이 흔들리고 있었다. 환라는 영로가 다시 입을 열기 전에 검집으로 영로와 능현이 탄 말의 엉덩이를 때렸다.

"태자!"

영로가 사색이 되어 소리쳤으나 이미 말은 출발한 뒤였다. 환라는 잠시 뒤를 돌아보았다. 조정 안은 이제 먹물을 쏟아 놓은 듯 새까맣게 변해 있었다. 그 사이로 시퍼런 안광이 번뜩였다가 사라졌다. 곧 쾅! 하는 소리와 함께 벽이 무너졌다. 동시에 환라가 문밖으로 달려 나갔다. 밖에는 황군과 궁인, 환관의 시체가 즐비해 있었다.

'피난 행렬의 반대쪽으로 유인해야 한다. 버티다 보면 양야가 와 줄 것이다.'

그 믿음 하나만으로 환라는 말머리를 돌렸다. 그러나 본격적으로 달리기도 전에 그녀의 머리 위로 거대한 검은 그림자가 스쳐 지나갔다. 이내 집채만 한 요괴가 환라의 앞에 쿵 내려앉아 이를 드러냈다.

"뇌동산. 내, 것……, 어디……. 여우, 냄새."

사람의 목소리 같은 것이 짐승 소리 사이로 섞여 나왔다. 환라는 등을 보이지 않으려 말을 뒷걸음질 치게 했다. 그러자 이리저리 굴러다니던 눈동자가 우뚝 멈췄다. 백호선이 콧잔등을 일그러트리자 시뻘겋게 물든 송곳니가 드러났다. 곧 짐승의 아가리가 기괴할 정도로 크게 벌려졌다. 이빨과 이빨 사이로 정체 모를 진득한 액체가 실처럼 늘어지다 뚝 뚝 흘렀다. 환라는 입술을 악물었다.

'남은 무기라고는 화살뿐이다.'

두려움에 온몸이 떨렸다. 등 뒤로 식은땀이 흘렀다. 시체 주변에는 활이 있었으나 주울 시간은 없었다. 그렇다고 손에 든 화살로 요괴가 된 백호선을 단번에 죽일 수 있을 것 같지도 않았다. 갑옷도 강철을 비늘처럼 엮어 만든 것이나 집채만 한 짐승의 이빨을 견딜 수 있으리란 보장은 없었다.

고민해 봤으나 대적할 길도, 도망칠 길도 없었다. 하지만 죽음에 순응할 순 없었다. 어떻게든 살아남아야만 한다.

그녀는 말 고삐를 단단하게 쥐었다.

'움직임이 빠르지 않으니 팔을 휘두르려 할 때 다리 사이로 지나가 벽 뒤에 몸을 숨기자.'

마침 백호선이 팔을 들어 올렸다. 환라는 재빨리 말의 옆구리를 찼다. 말이 길게 울더니 순식간에 백호선의 다리 사이로 파고들었다. 그러자 백호선이 두 발로 우뚝 서서 허리를 숙였다. 마치 거인과도 같은 모양새였다.

뒤를 돌아본 환라가 두려움과 당황을 가라앉히기도 전에, 백호선이 제 다리 사이로 팔을 집어넣었다. 날카로운 발톱이 말꼬리를 아슬아슬하게 스치고 지나갔다.

'어떻게 두 발로…….'

백호선은 팔로 땅을 짚은 상태로 뒷발을 박찼다. 허공에서 온몸이 기괴하게 비틀리며 환라를 향해 자리를 잡더니 네 발로 땅에 내려왔다. 달리는 와중에도 그 진동이 여실히 느껴졌다. 단 한걸음을 뛰었을 뿐인데 이때껏 벌려 두었던 거리가 반 토막 났다. 환라는 황급히 무너지지 않은 담장 뒤로 몸을 숨겼다.

"크르릉."

다시 땅이 쿵 울리더니 벽 너머에서 가래 끓는 듯한 숨소리가 들렸다.

환라는 숨을 죽이며 퇴로를 물색했다. 궁과 궁 사이에 난 길은 높은 담장으로 막혀 있으니 몸을 숨기기에 적합하고, 발각되어도 백호선이 따라오기는 힘들 것이다.

환라가 막 그쪽으로 말머리를 돌리려 할 때였다. 벽 위로 잔뜩 주름지고 일그러진 요괴의 얼굴이 솟아났다.

놀란 환라가 바라보았으나 두 발로 선 백호선은 그녀에게 관심조차 없었다.

"여우……."

그르렁거리는 소리로 작게 중얼거린 백호선이 돌연 몸을 틀었다. 그리고 갑자기 어디론가 달려가기 시작했다. 환라가 경악한 얼굴로 고개를 돌렸다. 머리 위로 번개가 내리친 듯했다. 동시에 제 연인의 얼굴이 떠올랐다.

환라는 사색이 되어 바닥에 굴러다니는 활을 되는대로 주워 들어 제 화살통에 넣으며 백호선을 따라갔다. 얼마 지나지 않아 백호선과 마주하고 있는 양야가 보였다.

"양야야!"

양야가 고개를 돌렸다. 환라는 걱정스러운 마음에 달려갔다. 혹시라도 공격당하면 활이라도 쏘려 하였으나 백호선은 마치 밧줄에 묶인 것처럼 제자리에서 몸을 비틀 뿐이었다.

환라는 백호선에게 잠시 시선을 주었다가 양야에게로 달려갔다.

"괜찮은가?"

"아직 버틸 만합니다."

그렇게 답하긴 했으나 요괴가 된 백호선을 도술만으로 감당하긴 버거웠다. 백호선이 내뿜은 사기 때문에 숨이 막혔다. 거기에다가 용의 기운까지 넘실거리니 정기를 많이 쓰면 쓸수록 머리가 지끈거렸다.

하지만 환라를 보는 순간 숨통이 트였다. 미소를 되찾은 양야가 환라에게 물었다.

"환은 다친 곳 없으십니까?"

"나는 괜찮다."

환라가 말에서 내려 양야의 어깨에 손을 얹었다. 갑자기 기운이 쑥 빨려 들어가는 느낌이 들었다. 환라가 휘청거리자 양야가 저도 모르게 도술을 풀며 그녀를 부축하려 했다. 다정한 연인의 모습이 백호선의 두 눈에 가득 들어찼다. 그러자 백호선이 흉측한 입을 크게 벌리며 달려들었다. 당황한 양야가 환라를 끌어안은 채 다시 도술로 백호선을 묶었다.

혼자 있을 때만큼 버겁지 않았다. 그러나 환라는 피를 많이 흘린 것처럼 정신이 아찔하였다. 그 사실을 눈치챈 양야가 힐끗 말을 돌아보았다.

"여우로 변해서 상대해야겠습니다. 제가 시간을 벌 테니 환은 말을 타고 자리를 피하십시오."

환라는 힐끗 백호선을 보았다. 이미 사람의 힘으로는 상대할 수 없다는 것을 깨달았기에 곁에 있겠다고 고집을 부릴 순 없었다. 그녀는 고개를 끄덕이고 말에 올라탔다.

그때였다. 두꺼운 얼음이 갈라지는 듯한 굉음과 함께 백호선이 환라를 향해 몸을 날렸다. 환라는 날카로운 발톱을 겨우 피하고 곧장 말을 몰았다. 동시에 여우로 변한 양야가 몸집을 키우며 백호선의 목덜미를 물었다. 뒤를 확인하며 달리던 환라의 귀에 짐승의 목소리가 들렸다.

"남의 것, 안 돼……. 죽어! 죽어!"

환라는 자리에 멈춰 서서 말머리를 뒤로 돌렸다.

백호선의 두껍고 날카로운 손톱이 양야의 몸에 깊숙이 박혔다. 하지만 양야는 백호선의 목덜미를 놓지 않고 머리를 이리저리 흔들었다. 커다란 짐승 두 마리가 뱀처럼 뒤엉켜 서로를 물어뜯고 할퀴었다. 채찍 같은 꼬리가 휘둘러질 때마다 돌벽이 허물어졌다. 바위처럼 단단한 발을 디딜 때마다 땅이 움푹 파였다.

항룡궁이 난장판이 되고 있었으나 환라에게는 양야가 더 중요했다.

'피를 너무 많이 흘렸다.'

환라는 차마 양야를 두고 도망칠 수 없었다. 그녀는 망설임 없이 어깨에서 활을 빼냈다. 오른손으로 화살을 시위에 걸고 잡아당겼다. 그리고 양야와 백호선이 떨어지길 기다렸다.

얼마 지나지 않아 양야가 백호선에게서 떨어져 나갔다. 백호선의 목덜미에서 피 대신 검은 액체가 뭉치며 떨어졌다. 양야 역시 피투성이가 된 채 비틀거렸다. 지쳐 보이는 양야와 달리 백호선은 검은 액체와 연기를 흩뿌리면서도 다시 양야에게 달려들었다. 동시에 환라가 오른손을 놓았다.

시위를 떠난 화살이 허공을 가르고 백호선의 눈에 정확하게 박혔다.

"크허억!"

우레가 내리치듯 포효하며 백호선이 눈을 움켜쥐었다. 채 검은 물을 흘리는 눈이 환라에게로 향했다. 호랑이와 인간을 뒤섞은 것처럼 생긴 요괴가 돌아섰다. 그 순간, 양야가 백호선의 뒷덜미를 물었다.

"컥! 아니야! 내, 내, 여우!"

짐승처럼 그르렁거리며 백호선이 양야를 떨구기 위해 몸을 일으켰다. 환라는 다시 화살을 쏘았다. 쇄도한 화살이 다른 쪽 눈도 꿰뚫었다. 백호선이 고통에 발악하며 벽에 몸을 들이박았다. 쿵, 쿵, 몸을 찧을 때마다 백호선의 뒤에 매달려 있던 양야가 돌벽에 부딪쳤다.

"양야야!"

그녀는 이를 악물고 다시 활시위를 당겼다. 그러나 화살은 요괴의 두꺼운 가죽을 뚫지 못한 채 가벼운 생채기만 남기고 떨어졌다. 환라는 다른 무기를 찾아 주변을 둘러봤다. 그 와중에도 백호선은 땅과 벽에 몸을 박고 있었다. 하지만 양야는 충성스러운 사냥개처럼 절대 백호선의 목덜미를 놓지 않았다. 오히려 백호선이 몸부림칠수록 양야의 이빨은 목덜미를, 발톱은 가죽 밑을 날카롭고 집요하게 파고들었다.

"놔! 놔라!"

백호선이 마지막 남은 힘으로 발을 구르며 소리칠 때였다. 앞에서 환라의 목소리가 들렸다.

"양야야! 비키거라!"

죽은 병사의 손에서 창을 가져온 환라가 백호선을 향해 달려오고 있었다. 양야는 고개를 흔들어 백호선의 살점과 함께 떨어져 나갔다. 백호선이 그 자리에 쿵, 하고 쓰러졌다가 비틀거리며 일어서려 할 때였다.

환라의 창이 요괴의 머리를 꿰뚫었다. 창을 통해 깨끗한 기운이 백호선에게로 빨려 들어갔다.

"안 돼, 안 돼!"

거대한 짐승이 절규하며 몸을 비틀었다. 환라는 갑자기 몰려드는 현기증에 창을 떨어트렸다. 그녀의 몸이 위태롭게 기울었다. 그 모습을 본 양야가 빠르게 움직여 환라를 받아 냈다. 그리고 땅위를 굴렀다.

이내 쾅! 하는 폭발음과 함께 백호선이 검은 연기로 변해 사방으로 흩어졌다.

세상이 새까맣게 물들었다가 순식간에 밝아졌다.

환라는 양야의 품에서 벗어나 백호선이 있던 자리를 보았다. 그곳에는 커다란 짐승의 뼈만이 남아 있었다.

"다 끝난 것인가?"

하지만 대답은 들리지 않았다. 환라는 고개를 돌렸다. 옆으로 쓰러진 양야가 힘겹게 숨을 내쉬고 있었다. 걸음을 옮기려는데 발밑에서 찰박이는 소리가 들렸다.

환라는 아래를 보았다. 양야에게서 흘러나온 피가 땅에 고여 있었다.

"양야, 양야야."

그녀는 한걸음에 달려가 양야 앞에 무릎을 꿇고 앉았다. 흐르는 피가 갑옷 안으로 스며 바지를 적셨다.

"정신을, 정신 좀 차려 보아라. 양야야. 내 여우."

떨리는 손으로 연신 양야의 얼굴을 쓰다듬고 입을 맞췄으나 아까처럼 기운이 빠져나가는 느낌은 없었다.

마른 천을 물들이는 뜨겁고 붉은 피처럼, 무력감과 절망이 환라에게 스몄다. 그녀는 숨을 제대로 쉴 수조차 없어 연신 헐떡였다. 뒤에서 들리는 목소리가 아니었다면 그대로 혼절했을지도 모를 일이었다.

"은인!"

환라가 눈물을 닦으며 고개를 돌렸다. 이와가 삶의 모습을 한 묘은의 위에서 내렸다. 그리고 제 턱을 매만지며 환라에게 다가 왔다.

"너무 늦진 않았군."

환라가 몸을 틀어 그의 소맷자락을 부여잡았다.

"도와주시옵소서……. 제발, 양야를 살려 주시옵소서."

"허허허. 안 그래도 하늘의 허락을 받고 오는 중이네."

이와가 손을 대자 양야가 사람의 모습으로 변했다. 하지만 처 참한 상처가 더 잘 보일 뿐 나아진 것은 없었다. 환라가 추궁하는 눈으로 이와를 쳐다봤다. 그러자 그가 허허허 웃으며 양야를 묘은 의 뒤에 태웠다.

"뇌동산으로 가야 하네. 내가 허락받은 것은 인세에 있는 정괴 를 데려와 치료해도 좋다는 것뿐이었으니. 같이 가겠는가?"

환라가 고개를 끄덕이며 눈물을 닦아 냈다. 그녀는 양야를 끌 어안고 자리를 잡았다. 이와가 그들을 힐끗 보고는 공간 이동술을 사용해 뇌동산으로 돌아왔다.

산은 사기로 새까맣게 물들어 있었다. 양야를 치료할 수 있을 만한 상황으로는 보이지 않았다. 환라는 문득 묘은이 걱정스러웠 다. 고개를 돌려 눈을 맞추자 묘은이 입을 열었다.

"나는 이와 님과 함께 있어서 요괴가 되지 않았어. 그리고 선계 에 갔더니 양야 님처럼 사기가 들어오지 못하게 해 주셨거든. 그 러니까 안심해도 돼."

환라가 고개를 끄덕이고 이와를 따라갔다. 이와는 여우굴로 들어가 양야를 침상에 눕혔다.

"인사만 나누고 묘은이를 데리고 돌아가게나."

"함께 있겠사옵니다."

"상제께서 말씀하시길, 이대로 두면 산에 요괴가 우글거려 골칫거리가 될 테니 나더러 정화하라시지 뭔가. 그런데 인간이 있으면 정화가 더뎌져서. 허허허."

그게 돌아가야 하는 것과 무슨 상관인가 싶었다. 이제껏 봐 온 결과, 정기를 이용한 치료는 순식간에 끝이 났다. 환라가 이해할 수 없다는 듯 바라보자 이와가 설명을 덧붙였다.

"정화와 치료를 동시에 하는 건 어렵네. 특히 지금 양야는 정기를 다 쓴 터라 뇌동산의 정기를 불어넣으며 치료를 해야 하는데 산이 이 모양이니…….'

이와가 혀를 차며 고개를 저었다.

"그럼 얼마나 걸리옵니까?"

"그거야 모를 일이지. 3개월이 될 수도 있고, 3년이 될 수도 있고, 30년이 될 수도 있네."

30년이라니. 상상만 해도 숨통이 막히고 정신이 아득한 세월이었다. 하지만 별다른 방법이 없었다. 300년이 걸린다 하더라도 양야를 잃는 것 보다는 나았으니. 환라는 눈을 질끈 감으며 양야의 앞에 주저앉았다. 그의 손을 잡고 손등에 이마를 기대자 눈물을 흘렸다.

그러나 양야는 미동조차 하지 않았다. 가슴을 찢어발기는 듯한 슬픔에 온몸이 덜덜 떨렸다.

"양야야. 네가 돌아오기만 한다면 얼마든지 기다릴 수 있다. 그러니 꼭, 꼭, 내게 돌아오거라."

환라는 양야의 입술에 입을 맞추고 자리에서 일어났다.

"잘 부탁드립니다."

"허허허. 알겠네."

묘은의 등 뒤에 올라탄 뒤에도 환라는 양야에게서 시선을 떼지 못했다. 양야의 창백한 얼굴을 바라보던 그녀가 묘은의 목을 끌어안았다. 귓가에 폭포수 같은 바람이 스치고, 두 사람은 순식간에 산 밑으로 내려왔다.

뇌동산이 흐릿하게 보일 정도로 멀어진 뒤였으나 환라는 저도 모르게 계속해서 뒤를 돌아봤다. 그러다 중경으로 돌아오고 나서야 묘은에게 말했다.

"항룡궁으로 갈 수 있겠는가?"

"응. 당연하지!"

묘은이 사람들의 눈을 피해 환라를 무너진 궁 안으로 데리고 들어갔다.

환라는 벽에 깔린 사혁의 시신을 밖으로 빼냈다. 묘은이 작게 변해 환라의 뒤를 따랐다. 힘없는 걸음으로 사혁의 시신을 질질 끌며, 환라는 입구 쪽으로 다가갔다. 멀리서 궁 안까지 내몰린 사혁의 군사들이 보였다.

환라가 사혁의 시신을 던지듯 내려놓으며 말했다.

"너희 왕은 죽었다."

사혁의 군사들이 일제히 환라에게로 고개를 돌렸다. 몇몇이 무기를 떨궜다. 환라의 군사들이 순식간에 사혁의 군사들을 둘러싸고 갈파왕의 죽음을 퍼트렸다.

"갈파왕이 죽었다!"

"우리의 승리다!"

긴 함성이 궁 밖까지 이어졌다. 남은 적군들은 전의를 상실하고 스스로 무기를 내려놓았다.

"태자 전하 만세!"

"만세!"

백성들의 환호 소리가 높다란 담장을 넘어왔다. 승리가 피부에 와닿자 비어 있는 옆자리가 더 허전하게 느껴졌다.

'함께 있었다면 제 일처럼 기뻐했을 것을.'

벌써 저를 달래던 온기가 그리웠다.

마음껏 기뻐하지도 못한 채, 환라는 한참 동안 그 자리에 가만히 서 있었다.

* * *

일은 빠르게 마무리되었다.

살아남은 적들은 모두 옥에 가뒀다. 그건 영로 역시 마찬가지였다.

몸을 숨기고 있던 환관과 궁인들은 밖으로 나와 궁을 청소하였다. 길가의 돌멩이만큼이나 흔하게 널브러져 있던 시신들은 반나절 만에 사라졌다. 때마침 비가 내려 붉게 물든 벽과 길을, 전쟁의 흔적을 씻어 내렸다. 그러나 반파된 항룡궁만은 여전했다.

환라는 궁 한가운데에 서서 반쯤 부서진 항룡궁을 바라봤다. 비가 쏟아지는 소리를 뚫고 물을 밟는 소리가 났다. 환라는 그 소리를 들었으나 뒤돌아보지 않았다.

이내 궐겸이 다가와 환라의 곁에 섰다.

"전하. 연회가 시작되었사옵니다."

이미 병사들은 부상을 치료하고 환라가 내어 준 거처에서 떠들썩하게 술잔을 기울이며 산해진미를 맛보고 있었다. 궐겸이 말하는 연회는 측근들만 모인 자리였다. 한 사람 없다고 생각하자 가슴에 구멍이 뚫린 듯했다. 쓸쓸함이 바람처럼 불었다. 텅 비어 있을 자리를 굳이 제 눈으로 확인하고 싶진 않았으나 저 때문에 전투를 치르느라 고생한 이들을 모른 척할 수는 없는 노릇이었다.

"가자."

환라는 힘겹게 몸을 돌렸다. 궐겸이 우산을 들고 그녀를 뒤따랐다. 연연정 근처로 들어서자 시끌시끌한 소리가 들렸다. 여란, 정위, 채령, 능현, 재화가 모두 한자리에 앉아 있었다. 환라는 유난히 비어 보이는 자리 하나를 가만히 바라보다가 다리를 건너 연연정으로 들어섰다.

"형님!"

여란이 벌떡 일어나 환라에게 달려왔다. 그러자 다른 사람들도 우르르 자리에서 일어났다. 환라는 웃음을 터트리며 그들에게 앉으라 손짓했다.

"사적인 자리니 편하게 있어라."

"이미 편하게 있었습니다."

유일하게 자리에서 일어나지 않은 정위가 찹쌀떡을 주워 먹으며 대답했다. 환라는 작게 웃으며 상석에 앉았다. 궐겸이 자연스럽게 왼쪽을 차지했다. 하지만 환라의 시선은 반대로 흘렀다. 그녀가 텅 빈 오른쪽을 가만히 바라보자 여란이 술병을 들며 물었다.

"그런데 오라버니는 어디 가셨소?"

정위가 힐끔 환라의 눈치를 보았다. 그녀의 분위기를 보니 양야의 상태가 좋지 않은 모양이었다. 정위는 묻지 말라는 듯이 여란의 옆구리를 쿡 쑤셨다. 여란이 왜 그러냐는 눈으로 정위를 보다가 환라의 표정을 눈치채고 뒤늦게 입을 꾹 다물었다.

그러나 이미 질문은 활시위를 떠난 화살처럼 환라에게 박혔다.

"부상이 심해…… 고향으로 갔다. 오래도록 돌아오지 못할 수도 있다고 하였다."

분위기가 가라앉자 환라는 애써 미소 지었다.

"허나 반드시 치료할 수 있다는 말을 들었으니 괜찮다. 무엇보다 그대들이 이리 무사한 것을 보니 마음이 놓이는구나."

물론 부상이 가장 심했던 궐겸은 묘은의 도움을 받았으나, 그 전에도 생명이 위태로울 정도는 아니었다. 환라가 궐겸을 바라보자 모습을 감추고 구석에서 털을 고르던 묘은이 환라의 무릎 위로 올라왔다.

"내 덕……!"

환라는 말을 하려는 묘은의 입에 고기를 물려 주었다. 묘은이 말하려던 것도 잊고 식탁 위로 올라와 고기를 뜯었다. 환라가 여란과 정위를 보았다.

"얼핏 피난민들이 돌아와 도움을 주었다는 이야기를 들었는데, 어찌 된 일인가?"

여란이 나서서 상황을 설명했다.

물론 채령과 함께 떠난 뒤의 일은 알지 못했기에 그 부분은 정위가 이어서 이야기해 주었다. 채령과 정위가 전쟁터 한가운데에 있었다는 말을 듣자 환라가 놀란 표정을 지었다. 놀람은 이내 염려가 되어 채령과 정위에게 쏟아졌다.

"여란이가 지켜 주어서 다친 곳은 없어요."

"어떻게든 도움이 되고 싶었는데 사실 도망 다니느라 바빴습니다."

정위가 머쓱하게 웃으며 차를 홀짝였다. 겁이 많은 정위가 무기를 들고 전쟁터에 왔다는 것 자체만으로도 환라는 충분히 감격스러웠다.

"기특하다. 그리고 힘을 보탠 백성들에게도 치하해야겠다."

여란이 고개를 크게 끄덕이며 환라의 술잔을 채워 주었다. 환라는 맑은 소리를 내며 흐르는 술을 바라보다가 다시 입을 열었다.

"그리고 그대들에게도 치하하여야지. 원하는 것이 있거든 말하라."

환라가 제일 먼저 여란을 보았다. 그녀는 뒷덜미를 문지르며 민망하다는 듯 대답했다.

"그냥 옳은 일을 한 것인데 치하는 무슨. 난 되었소."

여란은 진심으로 아무것도 원하지 않는 것처럼 보였다. 저런 대답이 나올 것이라 반쯤 예상했기에 환라는 제 나름대로 치하할 방법을 모색해 두었다. 그녀는 여란을 중정대로 보내 관리들의 비리를 감시하게 할 생각이었다. 물론 공에 걸맞은 재물도 내릴 생각이었다.

그러나 입 밖으로 꺼내면 한사코 거절할 것을 알기에 환라는 고개를 끄덕이며 정위를 보았다.

"저는 뭐, 생각나실 때마다 진귀한 다과를 보내 주시면 더 바랄 것이 없습니다."

정위가 입 안에 있는 찹쌀떡을 꿀꺽 삼키며 말했다. 태자를 도운 것 치고는 소박한 요구였다.

"귀한 진상품이 있거든 반드시 보내겠다."

환라가 이번엔 능현을 보았다. 마음 같아서는 영로를 살려 달라고 하고 싶었으나 그녀는 역적이었다. 그렇기에 능현은 혀끝까지 차오른 말을 차마 꺼낼 수 없었다.

"황후 폐하의 처벌을……, 조금만 미뤄 주실 수 있으십니까?"

마침 환라 또한 영로의 태도와 행적에 관해 의문을 품고 있었다. 정위에게 능윤을 찾아 달라 부탁했으니 그가 오면 이 일의 자세한 내막을 알 수 있을 터였다.

"그리하겠다."

제 차례가 되자 재화는 관심 없다는 표정을 지었다.

"탐욕스러운 것들을 조정 안에서 치웠으니 저는 바랄 게 없사옵니다. 그저 귀향하고 싶다고 할 때 붙잡지나 말아 주시옵소서."

환라가 고개를 끄덕이자마자 채령이 능현을 빤히 바라보다가 생긋 웃었다.

"파경을 맞이해도 제 지위를 유지해 주세요. 고국으로는 죽어 도 돌아가고 싶지 않거든요."

"파경이라니. 어찌 그런 말을 하시옵니까?"

환라가 속상한 표정으로 묻자 채령이 의뭉스러운 미소를 머금었다.

그녀는 사실 영로의 군사가 팔뚝에 찬 손수건을 보고 사건의 전말을 어느 정도 눈치챈 뒤였다. 보라색 연꽃은 능화의 상징과도 같은 것이었으니 말이다. 만일 병사들이 끝까지 목숨을 걸고 싸웠다면, 채령은 영로가 조롱의 의미로 보라색 연꽃을 썼다고 생각했을 것이다. 그러나 그들은 열세한 상황이 아님에도 무기를 버리고 투항했다. 영로는 능화를 위해 악역을 도맡은 것이다.

그 사실이 밝혀지면 능현은 영로에게 갈 것이 뻔했다. 물론 가지 않는다면 엉덩이를 걷어차서라도 보낼 예정이었다.

"아마 전하께서도 곧 알게 되실 겁니다."

환라는 채령을 빤히 보다가 가볍게 끄덕였다. 그리고 궐겸을 보았다. 빈자리를 보던 궐겸이 환라에게로 몸을 틀었다.

"저는 나중에 말씀드려도 되겠사옵니까?"

"그대 뜻대로 하라."

환라가 다정히 대답하고 술잔을 들어 올렸다.

"그대들 덕에 내 자리로 돌아올 수 있었다. 마음껏 먹고 궁에서 편안히 쉬도록 하라."

"황공하옵나이다, 전하."

궐겸이 대답하자마자 여란이 술잔을 채우며 장난스럽게 웃었다.

"그래도 너무 많이 마시지는 맙시다. 내일이 형님 즉위식인데 다들 구석에서 토하고 있으면 안 되지 않소."

"여란 님만 조심하면 됩니다."

짧은 웃음이 지나가고 일곱 개의 술잔이 동시에 비워졌다.

빗소리가 음악처럼 깔리고, 누가 먼저랄 것도 없이 이야기가 쏟아져 나왔다. 나이도, 성별도, 신분도 달랐으나 지금 만큼은 그저 동료일 뿐이었다.

환라가 흐뭇한 눈으로 그들을 바라볼 때였다. 다리를 건너온 환관이 환라의 곁으로 다가와 허리를 숙였다.

"전하. 역적 유향옥이 궁에 찾아와 잡아들였다 하옵니다. 하온데 그 곁에 마 태감도 함께 있었다고 합니다."

"……포박해 비원궁으로 데려오라."

"예, 전하."

칠각과 향옥이 돌아왔다니. 환라는 저도 모르게 숨을 크게 들이마시고 자리에서 일어났다.

"잠시 다녀오겠다."

궐겸이 조용히 일어나 환라의 뒤를 따랐다. 환라는 잠시 시선을 주었으나 궐겸을 막지 않았다.

그들은 익숙한 길을 걸어 비원궁으로 들어섰다. 환라가 보좌에 앉자 궐겸이 그녀 곁에 섰다. 그리고 검 자루 위에 손을 올려놓았다.

이내 환관들이 칠각과 향옥을 데리고 안으로 들어왔다. 환라가 차가운 눈으로 제 앞에 꿇어앉은 향옥과 칠각을 내려다봤다.

"태자를 독살하려 한 자는 참수한다. 알면서 어찌 돌아왔는가?"

환라의 목소리는 예상보다 훨씬 침착했다. 향옥은 죄책감에 눈을 질끈 감았다가 고개를 들었다.

"알려야 할 것이 있어 왔사옵니다."

향옥이 갈라진 목소리로 답했다. 환라는 향옥을 빤히 보다가 칠각에게로 고개를 돌렸다.

"나에게 할 말이 있을 터."

칠각은 바닥에 엎드린 채 고개를 들지 못했다. 한참 침묵하던 그가 힘겹게 입을 열었다.

"황송하옵니다, 전하. 전하께서 몸을 피하신 뒤 정신을 차렸으나 깨어나지 못한 척하였사옵니다."

"연유가 무엇인가?"

"전하의 얼굴을 마주하면 진실을 감출 수 없을 것 같아 그리하였사옵니다."

"그래서 도망치듯 향옥을 따라간 것인가?"

"향옥이 온 것을 어찌……."

칠각이 놀란 얼굴로 고개를 들었다. 환라는 답하지 않고 향옥에게 대신 설명하라 눈짓했다.

"궁에서 갈파왕이 대장군의 저택을 습격할 것이란 소식을 들었사옵니다. 칠각이 대장군의 집에, 그것도 쓰러진 채로 있다는 것을 갈파왕이 알게 되면 전하의 위치가 발각될까 염려되어 미리 잠입하였사옵니다."

마치 영로가 환라의 위치를 알고도 눈 감아 주었다는 것처럼 들렸다. 이야기를 들을수록 어떻게 된 일인지 종잡을 수 없어졌다. 환라는 인상을 찌푸리며 머리를 짚었다. 그리고 피곤한 목소리로 물었다.

"알려야 할 것은 무엇인가?"

"잠시 흑수궁으로 자리를 옮겨도 되겠사옵니까?"

대답하는 대신 환라가 자리에서 일어났다. 궐겹이 앞장서 문을 열어 주었다. 그러자 환관들이 들어와 향옥과 칠각의 포승줄을 끌고 환라를 따라갔다. 흑수궁으로 들어서자 향옥이 고개를 숙이고 걸음을 옮겼다. 그녀는 침상의 머리 부분으로 다가가 휘장을 걷어내고 장식품을 잡아당겼다. 그러자 장식이 뽑혀 나가고 틈이 생겨났다. 서책 한 권이 들어갈 수 있을 정도로 얇고 긴 틈이었다. 그 안을 살펴보던 향옥이 다시 뒤로 물러나 무릎을 꿇고 앉았다.

"전하. 아뢰옵기 황공하오나 이불을 치우고 침상의 상판을 뜯어내라 명하여 주시옵소서."

"향옥의 말대로 하라."

궁인들이 쇠 지렛대를 가져와 상판 틈에 끼워 넣고 들어 올렸다. 우지끈, 소리가 들리며 상판이 떨어져 나갔다. 그 안에는 수백 권의 서책과 종이가 어지럽게 뒤섞여 있었다. 숨이 막힐 정도로 많은 양이었다.

"황후 폐하께서 자신을 찾아온 불한당들과 가깝게 지내시며 18년간 모으신 것이옵니다. 모든 문무 대신들과 지방 수령, 현령, 주요 관직에 있는 자들의 비리가 적혀 있사옵니다."

채령의 의뭉스러운 미소, 영로에게 은혜를 입었다는 백성들, 영로가 제 몸처럼 아끼던 보라색 연꽃이 수 놓인 손수건이 환라의 머릿속에서 하나하나 자리를 잡았다. 향옥이 목소리가 조각난 기억들을 연결했다.

"황후 폐하께서 사망하시거나 예상치 못한 변수로 대장군의 군사가 궁으로 들어오기 전에 대신들이 도망갔을 때, 이 문서들을 증거로 쓰시라는 말을 남기셨사옵니다."

"대장군도 역모에 대해 알고 있었는가?"

"아니옵니다. 이 일은 두 분 폐하와 소능윤, 최윤미 그리고 저와 칠각만 알고 있었사옵니다."

"아버지께서……."

다 알고 계셨다. 그래서 영로가 탐관오리들과 가까이 지낼 때 말리지 않았고, 그녀를 전적으로 신뢰했던 것이다.

환라는 제 몸을 지탱하고 서 있기도 힘들었다. 비틀거리며 주저앉으려 하자 궐겸이 그녀를 부축했다. 이백과 나눈 마지막 대화가 망령처럼 환라의 귓가를 맴돌았다.

'황후를 너무 미워하거나 원망하지 말아다오.'

환라는 궐겸의 손길에 몸을 맡긴 채 눈을 질끈 감았다.

'그래도 문득 미운 마음이 들 때면 그이가 불쌍하고 가여운 사람이라는 것을 떠올려 주겠는가?'

도대체 무슨 일이 있었는지, 환라는 자세히 알아야겠다고 생각했다. 그러나 섣불리 입을 열기엔 머리가 너무 복잡했다. 궐겸이 걱정스러운 얼굴로 환라를 의자로 이끌었다. 그녀가 막 자리에 앉았을 때, 밖에서 환관의 목소리가 들렸다.

"전하. 윤정위가 들었사옵니다."

"들라."

정위가 안으로 들어왔다. 그의 뒤에는 흰옷을 입은 초췌한 남성과 여사 최윤미가 서 있었다. 너무나 수척해진 모습에 한눈에 알아보지 못하였으나 흰옷을 입은 남자는 소능윤이었다. 환라가 손짓하자 그들은 칠각과 향옥 옆에 무릎을 꿇고 앉았다. 무거운 분위기가 정위를 사정없이 압박했다. 그는 작게 목을 가다듬고 조심스럽게 입을 열었다.

"전하. 잠시 한월각에 다녀오려던 차에, 전하께서 찾던 사람이 궁으로 들어오려 소란을 피우는 것을 보고 데려왔사옵니다."

"잘하였다."

환라는 불편해하는 정위에게 나가보라고 손짓했다. 정위가 고개를 꾸벅 숙이고 냉큼 밖으로 나갔다. 영로의 진실을 알고 있는 자들이 모두 한자리에 모인 순간이었다. 환라는 그들을 바라보며 입을 열었다.

"어찌 된 일인지 자세히 설명하라."

칠각이 제일 먼저 입을 열었다.

"황후 폐하와 연려 황후께서는 친자매 같은 사이였사옵니다. 황후 폐하께서 궁인으로 생활하셨을 때, 연려 황후께 많은 도움을 받으셨사옵니다."

"그런데 어찌하다 틀어진 것인가?"

"연려 황후께서 회임하셨을 때 황후 폐하는 거짓 회임(상상임신)을 하셨고, 뭐라 하였는지는 모르나 그것을 빌미로 갈파왕이 두 분 사이를 이간질하였다 들었사옵니다."

사혁이 두 사람 사이를 이간질했다는 것은 일전에 영로에게서도 들은 바 있었다.

'그 말이 사실이었다니.'

환라는 이마를 짚으며 고개를 끄덕였다. 향옥이 말을 이었다.

"황후 폐하는 연려 황후를 죽이려 했습니다. 그분을 갈파왕이 있는 길로 내몰아……."

"아닙니다!"

윤미가 향옥의 말을 끊으며 소리쳤다. 그녀는 무릎걸음으로 앞으로 나왔다.

"황후 폐하께서는 후회하셨으나 이미 역모는 진행되었고 막을 수 없는 상황이었사옵니다. 연려 황후를 살리기 위해 도망쳤으나 군사들에게 쫓기어 어쩔 수 없이 갈파왕이 매복하고 있는 길로 들어서게 되신 겁니다. 제가 그 자리에 함께 있었사옵니다."

윤미가 눈물을 흘리며 호소했다.

"폐하께서는 제게 목숨을 바쳐서라도 연려 황후를 지키라고 하셨사옵니다. 참말이옵니다."

방 안에 흐느끼는 소리가 가득했다. 향옥은 이제껏 영로가 의도적으로 능화를 사지로 내몬 줄 알았다. 능화의 희생으로 뒤늦게 제 잘못을 깨달은 영로가 후회와 속죄를 하고 있다고만 생각한 것이다. 영로를 향한 사무치는 원망은 그대로였으나 향옥은 능화의 사람이었다. 환라를 지켜 달라는 부탁을 옆에서 들었기에 영로의 노력을 외면할 수 없었다.

환라를 위해서, 능화를 위해서 영로를 도왔던 것이다.

'20년간 이어 온 내 증오는 도대체 무엇을 위한 것이었는가?'

향옥이 머리를 뒤흔드는 충격에 바싹 굳었다. 하지만 누군가는 말을 이어야 했다. 칠각은 눈을 질끈 감고 있는 능윤을 잠시 보았다가 입을 열었다.

"화살에 맞은 연려 황후를 보호하며 황후 폐하께서는 몸을 피하셨사옵니다. 이미 양수가 터진 상태라 저와 향옥이 전하를 받았습니다."

향옥이 조금 멍한 목소리로 첨언했다.

"그리고 연려 황후께서는……, 황후 폐하께 전하를 지켜 달라고 부탁하신 뒤, 숨을 거두셨습니다."

능화의 한마디는 족쇄가 되어 영로의 남은 생을 나락에 묶어 두었다.

능윤은 누구보다도 가까이에서 영로의 모습을 지켜보았다. 영로는 능화에게 사죄하기 위해서라도 기꺼이 제 삶을 바치려고 했다. 모든 걸 끌어안고 죽을 생각이었다. 하지만 능윤은 그렇게 되도록 두고 볼 수 없었다.

"살려 주십시오, 전하."

능윤이 환라의 발치에 매달렸다. 환관들이 그를 끌어내려 하자 환라가 손을 들어 만류했다. 환라가 제 이야기를 들어 줄 마음이 있다는 것을 알아차리자 능윤이 눈물로 호소했다.

"매일 속죄하고 괴로워하셨습니다. 처음에는 의심스러운 정황을 황제 폐하께 아뢰었으나 탐관오리들은 교묘하게 꼬리를 자르고, 자신들끼리 비호하고, 상소를 올리며 조정을 떠나지 않았사옵니다. 황후 폐하께서는 전하께서 후에 황제가 되시기에는 조정이 너무 부패해 있다는 것을 아시고 그들을 모두 저승으로 데려가겠다 말씀하셨습니다."

후회와 자책이 온몸에 가시처럼 박혀 괴로워하던 영로를 떠올리니 능윤은 창자가 끊어지는 듯했다. 그는 잠시 밭은 숨을 내쉬었다.

"그리고 나날이 커지는 갈파국과 잔혹하고 비열한 성품의 갈파왕이 전하를 위협할 것이라 하셨습니다. 전하가 돌아가시면 황위는 저절로 갈파왕에게 넘어가기에, 갈파왕은 전하가 태어나시기 전부터 전하를 해하려 하였습니다. 거짓으로 반역을 저지른 뒤 부패한 이들과 갈파왕을 자신에게 엮어 자멸하겠다는 계획을 세우실 즈음, 갈파왕이 낙랑국의 멸망에 일조했다는 것을 알게 되신 겁니다."

환라의 옷자락을 쥔 손에 힘줄이 도드라졌다.

"모두 전하를 위한 일이었사옵니다. 그러니, 그러니 제발 황후 폐하를 살려 주시옵소서. 제발, 살려 주시옵소서."

애원하는 능윤의 모습을 보자 환라는 양야를 잃을 뻔할 때가 떠올랐다. 그녀도 이와의 옷자락에 매달렸었다. 연모하는 이를 살리기 위해서라면 뭐든 할 생각이었다. 마음이 약해지자 저절로 음색이 부드러워졌다.

"허나 나를 독살하려 하셨다."

향옥이 고개를 들었다.

"향낭에 해독제가 있었사옵니다. 게다가 치사량에 못 미치게 제조하여 네 시간 정도 앓고 나면 깨어나셨을 겁니다."

옆에서 듣고 있던 궐겸이 그날의 일을 떠올리고 말을 거들었다.

"전하께옵서 항상 지니고 다니시던 향낭에 해독제가 들어 있었다는 건 사실이옵니다."

환라가 깊이 한숨을 내쉬었다. 그리고 복잡한 심경으로 눈앞의 네 사람을 바라보았다.

"그대들의 말은 잘 들었다. 황후 폐하의 처우는 다시 생각해 보겠다. 그대들 역시 역모에 가담한 것은 중죄이나 의도가 있었던 바, 목숨은 거두지 않겠다."

환라의 눈이 칠각과 향옥에게로 향했다. 그들은 감히 환라를 마주 보지 못하고 고개를 숙였다.

"옥에 있다가 날이 밝는 대로 궁을 떠나라. 그리고 다시는 중경에 발을 들이지 말라."

그 누구도 감히 환라의 명을 거부할 수 없었다. 칠각과 향옥은 환라에게 세 번 큰절을 올리고 환관들의 손에 끌려갔다. 윤미 역시 절을 올리고 환관의 손에 끌려갔다.

하지만 능윤은 끝까지 환라의 옷자락을 놓지 않으려 애썼다.

"살려 주시옵소서, 전하! 황후 폐하를, 꼭 살려 주시옵소서!"

절규하는 소리가 서서히 멀어졌다. 환라는 답답한 가슴을 문지르다 자리에서 일어났다. 그리고 남아 있는 환관들에게 명했다.

"문서들을 모두 정리해 비원궁으로 가져다 놓아라."

"예, 전하."

환관과 궁인들이 빠르게 움직였다. 그러다 한 궁인이 침상 옆에서 족자 하나를 꺼내 들었다. 환라가 궁인에게 족자를 가져오라고 손짓했다.

궁인이 족자를 양손으로 받들어 환라에게 내밀었다. 끈을 풀고 족자를 펼치자 이제는 익숙해진 여인의 초상이 보였다.

보라색 연꽃 위에 여래의 미소를 머금은 여인, 소능화의 초상이었다.

"전부 불태운 줄 알았는데. 아버지도 가지지 못한 초상이 여기에 있을 줄이야."

환라가 혼잣말처럼 중얼거리며 족자를 말아 쥐었다.

그녀는 그대로 몸을 돌려 밖으로 나왔다. 장대비가 억수같이 쏟아지고 있었다. 아까보다 거세진 빗줄기에 마음이 더욱 심란해졌다.

환라는 가만히 하늘을 올려다보았다.

"겸아."

"예, 전하."

"나는 궁으로 돌아가 쉬어야겠다. 그대는 연연정으로 돌아가 말을 전하라."

"그리하겠사옵니다."

환라가 먼저 빗속으로 들어갔다.

걸을 때마다 찰박, 찰박 물이 튀었다. 어느새 신발 가죽 사이로 빗물이 잔뜩 스며들었다. 그 물기가 바지를 타고 올라왔다. 젖은 이불을 뒤집어쓴 것처럼 온몸이 무거웠다.

궁으로 돌아와 목욕을 마치고 침의로 갈아입었으나 가슴에 남은 무게는 좀처럼 줄어들지 않았다.

"혼자 있겠다."

환라는 사람들을 모두 물리고 책상 앞에 앉았다. 눈앞에 책자와 문서가 산처럼 쌓여 있었다. 하나를 꺼내 펼치자 익숙한 필체가 눈에 들어왔다. 선은 반듯하나 삐침이 심한 글자, 모두 영로의 글씨였다.

마음이 무너져 내린다. 누군가의 온기가 절실했다.

'양야. 그대가 곁에 있었다면 이토록 괴롭진 않았을 텐데.'

환라는 제 연인의 창백한 낯을 떠올리며 뜨겁고 마른 손바닥으로 눈가를 지그시 눌렀다.

'모든 게 대의를 위해서였다. 나와, 돌아가신 내…… 어머니 연려황후. 그리고 제국을 위한 일이었다.'

이해할 순 있었다. 그러나 저를 까맣게 속였다는, 그 깊은 배신감이 사라지진 않았다. 저에게 고의로 상처를 입힌 것을 쉽게 용서할 수 없었다. 그녀는 영로가 18년간 써 온 장부를 하나하나 펼쳐 보다 까무룩 잠이 들었다.

아득한 꿈속에서 어린 시절의 기억이 되살아났다.

창밖에 소복이 눈이 쌓일 때면, 영로는 극도로 예민해졌다. 그녀는 찾아와 놓고도 문밖에서 환라를 지켜보기만 하거나, 어린 몸뚱이를 부둥켜안고 무너져내렸다.

'내 탓입니다, 공주. 전부 내 탓이에요.'

이따금 의미 모를 말을 중얼거리기도 했다. 그러고 나면 환라의 이마 위로 뜨거운 물방울들이 흘러 머리카락을 적시다가 차갑게 식었다.

꿈속의 시간은 빠르게 흘러 눈이 녹았다가 새싹이 돋았다. 후원에 봉숭아가 만발하기 시작하면 영로는 환라를 무릎에 앉혀 두고 곱게 빻은 꽃잎을 작고 여린 손톱에 올려 주었다.

'액운을 막아 줄 겁니다.'

약지에 손수 실을 감아 준 뒤 영로가 환라의 작은 손을 힘주어 잡았다.

'공주를 지켜 줄 거예요.'

"헉!"

환라가 짧은 꿈에서 깨어났다. 고개를 들자 맞은편 벽에 걸어 둔 연련 황후의 초상이 보였다. 그녀는 몽롱한 눈으로 제 손을 내려다보았다.

초여름에 들였던 붉은 봉숭아 물이 아직 손톱 끝에 남아 있었다.

눈이 시리고 시야가 흐려졌다. 환라는 흐르는 눈물을 닦아 내며 대수포(소매가 넓은 도포)를 아무렇게나 걸치고 신을 구겨 신은 뒤, 밖으로 뛰쳐나갔다.

"전하!"

문 앞을 지키고 있던 궁인이 놀란 목소리로 환라를 불렀으나 그녀는 무작정 달렸다.

어둠을 헤치고, 추적추적 내리는 비를 맞으며 환라는 영로가 갇혀 있는 감옥으로 향했다. 환라의 얼굴을 알아본 병사들이 황급히 문을 열어 주고 불을 밝혔다. 물에 젖은 발소리에 깨어 있는 역적들이 고개를 들었다. 그중 몇몇이 목소리를 높였다.

"전하! 황후 폐하를 용서해 주시옵소서!"

"선처를 베풀어 주십시오, 전하!"

"황후 폐하는 저희의 은인이시옵니다!"

하나같이 영로에게 은혜를 입은 자들이었다. 철창을 요란하게 흔드는 소리 사이를 지나, 환라는 제일 안쪽에 있는 옥방 앞에 섰다.

잠들지 못하고 있던 영로가 발소리를 듣고 고개를 들었다.

환라를 바라보는 눈빛이 일순 흔들렸다. 그러나 이내 평소처럼 냉소적인 빛을 되찾았다.

"여긴 어찌 오셨습니까?"

환라는 무슨 말을 해야 할지 몰라 가만히 서 있었다. 그녀가 역모의 전말을 전해 들었다는 것을 모르는 영로는 일부러 더 악독한 미소를 지으며 빈정거렸다.

"내 꼴을 비웃으러 온 겁니까?"

"……."

"말을 해 보세요, 태자."

울음이 환라의 목구멍을 막았다. 영로가 18년 동안 작성한 증거들이 가슴에 쌓인 듯했다. 서러움이 눈가에 고였다가 굵은 물방울이 되어 이내 볼을 타고 흘렀다. 입술이 파르르 떨리며 열렸다.

"왜 말씀하지 않으셨사옵니까?"

이번엔 영로의 말문이 막혔다. 계획을 미리 알렸다면 올곧은 성정의 환라는 분명 반대했을 것이다. 아니, 반대에 그치지 않고 적극적으로 막으려 했을 것이고 그 과정에서 위험에 처할 수도 있었다. 영로는 안전하게 짜인 판에 환라를 두고 싶었기에 함구하였다.

하지만 이제 와서 자신을 변호하고 싶은 마음은 없었다.

가짜라 하더라도 반란은 반란이니 주모자인 영로는 처형을 피할 수 없기 때문이었다. 그리고 영로 또한 죽음에서 도망칠 생각이 없었다.

그녀는 답하지 않고 몸을 돌려 환라를 등졌다. 환라는 꼿꼿한 등을 가만히 바라보았다.

"낙랑현으로 가시옵소서."

"지금 역적에게 도망치라 하시는 겁니까?"

영로가 고개를 확 돌려 환라를 쳐다봤다.

"주모자인 나를 살리면 역적에 가담했던 자들 역시 풀어줘야 합니다. 그들이 다시 조정으로 돌아오면 분명 황제의 권위를 위협할 겁니다."

마음이 다급해진 영로가 환라 쪽으로 돌아앉았다.

"게다가 갈파의 왕이 죽지 않았습니까? 나를 처형해야 역적을 처단했다는 명분이 생깁니다. 그래야 그 죽음이 정당해집니다. 아니면, 전쟁이라도 할 생각입니까?"

"그건 방법이 있습니다."

묘은에게 둔갑술을 써 달라고 하면 나무토막을 갈라도 영로가 처형당한 것처럼 보일 것이다. 환라가 설명했으나 영로의 결심은 변하지 않았다. 중요한 순간에 도술이니 뭐니 하는 허황된 것을 믿을 순 없는 노릇이었다.

게다가 영로의 삶은 능화가 죽을 때 끝이 났다. 그래야 마땅하다. 그 이후 18년간의 삶은 삶이 아니라 처벌이고, 속죄였다.

"갈파가 억지로 정복한 땅의 백성들은 독립하기 위해 혈안이 되어 있습니다. 마침 갈파의 후대가 아둔한 자이니 갈파왕의 군사를 침략의 증거 삼아 거액의 보상금을 요구하면 갈파국은 얼마 되지 않아 무너질 겁니다."

영로의 눈동자에 낙인과도 같은 죄책감이 떠올랐다.

"날 처형하세요, 태자."

"어찌 제게 계속 어머니를 죽이라 하시옵니까?"

영로의 배 속에서 수치심이 불길처럼 치솟았다. 그녀는 땅이 울릴 정도로 거세게 창살을 움켜잡으며 이를 악물었다.

"난 태자의 어미가 아닙니다."

영로의 입꼬리가 일그러졌다. 그녀의 눈에는 경멸이 깃들었다. 환라에게 처음 자신이 친어머니가 아니라는 사실을 알렸을 때와 같은 반응이었다.

독을 먹었을 때, 환라는 그 경멸이 자신을 향한 것으로 생각했다. 하지만 아니었다. 저 경멸은 영로 자신을 향한 것이었다. 능화를 사지로 몰고 그녀의 자리를 빼앗았으면서 어머니라는 말에 기쁨을 느끼는 자신이 역겨웠던 것이다.

모든 진실이 밝혀진 뒤에야 환라는 영로의 얼굴에서 사무치는 죄악감을 보았다.

"맞사옵니다."

"뭐라, 했습니까?"

맑고 곧은 눈동자가 영로를 비췄다. 능화와 지독히도 닮은 눈
빛이었다.

영로는 척추뼈를 짓누르는 죄책감에 차마 환라를 똑바로 쳐다
볼 수조차 없었다. 그녀가 도망치듯 뒤로 물러났으나 환라는 본심
을 쏟아 냈다.

"궁 밖으로 쫓기듯 나왔을 때, 어머니와 향옥이 미웠사옵니다.
원망하고, 증오하고, 무슨 짓을 해서든 복수하고 싶었사옵니다.
제가 겪은 배신감을 고통으로 되돌려 주고 싶었사옵니다."

영로가 주먹을 움켜쥐었다. 그렇게 되길 바라고 한 일이었다.
환라가 배신을 딛고 영웅이 되면, 황위에 올랐을 때 그 권위가 더
욱 굳건해질 것임을 알고 있었기 때문이었다. 하지만 당사자에게
서 직접 들으니 심장이 바스러지는 듯했다. 영로는 애써 아무렇지
않은 척 턱을 치켜들고 환라를 보았다. 원하는 대로 하지 않았느
냐고 빈정거리면 감정이 상한 환라가 처형을 명령할지도 모른다
는 바보 같은 생각마저 들었다.

그러나 환라의 눈물을 마주하자 영로는 입을 뗄 수 없었다.

"허나 그 순간에도 폐하께서는 제 어머니셨사옵니다. 어머니가
아니라는 생각은 들지 않았사옵니다."

그래서 더 아프고 절망했다. 진실을 알게 된 순간 용서할 수 있
었다.

"제가 아플 때 몰래 간호해 주신 것을 알고 있사옵니다. 잠결에 머리를 쓸어 주던 손길도 기억하옵니다. 손가락에 꽃물을 들여 주시고 저를 지켜 주시겠다고 하는 분이, 어찌 어머니가 아닐 수 있단 말이옵니까?"

"하지만……, 나는, 언니를……. 언니는……."

영로가 답지 않게 횡설수설하며 뒷걸음질 쳤다. 환라는 철장 사이로 손을 뻗어 도망치려는 영로의 손을 붙잡았다.

"연려 황후께서도 물론 제 어머니이십니다. 하지만 황후 폐하 역시 제 어머니이시옵니다."

"안 됩니다. 내가 어찌 감히……. 나는 그렇게 불릴 자격조차 없는 사람입니다. 그러니 제발, 어머니라 하지 마세요."

"유언을 지키기 위해 들인 시간만 18년이옵니다. 반 평생을 속죄하고 괴로워하셨지 않사옵니까? 그러면 됐습니다. 그것이면 충분합니다."

영로의 어깨가 가늘게 떨렸다. 강산이 변할 정도로 긴 세월 동안 억눌러 왔던 슬픔이 그녀의 몸을 흔들고 있었다. 이내 흐느낌이 터져 나왔다. 함께 눈물을 흘리며 환라가 영로의 손을 당겼다. 영로의 몸이 힘없이 죽 딸려 왔다. 환라는 철장을 사이에 두고 영로를 끌어안았다.

"이 부족한 딸을 봐서라도 살아 주시옵소서."

영로는 제 입을 틀어막고 그 자리에 주저앉았다. 살겠다는 대답은 돌아오지 않았다. 그러나 듣지 않아도 알 것 같았다.

환라는 영로의 손을 꼭 잡았다가 놓아주고 자리에서 일어났다.

그리고 웅크린 영로를 바라보았다. 그녀에게는 혼자만의 시간이 필요한 듯했다. 짧게 인사를 올린 환라가 몸을 틀었다.

그녀가 어둠침침한 복도를 걷고 있을 때, 반대쪽 끝에서 한 남자가 걸어왔다. 처음에는 알아볼 수 없었으나 가까이 오자 그 얼굴이 선명히 보였다.

능현이 뒤늦게 환라를 알아보고 놀란 표정을 지었다.

'이래서 외숙모님이 파경을 입에 담으신 것이었구나.'

환라가 빤히 바라보자 능현이 고갯짓으로 인사했다. 환라는 눈짓으로 화답한 뒤 다시 걸음을 옮겼다.

길고 어두운 복도를 지나 계단을 올라갔다. 병사들이 문을 열어 주었다. 이내 시원한 공기가 환라를 덮쳤다. 그녀는 숨을 깊게 들이마시고 앞을 보았다.

밤새 내린 비는 어느새 그쳤고, 항룡궁 너머에서는 서서히 새로운 태양이 떠오르고 있었다.

14. 종막

"통촉하여 주시옵소서, 폐하!"

재화가 앞장서 외치자 다른 대신들도 재화를 따라 일제히 합창했다.

"통촉하여 주시옵소서!"

동조하지 않는 이는 여란과 채령, 궐겸뿐이었다. 물론 환라를 위해 통촉해 달라고 소리치지만 않을 뿐, 채령과 궐겸의 생각 역시 대신들과 크게 다르지 않았다.

진심으로 반대하는 이는 여란밖에 없었다.

"그만들 하시지요. 반란을 진압하는 데 크게 공을 세운 오라, 크흠! 장양야가 돌아오면 혼인을 하시겠다 하지 않습니까?"

여란의 말에 재화가 고개를 저었다.

"그게 벌써 3년 전 일이오. 후계는 나라의 근간인데, 언제까지 차일피일 미룰 수만은 없지 않소?"

재화의 말도 틀린 것은 없었다. 혼인을 미루는 것은 오로지 양야를 첫 번째 부군으로 맞이하고 싶다는 환라의 욕심 때문이었다. 황제가 되자마자 혼인 이야기가 나왔으나 환라는 굳건했다.

그렇게 벌써 햇수로 3년이 지났다. 후사를 위해서라도 이제 황후를 맞이해야 했다.

"정초까지 반드시 결단을 내리겠다. 그러니 그 일은 다시 입에 올리지 말라."

"황은이 망극하옵나이다, 전하!"

재화가 전혀 망극하게 여기지 않는 목소리로 인사를 올리며 물러났다. 그러자 채령이 앞으로 나왔다.

"폐하. 근래에 파황후가 살아 있다는 소문이 다시 돌고 있다고 하옵니다."

그 말에 한 대신이 고개를 내저었다.

"처형장에서 목이 떨어져 나가는 것이 만천하에 공개되었는데 왜 그런 말도 안 되는 소문이 도는 것인지."

"그, 그러게나 말입니다."

여란이 어색하게 동조하며 힐끗 환라를 보았다. 환라는 여란의 허술한 연기가 발각되기 전에 회의를 마무리했다.

"우상은 소문의 진원지를 알아내고 더는 헛소문이 퍼지지 않게 하라."

"예, 폐하."

채령이 공손히 대답하며 물러났다. 그러자 환라가 옥좌에서 일어났다.

계단에서 내려오는 그녀의 뒤로 황금색 용포가 길게 이어졌다. 면류관에 달린 옥구슬이 짤랑거리는 소리를 듣고 있던 궐겸이 조용히 환라의 뒤를 따랐다. 그는 꼬리처럼 이어진 행렬 옆으로 끼어들었다.

"폐하."

환라가 걸음을 멈췄다. 궐겸이 환라의 앞으로 가서 공손하게 허리를 숙였다.

"드릴 말씀이 있사옵니다."

표정을 보아하니 길가에서 나누기 적당한 이야기는 아닌 것 같았다. 환라는 궐겸에게 따라오라고 말하고는 항룡궁으로 향했다.

보수된 궁은 예전과 다름없이 웅장하게 서 있었다. 궐겸은 잠시 항룡궁에 시선을 두었다가 환라를 따라 후원으로 들어섰다. 환라가 손짓으로 환관과 궁인들을 물리고 정원으로 들어섰다. 뒤따라오던 궐겸이 후원에 만발한 수백 개의 꽃송이를 보며 탄식했다.

'하필……'

무궁화였다. 붉은 마음을 품은 새하얀 꽃잎을 환라가 가볍게 어루만졌다. 그녀의 약지와 소지에는 붉은 봉숭아 물이 들어 있었다. 그녀의 새끼손가락은 운명을 점지해 주는 월하노인의 실처럼 붉었다. 그 빛깔을 보자 궐겸은 잠시 자신이 없어졌다. 그러나 그는 마음을 가다듬고 환라에게 다가갔다.

"폐하."

환라가 무궁화 한 송이를 따 제 머리에 꽂으며 고개를 돌렸다.

"말하라."

"3년 전에 하셨던 약조를 기억하시옵니까?"

환라가 즉위하고 몇 개월이 흐른 뒤, 궐겸이 홀로 환라를 찾아왔었다.

'전쟁이 끝난 날 밤, 원하는 것을 들어주신다고 하셨지요.'

'그렇다.'

'만일 장 객주가 아닌 다른 누군가와 혼인하셔야 한다면, 저를 선택해 주시옵소서. 그게 제 소원이옵니다, 폐하.'

황제가 된 이상 반드시 혼인하여야 하기에 환라는 거절할 명분이 없었다. 기실 상대를 골라야 한다면 궐겸이 가장 적합했다. 하지만 환라는 궐겸으로 양야를 대신하고 싶진 않았다. 그는 제 신하이기 이전에 소중한 친우였다. 또한, 어차피 그 누구도 양야를 대신할 수 없기에 서로 상처만 받을 터였다. 하지만 간절한 얼굴을 보자 차마 거절할 수 없었다.

'그리하겠다.'

환라의 대답에 궐겸은 미소 지었다. 슬픔으로 피는 꽃이 있다면 아마 저런 빛깔이리라고, 환라는 생각했다.

그렇게 3년이 흘렀다.

미루고 미뤄 왔건만 때가 된 것이다. 환라는 착잡한 마음으로 대답했다.

"기억한다."

궐겸이 환라에게 다가왔다. 커다란 손이 그녀의 손을 무궁화 꽃잎에서 떼어 냈다. 환라는 그의 손을 바라보며 양야의 손보다 조금 거칠고 미지근하다는 생각을 했다.

'이래서 아니 되는 것이다. 이런 간단한 일로도 양야를 떠올리는데 어찌 겸이를 황후로 들인단 말인가.'

환라가 양야를 떠올리고 있을 때, 궐겸의 목소리가 그녀를 붙들었다.

"폐하."

환라가 고개를 들어 궐겸을 보았다.

"아직 연모하고 있사옵니다."

"나 역시 마찬가지이다."

그 연모가 누구를 향한 것인지 알기에, 궐겸의 심장은 천 갈래 만 갈래로 찢어졌다. 그러나 그의 얼굴에는 미소가 피어올랐다.

"상관없습니다. 저를 황후로 맞이해 주시옵소서."

환라는 입술을 꾹 다물었다. 그러다 궐겸의 손을 맞잡았다. 시야에 붉게 물든 새끼손가락이 보였다.

"올해 물들인 봉숭아 빛깔이 사라지고 손톱이 다시 하얗게 자라면, 그때."

환라가 깊게 숨을 내쉬고 결심한 듯 고개를 들어 궐겸과 눈을 맞췄다.

"그때 답해 주겠다."

궐겸은 고개를 깊이 숙이고 물러났다. 환라는 멀어지는 그의 뒷모습을 바라보다가 답답한 마음을 안고 방 안으로 돌아왔다.

문을 열자 침대 위에 웅크려 있던 묘은이 기지개를 켰다. 그녀는 총총걸음으로 환라에게 다가가 다리에 이마를 부딪치듯 문지르고 고개를 들었다.

"응? 은인 표정이 왜 그래? 어디 아파?"

"아니다."

환라가 작게 웃으며 묘은을 안아 들었다. 묘은이 환라의 품에서 몸을 비틀어 편안한 자세를 취했다.

"피곤하면 오늘은 쉬자."

환라는 고개를 젓고 묘은을 안은 채 밖으로 나와 비원궁으로 향했다.

건물 앞에 도착한 환라는 환관과 궁인들을 세워 놓고 안으로 들어갔다. 그리고 익숙하게 비밀통로를 찾아 문을 열었다. 계단을 내려가 한참을 걷자 돌무더기로 막힌 입구가 보였다. 원래는 통로 중반까지 막혀 있었으나 시간이 날 때마다 묘은과 함께 치워 두었기에 이제 입구가 보일 정도였다.

"이제 조금만 더 하면 되겠다."

"흠! 이 정도는 내가 할 수 있어! 은인은 뒤에 서서 구경만 해!"

묘은이 아래로 폴짝 뛰어내려 눈을 부릅떴다. 그러자 돌무더기들이 서서히 입구 쪽으로 밀리기 시작했다.

그렇게 일각 정도 지나자 커다란 바위까지 움직이더니 이내 쿵! 하는 소리가 들렸다. 환라가 환하게 뚫린 입구를 보며 감탄하자 묘은이 으스댔다.

"봤지? 봤지?"

칭찬하듯 묘은의 머리를 쓰다듬은 환라가 통로를 벗어났다. 묘은이 도술로 바위를 힘겹게 다시 막았다. 환라는 다시 위장문을 설치해야겠다고 생각하며 익숙한 길을 걸었다.

멀리서 흐드러지게 핀 무궁화와 작은 집 한 채가 보였다. 혹시라도 양야가 돌아올까 싶어 잿더미가 된 집을 복원하고 예전 모습 그대로 꾸며 두었으나 여전히 사람이 다녀간 흔적은 없었다. 환라의 어깨가 처지자 묘은이 작은 앞발을 들어 환라의 팔을 토닥였다.

"은인, 걱정하지 마. 양야 님은 꼭 돌아오실 거야!"

"고맙다."

환라는 묘은의 머리를 쓰다듬고 왔던 길을 되돌아갔다.

그 후로도, 시간은 속절없이 흘렀다.

위장문은 만들어진 지 오래였고 만개하던 무궁화도 모두 떨어져 다시 피지 않는 계절이 왔다. 새끼손가락을 완전히 뒤덮었던 붉은 기운도 이제 손톱 끝에 간신히 걸쳐 있었다. 한 번 자르면 사라질 것 같았기에, 환라는 보름간 손톱을 자르지 못했다.

"양야야. 이 겨울이 지나면 나는 혼인을 해야 한다."

환라는 새하얀 손으로 얼굴을 감싼 채 가지만 앙상하게 남은 후원에 앉아 탄식했다.

하늘이 어두워지고, 그녀의 위로 굵은 눈송이가 떨어졌다. 환라는 고개를 들어 하늘을 보았다. 날은 맑았으나 눈송이는 점점 커다랗게 변하고 있었다.

'눈이 쌓이기 전에 통로 밖의 거처에 다녀와야겠다.'

눈 내리는 밖에 환관과 궁인을 세워 두고 싶지 않았기에 혼자 비원궁으로 향했다. 비밀통로를 열고 어두운 길을 걸었다. 습관처럼 매일 거처로 가서 사람의 흔적이 있나 확인하고 있긴 하나 기대와 희망은 없었다.

매일 실망을 되풀이하기엔 3년은 너무 긴 시간이었다.

'이제 이 짓을 그만둘 때가 되었다. 애당초 양야가 돌아오면 궁으로 올 터인데. 미련한 짓을 한 것이다.'

환라는 입구를 잠그고 바위로 위장했다. 얇게 눈이 쌓인 새하얀 길을 걸었다. 발을 내디딜 때마다 '어쩌면 오늘은'이라는 생각과 '그럴 리 없지'라는 생각이 번갈아 가며 떠올랐다. 왼발은 낙원에, 오른발은 나락에 있었다. 거처로 갈 때면 수십 번씩 그 사이를 오갔다. 그녀는 점점 지쳐 가고 있었다.

굵어진 눈송이는 이제 손가락 마디만 하게 커졌다. 환라는 하늘을 잠시 올려다보다가 거처를 향해 고개를 돌렸다. 흰 눈 사이로 언뜻 붉은색이 보였다.

순간, 그녀의 걸음이 멈췄다. 환라는 멍하니 붉은 점들을 바라보다 걸음을 빨리했다. 가까워질수록 붉은 점들이 더 크고 선명해졌다. 가슴이 거세게 박동하기 시작했다. 환라는 추위도 눈도 잊은 채 거처로 달려갔다. 그곳에는 계절에 맞지 않은 무궁화가 흐드러지게 피어 있었다.

"양야!"

미끄러지는 다리에 힘을 주고, 흐려지는 시야를 연신 닦아 내며 소리쳤다. 그녀의 목소리가 닿긴 너무 먼 거리였으나 양야는 귀가 밝으니 반드시 나올 것이다. 환라는 거처의 문을 응시하며 빠르게, 더 빠르게 달렸다. 하지만 거처의 문은 열리지 않았다.

환라는 실망감을 애써 숨기며 소리쳤다.

"양야! 내 여우야, 어디 있는가!"

마당에 도착한 환라가 걸음을 멈췄다. 그녀는 숨을 헐떡이며 다급하게 주위를 살폈다.

그러나 사람의 모습은 보이지 않았다. 다리에 힘이 풀리고 눈물이 쏟아졌다. 오금이 툭 꺾였다. 눈을 잘못 밟은 발이 쭉 미끄러졌다. 환라는 상실감에 중심을 잡을 생각도 하지 않고 몸에 힘을 풀었다.

그때였다. 단단한 손이 환라의 허리를 감쌌다.

그녀의 볼에 다른 사람보다 조금 높은 체온이 닿았다. 머리 위에서는 다정한 웃음소리가 들렸다.

"길도 미끄러운데 다치면 어찌하시려고 그리 뛰십니까?"

환라는 고개를 들었다. 눈물로 흐려진 시야 때문에 그리운 얼굴이 제대로 보이지 않았다. 그녀의 마음을 읽기라도 한 듯 양야가 부드러운 손길로 환라의 눈가를 닦아 주었다. 눈앞이 선명해지자 비단 같은 머리카락과 단정한 이마, 곧은 콧날, 따뜻한 눈동자가 보였다.

"내가 꿈을 꾸고 있는 것인가? 아니면 허상을 보고 있는 것인가?"

환라가 울먹이는 목소리로 중얼거렸다.

"진정, 진정 내 여우가 맞는가?"

양야가 입꼬리를 끌어당겨 장난기를 숨겼다. 그리고 환라의 손을 끌어 제 머리 위에 올려놓았다.

"환의 여우가 맞는지, 만져 보시면 아시겠지요."

손가락 사이로 검은 머리카락이 물줄기처럼 갈라졌다. 눈꺼풀 너머로 애타던 마음이 연신 흘러넘쳤다. 양야가 그 위에 입을 맞추고 속삭였다.

"다녀왔습니다."

그리고 그대로 환라를 품 안에 가득 안아 입을 맞췄다. 환라는 왜 이제 왔느냐는 원망조차 해 보지 못한 채 그의 목을 끌어안았다.

그들을 둘러싼 단심이 얕게 쌓인 눈송이 사이로 더 붉게 빛을 발했다.

〈完〉

외전. 백단심계

항룡궁에 어둠이 내렸다. 환라는 잠들지 못하고 창가에 앉아 있었다. 얼마 지나지 않아 창문이 열리고 안으로 묘은이 들어왔다.

"은인! 나 왔어."

그제야 환라가 침의 위에 대수포 하나를 걸쳐 입었다. 묘은이 환라의 품으로 뛰어들었다. 그러자 환라의 기척이 사라졌다. 그녀는 열린 창문을 넘어 밖으로 나간 뒤, 조용히 창문을 닫았다. 그리고 사람들의 눈을 피해 비원궁으로 들어섰다.

주인 없는 궁은 고요하기만 했다. 낮에는 관리하기 위해 궁인들이 돌아다니나 밤에는 아무도 없었다. 그러나 만에 하나 남아 있는 사람이 있을 수 있기에 환라는 말을 아꼈다. 그러다 비밀통로 안에 들어서고 나서야 묘은이 띄워 놓은 빛을 따라가며 물었다.

"양야는 돌아왔는가?"

"응."

환라의 입에 작은 미소가 걸렸다. 그녀는 문을 열자마자 달렸다. 하지만 제대로 속도를 내기도 전에 양야의 품에 갇혀 버렸다.

따뜻한 팔이 등을 감싸 안자, 환라가 고개를 들어 미소 지었다. 양야는 그녀의 이마에 입을 맞추고 허공에 수십 개의 불빛을 띄웠다. 커다란 반딧불이가 날아다니는 것 같은 모습에 환라가 탄성을 내뱉었다.

"아름답다. 무엇보다 양야 네 얼굴이 잘 보여서 좋구나."

양야가 작게 웃으며 환라의 손을 잡고 거처를 향해 걸었다.

"왜 이리 얇게 입고 나오셨습니까."

"마음이 급해 그리했다. 일주일만이 아닌가."

딱 일주일 전, 양야는 환라에게 돌아왔다. 그러나 오래 머무를 순 없었다. 사실 양야의 몸은 완벽하게 회복되지 않은 상태였다.

그는 정신을 차리자마자 이와에게 자신이 3년간 잠들어 있었다는 말을 들었다. 그 사실을 알고 나자 환라가 사무치게 그리워졌다. 정괴에게 3년은 덧없는 시간이나 인간에게 3년은 누군가를 잊을 수도 있을 만큼 긴 시간이었다. 양야는 불안하고 걱정스러웠다.

"잠시 내려갔다 오겠습니다."

"어허. 아직 몸이 다 회복되지 않았는데 어딜 간단 말인가.

조금만 더 참으시게나."

"이대로는 회복에 집중을 할 수가 없습니다. 아주 잠깐, 내려가서 얼굴만 보고 오겠습니다."

"그냥 다 회복되면 내려가시게나. 가다가 무슨 일이라도 생기면 어찌하려고."

"보내 주십시오."

"허허허. 안 된대도."

하지만 양야의 눈빛은 굳건하기만 했다. 이와는 그 눈빛을 잘 알고 있었다.

"계속 반대하면 몰래 내려갈 텐가?"

"예."

양야가 당당하게 도주 의사를 밝혔다. 당사자가 저러니 더는 말릴 수도 없는 노릇이었다. 이와는 하늘을 보며 허허허 웃음을 터트리고는 길게 한숨을 내뱉었다.

아주 오래전 예록이 벌을 받아 제 산으로 왔을 때도 양야와 같은 상태였었다. 이와 몰래 산으로 내려갔다가 제 정인이 다른 이와 혼인한 것을 보고 요괴가 될 뻔하였다. 이와는 양야도 같은 상처를 떠안게 될까 봐 걱정스러웠다.

"내가 어쩌다 이런 고집불통을 또 맡게 되어서는……. 하늘도 무심하시지."

가볍게 혀를 차는 이와를 보며 양야가 천천히 자리에서 일어났다. 당장에라도 이와를 지나쳐 인간계로 내려갈 것 같은 모습이었다. 이와는 양야를 붙들어 다시 앉히며 물었다.

"그 아이가 다른 이와 혼인하였어도 요괴가 되지 않을 자신이 있는가?"

"······환이 혼인을 하였답니까?"

양야의 얼굴이 순식간에 어두워졌다. 이와는 양야의 몸에서 사기가 피어오르면 내려가지 못하도록 다시 기절시킬 요량이었다. 그러나 양야는 이내 체념한 듯 숨을 내쉬었다.

"상관없습니다. 황위에 오르셨으니 어쩔 수 없었을 겁니다. 환의 마음만 변하지 않았다면, 저는 괜찮습니다."

"허허허. 그런 얼굴 하지 마시게. 진짜 했다는 뜻이 아니라 그랬을 수도 있다고 가정한 것이니. 나도 인간 세상 돌아가는 이야기는 잘 모르네."

양야가 원망스러운 눈으로 이와를 응시했다. 이와는 괜한 웃음으로 민망함을 지우며 먼 곳을 바라봤다. 그러다 양야의 시선이 사라졌을 즈음 다시 고개를 바로 했다.

"그럼 얼굴만 보고 와야 하네."

"예, 상선."

양야는 인사를 올리고 산에서 내려왔다.

마음 같아서는 궁으로 들어가고 싶었다. 그러나 깨어났을 땐 인간의 모습이었고 모습을 바꿀 만한 정기는 없었다. 양야는 혹시나 하는 마음에 환라의 거처로 갔다.

잿더미가 되었던 거처는 완벽하게 복원되어 있었다. 게다가 소복하게 내린 눈 사이로 앙상한 가지들이 빼곡하게 솟아나 있었다.

"무궁화······."

환라의 마음을 담은 나무가 앙상하게 말라 있자 양야는 가슴이 미어지는 것만 같았다. 그는 손을 얹어 꽃을 피워 내고 몸을 돌렸다. 한월로 돌아가면 궁 안으로 들어갈 방법이 생길 것이다. 그러나 이상하게도 발길이 떨어지지 않았다. 마침 꽃을 피워 내느라 정기를 사용한 탓에 머리가 어지러웠다. 그는 저잣거리를 향해 느리게 걸었다.

그렇게 막 숲을 벗어나려는데, 희미한 목소리가 그의 발목을 붙잡았다.

"양야야!"

아주 멀리서 들리는 목소리였다. 환청이라 생각될 정도로 아득했으나 양야는 곧장 몸을 돌려 달렸다. 거처에 다가갈수록 다급하게 뛰어오는 소리가 커졌다. 환라 역시 자신에게 뛰어오고 있다고 생각하자 양야는 벅차오르는 가슴을 주체할 수가 없었다.

"내 여우야! 어디 있는가!"

저를 찾는 소리가 거처에서 들리자마자 양야는 정기를 사용해 거처로 이동했다. 머리가 잠시 어지러웠으나 쓰러지는 환라를 받아 내는 것이 우선이었다.

하지만 재회의 기쁨은 짧았다. 충분히 인사를 나눌 새도 없이 이와가 나타나 양야를 데려가려 한 탓이었다. 양야는 돌아가고 싶지 않았다. 환라 역시 보내고 싶지 않았으나 회복하려면 보름은 더 있어야 한다는 말에 제 욕심을 접었다.

"가서 회복하고 돌아오라. 3년을 기다렸는데 보름이 대수겠는가."

"······일주일 안에 돌아오겠습니다."

"회복되지 않았으면 다시 돌려보내겠다."

"예."

양야가 웃음을 흘리며 환라를 끌어안았다. 그리고 그녀의 입술을 머금었다. 그대로 영영 떨어지고 싶지 않았으나 뒤에서 '허허허' 하는 웃음소리가 들리자 환라가 그를 밀어 냈다. 동시에 무궁화나무 위에 올라가 털을 고르던 묘은이 환라의 등을 향해 폴짝 뛰었다. 그대로 어깨를 넘어 환라에게 안기려는데, 양야가 그녀의 몸을 달랑 들어 떼어 냈다.

"너도 나와 함께 가자꾸나."

묘은이 꼬리를 살랑이며 고개를 갸웃거렸다.

"내가 돌아왔을 때 환에게 알려 줄 이가 있어야 하지 않겠느냐."

"앗! 알겠사옵니다. 그럼 은인, 나도 같이 갔다 올게!"

환라가 고개를 끄덕이자마자 세 사람의 모습이 눈 앞에서 순식간에 사라졌다.

그렇게 일주일이 흘러 재회하게 된 것이다.

그리움을 전부 되짚었을 즈음 환라의 몸이 따뜻해졌다. 양야가 도술을 사용하였다는 걸 안 환라가 고개를 들어 그의 눈을 바라봤다.

"이제 다 회복한 것인가?"

"예. 영영 떨어지지 않아도 됩니다."

환라가 맑은 웃음을 터트렸다. 다정한 낯으로 환라를 물끄러미 보던 양야가 입을 맞췄다. 입술 위에서 물결처럼 퍼지는 웃음을 느끼며 양야가 잠시 떨어져 나갔다.

　"그러니……."

　환라가 미소 띤 얼굴로 고개를 기울였다. 환라의 손을 귀하게 받든 양야가 그 위에 경건하게 입을 맞췄다. 그들을 둘러싸고 있던 앙상한 가지에 일순 눈송이처럼 하얀 꽃이 피어났다. 그러자 촛불이 켜지듯 하나둘 씩 붉은 심지가 드러났다. 환라가 일제히 피어나는 수십 송이의 꽃을 감탄하며 보고 있을 때, 양야가 그녀를 천천히 끌어 품에 안았다.

　"저와 혼인해 주십시오."

　환라가 눈을 둥그렇게 뜨고 양야를 보았다. 감히 누구도 황제에게 혼인을 청할 순 없었다. 그렇기에 환라는 자신이 청혼을 받을 거라고는 상상도 하지 못했다. 가슴이 벅차오르고 이상하게 눈물이 날 것만 같았다. 당장 그러겠다고 하고 싶은데 목소리가 나오지 않았다. 그녀는 단심 같은 입술을 벙긋거렸다. 우아한 눈매를 타고 이슬이 꽃잎에 미끄러지듯 눈물이 흘렀다. 양야는 눈물 위에 입을 맞췄다.

　"연모하고, 사모합니다."

　환라는 고개를 끄덕이고 양야의 품을 파고들었다. 속절없이 흐르는 눈물이 양야의 옷깃에 스몄다. 겨우 눈물을 멈춘 환라가 고개를 들었다.

　"나 역시 그러하다. 연정이 가슴에 사무쳐, 시간이 흐르는지 멈춰 있는지도 모르고 지냈다. 이제 더는 떨어져 있고 싶지 않다."

그녀는 발끝을 세워 양야에게 입을 맞췄다. 양야는 환라의 허리에 팔을 휘어 감고 깊이 안았다. 떨어지려던 환라의 입술이 다시 양야에게 닿았다.

장난치듯 서로의 입술을 머금고 깨물던 입맞춤이 점점 더 깊어졌다. 양야는 환라의 양 볼을 붙잡고 격정적이고 감미롭게 입을 맞췄다. 동시에 한 손으로 환라의 엉덩이 밑을 바쳐 번쩍 들어 올렸다.

숨을 쉴 시간조차 주지 않고 탐닉하던 양야가 그녀의 입술을 놓아주었을 때, 그들은 이미 푹신한 이불 위에 누워 있었다. 환라는 가쁜 숨을 몰아쉬며 정염에 휩싸인 양야를 끌어안았다.

방 안의 공기는 한여름처럼 뜨겁고 녹진해졌다. 피가 아니라 화염이 혈관을 타고 흐르는 듯했다. 두 사람의 몸이 마치 하나였던 것처럼 얽혔다. 환라는 이제껏 누렸던 것들과는 전혀 다른, 완전히 새로운 기쁨에 눈을 떴다. 그녀는 직감적으로 양야가 없었던 삶으로는 돌아가지 못하리라는 것을 느꼈다. 그녀는 전류처럼 번쩍이는 환희에 몸을 떨며 양야의 등에 매달렸다.

"양야야, 내 낭군이, 황후가 되어라."

"황후가 아니어도 괜찮습니다."

"내가 싫다. 양야 네가 아닌 다른 사내는 품고 싶지 않다."

양야 역시 진심으로는 그러길 바랐다. 하지만 혹여나 그 말이 환라의 발목을 잡을까 염려되었다. 그는 차마 본심을 입 밖으로 내지 못한 채, 환라를 힘주어 안았다. 환라 역시 양야의 등에 팔을 둘렀다.

그들은 가빠진 숨을 고르며 한동안 한 몸처럼 붙어 있었다.

일반적인 체온보다 조금 더 따뜻한 양야의 품에 안겨 밤이 깊어 가는 것을 보고 있으려니 점점 눈꺼풀이 무거워졌다. 그 기색을 눈치챈 양야가 웃음을 터트리며 환라의 눈을 손으로 가려 주었다.

"피곤하실 테니 이만 주무십시오."

"이 시간이 너무나 귀해 잠들고 싶지 않다."

"앞으로 평생 함께 잠들고 깨어날 터인데 그때마다 잠들지 않겠다 하실까 염려됩니다."

장난스러운 목소리에 환라가 눈을 감고 웃음을 터트렸다.

"그래, 평생. 평생 함께하여야 한다."

"예. 그러니 오늘은 이만 주무십시오."

환라가 고개를 끄덕이고 몸에 힘을 풀었다. 숨이 점점 느리고 고르게 변하는 것을 듣고 나서야 양야가 환라의 눈앞에서 손을 치웠다. 환라가 멀어지려는 손을 꼭 잡아 품었다. 그리고 잠에 취한 목소리로 웅얼거리듯 말했다.

"깨어나도 내 곁에 있어야 한다. 또 사라지면 아니 된다."

"저는 사라지지 않습니다."

"거짓말. 매일, 매일 그리하지 않았던가."

그리움은 매일 밤 양야의 모습으로 나타나 눈앞에서 흔적도 없이 사라졌다. 그것이 헛것인 줄 알면서도 환라는 상실감에 잠을 이루지 못했다. 혹여 치료가 잘못되지는 않을까, 저를 잊어 영영 안 돌아올까 봐 애간장이 타 하루에도 몇 번이고 뇌동산으로 달려가고 싶었다.

사무치게 그리워했던 나날의 마음들이 양야에게 고스란히 전해졌다. 그 마음이 기쁘면서도 애달파 양야는 환라의 몸을 더 꼭 끌어안고 그녀의 목덜미와 어깨에 입을 맞췄다.

"제가 잘못했습니다."

그 사과를 듣지 못한 채 환라는 잠이 들었다. 양야는 꽃잎처럼 부드럽고 향긋한 몸에 얼굴을 묻었다.

창밖이 서서히 밝아지는 게 보였다. 떨어져 있는 일주일은 7년 같았는데 함께 있는 밤은 일각처럼 짧게 느껴졌다. 덕분에 환라가 잠든 사이 한월각에 다녀오려던 양야의 계획은 무산되고 말았다. 그는 그대로 환라의 곁을 지키고 있다가 정무 회의 시간이 다가올 즈음 그녀를 깨웠다.

"환. 돌아가셔야 합니다."

환라가 몸을 뒤척였다. 양야는 돌아선 그녀를 품에 안았다.

"어서요. 늦으십니다."

말은 그렇게 하면서도 양야는 환라의 허리에 감아 놓은 팔을 풀지 않았다. 그것을 느낀 환라가 작게 웃음을 터트렸다. 그녀는 몽롱한 눈을 깜빡여 졸음을 몰아냈다. 그리고 양야를 올려다보았다. 눈이 마주치자 입술이 가볍게 내려앉았다. 환라는 제 얼굴을 스치는 부드러운 입술을 느끼며 입을 열었다.

"궁으로 가자."

"그러고 싶습니다만, 한월각에 다녀와야 할 듯합니다."

양야의 빈자리를 메우기 위해 정위가 몇 년째 고군분투하고 있었다. 한월의 객주인 양야가 한월로 돌아가는 것은 당연한 이치였다. 하지만 아쉬운 탄성이 흐르는 것은 어쩔 수 없었다.

"그럼 한월각에 들렀다가 바로 돌아와야 한다."

"환께서 궁으로 불러 주십시오. 여우의 모습으로 가면 이런 건 못 하지 않습니까."

뜨겁고 넓은 손바닥이 환라의 몸을 어루만졌다. 환라는 당장에라도 열기에 몸을 맡긴 채 양야와 다시 한 몸처럼 얽히고 싶었다. 하지만 시간이 여의치 않았다. 그녀는 양야의 얼굴을 쓰다듬으며 입을 맞췄다. 그의 등 뒤로 길게 늘어진 그림자가 보였다. 환라는 정말 궁으로 돌아가야 할 시간이 되었음을 깨닫고 자리에서 일어났다.

양야는 아무렇게나 구겨져 있는 대수포를 도술로 말끔하게 만든 뒤 환라에게 다가갔다. 그는 넓은 소매를 환라의 팔에 꿰어 주다가 아직 붉게 물들어 있는 손톱 끝을 보았다. 일부로 내버려 둔 것인지 왼쪽 소지의 손톱만 유난히 길었다.

"이 손톱은 일부러 기르신 겁니까?"

양야가 들어 올린 손을 본 환라가 작게 탄성을 내었다. 그러다 이내 장난스러운 미소를 입에 물었다.

"하마터면 큰일 날 뻔하였다."

그 말뜻을 이해하지 못한 양야가 고개를 기울였다. 환라가 양야의 손에 깍지를 꼈다.

"이 봉숭아 물이 사라질 때까지 그대가 돌아오지 않으면 황후를 맞이할 생각이었다. 그러면 나는 두고두고 후회하였을 것이다."

"다른 이를 황후로 맞이하시면 저를 후궁으로도 들이지 않을 생각이셨습니까?"

양야가 서운하다는 듯한 목소리로 환라의 허리를 옭아맸다. 그러자 환라가 웃음을 터트리며 고개를 저었다.

"그런 게 아니다."

"그런 게 아니면 무엇입니까?"

"첫 혼인은 그대와 하고 싶었다."

옷깃을 여며 주던 양야의 손이 우뚝 멈췄다. 환라가 목단처럼 고운 얼굴로 미소 지었다.

"내 처음과 끝을 모두 양야 너에게 주고 싶……."

환라의 말끝이 양야의 입 속으로 사라졌다. 동그랗게 떠진 눈이 이내 곱게 휘어지며 감겼다. 지척에서 그 모습을 본 양야는 참지 못하고 환라를 끌어당겼다.

거칠고 다급한 입맞춤에 휩쓸리던 환라가 겨우 정신을 차리고 양야의 가슴을 밀어 냈다. 떨어져 나간 눈동자에는 여전히 정염이 깃들어 있었다. 환라는 저도 모르게 마른침을 삼켰다. 이상하게도 열이 나는 것만 같았다.

하지만 지금 가지 않으면 정말 정무 회의에 늦게 된다. 환라는 아쉬움을 뒤로하고 양야의 손을 잡은 채 뒤돌아 문을 열었다. 나무 위에서 쉬고 있던 묘은이 그 소리를 듣고 폴짝 뛰어내렸다. 그녀가 환라에게 배고파 죽겠다고 칭얼거리려는데 양야가 문지방을 넘는 환라를 끌어안았다.

"보내기 싫습니다."

환라의 마음 역시 마찬가지였다. 양야가 망설이는 환라의 허리를 돌려 자신과 마주 보게 했다. 얼굴을 보니 더욱 떠나기가 힘들어졌다. 환라는 시선을 피하기 위해 다시 몸을 돌리려 했다. 그러나,

"하지만 곧 정무 회의이니……."

그녀가 완전히 몸을 돌리기 전에 양야가 다시 입을 맞췄다. 맞닿은 입술 사이로 작은 웃음소리가 새어 나왔다. 환라는 부드러운 입술을 머금으며 고개를 뒤로 젖혔다.

"황제의 말을 두 번이나 막다니 무엄하다."

"맞습니다. 그러니 이 무례한 놈에게 벌이라도 내리고 가셔야 하지 않겠습니까?"

양야가 눈꼬리를 야살스레 접었다. 환라가 못 이기겠다는 듯 웃으며 짧게 입을 맞췄다. 양야는 나무 밑에 멀뚱히 앉아 있는 묘은에게 말했다.

"너는 돌아가서 폐하의 침소에 아무도 들이지 말라 이르거라. 오늘은 일어날 수 없으실 테니."

그리고는 환라를 가볍게 안아 들었다. 붉어진 그녀의 볼에 입을 맞추며 양야는 다시 방 안으로 들어갔다. 문이 저절로 닫히며 그들의 모습을 가려 주었다.

* * *

궐겸은 어제 환라가 아프다는 말을 들은 이후로 계속 신경이 쓰였다. 얼굴이라도 보고 출궁을 하였으면 조금 나았을 텐데 환라는

종일 방 밖으로 나오지 않았다.

걱정에 밤잠을 설친 궐겸은 아침이 되자마자 항룡궁으로 향했다.

"폐하. 좌사정 이궐겸이 왔사옵니다."

"들라 하라."

병환으로 하루 동안 두문불출한 사람답지 않게 목소리가 맑았다. 궐겸은 다행이라 여기면서도 의아함에 고개를 기울이며 안으로 들어갔다.

"이른 시각에 어쩐 일인가?"

"종일 편찮으셨다는 말에 걱정되어 와 보았사옵니다, 폐하."

궐겸의 말이 끝나기가 무섭게 환라의 얼굴이 달아올랐다. 고개를 숙이고 있던 궐겸은 그녀의 안색을 보지 못하였다. 그러나 깔끔하게 다듬어진 새끼손톱은 그의 눈길이 닿는 곳에 있었다.

"아뢰옵기 송구하오나, 폐하."

궐겸이 붉은 기색 없는 환라의 손톱을 바라보다가 고개를 들었다. 손톱에 있던 붉은 기운이 얼굴로 옮겨 갔는지 환라의 혈색은 전보다 배는 더 좋아 보였다. 얼굴에는 멀리서 풍겨 오는 꽃향기처럼 은은한 미소가 흘러넘쳤다. 그는 애써 침착함을 유지하며 담담한 목소리를 내었다.

"봉숭아 물이 사라졌사옵니다."

"그대에게 답해 주어야 할 것 같아 어제 정리하였다."

궐겸의 눈에 체념의 빛이 스쳤다. 그는 제 발끝을 바라보았다. 그리고 환라의 말을 기다렸다.

혹여라도 양야가 돌아오지 않아 그를 황후로 맞이한다는 말이 나오지 않을까? 물에 떨어진 먹물처럼 흐린 기대가 잠시 피어올랐다. 그러나 이내 사라져 버렸다. 환라의 눈동자에 깃든 미안함과 안타까움을 발견한 까닭이었다.

"그가, 돌아왔사옵니까?"

"그러하다."

잠시 침묵이 내려앉았다.

"미안하다."

"신께 사과하지 않으셔도 됩니다."

궐겸의 목소리는 의외로 흔들리지 않았다. 고개를 든 그가 옅게 미소 지었다.

"폐하께서 소지의 손톱만 남겨 두셨을 때, 이미 저는 장 객주가 돌아오지 않는다면 그 붉은 빛은 영영 사라지지 않겠구나, 그리 생각했사옵니다."

"이해해 주어 고맙다."

"장 객주와 바로 혼인하실 생각이시옵니까?"

"그렇다."

"그럼 저를 후궁으로 들여 주시옵소서."

환라가 곤란하다는 듯 미간을 찌푸렸다. 그러나 궐겸은 말을 이었다.

"황제가 후궁을 들이는 것은 흠이 아니옵니다."

"알고 있다. 하지만 그 이유 때문은 아니다."

"혹, 장 객주 때문이옵니까? 만일 후궁을 들이는 걸 이해할 수 없는 그릇이라면 황후가 되지 않는 편이 낫습니다."

"그 또한 아니다."

궐겸이 그럼 도대체 무엇 때문에 곤란한 낯을 하느냐는 얼굴로 환라를 보았다. 환라가 작게 숨을 내쉬고 자리에서 일어나 궐겸에게 다가갔다. 씁쓸한 장미 향이 코끝을 스치자 그는 눈을 질끈 감았다. 찌푸려진 미간에 참담함이 어렸다.

환라는 손을 들어 그의 눈썹 사이를 부드럽게 문질러 주었다. 놀란 궐겸이 눈을 크게 뜨고 환라를 보았다.

"그대 때문이다."

"제가 원하는 것은 폐하를 모시는 것이옵니다."

"안다. 허나 아니 된다. 그건 그대를 위한 일이 아니다."

"어찌 그런 말씀을 하시옵니까."

환라는 그의 두 손을 잡았다.

"비록 그대에게 품은 것이 연정은 아니나 궐겸 그대는 내 소중한 벗이고 신하이다. 만에 하나 후에 다른 이를 연모하게 된다면 궁에 들어온 것을 뼈저리게 후회할 것이 아닌가."

"그런 일은 없사옵니다."

"혹은 궁을 벗어나고 싶어지면? 후궁이 되면 쉬이 나갈 수 없을 것이다."

"궁만큼 편한 곳이 세상에 어디 있겠사옵니까."

"단언치 말라. 18년 동안 모자람 없이 누려 온 내 숨통도 조이는 곳이니."

"폐하……."

"내가 사내이고 그대가 여인이었다면 후사를 위해서라도 응당 그대를 품었을 것이다. 허나 나는 여인의 몸. 후궁을 들인다고 후계를 많이 낳을 수 있는 것도 아니다."

궐겸이 입을 꾹 다물었다. 차라리 환라가 사내였다면, 자신이 여인이었다면 상황이 달라졌을 거라는 사실에 하늘이 원망스러웠다. 그는 입술을 꾹 물어 눈물을 참으려 했다. 하지만 그의 맑은 눈은 서서히 젖어 들었다.

환라는 안타까움을 느꼈으나 그뿐이었다. 그녀는 다정하지만 단호하게 말했다.

"게다가 후궁이 되면 국사를 돌볼 수 없게 된다. 그럼 나는 귀한 신하만 잃게 되지 않는가?"

궐겸은 그 말을 알아들었다. 곁에 남고 싶거든 신하로서 남으라는 뜻이었다. 결국 궐겸의 눈에서 눈물이 터졌다. 그는 수정 같은 눈물을 뚝 뚝 흘리며 가슴을 움켜쥐었다. 고름을 짜내기 위해 생살을 찢는 것과 같은, 이로운 통증이었다.

"……잔인하십니다."

질타의 말이지만 원망은 없었다. 환라는 그의 눈물을 손으로 닦아 주었다.

"미안하다."

"예."

궐겸이 환라의 손을 잡아 내리며 찌푸리듯 웃었다.

"미안해해 주시옵소서."

불경한 말이었으나 흠을 잡을 사람은 없었다.

'칠각과 향옥이 있었다면 난리가 났을 터인데.'

환라는 문득 떠오른 두 사람의 얼굴에 잠시 놀랐다. 하지만 이내 그들을 머릿속에서 지워 내고 궐겸의 손을 놓아주었다. 궐겸이 환라의 얼굴을 바라보다가 고개를 숙였다.

"그럼 옥체가 강녕하신 것을 확인하였으니 저는 이만 물러가 보겠사옵니다."

"그리하라."

궐겸이 읍을 하고 방을 떠났다. 환라는 닫힌 문을 무거운 마음으로 바라보다가 몸을 일으켰다.

"환복 하겠다."

환라의 말이 떨어지기가 무섭게 여사와 환관들이 안으로 들어왔다. 시중을 받으며 옷을 갈아입은 그녀는 곧장 조정으로 향했다.

환관이 문을 열고 황제의 등장을 알리자 좌우로 늘어서 있던 대신들이 일제히 허리를 굽혔다. 환라는 그 사이를 지나 옥좌에 앉았다. 곧 정무 회의가 시작되었다. 환라는 하나하나 주의 깊게 듣고 명령을 내렸다.

그리고 그렇게 회의가 마무리될 즈음 환라가 입을 열었다.

"이제 곧 새해가 다가오니 그대들의 뜻대로 황후를 맞이할까 한다."

조정 안이 술렁였다. 원래의 절차라면 황태후가 후보를 정하는 것이 법도이나 현재 황실에는 어른이 없었다. 그러니 후보를 어찌 정해야 할지에 대해 말이 많았다.

누구는 금혼령을 내리고 간택전을 해야 한다고 말했다. 또 어떤 이들은 신하들이 명단을 올려야 한다며 반박했다. 아예 콕 찍어 환궁을 도왔던 충신들 중에 고르라는 이들도 있었다. 조정이 한창 시끄러운 와중에도 환라와 궐겸만은 조용했다. 여란과 채령 역시 두 사람을 번갈아 보며 분위기가 심상치 않다고 여겼다.

두 사람의 눈이 마주쳤다. 여란이 채령에게 눈짓했다.

"아뢰옵기 황공하오나, 폐하. 혹 생각해 두신 후보가 있사옵니까?"

그러자 환라가 기다렸다는 듯 대답했다.

"한월의 장양야를 황후로 들이겠다."

조정 안이 순식간에 조용해졌다. 그 사이로 여란의 목소리가 들렸다.

"그런데 오라, 아니, 흠! 장양야는 부상 때문에 고향으로 내려가 연락 두절 되지 않았사옵니까?"

환라는 어제 종일 아프다는 핑계로 두문불출하였기에 차마 양야를 만났노라 대답할 수 없었다. 그녀는 짧게 대답했다.

"돌아왔다."

여란이 고개를 기울이고 환라를 빤히 보다가 고개를 끄덕였다.

그녀의 말이 끝나자 다시 침묵이 내려앉았다. 환라는 대신들의 얼굴을 천천히 훑어봤다. 대체로 표정이 좋지 않았다. 하지만 직접적으로 반대하고 나서는 이는 없었다.

생각하는 것만큼 격렬한 반대는 없었다. 아무래도 양야가 전쟁 때 큰 공을 세웠기에 말을 망설이는 듯했다. 환라는 반발이 생기기 전에 납채례(중매자를 통해 혼인을 청하는 의례)를 명해야겠다고 생각했다. 그러나 그녀가 목소리를 내는 것보다 좌상의 움직임이 더 빨랐다.

그는 앞으로 나와 허리를 깊이 숙였다.

"아뢰옵기 황공하오나, 폐하. 장양야는 황후에 적합하지 않다고 사료 되옵니다."

"연유가 무엇인가?"

"장양야는 평민이옵니다. 그를 황후로 들이면 폐하의 위엄이 떨어질 것이옵니다."

"양야는 나의 정인이다. 게다가 이미 수차례 내 목숨을 구해 준 적이 있다. 헌데 어찌 위엄을 들먹이는가?"

좌상이 재화를 바라봤다. 재화는 고민하듯 고개를 숙이고 있었다.

재화가 생각하기에 장양야는 제법 괜찮은 사람이었다. 그가 얼마나 많은 재물을 가졌는지는 도성에 모르는 이가 없었다. 그렇게 많은 것을 가지고도 탐욕을 부리지 않고 베풀며 살기란 쉬운 일이 아니다. 게다가 돈을 사용하는 일에도 눈이 밝으니 내명부를 잘 이끌 것이다.

그러나 개인의 인품과 능력만으로는 어찌할 수 없는 일이 있었다. 만약 환라의 권위가 약해지기라도 하면 가문이 없는 그는 바로 환라의 약점이 될 것이다.

'차라리 어느 가문의 양자로 들어가기라도 하면 괜찮을 텐데.'

하지만 아무리 생각해 봐도 한월의 객주가 누군가의 양자가 되는 것은 상상할 수 없었다. 차라리 안전한 이를 황후로 책봉하고 후궁으로 들이는 것이 나을 것이다.

재화가 고민하는 사이 술렁이는 소리는 더욱 커졌다. 환라가 즉위한 뒤 공직에 오른, 양야가 어떤 공을 세웠는지 제대로 보지 못한 자들이 대다수였다. 재화는 그들의 소리를 듣다가 앞으로 나섰다. 그러자 좌상이 고개를 숙이고 뒤로 물러났다.

"폐하. 소신 역시 같은 생각이옵니다. 장양야가 큰 공을 세웠으며 그가 폐하의 총애를 받는 몸인 것을 잘 알겠사옵니다. 하나 감정만으로 고르기에 마땅한 자리가 아니옵니다."

팔걸이를 쥔 환라의 손에 힘이 잔뜩 들어갔다. 불편한 심기가 손끝에 고스란히 드러났으나 재화는 말을 멈추지 않았다. 다만 대신들이 다 듣는 곳에서 그들이 황제의 적이 될 수도 있다고 말할 수는 없었기에 적당한 핑곗거리를 입에 올렸다.

"황후란 무릇 나라의 귀감이 되어야 합니다. 하오니 평민이 황후가 되는 것은 합당치 않사옵니다. 또한 각국의 사신과 사절단을 접대해야 하며 황실의 안살림을 책임져야 하는데 황실의 예법조차 모르는 자가 그 일을 감당할 수 있을지 염려되옵니다, 폐하."

"예법이야 배우면 되는 일이다. 또한 그는 어려서부터 홀로 상단을 운영하였다. 그러니 접대와 재정에 있어서는 그만한 이가 없다."

가만히 듣고 있던 우사정이 앞으로 나섰다.

"하오나 폐하, 한낱 장사치가 황후에 오른다는 것은 있을 수 없는 일이옵니다."

그러자 여기저기서 같은 뜻의 목소리가 튀어나왔다.

"맞사옵니다, 폐하. 장양야는 황후에 걸맞은 자가 아니옵니다."

"차라리 후궁으로 들이소서, 폐하."

"게다가 친가가 없으니 의례를 치를 수조차 없사옵니다."

"어렸을 때 조실부모 하여 혈혈단신으로 자랐다 들었사온데, 그런 근본도 없는 천한 것이 어찌⋯⋯."

겨우 분노를 삼키고 있던 환라가 옥좌를 쾅 내리치며 자리에서 일어났다. 커다란 소리에 조정이 쥐 죽은 듯이 조용해졌다. 우아한 눈매가 마치 칼날처럼 시퍼렇게 번뜩였다. 그녀는 분노에 찬 숨을 길게 내쉬며 근본을 입에 올린 우사정을 노려보았다.

"우사정은 말을 삼가라. 신분이 어떻든 양아는 승은을 입었다. 지금 내가 근본도 없는 천한 자와 정을 통하였다 말한 것인가?"

"그것이 아니오라⋯⋯. 죽을죄를 지었사옵니다, 폐하!"

우사정이 무릎을 꿇고 앉았으나 환라의 분노는 쉽게 가라앉지 않았다. 마음 같아서는 끌고 나가 곤장을 치고 싶었으나 여기서 감정적으로 대해 봤자 반대만 심해질 뿐이었다. 환라는 어렵게 마음을 다잡고 입을 열었다.

"그를 모욕하는 것은 나를 모욕하는 것임을 명심하라."

"명심하겠사옵니다, 폐하."

"일어나라."

"황공하옵나이다, 폐하."

서릿발처럼 차가운 목소리에 분위기가 얼어붙었다. 처음 맞닥트린 지엄한 분노에 우사정이 몸을 사리며 뒤로 물러났다.

오직 재화만이 여전히 앞으로 나서 있었다. 물론 환라의 마음을 다독이려는 말 따위는 하지 않았다. 그는 마치 환라의 노기는 보이지 않는다는 듯 의지를 굽히지 않았다.

"반대가 이리 심하니 후궁으로 들이소서."

활화산처럼 타오르는 분노에 기름을 붓는 격이었다. 환라는 그제야 이백이 왜 툭하면 재화와 싸웠는지 이해할 수 있을 것 같았다. 재화의 말에 힘을 입은 대신들이 하나같이 입을 모아 그의 의견을 두둔하고 나섰다. 그중 누군가가 소리쳤다.

"차라리 좌사정 이궐겸을 황후로 들이시옵소서, 폐하!"

"맞사옵니다. 유서 깊은 혈통을 가졌을 뿐만 아니라 역적들을 물리치는 것에도 큰 공을 세우지 않았사옵니까. 그를 황후로 들이소서, 폐하."

여기저기서 폐하, 폐하, 하고 불러 대니 머리가 깨질 것 같았다. 환라는 날카로운 신경을 가라앉히려 노력하며 자리에 앉았다. 그 모습을 본 궐겸이 앞으로 나섰다. 답지 않게 예민한 환라의 눈초리가 그에게 닿았다.

당사자가 앞으로 나서니 다른 대신들은 조용해졌다. 시끄럽게 불러 대던 소리가 끊긴 것은 달가웠다. 그러나 궐겸이 무슨 말을 할 줄 몰라 마냥 고마워 할 순 없는 노릇이었다. 환라가 피곤하다는 듯 숨을 내쉬자 궐겸이 입을 열었다.

"폐하. 장양야를 황후로 들이시옵소서. 즉위하신 지 얼마 되지 않으셨는데, 외척이 득세하여 전례를 반복할까 염려되옵나이다."

"그자가 폐하의 총애를 등에 업고 방탕하고 경거망동하면 어찌 할 것이오?"

누군가가 궐겸의 말에 반발하고 나섰다. 그러자 여란이 울컥

화를 냈다.

"아니, 말을 왜 그렇게 하십니까? 제가 평생을 보아 아는데 장양야는 욕심이 없고 청렴한 사람입니다!"

"그럼 대중정은 장양야가 황후가 되어야 한다 생각하시오?"

여란의 말문이 막혔다. 양야는 좋은 사람이지만 황후를 인품만으로 고를 순 없다는 걸 잘 알기 때문이었다. 그녀가 난처하고 분한 표정으로 주먹만 쥐었다. 그러자 다른 대신이 입을 열었다.

"견물생심이라 하였소. 막상 권력을 쥐면 어찌 변할지……."

"그만!"

환라가 큰 소리로 말을 끊으며 자리에서 일어났다.

"그대들이 그리 원하면 후궁으로 들일 것이다."

그 말에 대신들이 목소리를 낮추며 허리를 숙였다. 하지만 환라의 눈에는 서슬 퍼런 노기가 여전했다.

"허나 그뿐이다. 황후는 들이지 않을 것이다."

"아니 되옵니다, 폐하!"

"황후를 들이지 않는 것은 나라의 근간을 위협하는 일이옵니다, 폐하!"

"그럼 양야를 받아들이겠는가?"

환라의 질문에 누구 하나 그러겠다고 나서는 이가 없었다. 환라는 입을 꾹 다물고 크게 숨을 내쉬었다.

"오늘 회의는 여기서 파하겠다. 이 일은 차후에 논의할 테니 그리 알라."

환라가 큰 걸음으로 단상을 내려오자 대신들이 허리를 굽히며 자리에서 물러갔다. 환라는 그 사이를 성큼성큼 걸어 밖으로 나왔다. 마치 자신이 모욕을 당한 것처럼 억울하고 가슴이 답답했다. 그녀는 자리에서 멈춰 서 크게 숨을 내쉬고 걸음을 돌렸다.

"아무도 따라오지 말라."

차가운 말에 그녀를 뒤따르던 환관과 궁인들이 동시에 걸음을 멈췄다.

환라는 홀로 비원궁의 비밀통로 안으로 들어갔다. 문을 열자 시야가 새하얀 하늘과 그보다 더 새하얀 눈으로 가득 찼다. 차가운 공기를 들이마셨지만 기분은 나아지지 않았다. 그녀는 굳은 얼굴로 거처로 향했다.

마당으로 들어서자 하얗고 붉게 핀 무궁화가 보였다. 부드러운 꽃잎을 어루만지고 있으려니 울컥 설움이 몰려왔다.

양야를 반대하던 이들 중에는 그들 덕에 목숨을 건진 이들도 있었다. 양야가 도와주지 않았다면 갈파왕의 군사가 쏜 화살에 목숨을 잃었을 자들이었다.

물론 황후 책봉과는 따로 볼 사안이었으나 여전히 괘씸했다.

'양야의 얼굴을 보면 나아지려나?'

환라가 제 발끝을 보며 꽃잎을 만지작거리고 있을 때, 얇은 가지가 귓가를 스쳤다. 환라는 기척이 느껴지는 곳으로 고개를 돌렸다. 눈 옆에서 커다랗고 하얀 꽃송이가 살랑였다. 그녀는 귓가에 꽂힌 무궁화를 더듬으며 양야를 보았다. 눈이 마주치자 양야가 환라의 손을 잡아 방으로 이끌었다.

"안 좋은 일이라도 있었습니까?"

"별것 아니다."

딱딱한 목소리에 양야가 의뭉스러운 미소를 지었다. 그는 방문을 닫고 양반다리를 하고 앉아 환라를 제 위에 앉혔다. 그러나 환라의 표정은 여전히 차가워 보였다.

양야는 환라의 턱을 끌어 눈을 맞췄다. 환라는 그를 빤히 바라보다가 작게 숨을 내쉬었다. 그러자 양야가 환라의 귓가에 꽂아놓은 무궁화를 빼내어 제 귓가에 꽂았다. 커다란 꽃송이가 검은 머리에 파묻혀 살랑이자 환라의 표정이 조금 풀어졌다.

"어여쁘다."

그녀의 말이 떨어지기 무섭게 양야가 짧게 입을 맞췄다.

"이러면 더 어여쁩니까?"

그제야 환라가 작게 미소 지었다. 하지만 여전히 얼굴에 그림자가 남아 있었다. 양야는 하얗고 고운 얼굴을 바라보다 그녀의 손을 끌어 제 옷 밑으로 집어넣었다. 차갑고 보드라운 손이 단단한 근육 위를 스쳤다.

"이러면, 얼마나 더 어여쁩니까?"

환라가 미소 띤 얼굴로 눈을 깜빡였다. 그녀의 눈에는 유쾌함과 당혹스러움이 혼재했다. 그러나 아직 어제처럼 밝아지진 않았다. 양야는 도대체 무슨 일이 있었던 걸까 싶어 그녀의 눈을 들여다보았다. 그러나 눈이 마주치자 도리어 환라의 표정이 어두워졌다. 이토록 고운 이가 저 때문에 나쁜 말을 들었다고 생각하니 마음이 무거워진 탓이었다.

그러나 그 생각은 오래가지 않았다. 그녀의 얼굴을 유심히 살피던 양야가 별안간 옷고름을 잡아당겼다.

비단 천이 순식간에 양야의 어깨를 타고 흘렀다. 환라의 시야에 순식간에 반라의 몸이 나타났다. 심각한 표정은 사라지고 놀라움만 남은 눈으로 환라가 고개를 들었다.

마주한 양야의 눈동자에는 짓궂은 기색이 가득했다. 머리에 꽃을 꽂고 상체를 드러낸 채 장난스럽게 눈을 빛내고 있는 연인을 보자 환라는 웃음을 터트리고 말았다. 한바탕 웃고 나니 고민이 아무것도 아닌 것처럼 느껴졌다.

그녀의 얼굴이 막 피어난 꽃잎처럼 맑아졌다. 양야는 그제야 무궁화를 다시 환라의 귓가에 꽂아 주었다.

"이 정도는 어여뻐야 다른 생각을 못 하시나 봅니다."

환라의 웃음소리가 다시 높아졌다. 양야는 제 어깨에 얼굴을 묻고 숨이 넘어갈 듯 웃는 환라의 얼굴을 들어 올렸다. 그리고 물결처럼 퍼지는 웃음을 가르며 환라에게 입을 맞췄다. 입술에서 부드러운 촉감이 느껴지자 환라가 그대로 몸을 돌려 양야의 위에 올라탔다. 고운 손이 단단한 목덜미와 턱선을 연신 어루만졌다.

양야가 고개를 젖혀 뜨거운 숨을 내뱉고 환라의 허리를 거세게 끌어안았다. 환라의 입술이 턱선을 타고 흐르자 양야가 그녀의 얼굴을 다시 끌어올렸다. 그는 달고 말랑한 정과를 깨물어 먹듯 환라의 입술을 집어삼켰다.

간지럽고 야릇한 감각에 환라가 웃음을 터트렸다.

그녀는 저를 눕히는 양야의 목을 끌어안으며 그를 위해서라도 내일 회의 때 담판을 지으리라 결심했다.

* * *

"오라버니!"

여란이 한월각 문을 부술 듯 열고 들어왔다. 퇴근하는 인부들에게 인사하던 정위가 깜짝 놀란 가슴을 부여잡고 소리쳤다.

"문 부서지겠습니다!"

여란은 아랑곳하지 않고 성큼성큼 들어와 천장을 향해 소리쳤다.

"이보시오, 장 씨! 돌아왔으면 아우한테 재깍 알려야지! 어디 있소!"

"여란 님 혹시 떼인 돈 받으러 오셨습니까?"

정위가 여란의 옆으로 다가와 하늘을 보며 깐죽거렸다. 여란이 정위를 올려다보다가 휙 팔을 뻗었다. 머리통을 휘어 감아 조이려는 모양새였다. 하지만 정위는 당하지 않고 허리를 숙여 피했다.

여란이 '어쭈, 이놈 봐라?'라는 표정으로 정위를 보았다. 그러고는 입을 앙다물고 다시 손을 뻗었다. 정위가 지나가던 어린 인부를 끌어다가 여란의 팔에 끼워 주고는 얄밉게 웃으며 물러났다. 졸지에 관자놀이가 꽉 조여진 소년이 여란의 팔을 내리치며 소리질렀다.

"으악! 누님, 아픕니다!"

"윤정위!"

여란이 소년을 놓아주고 정위를 쫓아갔다.

"감히 엄한 놈 머리통을 조르게 하다니, 게 서시오! 안 서오?"

"맞을 걸 아는데 왜 섭니까! 제가 바봅니까?"

정위가 여란이 쫓아오는 길목을 의자로 막으며 도망쳤다. 여란은 의자를 훌쩍 넘어 정위의 뒤를 바짝 쫓았다.

"이, 종이 쪼가리 같은 놈이!"

"몇 년 전 이야기를 하십니까!"

여란과 정위는 인부들과 짐꾸러미 사이를 정신없이 뛰어다녔다. 그러다 별안간 우뚝 멈춰 섰다. 갑자기 몸이 움직이지 않은 탓이었다. 하지만 의문이 생기기도 전에 다시 자유자재로 움직일 수 있게 되었다. 여란이 고개를 기울이며 정위를 보았다. 그러다 그녀의 눈빛이 다시 호랑이처럼 변할 즈음, 양야가 한월각 안으로 들어왔다.

"뛰어다니는 소리가 저잣거리까지 들리는구나."

반가운 목소리에 여란이 고개를 획 돌렸다.

"오라버니!"

한걸음에 달려 나간 여란이 습관처럼 덥석 안기려다가 몸을 사렸다. 양야가 별일이 다 있다는 눈으로 여란을 보자 여란이 괜히 헛기침했다.

"곧 혼인하실 몸인데 함부로 대할 수 있겠소?"

그 말에 인부들이 짐을 내려놓고 우르르 달려왔다.

"객주님 혼인하십니까?"

"어떤 분과 혼인하십니까?"

"세상에, 방에만 계시던 분이 혼인이라니!"

그제야 여란이 숨을 작게 들이마시며 제 입을 가렸다. 정위가 안 되겠다는 얼굴로 여란을 보며 고개를 설레설레 저었다. 여란이 울컥한 표정을 지었으나 잘못한 것이 있기에 정위에게 달려들 순 없었다.

그러나 정작 양야는 담담하기만 했다. 어차피 환라와 혼인할 것은 당연하니 숨길 필요가 없었다. 오히려 널리 알려 축하를 받는 게 마땅했다. 제 입으로 환라와 혼인할 것이라 말하고 싶은 심정이었다. 그러나 아직 납채례가 없었기에 그 마음을 삭였다.

양야는 나중에 설명해 주겠다고 말하며 사람들 사이를 지나 계단에 올랐다. 여란이 안절부절못하며 양야를 따라왔다.

"오라버니 내가 말실수를 했소."

"괜찮으니 앉으렴."

"알려도 괜찮소?"

"거짓말도 아니니 상관없다. 단 아직 누구인지는 말하지 말아라."

"당연한 소리를 하시오!"

여란이 한시름 던 얼굴로 웃으며 양야의 맞은편에 앉았다. 그리고 눈으로 양야의 상태를 살폈다.

"오라버니 아픈 것은 다 나았소?"

"그래."

"언제 돌아온 것이오? 다들 알고 있는 눈치던데 나에게만 비밀로 하고, 섭섭하오."

"저는 오늘 아침에 알았습니다."

차를 들고 온 정위가 불쑥 끼어들었다. 그제야 여란의 얼굴에서 서운한 기색이 조금 가셨다. 양야가 다과를 정위에게 밀어 주고 차를 한 모금 마셨다.

"한월각에는 오늘 아침에 돌아왔으니 네가 모를 수밖에."

그 말에 여란이 고개를 기울였다.

"조정에서 보니 이 공자는 알고 있는 것 같았는데, 오가는 길에 만나셨소?"

"함께 들었겠지."

여란이 고개를 끄덕이며 수긍했다. 양야가 찻잔을 내려놓고 다과로 옥신각신하는 여란과 정위를 보았다.

"조정에서 내 이야기가 나왔느냐?"

"형님이 갑자기 오라버니를 황후로 들이겠다고 하셔서, 난리도 아니었소."

"난리?"

"그……."

여란이 말하기 곤란하다는 듯 머리를 긁적였다. 혹시라도 양야가 상처받지는 않을까 걱정하는 눈치였다. 하지만 무슨 이야기가 오갔는지 알아야 대비를 할 수 있는 법이었다.

"괜찮으니 말해 보아라."

"반대가 심했는데, 좀 좋지 못한 소리가 나와서 형님이 크게 노하셨었소."

양야는 환라의 얼굴을 떠올리고 조용히 미소 지었다.

'그래서 그렇게 뿔이 나셨던 거로군.'

그는 당장 궁으로 들어가 환라에게 입을 맞춰 주고 싶었다. 환라와 떨어진 지 반 시진도 지나지 않았건만 애타고 그리워 몸이 달았다.

양야가 긴 숨을 내쉬자 정위와 여란이 서로를 마주 봤다. 그들은 대신들의 반대 때문에 양야가 근심한다고 여겼다.

"오라버니, 그래도 방법이 있을 것이오."

"맞습니다. 대신들은 왜 반대한답니까? 우리 객주님만큼 완벽하신 분이 어디 있다고요."

잠시 말을 멈춘 정위가 곰곰이 생각하는 듯하다가 헛기침을 하며 입을 열었다.

"장사치라는 것과 평민이라는 것만 제외하면 이만한 신랑감이 어디 있습니까?"

"그걸 제외할 수 없다는 게 문제요!"

여란이 정위의 옆구리를 쿡 찌르며 못난 놈을 보듯 쳐다보았다. 눈이 마주친 정위가 다과를 입에 넣으며 투덜거렸다.

"웃자고 한 말입니다!"

"잘했소. 덕분에 많이 웃었소."

여란이 웃음기 없는 얼굴로 달래듯 말했다. 정위가 투덜거리며 다과를 씹었다. 그러다 양야를 보았다. 그는 수심에 잠긴 얼굴로 찻잔 위로 하얗게 피어오르는 더운 기운을 바라보고 있었다.

"객주님."

양야가 고개를 들었다. 정위가 입 안에 든 것을 꿀꺽 삼키고 말했다.

"대중정 어르신이나 우상 어르신의 양자로 들어가시면 어떻습니까? 그럼 적어도 가문을 문제 삼지는 못할 것 아닙니까?"

"세상에! 역시 정위 잔머리 하나는 기가 막히오. 잘 되었소, 오라버니. 채령 님이나 재화 어르신한테 부탁하면 분명 받아 주실 것이오."

"폐하께 말씀드려 보마. 그리고 직업은……."

양야가 말끝을 흐리며 정위를 보았다. 다과 하나를 더 입에 넣으려던 정위가 움직임을 멈췄다. 그러자 여란의 시선 역시 정위에게로 향했다.

심상치 않은 눈빛이 저에게 쏟아지자 정위가 슬그머니 팔을 교차해 제 몸을 가렸다.

"왜들 그렇게 보십니까?"

"3년 동안 홀로 운영을 잘했더구나."

"예, 뭐."

정위가 쑥스럽다는 듯 웃으며 손을 풀었다. 양야가 묘한 미소를 입에 물었다. 그 미소를 본 여란이 진저리를 치며 뒤로 물러났다. 정위는 다시 슬그머니 팔을 교차해 제 가슴을 가렸다. 하지만 양야의 미소는 떠나지 않았다.

"네가 맡아 주렴."

"뭘, 말씀이십니까?"

"모른 척해도 네게 맡길 거란다."

"그러니까 뭘요?"

"한월 말이다."

"하늘이요?"

"한월."

"한얼이요?"

정위가 계속 못 알아들은 척을 하자 양야의 얼굴에서 미소가 사라졌다. 그제야 정위가 양손을 내저으며 뒤로 물러났다. 의자 다리가 바닥을 긁으며 드르륵 소리를 냈다. 그 소리가 정위의 허둥거리는 손과 너무 잘 어울려 여란이 웃음을 터트렸다.

그러나 당사자는 심각하기만 했다.

"미치셨습니까?"

"정상이다."

"근데 왜 그렇게 말도 안 되는 소리를 하십니까? 제가 어떻게 이 큰 상단을 다 운영합니까?"

"3년간 잘 해 왔으면서 엄살이 심하구나. 게다가 네가 제일 오래 있었지 않니."

"그렇긴 하지만, 저는 아직 어리고, 또 저보다 유능한 회계 분들도 많지 않습니까. 당치도 않습니다."

"사용인과 후계는 다른 법이다."

"언제부터 저를 후계로 생각하셨다고……. 어, 어쨌든 안 됩니다! 못 합니다. 차라리 떠나겠습니다."

정위가 자리를 박차고 벌떡 일어나자 여란이 그의 팔을 덥석 붙잡았다.

"어허. 가긴 어딜 간다고 그러시오?"

"여란 님은 저 말이 이해되십니까?"

"그럼 어쩌오? 나라를 좌지우지할 정도로 큰 상단을 엄한 놈에게 맡길 순 없지 않소?"

"제가 그 엄한 놈입니다!"

정위가 가슴을 두드리며 하소연했지만 두 사람은 굳건했다. 여란은 정위를 끌어 제 자리에 앉히려 했고 양야가 도술로 그것을 도왔다. 정위는 무형의 힘과 유형의 힘에 의해 다시 자리에 앉게 되었다.

"저 정말 부담스럽습니다, 객주님."

"이제 객주는 너다. 이름으로 부르렴."

"그러는 게 좋겠소, 정위. 부담스러우면 취했을 때처럼 그냥 형님이라고 부르시오. 맨정신에 못 하겠으면 내가 술상이라도 차려 오겠소."

"그래. 그게 좋겠구나. 형님이라 하거라."

"으아악!"

정위가 제 머리를 헤집으며 고개를 저었으나 오히려 여란은 고소해 죽겠다는 표정이었다. 그녀는 탁자를 내리치며 머리카락이 흔들릴 정도로 호탕하게 웃었다. 정위가 노려봤으나 오히려 웃음소리만 커질 뿐이었다.

그녀가 정위의 어깨를 짚었다. 여란의 웃을 때마다 정위가 종이 인형처럼 힘없이 펄럭였다. 그는 마지막으로 호소했다.

"정말 부담스러워 그럽니다."

"네가 적응하는 동안은 내가 종종 내려와 봐주마."

정위가 어깨를 돌려 여란의 손을 떼어 내고 깊게 한숨을 내쉬었다. 겨우 웃음을 멈춘 여란이 놀림 반 응원 반을 섞어 그의 어깨를 두드렸다.

"어쩔 수 없지 않소. 궁에 들어가실 분이 상단을 운영할 순 없는 노릇 아니오."

"말 걸지 마십시오."

"삐졌소?"

"모릅니다."

"보은한다 생각하시오."

"모른 대도요."

정위가 투덜거리며 여란을 노려보다가 그 눈빛을 그대로 양야에게 쏘아 보냈다.

"형님이라고는 안 부를 겁니다."

"마음대로 하거라."

"그럼 뭐라고 부를 것이오? 오라버니?"

정위가 단호한 얼굴로 입을 열었다.

"할아버지."

차를 마시려던 여란이 입에 있는 것을 고스란히 뿜어냈다. 양야는 도술로 미지근한 액체를 모두 피했으나 정위에게는 고스란히 튀었다. 그가 더럽다는 표정으로 짙게 물든 옷을 마구 문지르고 있을 때, 여란이 다시 웃음을 터트렸다.

"아하하! 아하하하! 할아, 하하하 할아버지!"

"듣기로는 300살도 넘으셨다면서요. 할아버지가 아니면 무엇입니까?"

정위가 얄밉게 웃으며 마지막 남은 다과를 입에 넣으려 했다. 하지만 다과는 입 안으로 들어가기도 전에 허공에 떠올랐다. 정위가 놀란 눈으로 쳐다보며 손을 뻗었으나 다과는 이미 양야의 손아귀에 넘어간 후였다.

"할아버지라 그런지 단 게 먹고 싶구나."

입에 들어가려던 것을 코앞에서 빼앗기자 정위가 바로 태세를 전환해 시치미를 뗐다.

"할아버지요? 이렇게 젊고 탱글탱글하신 분께 누가 할아버지라고 한답니까? 아마 아버지처럼 극진히 모신다는 것을 잘못 들으신 거겠지요."

"푸하하하!"

여란이 배를 잡고 웃다가 탁자 위에 머리를 쿵 찧었다. 하지만 정위의 시선은 양야의 손에 들린 다과에 고정되어 있었다.

양야가 입을 벌리자 정위가 세상 잃은 표정으로 간절하게 고개를 저었다. 양야는 웃음이 터지려는 것을 참으며 입꼬리를 끌어올렸다.

"객주가 되겠다고 하거라."

"그 자리가 얼마나 중요한 자리인데, 고작 다과로 회유하려 하십니까?"

"객주가 되면 바다를 건너온 진귀한 과자를 눈치 보지 않고 먹을 수 있을 텐데."

정위의 눈빛이 흔들렸다. 본인 입으로 '고작 다과'라고 말한 지 일각도 지나지 않은 때였다. 정위는 고개를 돌려 애써 동요를 숨겼다.

"눈치 보며 먹는 것도 나름 재미있습니다."

"눈치를 봐도 먹을 수 없게 되면, 그때도 재미있으려나."

"진짜 치사하게 이러실 겁니까?"

"싫으면 말렴. 나는 처분하고 궁으로 들어가면 그만이니. 내 저택도 처분해야 할 테니 저택에 사는 사람들은 전부 길바닥에 나 앉게 생겼구나."

"안 그러실 거 압니다!"

"모르는 일이지. 혹시 상단이 탐욕스러운 이에게 넘어가기라도 하면 지금과 같을 것이라 누가 장담하겠느냐?"

"……알겠으니까 무서운 소리 그만 좀 하십시오!"

정위가 툴툴거리며 자리에서 벌떡 일어났다. 탁자에 볼을 대고 누운 채 양야의 현란한 협박을 구경하던 여란도 허리를 세웠다. 그녀는 정위의 어깨를 토닥이고 고개를 끄덕였다.

"그래. 잘 생각하셨소, 정위. 정위가 아니면 누가 상단을 맡겠소?"

"예."

정위가 시무룩하게 대답하고는 다리를 질질 끌며 방을 나섰다. 여란이 그 모습을 보며 웃음을 터트렸다. 그리고는 양야에게 눈짓으로 인사하고 정위를 따라 나갔다. 누가 봐도 놀리려는 기색이 역력한 표정이었다. 이내 문 너머에서 아웅다웅하는 소리가 들려왔다.

약관이 넘었음에도 변함없는 두 사람의 말다툼 소리를 들으며 양야가 조용히 미소 지었다.

* * *

환라는 제 무릎 위에서 잠든 묘은을 쓰다듬으며 상소문을 읽고 있었다. 그때 창가에서 작은 기척이 느껴졌다. 고개를 돌리자 얇은 장지문 너머로 여우 귀가 비쳤다.

환라는 반가운 얼굴로 묘은을 책상 위에 올려놓고 몸을 일으켰다. 갑작스러운 이동에 묘은이 고개를 들고 눈을 깜빡였다. 그러나 창가로 다가가는 환라를 힐끗 보고는 다시 제 앞발에 얼굴을 묻고 잠이 들었다.

환라는 손짓으로 환관들을 물리고 창을 열었다. 까만 여우 한 마리가 창문을 넘어 들어왔다. 그러고는 환라가 끌어안기 편할 정도로 크게 몸집을 불렸다. 환라는 여우의 목을 와락 끌어안고 얼굴을 비볐다.

"내가 부를 때까지 기다린다 하지 않았는가?"

"함께 있고 싶어 왔습니다."

"잘하였다."

환라가 여우의 이마에 입을 맞추고 촛불 하나를 껐다. 그러자 방 안을 밝히던 수십 개의 촛불이 전부 꺼졌다. 환라가 웃으며 양야를 보았다. 그가 침대로 올라갔다. 환라는 잠든 묘은을 보다가 여우 옆에 몸을 눕혔다.

양야가 환라의 턱에 머리를 문지르다 입을 열었다.

"반대가 심하다고 들었습니다."

"그대는 걱정할 필요 없다."

"정위가 말하길 제가 우상이나 대중정의 양자가 되면 가문이나 혈통에 관한 이야기는 나오지 않을 거라 했습니다. 그리고 상단은 정위에게 넘겼으니 이제 제 일을 가지고도 뭐라 하지 못할 것입니다."

"애썼다."

하얗고 우아한 손가락이 검은 털을 부드럽게 쓸었다. 그러다 문득 스치는 걱정에 몸을 틀어 양야를 보았다.

"헌데 상관없는 것인가?"

양야가 샛노란 눈동자를 드러냈다. 환라는 유리알 같은 눈동자에 비친 제 얼굴을 바라보다가 다시 입을 열었다.

"그대는 선인이 될 터인데 괜한 인연으로 업을 쌓는 건 아닌지 염려된다."

"인세의 연은 덧없는 법. 너무 심려치 마십시오."

그의 말에 환라의 얼굴이 어두워졌다. 양야가 몸을 틀어 그녀를 보았다. 새까만 얼굴과 샛노란 눈동자와 마주하자 환라는 새삼 그가 자신과 완전히 다른 존재라는 게 마음에 와닿았다.

"그러면 나와의 연도 덧없는가?"

양야가 노란 눈을 보름달처럼 뜨며 환라를 보았다. 그러나 이내 그의 눈이 초승달처럼 휘었다.

"예외란 없습니다."

환라는 마음 귀퉁이가 무너지는 것 같았다. 그녀가 눈을 내리깔자 양야가 그녀의 목덜미를 파고들었다.

"하지만 저는 그 덧없는 연을 영겁의 세월이 지나도록 이어나갈 것입니다."

환라가 고개를 들어 양야를 보았다. 마주한 눈에는 별처럼 무수한 애정이 흐르고 있었다.

"환이 선인이 된다면 평생의 반려가 될 것이며, 선인이 되지 못해 환생한다면 수천, 수만 번을 찾아가 다시 덧없는 연인이 될 터이니 심려치 마십시오."

공작처럼 고아한 눈꼬리에 이슬이 맺혔다. 양야는 눈물을 닦아 주고 싶은 충동을 이기지 못하고 사람으로 변했다. 뜨겁고 커다란 손이 눈가를 훑자 환라가 그에게 와락 안겨들었다.

"약조할 수 있는가?"

"약조는 필요 없습니다."

그들의 새끼손가락이 연리지처럼 서로에게 얽혀들었다.

"이미 붉은 실로 묶인 사이가 아닙니까."

환라는 얽힌 손을 바라보다 양야의 손에 깍지를 꼈다. 온기가 손바닥 밑으로 스며들자 환라의 마음이 차분해졌다.

'그래. 이토록 정이 깊은데 다른 세상에 속한 것이 무슨 대수겠는가.'

환라가 미소 지으며 눈을 감았다. 그러다 머릿속에 좋은 생각이 스쳤다. 그녀는 자리에서 일어났다. 양야 역시 환라를 따라 몸을 일으켰으나 이내 다시 눕혀졌다. 양야가 의아한 얼굴로 환라를 보자 그녀가 양야의 위로 이불을 덮었다. 그의 모습이 보이지 않는 것을 확인한 환라가 방을 가로질러 문을 열었다. 깜짝 놀란 환관이 황급히 허리를 조아렸다.

"당장 대중정에게 진서목을 데리고 입궁하라 이르라."

"예, 폐하."

환라가 등을 보이자 환관이 다시 문을 닫아 주었다. 문이 완전히 닫히자 환라는 묘은에게 다가갔다. 문 여닫는 소리에 잠에서 깬 묘은이 눈을 깜빡이며 환라를 보고 있었다.

"묘은아."

"응?"

"란이에게 가서 이동하는 것을 도와주겠는가? 최대한 빨리 궁에 도착하도록 말이다."

"흐아암. 알겠어, 은인!"

묘은이 몸을 쭉 늘어트리며 하품을 하고는 창문을 열었다. 그리고 이내 창 밖으로 폴짝 뛰어내려 사라졌다. 환라는 손수 창을 닫고 몸을 돌렸다. 동시에 방 안에 있는 모든 촛대에 불이 붙었다. 대낮처럼 환해진 방을 둘러보는데 양야가 다가왔다.

"갑자기 여란이와 이야기꾼은 왜 부르신 겁니까?"

"양자로 들어간다 한들 몇몇은 양야 너의 혈통을 문제 삼을 것이다. 해서 그런 말이 나오는 것을 미연에 방지하고자 한다."

이야기꾼을 부르는 걸 보면 소문을 이용할 생각인 것 같았다. 그러나 자세한 내용은 알 수 없었기에 양야가 의아한 눈으로 미소 지었다. 환라가 그의 품에 머리를 기댔다.

"양야 너는 선계에 속한 존재가 아니더냐."

"맞습니다."

"그러니 혈통은 중요치 않다. 그것을 대신들에게 일깨워 줄 생각이다."

양야는 애정이 가득 담긴 손길로 환라의 머리카락을 부드럽게 쓸어 주었다.

그러는 사이 환관이 여란과 서목이 도착했음을 알렸다. 환라는 양야의 품에서 나와 의자에 앉았다. 들어오라고 이르자 문이 열렸다. 주변을 연신 두리번거리던 서목이 환라를 보고는 넙죽 그 자리에 엎드렸다.

"황제 폐하!"

커다란 소리에 여란이 어깨를 흠칫 떨었다. 그녀는 절을 한 상태로 미동조차 하지 않는 서목을 힐끗 보았다가 환라에게 다가갔다.

"형님. 이 시간에 아저씨는 왜 찾으셨소?"

격 없는 말투에 서목이 숨을 헉 들이마시며 고개를 들었다. 그리고 여란과 눈을 마주쳤다. 그가 손날로 제 목을 그으며 미쳤냐는 눈으로 여란을 보았다. 여란은 그러거나 말거나 늘어지게 하품을 하며 장의자에 벌러덩 드러누웠다. 그 옆으로 묘은이 폴짝 뛰어 올라갔다.

여란은 따끈따끈한 묘은을 끌어안으며 눈을 감았다.

"너무 피곤해서 좀 자야겠소. 이야기가 끝나면 깨워 주시오."

그러더니 바로 드르렁거리며 잠들어 버렸다. 잔뜩 긴장해 있던 서목은 멍청한 눈으로 대자로 뻗어 잠든 여란을 쳐다보았다. 환라가 작게 웃음을 터트리며 서목에게 손짓했다.

"이리와 앉아라."

"저, 저 같은 천것이 어찌……."

"개의치 말라."

"아니 되옵니다, 폐하. 차라리 죽여 주시옵소서!"

커다란 목소리에 여란이 몸을 떨며 반쯤 눈을 떴다가 다시 감았다. 환라의 앞에 무릎을 꿇고 앉아있는 서목과는 대조적인 모습이었다.

모두가 다 여란이나 정위 같지는 않다고 생각하며, 환라는 고개를 끄덕였다. 그 끄덕임을 죽인다는 말로 알아들은 서목이 방정맞은 제 입을 찰싹 때렸다. 그리고 황급히 말을 정정하기 위해 고개를 들었다. 하지만 입을 열기도 전에 환라의 목소리가 들렸다.

"편하게 있어도 좋다."

"황공하옵나이다, 폐하."

서목이 대답하고 나자 침묵이 찾아왔다. 환라는 여란과 묘은이 다르랑 다르랑 코고는 소리를 듣다가 입을 열었다.

"해 주어야 할 일이 있어 불렀다. 잘해낸다면 후하게 치하하겠다."

"아니옵니다, 폐하. 어찌 제가 감히 존엄하신 분께 보상을 바라겠사옵니까."

환라는 이미 그 말이 겉치레라는 것을 알고 있었다. 그녀는 자리에서 일어나 보석함을 열었다. 그리고 금팔찌 하나를 꺼냈다.

서목이 눈으로 환라를 좇다가 그녀가 자리로 돌아오는 것을 보고 황급히 고개를 숙였다.

"받아라."

고아한 목소리에 서목이 슬그머니 고개를 들었다. 그는 침을 꿀꺽 삼키며 몇 번 거절해 예의를 차리려 했다. 그러나 그 기색을 눈치챈 환라가 먼저 입을 열었다.

"거절하면 치하하지 않겠다."

"황공하옵나이다, 폐하."

서목이 무릎걸음으로 다가와 두 손으로 공손히 팔찌를 받들었다. 그가 다시 무릎걸음으로 물러나자 환라가 명령했다.

"고개를 들라."

서목이 팔찌를 품에 넣고 고개를 들었다. 환라가 고개를 돌려 양야를 보자 서목의 눈길도 자연스레 양야에게로 향했다. 그는 초하룻날 밤처럼 새까만 머리칼을 가진 사내와 눈이 마주쳤다. 빼어난 미색에 감탄을 하고 있을 때, 환라가 용건을 꺼냈다.

"이 사내는 내 정인이자 선계의 사람이다."

서목이 저도 모르게 힐끗 묘은을 보았다. 그는 별안간 들이닥친 여란에게 이끌려 커다란 삵을 타고 궁까지 왔다. 덕분에 묘은이 눈앞에서 커졌다가 작아지는 것을 똑똑히 목격했다. 아마 그 광경을 보지 못했다면 선인이라는 말을 믿지 않았을 것이다.

"그럼 폐하의 정인이 선계의 사람이라 소문내면 되는 것이옵니까?"

환라는 고개를 저었다.

"그대가 해 주어야 할 것은 하늘의 사람이 공주와 사랑에 빠진 이야기를 만들어 퍼트리는 것이다. 공주는 나라의 유일한 적통이고, 하늘의 사람은……."

환라가 양야의 턱을 손끝으로 쓰다듬듯 이끌어 자신과 마주 보게 했다.

"이렇게 생긴 게 좋겠다."

서목이 양야의 얼굴을 보았다. 그러고는 알겠다는 듯이 고개를 끄덕였다. 그는 빼어난 이야기꾼답게 환라의 의도를 단번에 알아차렸다. 그녀는 제 연인이 황제에게 합당한 사람이라는 것을 널리 퍼트리려는 것이었다.

"예, 폐하! 믿고 맡겨 주십시옵소서. 이야기 하면 또 이 진서목이 아니겠사옵니까!"

"믿겠다."

"황공하옵나이다, 폐하."

"물러가도 좋다."

서목이 크게 인사를 올리고 물러났다. 환라는 발걸음 소리가 멀어지는 것을 듣다가 자리에서 일어났다. 그리고 다가가 란의 어깨를 가볍게 흔들었다.

"란아. 일어나라."

여란이 칭얼거리는 소리를 내며 뒤척이기만 하자 양야가 다가왔다. 그는 환라의 손을 잡아당겼다. 그녀가 의아한 눈으로 바라보자 여란에게 다가갔다. 환라는 양야가 무엇을 하는 건가 싶어 유심히 바라보았다. 그때, 양야가 여란의 귓가에 대고 커다랗게 손뼉을 쳤다. 커다란 파열음이 고막을 때리자 여란이 몸을 벌떡 일으켰다.

"으악!"

동시에 여란의 배 위에서 자고 있던 묘은이 아래로 데굴데굴 굴러떨어졌다. 그러나 코고는 소리는 끊이질 않았다. 환라가 작게 웃음을 터트리며 묘은을 안아 들었다.

그제야 정신을 차린 여란이 어리둥절한 표정으로 두리번거렸다.

"응? 아저씨는 어디 가셨소?"

"돌아갔다."

"그럼 나도 이만 가 보겠소."

여란이 주섬주섬 일어나 찌뿌둥한 몸을 이리저리 늘이며 풀었다. 환라는 그 모습을 보다가 입을 열었다.

"란아."

"응?"

"얼마 지나지 않아 저잣거리에 이야기가 퍼질 것이다. 그것을 빌미로 조정에서 대신들을 설득할 것인데, 네가 내 편을 들어주었으면 한다."

"나는 언제나 형님 편이오!"

환라가 고맙다는 듯이 미소 지으며 고개를 끄덕였다. 여란이 시원하게 웃으며 달려가 환라를 꽉 끌어안았다. 그 사이에 끼인 묘은이 작게 비명을 지르며 몸을 비틀어 빠져나왔다. 그리고 차가운 바닥을 어슬렁거리다가 양야의 발등 위에 누웠다. 양야는 그대로 묘은을 들어 여란에게 떠넘겼다.

"밤이 깊었으니 어서 가렴."

"알겠……, 근데 왜 묘은 님을 내게 넘기시오?"

양야는 대답하지 않고 환라의 곁으로 갔다. 그 모습을 보고 고개를 기울이던 여란이 뒤늦게 헛기침을 했다.

"하여간, 늦게 배운 도둑질이 무섭다고. 알겠소! 묘은 님. 오늘은 우리 집에서 주무셔야겠소."

"그래! 나 데려가. 양야 님하고 은인이 밤마다 얼마나 떠드는지, 시끄러워서 잠을 못 자겠더라니까. 근데 고기 있어? 나는 고기 아니면 안 먹는데."

"없으면 잡아서라도 바치겠소. 닭 좋아하시오?"

"홍여란이, 너……. 삶을 섬길 줄 아는 기특한 인간이었구나?"

달랑 들린 묘은이 빨리 가고 싶은 듯 다리를 달랑거렸다. 여란이 호탕한 웃음을 터트리며 양야와 환라에게 손을 흔들고 방 밖으로 나갔다. 문이 닫히자마자 양야가 환라의 손을 잡고 침상으로 이끌었다. 환라가 웃으며 몸을 눕히자 방 안의 불이 훅 꺼졌다.

그들은 어둠을 이불처럼 덮으며 서로를 끌어안았다.

* * *

환라가 황후를 들이겠다고 한 지 벌써 며칠이 지났다. 하지만 대신들과의 마찰이 있은 뒤로 환라는 그에 대한 언급이 없었다. 상황이 그러니 대신들 또한 입을 다물고 있었다.

그러는 동안 궁밖에는 선계의 사람과 공주에 관한 이야기가 퍼졌다. 하늘에서 내려온 귀한 분이 평생을 궁에 갇혀 살던 공주와 사랑에 빠져 발이 묶였다는 내용이었다. 그리고 암암리에 그 이야기 속 공주가 환라라는 소문이 돌았다.

그 즈음 재화가 환라의 요구를 받아들여 양야를 양자로 들였다.

저잣거리의 소문과 양야가 대내상의 아들이 되었다는 이야기가 조정에까지 들어왔다.

그 이야기들이 파다해 졌을 때, 환라가 다시 황후 책봉을 입에 올렸다.

"장양야를 황후로 들이겠다. 납채례를 준비하라."

대신들은 전처럼 강력하게 반대하지 못한 채 서로의 눈치만 보고 있었다. 양야가 대내상의 아들이 되어 가문이 없다는 이유는 대지 못했다. 한월도 정위에게 넘겼기에 그가 황실의 품위에 어울리지 않는 일을 하는 것 또한 아니었다. 무언가 찝찝하긴 했으나 사실상 반대할 명분이 사라진 것이다. 하지만 이번에도 좌상은 물러나지 않았다.

"폐하. 양자로 들어갔다 한들 본질은 변하지 않사옵니다. 장양야는 여전히 평민의 핏줄이 아니옵니까?"

여전히 석연치 않게 생각하던 이들이 그 말에 동조하고 나섰다. 하지만 환라는 고요히 미소를 머금었다.

"아니다."

조정이 순식간에 조용해졌다.

"그는 본디 선계의 사람이다. 그러니 인간들의 법도를 따를 필요가 없다. 헌데 그대들의 반대가 심하여 내 친히 가문을 만들어 주고 곁에 두고자 했음이다."

"선계의 사람이라니……."

그게 무슨 허무맹랑한 소리냐고 말하려던 한 대신이 황급히 입을 다물었다. 그러나 얼굴에 떠오른 당혹스러움은 가시지 않았다.

불경스러운 표정이었으나 반발하는 자가 있어야 더 자세히 설명할 수 있는 법. 환라는 너그럽게 용서해 주기로 했다.

"내가 군을 이끌고 궁으로 돌아올 때, 폭우처럼 쏟아지던 화살이 맥없이 떨어지는 것을 모두 보았을 것이다."

그 자리에 함께 있었던 자들은 머리를 조아렸다.

"그대들이 누구 덕분에 큰 부상 없이 이 자리에 있는지는 내가 말하지 않아도 알 터."

"그러하옵니다, 폐하."

"하오나 고작 도술을 쓰는 것만으로 선계의 존재라 단정할 수는 없사옵니다, 폐하."

"맞사옵니다. 오히려 사특한 주술을 쓰는 게 아닌지 헤아려 보셔야 할 일이옵니다."

대신들이 염려 섞인 말을 쏟아 내자 환라가 여란을 보았다. 여란이 전에 했던 말을 떠올리고 앞으로 나왔다.

"장양야는 아주 오래전부터 빈민을 구제하고 백성들을 도와 왔사옵니다. 사특한 자라면 그런 일을 할 이유가 없사옵니다, 폐하."

"대중정의 말이 옳다."

"또한 폐하를 모시는 영물이 장양야에게만 말을 높이지 않사옵니까? 만약 장양야가 악한 이라면 그 영물이 애당초 곁이 오지도 못하게 하였을 것이옵니다."

여란이 열렬히 변론하자 대신들이 입을 다물었다. 환라는 여란에게 잘했다고 눈짓하며 대신들을 보았다.

"묻겠다. 나를 비롯해, 이곳에 하늘의 사람보다 귀한 혈통이 있던가?"

황제가 스스로를 낮춘 마당에 자신의 피가 더 고귀하다고 나설이는 없었다. 환라는 그제야 만족스럽게 미소 지었다.

"나는 장양야를 황후로 들일 것이다. 아직 반대하는 이가 있다면 그 이유를 말하라."

조정 안은 쥐 죽은 듯이 조용해졌다. 환라는 고개를 숙이고 있는 대신들을 바라보다가 채령에게 명령했다.

"우상은 들라."

"예, 폐하."

"그대가 나를 대신해 황실의 품위에 맞는 예물을 준비한 뒤, 납채례를 거행하라."

"명 받들겠사옵나이다."

반발하고 나서는 대신들은 없었다. 환라는 미소 띤 얼굴로 회의가 끝났음을 알리고 밖으로 나왔다. 그녀는 방으로 향하는 대신 곧장 비원궁을 통해 밖으로 나왔다. 그리고 묘은에게 부탁해 재화의 집으로 향했다.

정원에서 책을 읽던 양야가 그 기척에 고개를 돌렸다. 눈이 마주치자 환라가 성큼 다가가 양야를 끌어안았다.

"되었다."

양야가 가볍게 웃으며 환라의 머리카락의 뒤로 넘겨 주었다. 환라는 그 손을 잡아 볼을 기대며 고개를 들었다.

"이제 아무도 그대가 황후가 되는 걸 반대하지 않는다."

"환이 애써 주신 덕분입니다."

"그렇다."

환라가 장난스럽게 긍정했다. 양야는 애정을 견디지 못해 그녀에게 입을 맞췄다. 하지만 달콤한 시간은 오래가지 않았다. 얼마 안 가 지척에서 헛기침 소리가 들린 탓이었다. 환라가 눈을 뜨며 양야를 부드럽게 밀어 냈다.

언제 온 것인지 재화가 정원으로 들어오는 길목에 서서 먼 산을 보고 있었다.

"대내상 왔는가?"

"폐하. 벌써 이리 드나드시면 다른 사람들이 공처가라 흉을 봅니다."

"자제하겠다."

"아드님도 자중하세요."

"예, 아버님."

낯선 호칭에 잠시 목을 가다듬은 재화가 허리를 굽히고 몸을 돌렸다.

"안으로 모시겠습니다."

"그리하라."

양야는 환라의 손을 꼭 잡고 재화의 뒤를 따라 걸었다. 방 안으로 들어왔으나 양야는 환라의 손을 놓지 않았다. 꽉 맞잡은 손을 보며 미소 짓던 환라가 고개를 돌렸다.

"대내상."

하인이 내려놓은 찻잔에 은침을 담그던 재화가 공손하게 대답했다.

"예, 폐하."

"혹 원하는 것이 있으면 말하라. 외숙모님께 일러 납채례 예물에 넣어 보내겠다."

"늘그막에 힘 안 들이고 장성한 아들을 얻었는데 소신이 더 바랄 게 어디 있겠사옵니까."

"진정 바라는 것이 없는가?"

"흐음……."

환라가 거듭 묻자 재화가 침음하며 찻잔을 들어 올렸다. 잠시 침묵이 흐르고, 차를 한 모금 마신 재화가 잔을 내려놓았다.

"실은, 이건 혼례가 끝난 뒤에 부탁드리려던 것인데……."

"말하라. 법도에 어긋나지 않는 것이면 무엇이든 들어주겠다."

"파직시켜 주시옵소서."

환라가 놀란 눈으로 재화를 보았다. 그의 눈은 장난기 없이 맑기만 했다. 환라는 이해할 수 없다는 표정으로 그를 보았다. 재화가 이름과 달리 재물에 관심이 없다는 것은 익히 알고 있었다. 그러나 이다지도 없을 줄은 몰랐다.

비록 수양아들이긴 하나 제 가문의 사람이 황후가 되는데 파직을 요구하다니. 온갖 호사를 누릴 수 있는 자리를 스스로 내치는 꼴이었다. 그 어떤 역사서를 뒤져 보아도 전례를 찾기 힘든 일이기도 했다. 환라는 재화를 빤히 보다가 고개를 돌렸다. 양야는 전혀 모르는 이야기인 듯 고개를 저었다.

환라는 다시 고개를 돌려 재화에게 물었다.

"연유가 무엇인가?"

"안 그래도 말이 많은 황후입니다. 수양아버지가 조정에 떡하니 버티고 있으면 좋을 게 없사옵니다."

틀린 말은 아니었다. 하지만 환라는 선뜻 파직을 약속할 수 없었다. 재화는 환라가 처음 제 힘으로 얻은 신하였다. 능현도 없는 마당에 그마저 떠나면 조정에 의지할 사람이 없었다. 환라가 탐탁지 않은 얼굴로 앉아 있자 재화가 다시 입을 열었다.

"아드님이 황후가 되면 관리들은 물론 백성들 입에도 제가 오르내릴 게 아닙니까? 그러느니 고향에나 내려가서 배움에 뜻이 있는 아이들이나 가르치며 노년을 보내고 싶사옵니다."

"불허한다면 어찌하겠는가?"

"도망칠 것이옵니다."

한 치의 고민도 없이 튀어나온 말에 환라가 작게 웃음을 터트렸다. 하지만 걱정스러운 기색은 가시지 않았다. 그녀의 얼굴을 유심히 보던 양야가 손등을 꼭 잡아 주었다. 그제야 환라가 깊게 숨을 내쉬며 고개를 끄덕였다.

"그대의 뜻이 그러니 고향 땅에 서당을 세워 주겠다."

"황공하옵나이다, 폐하."

광예제(환라의 할아버지)때부터 이어 온 관직을 놓아 버리면서도 재화의 얼굴에는 한 치의 아쉬움도 없었다. 의연한 모습에 저절로 감탄이 흘렀다.

"어머니께서 대내상을 내치지 않고 마지막까지 조정에 둔 이유를 알겠다."

"과찬이시옵니다."

환라는 기특함 반, 아쉬움 반을 담아 재화를 보다가 자리에서 일어났다. 이제 국사를 돌보기 위해 궁으로 돌아가야 할 시간이었다.

* * *

의례는 모두 순조롭게 진행되고 있었다. 당연한 말이지만 양야는 혼인을 받아들였고 황후의 가문에서 베푸는 연회도 성대하게 끝이 났다. 그런 뒤에 환라가 직접 나가 양야를 궁으로 들였다. 책봉식이 끝나자 양야는 예법을 배우느라, 환라는 혼례를 준비하며 나라를 돌보느라 만나지 못하는 날도 많았다. 하지만 곧 양야가 들어올 흑수궁을 볼 때면 환라는 마음이 들떴다.

그렇게 대혼 날이 다가왔다.

환라는 설레는 마음에 잠을 이루지 못하였다. 하지만 피곤한 기색은 없었다.

그녀는 대혼을 치를 때 입는 예복을 바라보았다. 황금색 비단 위에 오색으로 소나무와 원앙, 무궁화가 수놓아져 있었다. 환라는 무궁화를 손끝으로 가만히 쓸다가 팔을 꿰었다.

부드러운 천이 피부를 스치자 혼례를 치르는 게 실감이 났다. 예복이 몸을 감싸자 마치 양야의 품에 안겨 있는 듯했다. 곁에 있던 궁인들이 환라에게 면류관을 씌워 주자 환관이 다가와 조심스레 아뢰었다.

"폐하. 대전으로 나가실 시간이옵니다."

환라는 지체하지 않고 면포로 얼굴을 가린 채 밖으로 나갔다.

대내 앞에 서자 멀리서 똑같이 면포로 얼굴을 가린 양야가 가마를 타고 들어오는 게 보였다.

대내로 들어서는 계단 위에 서 있던 환라가 참지 못하고 계단을 내려가려 할 때였다. 뒤에 서 있던 채령이 아무에게도 보이지 않게 그녀의 옷자락을 쥐었다.

"폐하, 체통을 지키시옵소서."

환라가 그제야 긴 숨을 내쉬고 양야가 탄 가마를 보았다.

"길이 왜 이리 긴 것인가."

"그러게 미리 줄여 놓으시지 그러셨어요."

채령이 장난스럽게 놀리자 환라가 하는 수 없이 웃음을 터트렸다. 하지만 당장에라도 양야에게 다가가고 싶은 마음은 참을 수가 없었다. 결국 환라는 채령의 손이 느슨해진 틈을 타 계단을 내려갔다.

좌우에 정렬해 서 있던 2000여 명의 대신들이 일제히 무릎을 꿇었다.

환라는 그 사이를 걸어 양야에게 다가갔다. 그녀의 뒤로 길게 늘어진 궁인들의 행렬을 보며 양야가 웃음을 참았다. 좀처럼 서두르지 않은 사람이 안달이 난 것을 보니 당장 안아 들고 신방으로 들어가고 싶었다.

"폐하."

"황후."

환라의 입에서 나온 호칭이 지나치게 달았다. 양야는 숨을 크게 들이마시며 허리를 숙여 절을 올렸다. 환라는 양야의 머리에

쓴 면포를 뒤로 넘겨 주고 그의 팔을 받쳐 일어나게 했다. 그러자 이번에는 양야가 환라의 면포를 벗겨 주었다.

두 사람은 손을 잡고 마주 섰다. 궁인이 다가와 붉은색의 과실주를 바쳤다. 환라와 양야는 커다란 술잔을 함께 잡았다. 그리고 한 몸처럼 손을 움직여 술을 나눠마셨다. 새하얀 떡까지 나눠 먹고 나자 박판을 치는 소리가 들렸다. 딱 하고 맑은 소리가 울리자 대신들이 하나같이 소리쳤다.

"경축드리옵니다!"

목소리가 끝나자 음악이 연주되었다.

환라는 그대로 양야의 손을 잡고 계단을 올라갔다. 내려 올 때는 만 리처럼 멀던 길이 몇 걸음 안 되는 것처럼 느껴졌다. 환라는 맞잡은 손에 힘을 주었다.

"이상하다."

양야가 무엇이 이상하냐는 듯한 눈빛을 보았다.

"그대를 처음 보았을 때 혼인을 하게 될 것이라고는 상상치도 못하였는데 말이다."

"저 역시 그러하옵니다, 폐하."

그의 대답에 환라가 작게 웃음을 터트렸다.

"왜 웃으시옵니까?"

"말투가 변하였다."

"제 말투가 이상하옵니까?"

환라가 고개를 저었다. 양야는 그녀를 빤히 보다가 남몰래 손 등에 입을 맞췄다. 놀란 환라가 양야를 보았을 즈음, 그들은 계단

위에 도착했다. 양야는 다시 환라와 마주 보고 서서 미소 지었다.

"제 흉한 모습을 보고도 도망치지 않아 주셔서 감사합니다."

"그대야말로 내가 괴로울 때 곁에 있어 주었지 않은가. 앞으로 이렇게만 살자, 양야야."

"예."

환라는 흘러넘치는 미소를 감추지 못하고 양야를 바라보다가 고개를 돌렸다. 양야 역시 환라와 같은 곳을 보았다.

그들은 한참 동안 손을 꼭 잡은 채 발밑의 세상을 내려다보았다.

외전. 무화과

"오늘 밤은 흑수궁으로 가겠다."

환라는 일이 끝나기도 전에 태감에게 말했다. 사실 태감은 그녀의 명령이 떨어지기도 전에 이미 흑수궁에 잠자리를 마련할 준비를 마쳐 놓은 상태였다.

합궁 이후로 환라는 황후의 거처인 흑수궁에서 살다시피 했다. 오죽하면 급한 일이 생기거든 흑수궁으로 가라는 말이 나돌 정도였다. 그리고 실제로도 황제를 헤매지 않고 찾으려면 흑수궁으로 가는 편이 나았다. 상황이 이렇다 보니 태감은 굳이 어느 궁에서 밤을 보내실 건지 묻지 않았다.

"예, 폐하."

태감이 허리를 조아리고 궁인에게 흑수궁으로 기별을 넣으라 일렀다. 그러나 태감의 말이 끝나기도 전에 환라가 자리에서 일어 났다. 태감이 다시 환라를 향해 허리를 숙였다.

"상소문은 흑수궁에서 보겠다."

상소문을 챙기는 태감을 뒤로하고 환라가 묘은을 안아 들었다. 이미 영물이 말을 할 수 있다는 것을 모르는 자가 없었기에 묘은 은 굳이 제 목소리를 숨기지 않았다.

"은인, 양야 님께 갈 거야?"

환라가 고개를 끄덕이자 묘은이 늘어지게 하품을 하며 환라의 품에서 뛰어내렸다.

"나는 홍여란이네 놀러 갈래."

"그리하라."

"며칠 안 들어와도 걱정하지 마!"

창문 너머로 사라지는 묘은을 보다가 환라도 걸음을 옮겼다. 상소문을 든 환관과 궁인들을 환라의 뒤를 따라왔다. 항룡궁을 나 가 길을 지나자 바로 흑수궁 입구가 보였다. 언제나 그렇듯 환라 가 오는 것을 알아차린 양야가 마중을 나오고 있었다.

환라는 빠른 걸음으로 걸어 그의 품에 안겼다. 양야가 환라를 꼭 끌어안으며 입을 맞췄다.

"오늘은 일찍 오셨습니다."

"아직 봐야 할 것들이 있으나 보고 싶어 왔다."

양야가 환라의 손을 잡고 궁을 향해 걸었다.

"식사를 준비하라 이르겠사옵니다."

사실 환라는 아무것도 먹고 싶지 않았다. 이상하게 요 며칠 속이 더부룩한 것이, 음식이 잘 넘어가지 않은 탓이었다. 그래도 양야와 함께하는 자리는 항상 즐거웠기에 환라는 거절하지 않았다.

양야가 눈짓하자 여사가 고개를 숙이고 물러갔다. 그들이 흑수궁으로 들어와 자리에 앉자 궁인들이 음식을 내왔다. 궁인들이 기미를 하는 동안 환라는 양야에게 손짓했다. 양야가 일어나자 환관들이 의자를 환라의 옆으로 옮겨 주었다. 양야는 환라의 옆에 딱 붙어 앉았다.

"요즘 더 피곤해 보이십니다."

"일이 많은 것도 아닌데, 이상하다."

"잘 못 드셔서 그런 것이옵니다."

양야가 환라의 밥 위에 소갈비찜을 쪼개어 올려놓았다. 환라는 달가워하지 않으면서도 음식을 씹어 삼켰다. 그러나 얼마 가지 않고 숟가락을 내려놓았다.

"오늘은 뭘 하며 지냈는가?"

"폐하를 기다리며 보냈사옵니다."

"더 일찍 올 걸 그랬구나."

양야가 눈꼬리를 접어 웃으며 환라의 손에 다시 숟가락을 쥐여 주었다. 자연스럽게 식사를 끝내려 했건만 환라의 숟가락 위로 이번엔 생선이 올라왔다.

"요즘 통 입맛이 없어 보이시옵니다."

"그러하다."

"날이 더워 그런가 봅니다. 내일은 특식을 준비하라 이르겠사옵니다."

환라는 고개를 끄덕이고 손짓으로 음식들을 물렸다. 양야가 걱정스럽게 보는 것이 마음에 걸렸으나 더 먹으면 전부 게워 낼 것 같았다. 환라는 양야에게 미소 지어 주고는 자리를 옮겼다. 환라가 긴 의자에 앉자 환관이 상소문을 들고 따라왔다.

"내려놓고 전부 물러가라."

명령이 떨어지기가 무섭게 방 안에 있던 십수 명의 환관과 궁인들이 줄을 맞춰 방을 빠져나갔다. 문이 닫히고 두 사람만 남게 되자 환라가 몸을 기울였다. 양야가 웃음을 터트리며 환라에게 허벅지를 내주었다.

환라는 양야의 허벅지를 베고 누워 상소문을 읽었다. 양야는 환라가 먼저 읽어야 할 상소문들을 골라 주며 그녀의 머리카락을 쓰다듬었다. 부드러운 손길 탓인지, 창호지를 붉게 물들이는 노을 탓인지, 점점 눈이 감겼다. 환라의 몸이 천천히 늘어졌다. 마침내 손끝에도 힘이 빠졌다. 양야가 떨어지려는 상소문을 받아 옆에 내려놓았다.

"주무시겠습니까?"

그 말에 환라가 느리게 고개를 끄덕였다. 양야는 상소문을 정리한 뒤 환라를 안아 들었다. 환라가 미소 띤 얼굴로 양야의 목을 끌어안았다. 양야는 그녀에게 가볍게 입을 맞춘 뒤 침상으로 향했다. 그리고 포근한 이불 위에 환라를 눕혔다.

"정말 주무실 겁니까?"

양야가 환라의 위로 올라오며 물었다. 환라가 눈을 감을 채로 웃음을 터트렸다. 그녀의 얼굴 위로 짧은 입맞춤이 물방울처럼 떨어졌다.

"읽으셔야 할 상소문이 많습니다."

"어떻게 하면 잠이 달아나겠는가?"

양야가 환라의 등 밑으로 팔을 넣었다. 커다란 손이 등줄기를 타고 올라가 날개뼈 사이를 지나 환라의 목덜미를 감쌌다. 일으켜 세우려는 듯 끌어당기자 환라의 목이 뒤로 늘어졌다. 양야는 그녀의 목선을 입술로 더듬어가며 낮은 목소리로 속삭였다.

"글쎄요. 몸을 움직이시면 잠이 달아나지 않겠습니까?"

양야가 환라의 목덜미를 장난스레 깨물었다. 그 자리에 간지러운 입맞춤이 닿자 서서히 열기가 피어올랐다.

환라는 소리 없이 웃다가 고개를 뒤로 젖혔다. 그녀의 손가락이 양야의 머리카락 사이를 파고들었다. 순간, 양야가 움직임을 멈췄다. 환라는 뚝 끊긴 자극에 아래를 보았다.

"아직 잠이 달아나지 않았다."

농을 던지며 양야의 머리를 어루만졌으나 양야는 여전히 미동조차 하지 않았다. 그녀는 양야가 애태우는 줄로만 알고 그의 얼굴을 붙잡아 끌어 올렸다. 마주한 눈이 크게 벌어져 있었다. 이내 그 사이로 굵은 눈물방울이 뚝 흘렀다. 당황한 환라가 양야의 볼을 쓰다듬으며 걱정스레 물었다.

"왜 그러는가?"

미려한 얼굴 위로 환희가 꽃처럼 피었다. 그리고 순식간에 시들어 버렸다. 급격한 변화에 놀란 환라가 자리에서 일어나려 하자 양야가 다시 그녀를 눕혔다. 그리고 흐트러진 환라의 옷을 다시 여며 주었다.

"폐하. 오늘은 항룡궁으로 돌아가시는 것이 나을 듯합니다."

갑자기 저를 밀어 내는 듯한 말에 환라가 눈을 크게 떴다. 양야는 환라의 표정을 보고는 그녀를 꼭 끌어안아 주었다.

"태중의 아이에게 무리가 갈까 그러하옵니다."

"……지금, 뭐라 하였는가?"

환라가 양야의 품에서 벗어나 고개를 들었다. 그리고 그의 양 볼을 감싸 눈을 맞췄다.

"다시 말해 보아라."

"회임하셨사옵니다, 폐하."

그 말이 믿기지 않았다. 이 안에 양야와 자신의 아이가 있다니. 그 벅차오르는 감정은 말로 표현할 수 없을 정도였다. 떨리는 손으로 제 배를 쓰다듬던 환라가 고개를 들었다. 그녀의 얼굴은 이슬을 머금은 꽃잎처럼 반짝였다. 그러나 양야의 입가에는 힘겨운 미소만 떠올라 있을 뿐이었다.

기뻐하는 기색 역시 있었으나 한 줌이었다. 환라는 그렁그렁해진 눈으로 양야를 보았다.

"황후는 기쁘지 않은가?"

"기쁩니다. 이루 말할 수 없을 정도로 감사하고, 행복합니다."

"헌데 표정이 왜 이토록 어두운가."

양야는 조심스럽게 환라를 끌어안았다. 그녀의 심장이 불안하게 뛰기 시작했다. 그리고 그와 비슷한 속도로 뛰는 심장 세 개가 고스란히 느껴졌다.

"아무래도."

양야가 말을 하다 멈췄다. 환라가 겁을 먹을까 봐 벌써부터 걱정스러웠다. 양야는 긴 숨을 내쉬며 환라의 머리카락에 얼굴을 묻었다. 그리고 환라의 불안이 더 커지기 전에 입을 열었다.

"세 명의 아이를 한 번에 가지신 듯합니다."

"……그게 무슨 말인가?"

"환의 배 속에서 세 개의 심장 소리가 들립니다."

환라는 제 귀를 의심했다. 사람이 세 명의 아이를 한 번에 가졌다는 것은 들어 본 적이 없었던 까닭이다. 그것이 가능한 일인가? 믿기질 않으니 두려운 마음조차 들지 않았다. 오히려 한 번에 세 명의 아이를 가질 수 있다니, 사내가 여럿의 첩을 두는 것보다 낫다는 생각마저 들었다.

그러나 양야의 표정은 심각하기만 했다.

"하나의 아이를 품는 것도 몸에 상당한 무리가 갑니다. 그런데 아이가 셋이라니. 혹여 환이 위험해지진 않을까 염려스럽습니다."

"괜찮을 것이다. 서책이나 전례를 찾아보고 대비하면 나도 아이들도 지킬 수 있을 것이다."

환라는 눈을 지그시 감고 있는 양야의 허리를 끌어안았다. 그리고 그의 등을 천천히 다독였다. 양야는 환라의 몸을 꼭 끌어안고 있다가 몸을 일으켰다. 그리고 환라를 번쩍 들어 올렸다.

"무리하시면 안 되니 쉬십시오. 상소문은 채령 님과 여란이에게 부탁해 놓겠습니다."

"시간이 늦었다."

"상황을 말하면 기꺼이 와 줄 겁니다."

그렇게 말하며 양야는 점점 문가로 다가갔다. 당황한 환라가 양야의 옷을 붙잡았다.

"이대로 나갈 참인가?"

"항룡궁까지 모셔다드리겠습니다."

"그냥 흑수궁에 있겠다."

"항룡궁이 기운이 좋습니다."

"……항룡궁으로 가자."

양야가 웃음을 터트리며 환라의 눈두덩이에 입을 맞췄다. 그리고 도술로 문을 열었다. 밖에 서 있던 여사가 까무러치게 놀라며 허리를 숙였다. 조금 민망해진 환라가 양야의 품에 얼굴을 묻으며 속삭였다.

"내 발로 걷겠다."

"무리하시면 아니 되옵니다."

"그 정도는 괜찮다."

"아이가 세 명이지 않사옵니까. 더 조심 하셔야지요."

과보호라는 생각이 들었으나 기분이 썩 나쁘진 않았다. 환라는 어쩔 수 없다는 듯 웃으며 몸에 힘을 풀었다.

양야는 환라를 소중하게 품에 안은 채, 긴 복도를 천천히 걸었다. 간혹 지나가던 환관이나 궁인이 놀란 숨을 들이마시며 허리를 숙이고 길을 비켜 주었다. 환라는 웃음을 터트리고 양야의 목에 감았던 팔을 배 위에 올려놓았다.

회임을 했다고는 하나 아직 아무런 느낌도 들지 않았다.

"나도 심장 소리를 듣고 싶구나."

"태동을 느끼시려면 조금 더 기다리셔야 할 겁니다."

"어찌 그리 잘 아는가?"

"황후가 되자마자 혓바늘이 돋도록 공부하였습니다."

"기특하다."

환라가 다정한 손길로 양야의 머리카락을 쓰다듬다가 긴 머리칼을 어깨 앞으로 끌어와 손가락에 감으며 장난을 쳤다. 태중의 아이가 아니었다면 양야는 당장 흑수궁으로 걸음을 돌렸을 것이다. 그리고 환라에게 기특하면 상을 달라 청했겠으나 오늘은 꾹 참았다.

대신 걸음을 빨리해 흑수궁 대문을 넘었다. 뒤늦게 집으로 돌아가던 대신들이 그 모습을 발견하고 경악 어린 표정을 지었다. 그러나 양야는 아랑곳하지 않았다.

누군가 나서서 법도에 어긋난다고 말하려는 기색이 보였다. 그러자 양야가 걸음을 멈추고 대신의 말을 막았다.

"폐하께서 회임 초기 증세를 보이셔서 흑수궁으로 모시는 중이오."

그의 말이 끝나자마자 대신과 궁인, 환관들이 그 자리에서 무릎을 꿇고 앉았다.

"경축드리옵니다, 폐하!"

"경축드리옵니다!"

환라가 기가 막힌다는 표정으로 양야를 보았다. 하지만 그녀의 얼굴에는 숨길 수 없는 미소가 떠올라 있었다. 양야는 대신들이 절을 올리느라 엎드린 사이 환라에게 입을 맞췄다. 환라가 우아한 눈을 크게 뜨며 양야를 쳐다봤다. 양야는 장난기를 감추지 않은 채 환라를 고쳐 안고 항룡궁의 대문을 넘었다.

양야는 복도로 들어서자마자 태감에게 말했다.

"흑수궁에 있는 상소문을 가져오고, 우상 진채령과 대중정 홍여란을 불러오시오."

태감이 고개를 숙이고 물러났다. 양야가 방으로 들어와 환라를 침대 위에 조심스럽게 내려놓았다. 편하게 누운 환라가 반쯤 감긴 눈으로 양야를 보았다. 양야가 침대에 걸터앉아 환라의 손을 잡았다.

"주무시고 계십시오."

그가 환라의 손등을 일정하게 다독였다. 환라는 얼마 지나지 않아 거짓말처럼 잠이 들었다.

양야는 환라의 손을 조심스럽게 내려놓고 자리에서 일어났다. 그리고 문을 지키고 있는 여사에게 환라가 잠든 것을 알렸다. 여란과 채령의 방문을 알리는 소리에 환라가 깨지 않도록 하기 위해서였다.

그는 다시 환라에게로 돌아갔다. 애정이 흘러넘치는 눈으로 환라의 흩어진 머리카락을 정리해 주다가 몸을 기울였다. 배에 귀를 가져다 대자 귀가 밝은 정괴도 듣기 힘들 정도로 작은 소리가 들렸다. 생명이 박동하는 소리였다. 하지만 여전히 환라의 건강이 걱정스러웠다.

아이와 환라 중 하나를 선택해야 할 일이 생길지도 모른다고 생각하니 눈앞이 아찔했다. 상상하는 것만으로도 온 세상이 무너져 내리는 것만 같았다.

양야는 고개를 내저어 불안한 생각을 지웠다. 그렇게 위험한 상황이 오면 정기를 써서 모두 보호하면 된다. 뇌동산으로 가서 잠시 몸을 회복하고 와야 할 테지만 불가능하진 않을 것이다.

'그래도 환이 많이 힘들지 않으면 좋겠는데.'

양야가 한숨을 삼키는 사이 문 열리는 소리가 들렸다. 미리 환라가 잠들었다는 말을 들은 것인지 여란이 답지 않게 조용히 안으로 들어왔다. 그 뒤로 채령이 들어오며 환라를 살폈다. 그리고 목소리를 낮춰 물었다.

"폐하께서 편찮으시옵니까?"

양야가 고개를 저었다.

"태중에 아이 때문에 잠이 많아지셔서 그렇습니다."

단번에 그 말을 알아들은 채령이 환한 미소를 지으며 양손으로 입을 가렸다. 하지만 여란은 고개만 갸웃거렸다. 여란의 품에 안겨 있던 묘은이 고개를 저으며 설명해 줬다.

"은인이 새끼를 뱄다는 뜻이잖아!"

여란이 더 모르겠다는 표정으로 묘은을 보다가 뒤늦게 눈을 화등잔만 하게 트며 고개를 치켜들었다.

"형……!"

물론 그녀의 목소리는 양야의 도술에 가로막혀 밖으로 새어 나오지 않았다. 여란이 입이 막힌 소리를 내며 방방 뛰었다. 그녀는 화내는 것조차 잊은 채 채령을 얼싸안고 온 방 안을 뛰어다녔다.

묘은은 여란에게 꼬리를 밟히지 않으려 요리조리 피하다가 환라의 침상 위로 올라왔다. 그리고 제 앞발을 싹싹 핥으며 고개를 주억거렸다.

"하긴 그렇게 짝짓⋯⋯!"

묘은 역시 말을 끝맺지 못하고 말문이 막혔다. 그녀는 왜 자기한테 그러냐는, 억울하다는 눈으로 양야를 쳐다보았다. 하지만 양야는 묘은의 말문을 틔워 줌과 동시에 창문을 열어 그녀를 내쫓아 버렸다. 그리고 겸사겸사 여란에게 이끌려 다니느라 지친 채령을 구해 주었다.

채령이 고맙다는 눈으로 여란의 품에서 벗어나 자리에 앉았다. 하지만 여란은 기운이 남아도는지 한걸음에 환라에게 달려갔다.

양야가 작게 한숨을 내쉬며 여란을 들어 창문 밖으로 내쫓을까 하다가 그만두었다. 책상 위에 한가득 쌓인 상소문을 처리하기 위해서라도 여란이 필요했던 탓이다. 그는 여란의 뒷덜미를 잡고 질질 끌어 채령 앞에 앉혔다.

또 붙잡혀 뛰게 될까 봐 채령이 몸을 사렸다. 하지만 다행스럽게도 여란의 시선은 환라에게 고정되어 있었다. 보다 못한 양야가 조용히 여란을 불렀다.

"란아."

"응? 아, 맞다! 축하하오, 오라버니. 세상에. 이게 무슨 경사란 말이오? 너무 잘 되었소."

"고맙구나. 그런데 물어볼 것이 있어 낙양산에 다녀와야 할 듯하다. 빨리 다녀올 터이니 그때까지 폐하를 보필해 주겠느냐?"

"맡겨만 주시오! 내가 뭘 어떻게 하면 되겠소?"

여란이 투지를 불태우며 양야의 양손을 덥석 잡았다. 양야는 여란이 진저리치게 싫어하는 요사스러운 미소를 입에 물었다. 그리고 그녀의 손등을 다독였다. 그제야 뭔가 찝찝함을 느낀 여란이 눈알을 굴리며 슬쩍 빼냈다.

양야는 물고기처럼 빠져나가려는 여란의 손에 상소문을 쥐여 주었다.

"든든하구나."

"일 시키려고 부르셨소?"

여란이 발끈해 양야를 노려보았다. 하지만 양야는 아랑곳하지 않고 고개를 끄덕였다.

"폐하께서 요즘 통 입맛이 없으셔서 제대로 드시질 못하셨다. 그래서인지 기운이 없으셔서 도와달라고 부른 거란다."

"뭐, 그럼 당연히 도와야지. 돕겠소!"

여란이 당차게 고개를 끄덕이고 상소문을 펼쳤다. 채령은 이미 자신을 부른 이유를 눈치채고 여란과의 대화가 끝나기도 전에 상소문을 보고 있었다. 채령과 눈이 마주친 양야가 감사하다는 듯 눈짓했다. 채령은 단아하게 웃으며 고개를 끄덕이고 다시 상소문을 읽었다.

일을 두 사람에게 떠넘긴 양야는 창문으로 다가갔다. 문을 열자 묘은이 기다렸다는 듯 폴짝 뛰어 안으로 들어왔다.

"잠시 나운산에 다녀올 것이니 환을 잘 지키고 있거라."

"알겠사옵니다!"

그대로 밖으로 나가려던 양야는 잠시 뒤를 돌았다. 그리고 묘은이 짝짓기라는 단어를 입에 올리지 못하게 조치해 놓고 다시 몸을 돌렸다.

그는 창문으로 나와 모습을 숨기고 비원궁으로 향했다. 그리고 비밀통로를 통해 궁 밖으로 나왔다. 그는 사람이 없는 것을 확인하고 곧장 여우의 모습으로 변해 내달렸다.

양야는 순식간에 나운산에 도착했다. 중턱에 오르자 폐가들이 을씨년스러운 분위기를 풍기며 자리를 차지하고 있었다. 그는 그 주변을 한 바퀴 둘러본 뒤 다시 걸음을 옮겼다. 얼마 지나지 않아 그의 앞에서 땅이 불쑥 솟아나더니 이와가 나타났다. 그의 다리에는 네 살쯤 되어 보이는 아이가 찰싹 붙어 있었다.

분명 사람인데 어딘지 기운이 익숙했다. 양야가 빤히 바라보자 아이가 이와의 뒤로 몸을 숨겼다.

"저 아이를 아직 데리고 계십니까?"

"삼신의 도움을 받아 인계로 내려보냈는데, 허허……. 뭐가 잘못된 것이지 말도 떼기 전에 버려져 다시 거두었네. 그런데 그걸 물어보려고 온 겐가?"

양야는 아이에게 잠시 시선을 두었다가 이와를 보았다.

"혹시 정괴와 인간 사이에서 아이가 태어난 경우를 보신 적이 있으십니까?"

"흠……. 있기야 하지."

"회임한 자는 어찌 되었습니까?"

"정인이 수태를 한 모양이구먼. 허허허. 축하하네."

"감사합니다."

인사를 하면서도 양야의 낯빛은 여전히 조급해 보였다. 이와는 매끈한 턱을 쓰다듬으며 허허허 웃다가 입을 열었다.

"무슨 문제라도 있는가?"

"환이 회임을 하셨는데, 아무래도 세 명이 한꺼번에 생긴 듯합니다. 혹여 귀한 몸에 무리가 가진 않을까 염려되어 찾아왔습니다."

"허허허. 지극정성이로구만."

양야는 느긋한 이와의 대답에 애가 닳는 것 같았다. 차라리 예록에게 아니꼬운 눈빛을 받고 빠르게 답을 얻어 가는 게 나을 것 같았다. 그러나 그가 막 발을 떼려 했을 때, 이와가 다시 입을 열었다.

"여인이 정괴면 아이는 짐승의 모습으로 태어나 사람처럼 자라고, 사내가 정괴이면 사람의 모습으로 태어나 짐승처럼 자라더군. 아마 세쌍둥이여도 손바닥만 하게 태어날 테니 오히려 한 명일 때보다 출산하기 수월할 걸세."

그제야 양야의 얼굴에 그늘 없는 미소가 피어올랐다. 이와는 허허로이 웃으며 안아 달라고 칭얼거리는 아이를 들어 올렸다.

"그리고 5세쯤 되면 정괴가 아비이든 어미이든 아이는 사람의 모습이 되네. 물론 기운이 남다른 경우는 있겠지만 해가 되는 것은 아니니 걱정할 필요 없네."

"그럼 환의 몸에는 무리가 가지 않는 게 확실합니까?"

"허허허. 당연한 소리를. 아마 배도 그리 부르지 않고 회임 기간도 훨씬 적을 걸세. 지금부터 출산을 준비해도 늦을 테니 어서 돌아가 보시게."

"감사합니다. 상선."

"허허허."

양야의 호칭에 이와가 만족스러운 웃음을 흘렸다.

"참, 그리고 묘은이에게 뇌동산으로 돌아와 산 좀 돌보라고 말해 주게나. 혼자 산 두 개를 관리하려니 삭신이 쑤셔서 살 수가 있나……."

"말은 해 보겠습니다."

"허허허. 안 오겠구먼."

체념 섞인 웃음소리를 뒤로하고 양야는 나운산을 내려왔다. 그리고 갔던 길을 되돌아와 모습을 숨긴 채 항룡궁으로 들어섰다.

상소문은 한쪽에 잘 정리되어 있었고 채령과 여란은 다른 방에서 자고 있는 듯했다. 양야는 조용히 걸어 침상으로 다가갔다. 환라의 머리맡에서 자고 있던 묘은이 느리게 눈을 깜빡였다. 그러고는 늘어지게 하품을 하며 몸을 비틀었다.

"벌써 오셨사옵니까?"

"이와 님께서 뇌동산으로 돌아와 산을 돌보라고 하시더구나."

묘은이 귀를 쫑긋 세우더니 몸을 움츠리고 슬금슬금 물러났다.

"저, 저는 홍여란이와 조금만 더 놀고 오겠사옵니다!"

묘은이 재빠른 걸음으로 침상에서 내려와 창문 밖으로 사라졌다. 양야는 묘은이 도망치도록 내버려 두었다. 그리고 동이 트기 시작하는 밖을 바라보다가 환라의 옆에 몸을 눕혔다.

환라가 뒤척이다가 양야의 품을 파고들었다. 양야는 그녀의 머리와 볼에 입을 맞췄다. 간지러운 입맞춤에 환라가 잠에 취한 목소리로 물었다.

"몸이 차다. 밖에 다녀왔는가?"

"이와 님께 회임에 대해 여쭙고 왔습니다."

"뭐라 하셨는가?"

양야는 이와에게 들었던 말들을 환라에게 세세하게 알려 주었다. 그 소리를 가만히 듣던 환라가 힘겹게 눈을 떴다. 근심이 사라진 미소가 지척에서 보이자 그제야 환라도 걱정 없이 미소 지었다.

"덕분에 후사 걱정은 없겠다. 양야야. 내 여우, 내 황후. 네가 내 축복이로구나."

그러고는 양야의 허리를 꼭 끌어안고 가슴이 얼굴을 묻었다. 양야는 환라의 몸을 꼭 끌어안으며 이와에게 회임 중 정사에 대한 것을 묻지 않은 걸 후회했다.

마음 같아서는 서로의 사랑을 육체적으로 확인하고 싶었다. 하지만 막상 환라의 몸에서 태기가 느껴지자 끌어안는 것마저 조심스러워졌다. 그는 환라의 배가 눌리지 않도록 그녀의 몸을 돌려 뒤에서 끌어안았다. 등을 가득 채우는 온기에 환라는 금세 다시 잠이 들었다.

양야 역시 그녀에게 연신 입을 맞추다가 까무룩 잠이 들었다.

두 사람은 완전히 동이 트고 나서야 자리에서 일어났다.

양야는 환관과 궁인들을 모두 물리고 자신이 직접 환라의 수발을 들었다. 항상 혼자서 해 오던 세수까지 대신해 주려 하였다. 그리고 마지막으로 환라의 발을 깨끗하게 씻겨 준 뒤 신발까지

신겨 주었다.

"정성이 과하다."

"제가 이렇게 모시고 싶어 그렇습니다."

환라가 마지못해 고개를 끄덕이고 자리에서 일어나려 했다. 그러자 양야가 그녀를 가볍게 안아 들었다.

"이대로 조정까지 모시겠습니다."

"과하다."

"과하지 않습니다."

"걷는 법을 잊어버리겠다."

"그럼 평생 안아 드리겠습니다."

환라가 결국 웃음을 터트렸다. 양야의 뜻대로 하겠다는 뜻이나 마찬가지였기에 그는 흡족한 얼굴로 방을 나섰다. 어제는 혼비백산한 얼굴로 양야를 보던 이들도 환라의 회임 소식을 접하고는 당연하다는 듯이 굴었다.

신하들 역시 아무런 말도 하지 않았다. 오히려 양야의 지극 정성을 칭찬하기 바빴다.

그러자 양야는 거리낄 게 없어졌다. 그는 환라의 손과 발을 자처하고 나섰다. 조정까지 들어왔음에도 국정에는 한마디도 거들지 않고 오직 환라의 손과 발 노릇만 했다. 그리고 환라가 조금이라도 피곤한 기색을 보이면 대신들을 차갑게 바라보았다.

그 기세가 어찌나 간담 서늘한지 다른 안건을 꺼내지 않고는 버티지 못할 지경이었다.

"회의를 파하겠다."

환라의 말이 끝나기가 무섭게 양야가 그녀를 안아 들었다. 조정을 나서는 그녀의 뒤로 여란이 따라붙었다. 그녀는 방 안까지 들어와 놓고도 말없이 환라를 쳐다보기만 했다. 기쁘고 믿기지 않은 마음에서 나온 행동이었다.

정작 환라는 여란을 보며 귀엽다는 듯 웃었으나 양야의 신경은 날카로웠다. 그는 이상하게 곤두서는 경계심을 애써 내리누르며 미소 지었다.

"란아."

"응?"

"할 말이 없으면 환이 쉬실 수 있도록 해 주렴."

"아!"

여란이 그제야 잰걸음으로 환라에게 다가왔다. 그리고 평소와 달리 환라를 조심스럽게 끌어안았다.

"형님 정말 경하드리오."

말이 끝나기도 전에 양야가 여란의 뒷덜미를 끌어 환라에게서 떼어놓았다. 그러거나 말거나 여란은 환라의 곁에 앉아 떨어질 줄을 몰랐다. 환라는 여란의 머리를 쓰다듬어 주고 제 배 위에 손을 올렸다.

"조금 자란 것 같지 않은가?"

"듣기로는 넉 달은 되어야 배가 부푼다고 하였소."

"나는 아마 다를 것이다."

환라가 잠결에 들은 말을 떠올리며 말했다. 의아한 표정을 하던 여란이 양야를 보고는 고개를 끄덕였다. 그리고 다시 신이 난 얼굴로 돌아와 물었다.

"그러면 아이는 언제 나오는 것이오?"

"아직 모른다."

"그런데 태의에게는 보였소?"

환라가 고개를 돌려 양야를 보았다. 사실 아이가 세 명인 것을 태의가 알면 까무러칠까 봐 아직 보이지 않은 상태였다. 아직 변명할 말도 떠올리지 못했기에 환라는 고개를 저었다. 여란이 눈을 가늘게 뜨자 양야가 입을 열었다.

"내가 있으니 태의는 필요 없단다."

"하긴. 그건 그렇소. 그나저나 빨리 얼굴을 봤으면 좋겠소. 그리고 개인적으로는 오라버니보다 형님을 닮는 게 예쁠 듯하오."

환라가 작게 웃으며 양야를 보았다.

자꾸만 곤두서는 신경에 양야는 인상을 찌푸리고 있었다. 전혀 위험한 사람이 아니라는 걸 아는데 이상하게도 여란이 한 공간에 있는 게 거슬렸다. 하지만 환라와 눈이 마주치자 양야는 언제 그랬냐는 듯 미소 지었다.

환라가 고개를 기울이고 있을 때, 밖에서 환관의 목소리가 들렸다.

"폐하. 좌사정 이궐겸 들었사옵니다."

"들라 하라."

문이 열리고, 커다란 화분을 든 궐겸이 안으로 들어왔다. 그러다 차가운 양야의 표정을 보았다. 새끼를 지키려는 짐승과 마주한 기분에 궐겸이 걸음을 멈추었다.

그는 순간 자신이 무언가 실수를 했나 되짚어 봤다. 그러나 그가 한 일이라고는 환라에게 축하 선물을 전해 주기 위해 온 것뿐이었다. 궐겸이 어색하게 웃으며 가만히 서 있자 여란이 고개를 돌렸다.

"오라버니 화나셨소?"

"화는 무슨."

양야가 가볍게 부인했다. 그러나 그의 얼굴은 눈에 띄게 굳어 있었다. 여란이 양야를 유심히 보다가 궐겸의 옆으로 갔다. 환라가 양야의 손을 잡으며 말을 돌렸다.

"손에 든 것은 무엇인가?"

"회임을 축하하기 위하여 무화과나무를 바치기 위해 가져왔사옵니다."

대대로 무화과는 다산과 풍요를 상징하는 것이었다. 세 명의 아이를 가진 환라에게 적합한 선물이기도 했다. 그녀가 고개를 끄덕이자 양야가 손을 까딱였다. 그러자 무거운 화분이 허공을 천천히 날아 환라의 앞에 내려앉았다.

"벌써 열매를 맺었구나. 잘 키우겠다."

"황공하옵니다, 폐하. 그리고 경하드리옵니다, 황후 폐하."

"고맙소."

인사를 주고받는 세 사람을 보던 여란이 눈을 굴렸다. 환라의 회임 소식이 너무 기쁜 나머지 선물 같은 것은 생각도 하지 못했다. 물론 계속 궁에만 있었으니 준비하러 갈 시간도 없었긴 했지만 말이다.

그래도 미안한 것은 매한가지라 그녀는 괜히 헛기침했다. 그리고 뒷걸음질로 물러나며 손을 흔들었다.

"그럼 나는 이만 선물을, 아니, 정위에게 가 보겠소!"

그러고는 방 안의 사람들이 인사를 받아 줄 틈도 없이 휑하니 떠나 버렸다.

궐겸이 황급히 방을 나서는 여란을 보았다가 고개를 바로 했다. 양야는 그의 얼굴을 유심히 바라보았다. 마음을 정리한 것인지 티를 내지 않는 것인지, 그는 진심으로 기뻐하는 듯했다. 그제야 축하하러 와 준 이에게 자신이 너무 날을 세웠다는 것을 깨달았다.

양야는 환라의 손을 꼭 잡고 마음을 진정시킨 뒤 다시 눈을 떴다. 그리고 궐겸이 가져온 무화과나무를 침대 근처에 고이 내려놓았다.

궐겸은 오래 머물지 않고 인사를 올린 뒤 물러났다.

방 안에 둘만 남자 환라가 양야의 손을 잡아당겼다. 조금 멀찍이 서 있던 그가 환라의 곁으로 끌려왔다. 환라가 올려다보자 양야가 환라의 옆에 앉아 눈높이를 맞췄다. 환라가 그의 어깨에 머리를 기댔다.

"불안해 보인다."

"예. 기쁘고, 두렵습니다. 폐하는 어찌 그리 담담하십니까?"

"아직 실감이 나지 않아 그렇다. 보이는 것도, 들리는 것도, 느껴지는 것도 아니니."

양야가 환라의 배를 부드럽게 쓰다듬었다.

"금세 자랄 것이옵니다."

"그러면 좋겠구나."

환라가 다정하게 웃으며 양야를 끌어안았다. 양야는 환라의 어깨를 감싸고 그녀의 머리에 볼을 기댔다. 한참을 그러고 있자 놀라울 정도로 불안이 가라앉았다. 하지만 대신들이 축하하러 드나들 때마다 양야는 새끼를 밴 짐승처럼 날을 세웠다.

환라는 어렴풋이 그의 반응이 본능에 가깝다는 것을 알아차렸다. 그리고 찾아오는 이들을 전부 돌려보내라고 명했다. 물론 사냥이나 연회같이 몸에 무리를 줄 만한 일정도 취소하였다.

그렇게 며칠이 지났다.

환라의 입맛은 서서히 돌아왔다. 오히려 밤중에도 불쑥 음식 생각이 나 곤란할 지경이었다. 그러나 반대로 양야가 입맛을 잃어 갔다.

"양야야. 이것 좀 먹어 보아라."

"저는 괜찮습니다. 환이 드시는 것만 봐도 배가 부릅니다."

양야가 환라의 밥 위로 기러기 고기를 얹어 주며 말했다. 환라는 걱정스러운 얼굴로 양야를 보았다.

"저는 정괴이니 먹지 않아도 상관없습니다."

알고는 있었다. 그러나 고기라면 곧잘 먹던 이가 아무것도 손을 대지 않으니 마음이 불편했다. 저러다 몸이 상하거나 어디가 아프진 않을까 염려되었다. 환라는 양야가 내민 것을 받아먹고 젓가락을 들었다.

환라는 그대로 작은 완자 하나를 집어 양야에게 내밀었다.

"아, 해 보거라."

양야가 하는 수 없다는 듯 웃으며 입을 벌렸다. 그 안으로 환라가 완자를 넣어 주었다. 양야는 환라의 얼굴을 봐서라도 씹어야겠다고 생각했다.

그러나 턱을 움직이는 순간 역한 풋내가 훅 끼쳐 들어왔다. 그리고 완자 속에 작게 썰어 넣은 고추가 지나치게 맵게 느껴졌다. 환라가 준 것이라 차마 뱉지 못하고 입에 물고 있었으나 인상이 찌푸려지는 것은 어쩔 수 없었다. 그의 울대가 구토를 할 것처럼 움직이자 환라가 깜짝 놀라 손을 뻗었다.

"여기 뱉어라."

양야는 고개를 젓고 환라의 손을 잡아 내렸다. 양야의 고개를 돌렸다. 그리고 넓은 소매로 얼굴을 가리고 입에 든 것을 꿀꺽 삼켰다. 그는 역겨움까지 꾸역꾸역 목구멍 너머로 밀어 넣은 뒤 멀쩡해진 낯으로 몸을 바로 했다.

"당분간 음식은 먹지 않는 게 좋겠습니다."

"……그러는 게 좋겠다."

환라가 미안하다는 얼굴로 양야의 얼굴을 쓸었다. 양야는 힘없이 웃다가 속에서 올라오는 음식 냄새에 인상을 찌푸렸다. 환라가 양야 곁에 바짝 붙어 그의 등을 쓸었다.

"게워 내겠는가?"

양야는 고개를 저었다. 차마 환라 앞에서 그런 모습을 보여 줄 수 없었다. 하지만 자꾸 토기가 치밀었다. 그가 괴로운 듯 입을 막으며 허리를 굽히자 환라가 자리에서 벌떡 일어났다.

"태감!"

큰소리에 깜짝 놀란 태감이 안으로 달려 들어왔다. 환라는 양야의 어깨를 감싸며 소리쳤다.

"당장 태의를 데려와라!"

"예, 폐하!"

환라는 빠르게 멀어지는 태감을 보다가 양야의 등을 쓸었다.

"속이 안 좋은가? 아니면 음식 때문인가?"

양야는 대답조차 하지 못한 채 고개를 저었다. 얼마 지나지 않아 태의가 허둥지둥 안으로 들어왔다.

"폐하, 어디, 어디가 편찮으시옵니까?"

"황후가 몸이 안 좋다. 어서 진맥하라!"

하지만 방 안에 다른 사람이 들어오자 양야의 신경이 곤두섰다. 결국 참았던 토기가 치밀었다. 양야는 하는 수 없이 도술로 속에 든 음식들을 없애 버렸다. 아직 풋내가 나는 것 같아 속이 울렁거렸으나 구토를 할 정도는 아니었다.

"이제 괜찮사옵니다, 폐하."

"그래도 진맥을 받아 보아라."

양야의 날 선 눈이 태의에게로 향했다. 태의는 마른침을 꿀꺽 삼키며 그 자리에서 굳어 버렸다.

환라를 침상에 앉혀 놓은 양야가 태의에게 다가갔다. 진맥을 보시려나 쳐다봤으나 양야의 표정은 차갑기만 했다. 그런 얼굴로 다가오자 태의는 물러날 수밖에 없었다.

양야는 계속 다가가다가 태의가 방구석으로 몰렸을 즈음에서야 팔을 내밀었다.

"진맥하시오."

"예, 황후 폐하."

태의가 벌벌 떨리는 손으로 양야의 손목을 짚었다. 다른 사람의 맥과 조금 다르긴 했으나 이것이 하늘의 사람이라 그런 것인지 병환으로 그런 것인지는 알 수 없었다.

"증상이 어떠시옵니까?"

"음식이 역해 삼킬 수가 없소."

"언제부터 그러셨사옵니까?"

"폐하께서 회임하신 뒤 얼마 되지 않아서부터 그리하였소."

"다른 불편한 곳은 없으시옵니까?"

"없소."

질문이 끝나자 태의가 환라에게로 몸을 돌렸다. 그러자 양야가 그의 앞을 막아섰다. 환라의 몸이 가려 보이지 않게 되었다. 하지만 황제에게 다가갔다간 황후에게 목덜미가 물어뜯길 것만 같았다.

태의는 하는 수 없이 환라에게 잘 들리도록 목소리를 높였다.

"아뢰옵기 황공하오나 폐하, 황후 폐하께서는 입덧을 하시는 것이옵니다."

"사내가 입덧이라니. 들어 본 적 없다."

"흔한 일은 아니오나 애정이 너무 깊거나 긴장을 많이 하면 사내도 입덧 증세를 보이긴 하옵니다."

양야는 저 두 가지 사항에 모두 해당되었다. 그래도 큰 병이 아니라는 것에 환라는 안도의 한숨을 내쉬었다.

"약은 없는가?"

"토기를 가라앉히는 탕약이 있사오니 지어 올리겠사옵니다. 그리고 시간이 지나면 증세는 자연스레 사라질 것이오니 염려치 마시옵소서."

"수고했다. 물러가라."

"황공하옵나이다, 폐하."

태의가 방에서 물러가자 양야의 표정 역시 누그러들었다. 바짝 굳어 있던 양야의 어깨도 편안하게 풀렸다. 환라는 그 모습을 보다가 자리에서 일어났다. 그리고 큰 걸음으로 다가가 뒤에서 양야를 끌어안았다.

"내 대신 황후가 입덧을 하나 보다."

양야가 몸을 돌려 환라를 마주 안았다.

그때, 배 안에서 무언가 움직였다.

깜짝 놀란 환라가 제 배를 끌어안고 뒤로 물러났다. 착각인가 싶었으나 확실했다. 살가죽 밑으로 뭔가가 움직이는 게 느껴졌다. 그녀가 놀란 눈으로 고개를 들었다가 환하게 미소 지었다.

"느꼈는가?"

"느꼈습니다."

"정말, 이 안에, 아이가 있구나."

환라는 환하게 웃으며 제 배를 끌어안았다. 양야가 환라를 들어 침대 위에 내려놔 주었다. 환라는 행복한 얼굴로 배를 쓰다듬다가 양야의 목을 끌어 입을 맞췄다. 그러다 갑자기 눈을 떠 양야를 보았다.

"양야야."

"예, 환."

"소고기가 먹고 싶다."

뜬금없는 말에 양야가 눈을 크게 떴다. 그는 그제야 자신이 구역질을 하는 바람에 환라가 제대로 식사를 하지 못했다는 것을 깨달았다.

"찜을 해 오라 하겠습니다."

그러자 환라가 고개를 저었다.

"육회가 먹고 싶다."

이제껏 환라가 생고기를 먹는 것을 단 한 번도 본 적이 없기에, 양야는 놀란 표정을 지었다. 그러나 곧 고개를 끄덕이고 밖으로 나가 궁인에게 음식을 준비해 오라 말했다.

궁인이 평소보다 빠른 속도로 음식을 내왔다. 환라 역시 우아한 자태는 그대로였으나 평소보다 배는 빨리 접시를 비웠다. 양야는 고기 냄새가 역하게 느껴졌으나 환라의 곁에서 떨어지지 않았다. 그는 환라가 다 먹은 접시를 궁인에게 전해 주고 상소문을 가져왔다.

"지금은 글을 읽고 싶지 않다."

"제가 급한 사안만 읽어 드리겠습니다."

환라가 작게 하품을 하고 고개를 끄덕였다. 양야는 도술로 상소문들을 한꺼번에 펼쳐 중대한 사안 몇 개만 빼내었다. 그리고 나머지는 다시 돌돌 말아 쌓았다.

그가 손을 까딱이자 쌓아 놓은 상소문들이 바닥으로 죽 미끄러졌다. 상소문이 문지방에 부딪쳤다.

밖에 있던 환관이 그 소리를 듣고 물었다.

"폐하, 하명하시옵소서."

"문 앞에 있는 상소문을 대신들에게 전해 논의하게 하시오. 대답은 내일 아침 정무 회의에서 듣겠소."

"예, 폐하."

환관이 상소문을 가져가고 다시 문을 닫았다. 양야가 침대에 앉자 환라가 몸을 움직여 그의 허벅지 위에 머리를 올려놓았다. 양야는 환라의 머리카락을 부드럽게 쓰다듬으며 상소문을 읽었다.

환라는 졸린 눈을 깜빡이면서도 상소문의 내용을 듣고 결단을 내렸다. 그러면 그것을 양야가 받아 적었다.

간혹 양야에게 의견을 물었다가 시답지 않은 내용으로 이야기가 다른 길로 빠지기도 했다. 떠들다 보면 몇 시진이 훌쩍 지나가 있었다.

반쯤 감겨 있던 환라의 눈은 아예 완전히 닫혔다. 숨이 고르게 변하고 몸에 힘이 빠졌다. 양야는 잠든 그녀를 사랑스러운 눈으로 바라보다가 제대로 눕혀 주었다.

그렇게 밤이 깊어 갈 즈음이었다. 깊은 새벽 환라가 눈을 떴다. 그녀가 뒤척이다 몸을 일으켰다. 그 기척을 느낀 양야 또한 자리에서 일어났다. 눈이 마주치자 환라가 몽롱한 목소리로 말했다.

"양야야. 산딸기가 먹고 싶다."

양야는 잠에 취한 환라를 다시 자리에 눕혔다.

"잠시 기다리십시오."

그러고는 모습을 감춘 채 순식간에 숲으로 가서 산딸기를 한 아름 땄다. 옷자락을 들어 그 안에 깨끗한 시냇물에 씻은 산딸기를 가득 담았다. 그 상태로 방에 들어가자 환라는 잠이 들어 있었다.

그는 잠시 환라를 깨워야 하나 말아야 하나 고민했다.

하지만 곤히 자는 얼굴을 보자 차마 깨울 수 없었다. 그는 백자기 안에 딸기를 담아 두고 옷을 갈아입었다. 천천히 걸어가 이불을 들어 올리는데, 환라가 몸을 뒤척였다. 그리고 슬쩍 눈을 떠 양야를 보더니 입을 벌렸다.

양야가 웃음을 터트리며 손을 뻗었다. 산딸기가 가득 담긴 백자가 양야의 손에 날아들었다. 그는 그릇을 허공에 띄워 둔 채 환라의 입 안으로 산딸기 하나를 넣어 주었다.

"달다."

환라가 몽롱한 목소리로 중얼거리고 다시 입을 열었다. 양야는 환라의 입에 산딸기를 넣어 주고 그대로 입을 맞췄다. 환라의 웃음소리가 양야의 입 안으로 흘러 들어왔다.

산딸기 향기 가득한 입맞춤을 끝내고 나자 환라는 다시 잠이 들었다. 양야는 남은 산딸기를 먹으려 했으나 속이 매스꺼웠다. 그는 고개를 기울였다가 잠든 환라의 입술에 다시 한번 입을 맞추었다. 이상하게도 환라에게 입을 맞추는 것은 괜찮았다.

양야는 환라에게 몇 번 더 입을 맞추었다. 그러다 잠에서 깬 환라가 다시 입을 벌리자 산딸기를 물려 주었다. 그리고 바로 고개를 숙여 입술로 뺏어 먹었다. 환라가 눈을 떠 양야를 보았다.

그가 야살스럽게 눈을 접어 웃자 환라가 손을 뻗었다. 그리고 그대로 양야의 목에 팔을 감아 끌어당겼다.

* * *

양야의 입덧은 일주일도 되지 않아 사라졌으나 과보호는 한 달이나 지속되었다. 여전히 낯선 이들이 방문하면 날을 세웠으나 익숙한 얼굴들이 오면 그렇게 경계하진 않았다.

환라의 배는 조금이나마 부풀었고, 머리맡의 무화과 열매도 조금씩 붉은 기운을 띠기 시작했다.

그쯤 뒤늦게 회임 소식을 접한 재화가 한 번 다녀갔다. 그렇게 한 달이 더 지났다. 여름이 깊어질수록 무화과도 더 붉게 물들었다.

궐겸은 간혹 찾아와 안부를 물었으나 오래 머물지 않았다. 반면에 여란은 아주 제집처럼 드나들고 있었다.

"방금 내 손을 찼소!"

환라의 배에 손을 대고 있던 여란이 화들짝 놀라며 손을 떼어냈다. 그리고 채령에게 제 손을 내보였다. 손에는 당연히 아무런 흔적도 남아 있지 않았다. 그러나 여란은 제 손바닥을 환라에게도 보여 주었다. 그 모습이 귀여워 환라가 웃음을 터트리자 다시 태동이 느껴졌다.

환라가 배에 손을 올려놓자 채령이 다가왔다. 환라가 고개를 들었다.

"외숙모님께서도 만져 보시겠사옵니까?"

"제가 그래도 될까요, 폐하?"

환라가 고개를 끄덕이고 채령의 손을 배 위에 올려놓았다. 작은 움직임이 느껴지자 채령의 입가에 미소가 피어올랐다.

"능현 님이 아시면 크게 기뻐하실 거예요."

"안 그래도 요즘 떠난 이들이 계속 떠오르옵니다."

태동이 느껴질 때마다 향옥, 칠각, 능현, 영로가 떠올랐다. 하지만 그들을 불러들일 순 없었다. 어찌 되었든 그들은 반역자들이었기에 궁으로 들어오면 목을 쳐 내야만 했다. 환라가 쓰게 웃자 채령이 손을 꼭 잡아 주었다.

분위기가 가라앉자 여란이 환라의 옆에 털썩 주저앉았다. 그리고 환라의 배에 귀를 가져다 댔다.

"아무리 봐도 혼자 움직이는 게 아닌 것 같단 말이오. 일당백을 하는 놈이 나오지 않을까 싶소."

그 말이 끝나기가 무섭게 다시 배가 움직였다. 여란은 벌써 말귀를 알아듣는다며 호탕한 웃음을 터트렸다. 그 웃음이 환라와 채령에게까지 전염되었다. 곁에 앉아 있던 양야도 흐뭇한 미소를 입에 물었다.

"그런데 정말 신기하긴 하네요. 벌써 배가 부른 지 한 달이 넘었으니. 이러다 내달이면 출산하시겠습니다."

그 말에 여란이 고개를 번쩍 들었다.

"그러면 안 되는데! 형님. 정위 좀 한 번 불러들여 주시오."

"그러고 보니 못 본 지 꽤 되었다."

"그래서인지 내가 한월에 갈 때마다 자기도 궁금하다고, 축하하고 싶다고, 어찌나 칭얼거리는지! 피곤해 죽겠소."

"그리하겠다."

환라가 고개를 끄덕이다가 창문을 보고 몸을 일으키려 했다. 그러자 양야가 옆에서 팔과 허리를 받쳐 일어나는 것을 도왔다. 환라는 그에게 한번 미소 지어 주고 여란과 채령을 보았다.

"산책할 것인데 함께 가겠는가?"

"나는 좋소!"

"예, 폐하."

양야가 환라의 팔에 팔짱을 끼고 천천히 걸었다. 발소리에 환관이 문을 열어 주었다. 그들은 두런두런 이야기를 나누며 긴 복도를 지나 항룡궁을 나섰다.

그들이 막 화원에 들어섰을 때, 화원을 거닐고 있는 궐겸이 보였다. 그의 곁에서는 묘은이 나비를 좇아 뛰어다니고 있었다. 환라가 먼저 그들을 발견하고 다가갔다. 네 명의 발소리를 들은 묘은이 행동을 멈추고 고개를 돌렸다. 묘은을 보고 있던 궐겸 또한 그녀를 따라 환라를 보았다.

그가 자리에서 일어나 허리를 굽혔다.

"폐하."

"산책하고 있었는가?"

"맞아, 은인!"

묘은이 아주 당연하다는 듯 환라의 위로 뛰어오르려 했다. 양야는 그런 묘은의 뒷덜미를 낚아채 여란에게 넘겨주었다. 얼떨결에 묘은을 안아 든 여란이 걷기 시작하는 환라의 뒤를 따랐다.

채령은 여란과 조잘조잘 떠드는 묘은을 귀엽다는 듯이 보았다.

그리고 궐겸은 환라의 곁에서 조금 떨어진 채 걸으며 말을 걸었다.

"무화과는 많이 자랐사옵니까?"

"벌써 다 익었다."

"오늘 아침에도 드셨습니다."

양야의 말에 궐겸이 눈을 내리깔고 기쁜 미소를 지었다. 하지만 예전처럼 수줍은 기색은 없었다. 양야는 질투를 거두며 환라의 손을 꼭 잡았다.

그때 환라의 걸음이 우뚝 멈췄다.

양야가 고개를 돌렸을 때 이미 환라는 인상을 찌푸리고 있었다. 양야가 걱정스럽게 환라를 끌어안듯 부축했다.

"폐하, 괜찮으시옵니까?"

"배가……."

환라가 말을 끝맺지 못한 채 숨 막히는 소리를 내며 주저앉았다. 당황한 궐겸이 양야와 함께 환라를 부축했다. 그 모습을 본 채령이 빠른 걸음으로 다가왔다.

"진통인가 봅니다."

그 말이 끝나기가 무섭게 양야가 환라를 안아 들고 순식간에 움직였다. 사람의 눈에는 사라진 것처럼 보일 정도로 빠른 속도였다. 놀란 궐겸과 여란, 채령이 주변을 두리번거렸다. 그러자 묘은이 여란의 품에서 폴짝 뛰어내려 꼬리를 세우고 걸었다.

"저쪽으로 가셨어."

따라오라는 듯 잠시 뒤돌아본 묘은이 태의전을 향해 사뿐사뿐 걸었다. 성격이 급한 여란이 묘은의 뒤에 바짝 따라붙었다.

"홍여란아! 그러다 내 엉덩이 걷어차겠어!"

"나도 묘은 님 엉덩이를 걷어차고 싶지 않으니 빨리빨리 좀 안 내해 주시오!"

"알겠으니까 좀 떨어져!"

묘은이 새를 사냥할 때처럼 빠르게 달렸다. 그러다가 우뚝 멈춰 항룡궁 쪽으로 방향을 바꿨다. 여란과 궐겸은 곧잘 따라왔으나 채령은 뒤처졌다. 그러나 그들은 항룡궁에 들어서고 나서도 채령이 없다는 것을 알아차리지 못했다.

"오라버니! 형님은 어찌 되셨소?"

"산파가 모시고 들어갔다."

양야가 드물게 초조한 기색을 보이며 환라의 방 앞을 이리저리 돌아다녔다. 뒤늦게 항룡궁에 도착한 채령이 가쁜 숨을 몰아쉬다가 허리를 폈다.

"황후 폐하. 대신들에게 황제 폐하께서 곧 후사를 볼 것이라는 소식을 알려야 합니다."

황제의 진통이 시작되면 문무 대신들은 항룡궁 앞에 꿇어앉아 출산을 기다리는 게 법도였다. 양야가 고개를 끄덕이자마자 여란이 자진해서 나섰다.

"나와 이 공자가 다녀올 테니 오라버니와 채령 님은 형님을 챙겨 주시오."

"부탁하마. 부탁드리오."

양야가 여란과 궐겸에게 차례대로 인사했다. 얼마 뒤 양야가 미리 구해 두었던 세 명의 산파 중 두 명이 안으로 들어갔다. 문 너머로 침대에 누워 있는 환라가 잠시 보였다가 사라졌다. 양야는 저도 모르게 안으로 들어가려다 문을 지키고 있는 환관에게 저지당했다.

"황후 폐하, 들어가실 수 없으시옵니다."

"알겠네."

양야가 물러서서 다시 복도 앞을 서성였다. 곧 일렬로 선 궁인들이 온갖 약초, 정화수, 불에 달궜다가 식힌 가위 등을 들고 안으로 들어갔다.

안에서 고통을 참는 신음과 호흡하는 소리가 번갈아 가며 들렸다. 잠시 괜찮아졌다 싶으면 다시 고통스러워하는 소리가 들렸다. 채령이 안절부절못하는 양야에게 다가갔다.

"황후 폐하, 진정하시옵소서."

"진정이 되질 않소."

양야는 진심으로 고민했다. 대신들이 모이면 황후는 그 앞에 서 있어야 한다. 그러나 지금은 모습을 감추고서라도 환라의 곁에 있고 싶었다. 혹시라도 환라가 피를 너무 많이 흘리거나 정신을 잃으면 어쩌나, 하는 생각도 들었다. 그녀가 잘못되면 양야는 아마 두 발로 서 있지 못할 것이다.

양야가 양손으로 얼굴을 쓸어내리며 긴 한숨을 내쉬었다. 그러다 제 앞에서 살랑거리는 꼬리를 발견하였다. 가만히 앉아 문 쪽을 바라보고 있던 묘은에게 양야의 시선이 쏘아졌다. 묘은이 깜짝 놀라 그 자리에서 가볍게 뛰어올랐다가 주춤거리며 뒤 돌았다.

"왜, 왜 그렇게 보시옵니까?"

"묘은아. 네가 안으로 들어가 환을 보살펴 주어라."

"제가 은인의 땀을 닦아 주면 되옵니까?"

"도술로 환라가 고통을 덜 느끼도록 도와주고, 출산이 끝난 뒤 몸을 회복시켜 주렴."

"알겠사옵니다!"

묘은이 활기차게 대답하고는 자리를 떠났다. 그리고 얼마 지나지 않아 환라의 방 창문으로 묘은이 들어가는 소리가 들렸다. 양야는 그제야 조금 안심이 되었다. 그러나 불안이 완전히 사라진 것은 아니었다.

그가 같은 자리를 맴돌고 있을 때, 여란과 궐겸이 돌아왔다.

"황후 폐하. 대신들이 항룡궁 앞에 모두 모였사옵니다."

궐겸이 공손하게 아뢰자 양야가 고개를 끄덕였다. 그는 떨어지지 않는 발을 겨우 움직여 대신들 앞에 섰다.

수백 명의 대신들이 무릎을 꿇고 앉아 있었으나 항룡궁 앞은 쥐 죽은 듯이 조용했다. 간혹 환라의 비명이 궁 밖까지 들렸다. 그럴 때마다 양야가 몸을 움찔거리며 손바닥이 헤질 정도로 주먹을 말아 쥐었다.

손가락 사이를 타고 흐르는 피를 발견한 여란이 궐겸의 손바닥을 흔들어 손수건을 받아 낸 뒤, 양야에게 내밀었다.

"오라버니. 이거라도 쥐고 계시오."

속삭이는 소리가 들렸으나 양야는 석상처럼 서서 항룡궁만을 바라보고 있었다. 마치 제 고통은 아무것도 아니라는 듯한 태도였다. 여란이 한숨을 내쉬며 조용히 뒤로 물러섰다.

그렇게 몇 시진이 흘렀다.

환라의 비명이 끊이질 않았다. 도대체 묘은은 뭘 하길래 환라가 저렇게 고통스러워하나 싶었다. 양야는 애가 닳았으나 조금만 움직여도 환관들이 길을 막았다. 그는 애꿎은 손바닥에 손톱을 박아 넣으며 참고 또 참았다.

그러던 중, 안에서 들리던 부산스러운 소리가 뚝 멈췄다. 이내 안에서 산파가 달려 나왔다.

"황후 폐하, 잠시 들어와 보셔야 할 것 같사옵니다."

다급한 목소리에 양야는 심장이 내려앉는 듯했다. 그는 한걸음에 안으로 달려 들어갔다.

땀에 젖어 반쯤 혼절한 듯 누워 있는 환라가 제일 먼저 보였다. 묘은은 그 옆에서 도술을 이용해 회복을 돕고 있었다. 양야가 그녀에게 다가가려 할 때, 뒤따라온 산파가 궁인들에게서 아기 바구니를 받아 양야에게 내밀었다.

"황후 폐하. 황제 폐하께옵서 무사히 출산을 마치셨사온데, 이 어찌 기묘한 조화인지 모르겠사옵니다."

산파가 내민 바구니 안에는 손바닥보다 조금 큰 갓난아기 세 명이 옹기종기 모여 있었다. 양야는 가슴이 벅차올랐다. 그가 떨리는 손으로 바구니를 안아 들었다. 그리고 아무 말도 하지 못한 채 눈물만 흘리자 산파는 무언가 잘못되었다고 생각했다. 황손이 무사하지 못하면 출산을 도왔던 산파와 궁인들은 모두 처형당한다. 때문에 산파는 자신이 처형될 것이라 생각했다.

산파가 사색이 되어 그 자리에 꿇어앉자 다른 산파들과 궁인들도 전부 무릎을 꿇고 머리를 조아렸다.

진이 다 빠져 눈을 감고 있던 환라가 십수 개의 기척에 눈을 떴다. 한 박자 늦게 분위기가 심상치 않음을 느낀 환라가 세상이 무너지는 듯한 얼굴로 양야를 불렀다.

"양야야. 이게, 무슨 일인가? 무슨 문제라도 있는 것인가?"

갈라진 목소리에 양야가 몸을 돌렸다. 환라는 그의 볼에 남아 있는 눈물을 보며 심장이 주저앉는 듯했다. 그러나 그것도 잠시, 양야의 입가에 떠오른 미소에 마음을 놓았다. 환라가 힘없이 웃자 양야가 다가와 그녀의 발치에 무릎을 꿇고 앉았다. 그의 품에 있는 바구니가 한 번에 들여다보였다.

"원래 아기가 이리 작은 것인가?"

"원래는 이보다 네 배는 크옵니다. 제 영향으로 이리된 것이니 심려치 마시옵소서."

"바구니를 이리 다오. 가까이서 보고 싶다."

양야는 환라에게 바구니를 넘기고 땀에 젖은 그녀의 이마를 손으로 닦아 주었다. 손가락으로 아기들의 볼을 조심스럽게 쓰다듬어 보던 환라가 양야를 보며 환하게 미소 지었다. 양야의 눈가가 다시 젖어 들었다. 그는 환라를 끌어안고 그녀의 이마에 입을 맞췄다.

"감사합니다, 환. 이리 무사히 낳아 주셔서 감사합니다."

환라가 양야의 등을 다독이다가 다시 아기들에게로 시선을 돌렸다. 환라의 손길에 안정을 되찾은 양야가 몸을 돌렸다.

"모두 물러가라. 그리고 태감은 나가서 황손이 무사히 세상에 나왔다고 전해 주시오."

"예, 황후 폐하."

방 안에 있던 사람들이 모두 빠져나갔다. 환라에게 정기의 반을 쓴 묘은 역시 뇌동산에 다녀오겠다며 창밖으로 나갔다. 둘만 남자 양야가 환라의 뒤에 자리를 잡았다. 환라는 그의 가슴에 몸을 기댔다.

"황자 두 명과 황녀 한 명이로구나."

"이름은 어찌하시겠사옵니까?"

"황자는 백단과 해녹, 황녀는 청연으로 하는 것이 좋겠다."

"예, 폐하. 제가 사관에게 그리 일러두겠습니다."

양야는 환라를 품에 안고 꼬물거리는 아기들을 보았다. 그리고 환라와 눈을 맞추고 미소를 나눴다.

그리고 그들의 옆, 무화과나무에는 붉은 열매가 주렁주렁 달려 있었다.

외전. 영산홍

환라와 양야는 무궁화원의 의자에 앉아 정원을 바라보았다. 오랜만에 궁으로 들어온 정위과 여란과 아이들의 뒤를 쫓으며 잡기놀이를 하고 있었다. 까르르 웃는 소리가 화원의 꽃들보다 더 많이 피었다. 그 소리를 음악처럼 들으며 환라가 미소 지었다.

"벌써 저만큼이나 자랐다니. 다섯 살은 되어 보인다."

"원래 여우들은 열 달 정도가 되면 독립을 합니다."

환라가 놀란 눈으로 양야를 보았다. 아이들이 세상 밖으로 나온 지 딱 열 달이 지난 탓이었다. 그리고 그녀는 아직 아이들을 제 곁에 두고 싶었다.

그녀의 표정이 급격히 어두워지자 양야가 어깨를 감싸며 볼에 입을 맞췄다. 하지만 환라의 시선은 여란과 정위의 손을 잡고 숲 쪽으로 들어가는 아이들에게 향해 있었다.

"저렇게 생때같은 아이들을 궁 밖으로 내보내야 하는가?"

"이와 님께서 다섯 살 정도가 되면 사람처럼 자란다 하였습니다. 육체의 나이인지 햇수를 말한 것인지는 모르겠으나 내보내지 않아도 되니 염려 마십시오."

그 말에 안도의 숨을 내쉬는데 뒤에서 불쑥 목소리가 끼어들었다.

"육체의 나이라네."

양야가 환라를 보호하듯 끌어안고 뒤를 보았다. 환라 역시 놀란 눈을 하였다.

언제 온 것인지 이와가 어린 여자아이 한 명을 데리고 그들의 뒤에 서 있었다.

궁인들과 환관들이 귀신처럼 소리 소문 없이 나타난 이와를 발견하고 비명을 질렀다. 풀썩하고 쓰러지는 소리도 종종 들렸다. 이와가 놀란 사람들을 보더니 허허허 웃고는 손을 휘저었다. 그러자 사람들이 전부 선 채로 잠이 들었다.

"기별을 넣고 온다는 게 깜빡했구만."

그러고는 제 뒤에 서 있는 아이의 손을 잡고 환라에게 다가왔다.

"이 애는 연산홍이라 하네."

소개가 끝나자마자 아이가 다시 이와의 뒤로 숨었다. 한때 염매였던 아이는 다시 태어나 기억을 잃은 뒤에도 본능적으로 뇌동산의 기운을 두려워했다. 백호선에게 모진 일을 당했던 탓이었다.

양야가 바들바들 떠는 산홍을 안쓰럽다는 듯 바라보았다. 그리고 귓속말로 환라에게 아이의 사정을 알려 주었다. 환라의 얼굴에 연민이 깃들자 이와가 기다렸다는 듯 입을 열었다.

"사실 내가 선계에 갈 일이 있어서 말이네. 예록이가 사람과 어울리는 게 좋을 것 같다고 하는데 아는 인간이 있어야지. 허허허. 며칠만 데리고 있어 줄 수 있겠나?"

며칠 정도면 말이 나올 만큼 긴 시간도 아니었다. 이와에게는 신세 진 것도 있으니 못 들어줄 것도 없었다. 환라는 고개를 끄덕이고 산홍에게 손을 뻗었다.

"이름이 산홍이라 했는가?"

산홍이 여전히 이와의 뒤에 숨어 고개를 끄덕였다. 한참이 지나도 환라가 손을 거두지 않자 쭈뼛쭈뼛 나왔다. 환라는 아이를 가볍게 들어 제 무릎에 앉혔다.

숲에서 뛰어놀다가 돌아오던 백단, 청연, 해녹이 환라에게로 뛰어왔다. 제 또래 아이들이 보이자 산홍이 무표정한 얼굴로 눈을 빛냈다. 그리고 환라의 무릎에서 내려와 이와에게 달려가 안겼다. 호기심 어린 표정인 건 환라의 아이들 역시 마찬가지였다.

"어머니! 이 아이는 누구이옵니까?"

말을 가장 잘하는 청연이 환라에게 물었다.

"연산홍이라 한다. 며칠간 너희들의 동무가 되어 줄 것이다."

"연산홍? 너도 연이네! 나도 연이야. 스승님이 그러는데 이름에 같은 글자가 있으면 형제랬어! 너도 나랑 형제야?"

청연이 조잘조잘 떠들며 산홍의 손을 덥석 잡았다. 그러자 백단과 해녹도 산홍에게 몰려들었다.

"넌 뭐야?"

"몇 살이야?"

한 번에 이렇게 많은 사람을 만나는 것은 처음이라 산홍은 당황하고 말았다. 심지어 저에게 질문까지 쏟아지자 눈동자를 어디에 둘 줄 모르다가 이와를 보았다. 하지만 이와는 산홍을 구해 주기는커녕 허허허 웃으며 자리에서 일어났다.

"산홍아. 나는 며칠 뒤에 오마. 잘 놀고 있어야 한다."

산홍의 눈이 커다랗게 떠졌다. 아이가 조그마한 입을 벌리기도 전에 이와가 연기처럼 사라졌다. 산홍은 이와를 찾아 두리번거리다가 이내 우뚝 굳었다. 커다란 눈에 금세 눈물이 차올랐다. 그리고 이와가 며칠간 오지 않을 거란 걸 깨닫자마자 울음을 터트렸다.

"으아아앙!"

커다란 울음소리에 잠들어 있던 궁인과 환관들이 깨어났다. 그들이 놀란 얼굴을 하자 양야가 자리에서 일어나 산홍을 안아 들었다.

"괜찮다, 아가. 뚝 그치렴."

"으아, 으허어엉!"

산홍이 몸을 뻗대며 자지러지게 울음을 터트렸다. 그러자 가만히 있던 해녹도 별안간 울기 시작했다. 환라가 해녹을 안아 들자 백단과 청연이 난리가 났다.

"어머니! 왜 해녹이만 안아 주시옵니까? 청연이도 안아 주시어요!"

"나도요!"

세 명이 달려들자 환라가 당황하며 양야를 보았다. 그러나 그는 산홍을 달래기에 여념이 없었다. 환라는 일단 세 아이를 제 무릎에 앉혔다. 그리고 이야기를 나누며 천천히 걸어오던 정위와 여란을 보았다.

울음소리에 놀라 멈춰 서 있던 두 사람은 환라의 눈짓에 빠른 걸음으로 다가왔다. 여란을 유독 잘 따르는 해녹이 안아 달라는 듯 손을 뻗었다. 해녹을 받아 든 여란이 남은 손으로 백단까지 받아 안고 산홍을 보았다. 정위 역시 어리둥절한 눈으로 여란에게 저 아이가 누구인지 물었다. 그러나 여란 역시 모르는 아이였다.

누구인지는 모르겠으나 일단 달래야겠다는 생각에 정위가 품에서 자그맣게 만든 옥춘을 꺼냈다. 그러고는 엉엉 우는 산홍의 입에 쏙 넣었다. 아이라면 뚝 그치기 마련이기에 정위는 의기양양한 표정을 지었다. 그러나 산홍은 잠시 멈칫했다가 옥춘을 퉤 뱉어 버리고 더 크게 울었다.

"산신님! 으아앙! 산신님이 산홍이 두고 갔어!"

옥춘이 자그마한 입에서 툭 튀어나와 바닥을 굴렀다. 놀란 정위가 흙투성이가 된 옥춘을 향해 양손을 뻗었다. 그가 세상 잃은 표정으로 탄식하자 백단이 웃음을 터트렸다. 맑고 쩌렁쩌렁한 소리에 정신없이 울던 산홍이 울음을 멈췄다.

그제야 양야가 안도의 숨을 내쉬며 산홍을 내려놓았다.

그러자 백단이 여란을 밀어 내고 뛰어내려 정위에게 갔다. 망연자실한 눈으로 흙투성이가 된 옥춘을 바라보던 정위가 고개를 돌렸다. 백단이 슬픈 눈을 한 정위에게 당당하게 손을 내밀었다.

"정위야. 옥춘 또 있지? 내놔라."

"주세요, 라고 해야지요. 황자님."

"줘라!"

"예……."

정위가 시무룩한 얼굴로 품에서 새 옥춘을 꺼내 내밀었다. 그러자 백단이 옥춘을 손에 꼭 쥐고 산홍에게 달려갔다.

"자, 다시 뱉어!"

그리고 정위가 한 것처럼 산홍의 입에 쏙 넣어 주었다. 그러나 맨정신에 단 게 들어오자 산홍은 뱉지 않았다. 아이가 눈을 크게 뜨고 오물거리며 옥춘을 먹다가 환하게 웃었다. 마치 붉은 꽃이 피는 것 같은 모습이었다. 그 얼굴을 빤히 들여다보던 백단이 다시 정위에게 갔다.

"또!"

정위가 눈물을 머금고 옥춘을 내밀었다. 백단이 다시 산홍에게 쪼르르 달려가 옥춘을 주었다. 그녀의 울음이 멈추자 청연도 환라의 품에서 벗어나 산홍에게 갔다.

"넌 몇 살이야?"

"……다섯 살."

산홍이 손가락 다섯 개를 펴 보이며 말했다.

"나는 한 살!"

청연이 손뼉을 치며 좋아하는 사이 백단이 산홍의 입 앞으로 옥춘을 내밀었다. 산홍이 그것을 받아먹으며 힐끔힐끔 사람들을 쳐다봤다. 아직 여란의 품에 안겨 훌쩍이고 있는 해녹을 제외하고는 전부 산홍을 보고 있었다.

"눈이 너무 많아."

산홍이 울상을 지으며 중얼거렸다. 그 소리를 듣지 못한 백단과 청연이 산홍의 손을 하나씩 꿰어 찼다.

"우리 산으로 놀러 가자!"

"단이는 새 잡을 줄 안다?"

"내가 더 잘 잡아. 나는 개구리도 잡을 줄 알아!"

세 아이가 손을 잡고 뛰어갔다. 해녹이 여란의 소매를 잡고 흔들었다. 그리고 손가락으로 제 형제들과 산홍의 뒷모습을 가리켰다. 여란은 정위에게 같이 가자고 눈짓했지만 정위는 못 본 체하고 양야의 옆에 앉았다. 그리고 여란이 말을 걸지 못하도록 먼 산을 보며 다과를 주워 먹었다.

여란이 잠시 정위를 노려보다가 해녹의 칭얼거림을 이기지 못하고 아이들을 따라갔다.

네 명의 아이는 숲에서 온종일 놀았다. 그리고 순식간에 가까워졌다. 특히 산홍은 이와가 왔을 때 가고 싶지 않다며 울음을 터트렸다. 한바탕 난리가 나자 환라가 산홍의 머리를 쓰다듬었다.

"산홍아. 놀러 오고 싶으면 언제든지 와도 된다."

"매일 와도 돼?"

환라가 고개를 끄덕이자 산홍이 그제야 이와를 따라 돌아갔다. 그리고 환라가 한 말이 진짜인지 확인하기라도 하려는 듯 정말 매일 빠짐없이 놀러 왔다. 나중에는 조금 뜸해지긴 했으나 한 번 오면 몇 달을 머물 때도 있었다.

궁에는 이미 산신이 맡긴 아이라는 소문이 퍼졌다. 다들 귀하게 대해 주니 아이들은 거리낄 것이 없었다. 아이들은 장난도 치고 혼도 나며 한 몸처럼 붙어 다녔다.

그렇게 세 번의 겨울이 지나고 다시 봄이 찾아왔다.

백단은 산홍이 산에 있다는 말을 듣고 해녹과 청연을 찾아다녔다. 하지만 해녹은 책을 볼 거라며 산에 가는 것을 거절했다. 청연은 어디로 놀러 갔는지 보이지 않았다.

백단은 하는 수 없이 혼자 터덜터덜 걸어 산으로 향했다. 봄이어서 길 여기저기에 붉은 색깔의 영산홍이 피어 있었다. 백단은 걸음을 멈추고 꽃을 들여다보았다. 제 친구와 똑같은 이름의 꽃이 어쩐지 마음에 들었다. 백단은 꽃가지를 가득 꺾어 한 아름 품에 안았다.

그리고 산으로 들어가 두리번거리며 산홍을 찾았다. 물소리가 들리는 곳으로 가자 산홍이 보였다. 그녀는 돌 위에 쪼그려 앉아 시냇물에 손을 참방거리며 장난을 치고 있었다.

"영산홍!"

산홍이 고개를 들었다. 백단이 붉은 꽃을 한 아름 안고 뛰어오는 게 보였다. 산홍이 자리에서 일어나자 백단이 불쑥 꽃을 내밀었다. 조그마한 손으로 꽃을 받은 산홍이 고개를 기울였다.

"이게 뭐야?"

"너잖아!"

"이게 나라고?"

"너도 영산홍이고 이 꽃도 영산홍이니까 이게 너지."

제 얼굴만 한 꽃 뭉치를 끌어안은 채 가만히 있던 산홍이 별안간 웃음을 터트렸다. 맑은 웃음소리가 울려 퍼질 때마다 산홍의 짧은 머리카락이 꽃잎처럼 흔들렸다. 백단은 괜히 얼굴이 뜨겁고 목덜미가 간지러웠다. 조그만 손을 꼬물거리며 뒤로 물러나자 산홍이 웃음기가 남은 얼굴로 백단을 보았다.

"야. 나는 영이 아니라 연이야. 연산홍."

"영산홍이 아니야?"

"그래, 이 바보야. 너는 여태껏 내 이름도 몰랐니? 청연이도 그래서 나보고 언니라고 하는 거잖아! 같이 연자가 들어가니까."

"그냥 널 좋아해서 그런 줄 알았지!"

뒷짐을 진 백단이 괜스레 땅을 발로 차며 입술을 삐죽였다. 산홍은 아이를 보다가 꽃을 꼭 끌어안으며 말했다.

"다음부터는 꺾어 오지 마."

"왜?"

"산신님이 그러시는데, 꺾으면 가까이에서 볼 수 있지만 꺾지 않으면 오래 볼 수 있댔어."

말을 마친 산홍이 고개를 숙이고 숨을 크게 들이마셨다. 새하얗고 젖살이 통통한 얼굴이 붉은 꽃에 푹 파묻혔다. 백단은 저도 모르게 그 모습을 빤히 보았다.

얼마 뒤 산홍이 물에서 나온 사람처럼 고개를 들며 숨을 터트렸다. 그리고 꽃가루가 묻은 얼굴로 환하게 웃었다.

"그래도 고마워!"

순간 백단이 주춤 뒤로 물러났다. 누군가 망치로 심장을 쾅 두드린 것 같았다. 아이는 펄쩍 뛰며 뒤로 물러났다. 처음 사냥에 성공했을 때처럼 심장이 마구 두방망이질 쳤다. 백단이 제 심장을 꼭 쥐었다.

"나 죽나 봐."

"뭐라구?"

백단은 산홍의 물음에 대답하지도 않고 그대로 몸을 돌려 내달렸다.

"야! 어디가!"

뒤에서 산홍이 소리쳤지만 백단은 멈추지 않았다. 아이는 그대로 산을 뛰어 내려오다가 제 쌍둥이 동생인 청연을 만났다. 백단이 청연의 옷깃을 양손으로 쥐었다.

"청연아! 나 죽나 봐!"

"너 미쳤어?"

"어떡해, 어떡하지?"

"홍이는?"

그 이름에 다시 심장이 거세게 뛰었다. 온몸에 열이 나는 것 같았다. 백단은 겁에 질린 얼굴로 청연을 붙잡았다.

"진짜야! 이것 봐, 열도 나."

백단이 청연의 손을 끌어 제 이마에 올렸다. 정말 열감이 느껴지자 청연이 놀란 표정을 지었다.

"진짜네. 너 아파?"

"모르겠어."

"안 되겠다, 아버지한테 가자! 아니면 어머니! 아니면 스승님!"

청연이 아는 사람들은 다 나열하며 백단의 소매를 잡고 뛰었다. 아이들은 서로의 손을 잡고 흑수궁으로 뛰어 들어갔다. 놀란 궁인들이 재빠르게 물러나며 문을 열어 주었다. 두 아이는 복도를 빠르게 뛰어 방으로 들어갔다.

안에는 환라와 양야가 연회에 갈 채비를 하는 중이었다. 그 곁에서 해녹이 잠든 묘은을 끌어안고 서책을 읽고 있었다. 청연은 다른 것에는 눈길을 주지 않고 곧장 환라와 양야에게 뛰어갔다.

"아버지! 어머니! 백단이가 아프옵니다!"

다급한 목소리에 양야가 자리에서 벌떡 일어났다.

"열도 나고 막, 그리고, 뭐랬지?"

"뭐가 가슴을 때렸는데……."

백단의 말에 환라의 얼굴에 노기가 어렸다.

"누가 감히 황자의 몸에 손을 댔단 말인가."

"아니요! 그런 게 아니라 뭐가 때린 것처럼 가슴이 쿵 해서…… 옵니다."

횡설수설하던 백단이 급하게 말을 끝맺었다. 환라는 알아듣지 못하고 고개를 기울였다. 눈이 마주친 양야가 백단을 안아 올리며 이마에 손을 올렸다. 열감은 느껴지지 않았다. 양야가 백단의 볼과 목덜미에도 손을 얹어 보았다가 환라를 향해 고개를 저었다.

백단을 빤히 보던 환라가 손을 뻗었다. 양야가 환라에게 아이를 넘겨주고 옆에 앉았다. 그녀는 고운 손으로 제 아들의 머리와 볼을 어루만져 주며 물었다.

"자세히 말해 보라."

"그것이 말이옵니다. 오늘 산홍이를 봤는데, 갑자기 막 열이 나고 뜀박질 한 것처럼 가슴에서 막 큰 소리가 나고, 그래서 무서워서 오는데 청연이를 만나서 달려왔사옵니다."

그 이야기를 듣던 양야가 웃음을 터트렸다. 그러자 청연이 양야의 다리에 매달렸다.

"웃을 일이 아니옵니다! 백단이가 죽을 것 같다고 했다고요!"

"하하하하!"

양야가 참지 못하고 큰 소리로 웃자 환라도 곧 웃음을 터트렸다. 그녀는 아이의 작은 머리를 쓰다듬었다.

"그건 병이 아니다. 사랑 때문이다."

백단이 고개를 기울였다.

"하지만 저는 어머니 아버지도 사랑하고 청연이랑 해녹이도 사랑하는데 한 번도 아픈 적이 없었사옵니다."

"조금 다른 사랑이기 때문이란다. 보통 첫사랑이라고 하지."

양야가 설명해 주었으나 백단은 여전히 알아들을 수가 없었다. 환라는 백단의 이마에 입을 맞춰 주고 가볍게 웃었다.

"조금 더 크면 알게 될 것이다."

환라는 백단을 내려놓고 자리에서 일어났다.

"아버지는 어머니와 함께 연연정에 가야 하니 심심하면 대중정에게 가 있거라."

"예, 아버지."

양야는 환라의 손을 잡고 방을 나갔다. 백단은 연신 고개를 기울이며 제 이마를 짚어 보거나 이리저리 뛰어다녔다. 해녹이 서책을 읽다가 힐끗 백단을 보았다. 저러다 말겠거니 했는데 시간이 지나도 멈추지 않았다. 오히려 청연이 따라 뛰면서 두 배는 더 소란스러워졌다.

"차라리 스승님한테 가서 물어봐!"

"해녹이는 똑똑해!"

"맞아!"

청연과 백단이 뜀박질을 멈추자 해녹이 맘에 든다는 표정으로 고개를 끄덕였다. 하지만 그 표정은 오래가지 않았다. 백단과 청연이 해녹의 팔을 하나씩 꿰어 찼기 때문이었다.

"뭐 하는 거야?!"

"우리가 가면 너도 가야지!"

"맞아. 우리는 쌍둥이잖아."

청연과 백단은 무조건 해녹을 끌고 갔다. 상대적으로 힘이 약한 해녹이 서책을 떨어트리며 소리쳤다.

"묘, 묘은 님! 도와주세요!"

"응?"

엎드려 있던 묘은이 몽롱한 눈을 깜박이다가 몸을 벌떡 일으켰다.

"사정이한테 가는 걸 도와 달라는 거지?"

"그게 아니……!"

해녹이 부정하기도 전에 묘은이 몸집을 키워 세 명을 등에 태웠다.

"신난다! 묘은 님, 빨리요, 빨리!"

"바람보다 빨리!"

신이 나서 소리치는 청연과 백단과 달리, 해녹은 새하얗게 질렸다. 하지만 등에 탄 아이들의 표정을 묘은이 알 리 없었다.

"좋아! 아가들, 꽉 잡아!"

묘은은 모습을 감춘 채 정말 바람처럼 내달렸다.

지붕을 넘어온 묘은이 한월각 안으로 들어왔다. 마침 여란과 궐겸, 정위가 모여앉아 술상을 차려 놓고 있었다. 막 술병을 열려던 여란이 갑자기 나타난 아이들을 보고 깜짝 놀랐다. 그녀는 황급히 술병을 탁자 밑으로 감추며 목을 가다듬었다.

"흠, 흠! 황자님 황녀님들께서 여기는 어쩐 일입니까?"

"스승님께 물어보려고 왔어요!"

청연이 묘은의 등에서 뛰어내려 궐겸에게 달려갔다. 아이가 궐겸의 오른쪽에 자리를 잡았다. 한 박자 늦게 내린 백단이 궐겸의 왼쪽에 앉으며 물었다.

"스승님. 제가 제일 처음 사랑한 사람은 어머니인데 왜 아버지는 산홍이가 제 첫사랑이라고 하십니까?"

순진무구한 질문에 여란이 호탕한 웃음을 터뜨리며 정위의 어깨를 내리쳤다. 그가 흔들리자 옆에 뚱하게 앉아 있던 해녹도 같이 흔들렸다. 정위의 무릎에 앉아 있던 묘은이 여란의 손을 앞발로 탁 때리고 나서야 흔들림이 멎었다.

"그건 다른 종류의 사랑이기 때문입니다, 황자님."

"죽는 병은 아니야?"

"아닙니다. 누구나 한 번쯤 겪는 일이니 염려하지 않아도 됩니다.

아마 좀 더 크시면 저절로 알게 되실 겁니다."

"뭐야, 어머니 아버지랑 똑같은 말만 하고."

백단이 재미없다는 듯 중얼거리며 젓가락으로 고기를 집어 먹었다. 하지만 청연의 눈에는 아직 호기심이 가득했다.

"그럼 스승님도 첫사랑이 있었어요?"

"그럼요."

그 대답에 아이들이 반짝거리는 눈으로 궐겸을 보았다.

"누군데요? 궁금해!"

"맞아. 궁금하다, 그치?"

해녹이도 드물게 고개를 끄덕였다.

"그러게나 말입니다. 도대체 언제 어떻게 왜 사랑에 빠지신 겁니까? 좌사정 나으리. 저도 궁금합니다."

정위가 덩달아 음흉한 표정을 지으며 여란의 옆구리를 쿡 쿡 찔렀다. 여란이 귀찮다는 듯 정위의 손을 떨쳐 냈다.

"궁금한 건 이 공자 사정인데 왜 엄한 옆구리를 찌르고 그러오?"

"좌사정 나으리 옆구리는 멀지 않습니까?"

아웅다웅하는 두 사람을 뒤로하고 청연이 궐겸의 소매를 붙들었다. 말하기 전까지는 놓아주지 않을 것만 같았다. 궐겸은 잠시 고민했다. 어차피 오래돼 빛이 바랜 감정이고, 아이들은 그 대상이 누군지 모르니 말해 주어도 될 것 같았다.

"제 첫사랑은 아주 오랫동안 갇혀 지내던 공주님이었습니다."

"산홍이도 산에 갇혀 사는데!"

백단이 아주 놀랍다는 듯 소리치며 궐겸을 향해 완전히 몸을 돌렸다.

"홍이가 무슨 갇혀 살아! 맨날 놀러 오는데."

옆에서 해녹이 제법 날카로운 지적을 했지만 백단은 듣지 않았다. 여란이 투덜거리는 해녹이의 머리를 쓰다듬어 주며 궐겸을 보았다.

그는 추억에 잠긴 듯 눈을 반쯤 내리깔고 있었다.

"밖으로 나오셨다는 이야기를 듣고 찾아뵈러 갔었죠. 화원에 홀로 앉아 계시는 모습을 보는데 이상하게 여리고 처량해 보여 마음이 쓰여 다가가게 됐습니다."

"나도 산홍이 보면 마음이 쓰여."

"좀! 조용히 좀 해 봐!"

청연이 백단의 옆구리를 꼬집고 다시 궐겸을 보았다.

"그래서요? 다가갔는데요? 공주님은 뭐 하고 계셨는데요?"

"새를 보고 계셨습니다. 아주 아리따운 새였는데 좁은 새장에 갇혀 있었죠."

"공주님이 그 새를 풀어줬습니까? 자기 처지와 비슷해 보여서?"

아이들과 함께 이야기에 빠져든 정위가 애가 탄다는 듯 물었다. 옆에서 여란의 어이없다는 듯한 눈빛이 쏘아졌으나 그는 그쪽으로는 고개도 돌리지 않았다.

"아닙니다. 그냥 새장 문만 열어 두고 자리를 떠나시려 하셨습니다. 그래서 제가 어찌 문만 열어 두고 가시냐 물었습니다. 그랬더니 뭐라고 말씀하셨는지 아십니까?"

궐겸에 질문에 수제자인 해녹이 손을 번쩍 들었다. 궐겸이 보자 해녹이 당당하게 대답했다.

"공주님은 새가 무서워서 못 만져서 못 풀어 준 겁니다! 맞지요, 스승님?"

"아닙니다."

"아니면 배가 고팠나?"

"공주님이 너냐?"

청연이 고개를 기울이며 답하자 백단이 옆에서 시비를 걸었다. 두 사람 사이에 말싸움이 생기기 전에 정위가 손을 번쩍 들었다. 아이들과 별반 다르지 않은 모습에 여란이 나잇값 못 한다며 핀잔을 주면서도 호탕하게 웃었다.

사려 깊은 궐겸은 정위에게도 같은 기회를 주었다. 그러자 정위가 목을 가다듬고 입을 열었다.

"흠! 깜빡하고 열어 두고 가신 거지요?"

의외의 부분에서 덤벙거리는 환라라면 그러고도 남겠다 싶었다. 여란이 그럴싸하다는 듯 고개를 끄덕였다. 하지만 궐겸은 고개를 저었다.

"비록 자신의 의지로 들어오진 않았으나 자신의 의지로 나가야 한다. 그래야 하늘을 날 수 있다, 그리 말씀하셨습니다."

궐겸은 마치 환라를 만났던 날로 돌아간 것만 같았다.

"그 말을 듣고 가녀린 분이 아니시라는 걸 깨달았습니다. 그때 연심을 빼앗겼던 것 같습니다. 그리고 가능하다면 그분을 새처럼 자유롭게 해 드리고 싶었습니다."

입가에 저절로 미소가 피어올랐다. 하지만 다행스럽게도 심장이 뛰진 않았다. 궐겸이 후련한 얼굴로 고개를 들었다. 그러나 아이들은 여전히 이해할 수 없다는 표정이었다.

"빼앗겨? 공주님이 스승님께 뭘 뺏어 간 거야?"

"산홍이도 맨날 나한테서 뭘 뺏어가는데."

청연과 백단의 말이 끝나자마자 해녹이 고개를 돌렸다.

"여란아. 네 첫사랑은 누구야?"

정위가 술잔에 차를 채워 주며 궁금하다는 듯 여란을 쳐다보았다. 여란은 뜨거운 차를 후, 후, 불다가 대수롭지 않게 말했다.

"이 공자였소."

"푸읍!"

차를 마시던 정위가 입에 든 것을 그대로 뱉어 냈다. 관심 없다는 듯 정위에게 안겨 꼬리를 흔들던 묘은에게 미적지근한 차가 쏟아졌다.

"으악!"

묘은이 탁자로 펄쩍 뛰어올라 몸을 부르르 털었다. 그러더니 앞발로 정위의 이마를 딱 소리가 날 정도로 때렸다. 그러거나 말거나 정위는 웃느라 여념이 없었다.

"으하하하! 하하! 악! 여란 님, 첫사랑 하하하, 첫사랑이, 좌사정 나으리십니까?"

"그게 그렇게 웃기오?"

여란이 몸을 못 가눌 정도로 웃는 정위를 보았다. 한참을 노려

봐도 웃음이 멈출 기미를 보이지 않았다. 여란은 점점 열이 받는지 자리에서 벌떡 일어나 정위의 머리를 팔로 휘어 감고 조였다. 하지만 정위는 비명을 지르면서도 웃느라 정신이 없었다.

그 모습을 빤히 보던 궐겸이 놀란 목소리로 말했다.

"전혀 몰랐습니다."

"그리 대단한 것도 아니었소. 그냥 얼굴 반반하고 성품이 반듯하니 잠깐 좋아했던 거지. 그것도 벌써 10년 전 일이오."

"감사합니다."

"뭔, 감사는."

여란이 정위의 머리를 놓아주고 자리에 털썩 주저앉았다. 정위가 당하는 것을 보며 손뼉을 치고 좋아하던 청연이 털을 고르고 있는 묘은을 보았다.

"묘은 님은 첫사랑 없습니까?"

"나는 그런 시시한 거 필요 없어!"

"멋있어!"

청연이 묘은을 꼭 끌어안았다. 그러자 당연한 순서라는 듯 시선이 정위에게로 향했다. 정위는 다과를 입에 넣고 씹다가 괜히 목을 가다듬고 입을 열었다.

"저는 아직 없습니다."

"뭐야. 누구나 한 번쯤 다 겪는 건데 왜 정위는 없어? 정위는 바보구나?"

청연의 말에 정위가 발끈했다.

"억울합니다! 묘은 님은 멋지고 왜 저는 바보입니까?"

"묘은 님은 멋지잖아!"

"싫어요. 저도 멋지다고 해 주십시오."

"싫어! 정위는 바보야!"

정위가 분하다는 듯이 벌떡 일어났다. 그러자 청연이 즐거운 비명을 지르며 도망갔다. 백단과 해녹이 정위를 쫓아가 공격하며 웃음을 터트렸다.

여란은 아이들과 놀아 주는 정위를 보며 웃다가 탁상 밑에 숨겨 둔 술을 몰래 꺼내 땄다. 그리고 궐겸의 잔을 채워 주었다. 궐겸 역시 술병을 받아 여란의 잔을 채워 주었다.

"그래도 말을 하고 나니 속이 좀 시원합니다."

"나도 그렇소."

여란과 궐겸이 마주 보며 조용히 웃었다.

무르익어 가는 봄, 해묵은 감정을 털어 낸 두 사람의 술잔이 맑은 소리를 내며 부딪쳤다.